목넘이마을의 개 /
곡예사

1992

차 례

목넘이마을의 개

목넘이마을의 개/차 례

술

　준호는 서성리 나까무라 양조장을 접수 경영함에 있어 대표로 뽑히었다.

　나이로나 경력으로 보아 그래야만 옳을 일이었다. 스물다섯엔가 사환으로 들어와 마흔 고개를 넘긴 오늘날 주임서기라고 할 자리를 차지하기까지 줄곧 나까무라 양조장에만 있어온 준호였다. 시골서 서당에 다녀 한문자나 배웠을 뿐인 준호가 사환에서 주임서기로 올라앉게 되도록은 그의 총명함이 무어나 보고 듣고 하는 것을 모조리 자기 것으로 만들어나갔다는 데 있었지만, 그의 꽤 끈기있는 성미 때문도 많았다. 이런 준호는 사실 양조장 일이라면 안팎 무슨 일이나 다 꿰뚫고 있어, 그야말로 둘째 가라면 서러워할 정도였다.

　또 8·15 이후 이 나까무라 양조장이 아무 상함받음 없이 간수해질 수 있었다는 데에도 준호의 힘이 대단했다. 마침 준호는 이 양조장 숙직실에서 살림을 하고 있었던 관계로 낮에는 물론 밤까지 모든 것을 혼자서 지켜왔다.

　본래 나까무라는 이 양조장을 경영하는 한편 진남포에다 큰 정미소를 경영하며 대개 거기 가있었다. 8·15도 그는 거기서 겪었다. 그런 그가 해방 직후 자신이 직접, 그리고는 사람을 몇번이고 내세워가지고 그새 양조장에 재고로 있는 소주 백여섬과 트럭을 빼돌려보려고 애썼으나 번번이 준호가 앞장서다시피 해서 물리쳤다.

　아직 무장해제도 완전히 안 된, 때로 인심이 흉흉하여 자칫하면 어디서 어떠한 위험을 당할는지도 모를 지경에 있으면서도 준호는 나까무라패의 교섭을 받자하지 않았다. 같은 사무실 안의 젊은 서기 건섭이의 말대로, 이제부터 모든것이 우리의 것이다! 하는 감격이 준호의 가슴에 차고도 남았다.

소주까지 빼돌릴 것을 단념한 나까무라패는 트럭만이라도 어떻게 해보려고 했으나 한결같이 준호의 물리침을 받았다. 한번은 나까무라 앞으로 나선 일본인 하나가 와서 남몰래 준호의 옆구리를 찔러 한 구석으로 데리고 가더니 백원 지폐 한 뭉치를 준호의 손에 쥐어주는 것이었다. 준호는 한순간 도드라진 눈알을 더 도드라치며 빛내었는가 하자 지폐뭉치가 허우대좋은 이 일본인의 면상을 때리고 흩어져 떨어졌다. 그뒤로는 나까무라에게서는 아무도 오지 않았다.

준호는 이렇게 열에 떠 끈기있게 양조장을 지켜왔으니 이제 접수기에 이르러 준호가 이 양조장 대표로 종업원들의 추대를 받은 것은 지당한 일이었다.

그리고 이 나까무라 양조장을 유경 양조장이라는 이름 아래 접수 경영 신청을 한 어느날, 준호는 지배인의 사택을 접수하여 들게 되었다. 어려운 살림살이에 단지 집세가 헐하다 하여 십오륙년 동안이나 여름 장마철에는 으레 부엌에 물이 나는 셋방에서 살아왔다는 것도 예사가 아니지만, 그만 이 집마저 이 봄에 소위 소개 구역에 들어 헐린 뒤, 새로 셋방을 얻자니 턱없이 비싼 방세도 방세려니와 늦게 보기 시작한 아이들이 자그마치 다섯이나 되는 그에게 셋방을 놓으려는 사람이라고는 없어, 평양 성안에서는 자식 없이 망한 사람이나 셋방을 얻지, 그렇지 않고는 셋방도 못 얻겠다는 말을 벙어리 냉가슴 앓듯 혼자 외어가면서 궁리한 끝에 양조장 숙직실 한옆을 판자로 얽어 부엌이랍시고 만들어가지고 우선 그리고 이사하였던 것이다. 그러니 집세 없이 있게 된 것만은 다행이었지만 원래 살림방이라고는 할 수 없는 터라 이번에 양조장 지배인의 사택에 들게 된 것도 역시 지당한 일이었다.

이사하기 전날, 그러니까 나까무라가 진남포에서 트럭 한 대에다 중요한 가구를 싣고 밤을 타서 서울로 달아났다는 소문이 난 날, 준호는 집도 내어 달랄 겸 다음날 자기네가 이사갈 수 있게끔 채비도 차려두기 위해 종업원 서너 사람과 같이 지배인 사택으로 갔다. 남산재 동쪽 기슭에 남향하고 그집은 앉아있었다.

겉으로 보기에는 좀 헐기는 했지만 ㄷ자로 꺾어 바람벽을 시멘트로 바른 이 집은 안만은 꽤 쓰임새있게 지어져있었다. 물론 준호는 여지껏 이 지배인 사택에는 그새 지배인이 네 번씩이나 갈리는 동안, 신년인사 와서는 문밖에서 명함을 놓고 가곤 했을 뿐, 한 번도 방안에는 들어와 본 적이 없었다. 8·15 한 주일쯤 전에 이번 지배인이 협심증으로 갑자기 죽어 조문왔을 때에도 현관에 붙은 보통객실 다다미 위에 무릎을 꿇고 앉았다 갔으니, 집 안 구조같은 것은 알 턱 없었다. 그리고 사실 지금 준호에게는 집 구조가 이러니저러니 따위는 문제가 아니었다. 그저 좁지 않은 골목 안에 이 집이 보이기 시작했을 때, 준호가 전에 이 집을 찾아올 때의 어딘가 어렵기만 하던 생각과는 달리, 벌써 이미 자기 집이 된 듯한 마음놓이는 느낌이 저도모르는 새 품어지는 것만으로도 당장은 족한 것이었다.

집 앞에 이르니 어쩐지 빈집만 같았다. 오십이 넘은 지배인 미망인과 전지에 나간 아들의 아내인 며느리와 하녀, 이렇게 여인만이 사는 집이라 이런가. 아니 혹 여기에서도 나까무라와 함께 서울로 달아나지나 않았나. 열릴 적마다 방울소리를 내는 현관문도 빈집처럼 안으로 잠겨져있었다. 이렇던 것이 한마디 찾는 소리로 이 집보다도 먼 데서인 듯 여인의 대답소리가 나고, 다시 이 대답소리보다도 더 멀리서부터인 듯 복도를 걸어나오는 소리가 나더니 현관문이 열리었다.

하녀가 아니고 지배인의 늙은 미망인이었다. 여인은 두세 번 보았을까 말까 한 준호를, 더우기나 이번은 넥타이는 안 맸을망정 국민복 아닌 양복으로 갈아입은 준호를 준호로 알아본 듯이 현관마루에 꿇어앉아 준호의 일행에게, 일찍이 이 집 하녀도 준호에게 이런 예의를 갖추어 대해본 적이 없었을 만큼 몇번이고 허리를 굽히었다. 원래 노년기에 들어 탄력없는 철색 피부의 이 여인은 그새 남편을 여의고 나서부터 여윈 듯하면서도 여전히 퍼런 살갗이 그냥 검세어 보였다. 준호는 자기네가 온 뜻을 말하고는 여인을 거기 내버려둔 채 먼저 보통객실로 쓰는 방으로 들어갔다.

거기서 준호는 건섭이에게서 들은 말대로, 일본적인 것을 일소해 버려야 한다는 생각에, 동무들! 하고 같이 온 종업원들을 불러 방에 걸린 편액이니 족자를 모조리 떼게 하였다. 족자를 차근차근 내리어 말기도 하고 걸린 것을 그대로 쥐고 잡아당겨 허리 한가운데를 쭈욱 찢어버리기도 하는 것이었다. 준호는, 그까짓 일본적인 것 아무런대도 좋다! 고, 하는 대로 그냥 내버려두었다.

다다미는 성해있었다. 집이란 원체 손을 대어 고치기 시작하면 끝없이 돈이 드는 법인데, 하면서 다음방을 봐도 다다미는 성한 것이었다. 좀 이따 온돌방을 봐서 손질 안 하고 쓸 만한 것이어야 할 텐데, 하며 드는 준호의 눈에 그방 발치 쪽에 놓여있는 오동나무 의걸이가 들어왔다. 이런 일본 가구까지도 뵈지 않은 곳으로 치워버리자.

준호가 여인을 찾으려고 돌아서니까, 어느새에 여인은 준호 뒤에 와 서서 놀람과 슬픔과 겁이 뒤섞인 얼굴을 하고 있었다. 준호는 이 여인이 지금 집과 세간에 대한 애착심으로 대단하리라 생각하며 광이 어디냐고 물었다. 여인은 이 집의 꺾인 한쪽을 가리키며 안내하겠다고 했다. 준호는, 동무들! 하고 종업원들을 시켜 오동나무 의걸이를 광으로 옮기게 했다.

장지를 여니 다음방은 햇볕을 담뿍 받은 자그마한 마루방인데, 먼저 준호의 눈에 뜨인 것은 탁자 위에 놓여있는 매화나무 화분이었다. 얼핏 보는 눈에 양조장 지배인실 테이블 위에 있던 것과 똑같은 매화나무다. 이 매화나무처럼 까칠하게 말랐던 지배인은 매화나무를 다른 어떤 꽃나무보다도 제일 사랑한다는 소문이었다. 그러고보면 지배인도 지배인이려니와 사장 나까무라가 매화나무를 사랑하는 데는 더하다고 할 수 있었다. 들리는 말에 의하면, 지배인은 진남포 어떤 은행에 있을 때 나까무라와는 사업상 알게 되었는데 본시 지배인은 매화나무라는 것을 그리 좋아하지 않았으나 나까무라가 매화나무를 무척 좋아한다는 걸 안 뒤부터는 매화나무에 관한 서적을 읽는다, 매화나무 화분을 사다 가꾼다 하며 오고가는 새, 나까무라에게 매화나무 화분도 선사하고 하여 지배인 자리를 얻었다는 것이었다. 그러나 또 한 말에 의하면 본시부터 지배인도 매화를 좋아하여 오던 바, 어느해 진남포에서 매화 애호인들의 출품을 얻어 매화 감상회를 연 적이 있었는데, 그 회장에서 지배인과 나까무라 사장이 처음 인사를 하게 되었고, 그때 지배인은 은행에 있던 관계로 거래상 접촉이 잦아 친밀해졌는데, 한번은 지배인이 나까무라 사장네 집에 놀러 가서 화분대 위에 놓인 매화꽃을 바라보다가 이 꽃이 이렇게 두 송이가 피었기 망정이지 두 꽃송이 새에 한 송이만이라도 더 피었던들 정취는 아주 떨어지고 말 뻔했다고 한 것이 나까무라의 비위에 꼭 맞아서 나까무라 자기도 역시 그렇게 생각하고 있었노라고 한 일이 있은 뒤부터 둘이는 더욱 친밀해져 지배인편에서가 아니라 나까무라편에서 끌어 이곳 양조장 지배인이 되었다는 것이었다.

준호는 양조장 지배인실에서 매화분을 어디로 치워버렸듯이 눈앞의 화분을 처치하려 그것을 들고 광을 찾아갔다. 광은 여인이 손짓하던 대로 ㄷ자로 꺾어 지은 이 집 이쪽 한 끝에 있었다.

맞은편에 지금 막 햇볕이 눈부시게 쨍쨍 들이쬐이는 양실 응접실이 있었다. 종업원 한 사람이 벽에 걸린 그림을 떼내리고 있었다. 다른 두 사람은 실내 한옆에 놓인 탁자 위에서, 한 사람은 이 역시 매화분을, 한 사람은 흰 국화분을 각각 안고 광으로 가려는 참이었다. 준호는 흰 국화분만은 거기에 그냥 놓아두라고 했다.

의자며 소파며 양탄자같은 것이 좀 낡은 빛이 돌기는 하나 아직 한물 넉넉히 쓸 만한 것들이었다. 여인은 여전히 그 큰 몸집을 공손히 오그리고 한옆에 서있었다. 아직 세간에 대한 미련을 못 버려 저러고 섰으리라. 준호는 여인에게 이제는 여기 살림에 대한 공연한 속은 쓰지 않는 게 좋다고 일러주었다. 여인은 그저 옳은 말이라는 듯이 꺼불떡 허리를 굽혀 보이더니 말만은, 아무래도 내놓아야 할 집이요 물건이니 이렇게 준호에게 넘기게 된 것이 여간 기쁘지 않다고 했다.

준호는 여기서도 건섭이에게서 들은 말을 여인에게 했다. 일본사람이 가지고 있던 재산이란 재산은 전부가 본시 조선 것이지 어디 일본서 가져왔느냐, 빈손으로 왔다 그만큼 잘 살고 가면 됐지 무에 못마땅한 것이 있느냐, 일본사람이 이번에 사람만이라도 아무 다침

없이 있다는 것을 감사해야 마땅하다, 물론 우리도 일본에 가있는 동포들이 돌아올 일을 생각해서 꾹 참고 있기도 하지만 사실은 8·15 이후에도 조선사람이 일본사람에게 손을 못 댈 만큼 그렇게 우리의 모든것을 일본이 삼십육년 동안 속속들이 빼앗았던 게 아니냐. 준호는 자기가 이 말을 하는 도중에도 느꼈지만, 같은 사무실 안의 젊은 서기 건섭이의 하는 이야기라는 것이 모두 이렇게 씨가 먹은 이야기뿐이라고 다시 한번 감탄하며 여인에게, 그러니 세간같은 것은 말할 것도 없거니와 집을 낸다는 것에 조그만큼이라도 불평 불만이 있어서는 안된다는 말을 하니 여인은 다시 허리를 크게 굽히고 나서, 자기네는 벌써 그런 각오는 다 하고 있다는 말과 지금도 말했지만 그저 준호에게 넘기게 된 것만이 여간 기쁘지 않다는 말을 했다. 그러면서도 여인은 아직 여기 살림에 대한 미련을 어쩌지 못하는 눈치였다.

변소로 통하는 복도를 새에 둔 이쪽 방문을 여니까, 삼십 전의 젊은 여인이 앉아있다가 무엇에 놀란 사람처럼 몸을 움츠러뜨리며 숙였던 고개를 더 푹 숙이는 것이었다. 전쟁에 나간 지배인의 외아들 며느리리라. 이 방이 안방인 듯 그중 큰 다다미방으로 여러가지 가장집물이 놓여있었다. 며느리의 것인 듯 새 오동나무 장롱도 있었다.

준호는 여기서도 종업원들을 시켜 눈에 뵈는 온갖 것을 다 광으로 날라가게 하였다. 젊은 여인은 언제까지나 고개를 푹 수그린 채로 있었으나 늙은 미망인은 물건이 날리어가기 시작하자 준호보고, 자기네는 이제는 소용없으니 그냥 놓아둔 채로 쓰는 게 어떠냐는 말을 몇번이고 하였다. 준호는 그저 자기네는 여지껏 그런 것 없이 살아와서 일없다고 했다. 그리고 준호가 생각없이 한곳을 향하고 서있는데, 그것을 등뒤의 여인은 준호가 무엇 하나를 지켜보고 있는 것으로 알았는지 준호가 향한 쪽을 살폈는가 한 다음순간 깜짝 놀라면서 젊은 여인을 향해 무슨 비명같은 소리를 질렀다. 그제야 젊은 여인도 고개를 들면서 미망인이 고개로 가리키는 벽에로 눈을 가져갔는가 하자 깜짝 놀라 일어나는 것이었다.

거기에는 두 장의 사진이 나란히 걸려있었다. 하나는 죽은 지배인의 사진이요, 하나는 군복에 군모를 쓴 것이 아들의 사진같았다.

지배인은 최근에 찍은 듯 그 카랑카랑하게 생겼던 모습이 여실하게 드러나있었고, 아들은 실지로 본 적은 없으나 사진으로 보아 아버지보다도 어머니를 닮은 편이어서 넓은 얼굴에 광대뼈가 두드러져 나오고 어깨가 퍼진 게 몸집도 튼튼할 것같았다. 아들만은 전지에서 살아 돌아만 오면 자기 아버지보다는 장수하리라는 그런 생각을 하며 사진 속의 두 사내를 마주바라보는데, 미망인과 젊은 여인은 금세 준호의 입에서 동무들! 하고 종업원들에게 이 사진틀을 떼내라는 말이라도 나올까봐 겁먹은 몸가짐으로 이것만은 누구 다른 사람의 손에 닿게 해서는 안될 것처럼 분주한 솜씨로 의자에 올라서서 사진틀을 떼어내기 시작하였다.

준호는 문득 자기를 하대하며 까다롭게 굴던 지배인이 그냥 살아있어 이 자리에 있었다면 어떠했을까 하는 생각이 들자 저도모르게 뱃속에서 나오는 웃음을 소리내어 웃고 말았다. 여인들은 그 웃음소리에 깜짝 놀라는 듯했다.

안방 이쪽 방이 온돌방이었다. 장판은 몇해 묵은 것이었으나 그런대로 쓸 만했다. 다행이다. 그저 식구에 비해 좀 좁은 감이 없지 않았으나 그까짓거 세간은 전부 지금 그 다다미방에 들여놓고 아무렇게나 끼어 자지야 못하리. 이 온돌방 옆이 다다미방으로 하녀방인 듯싶었다. 그러고보면 하녀는 벌써 저 갈 데로 가버렸는지 이 집에서는 뵈지 않았다. 준호는 안뜰로 내려섰다.

뜰은 이만한 집이면 으레 따르듯이 자연석이 쌓여있고 갖가지 나무들이 심어져있을 뿐 아니라, 자그마하나 아담한 못까지 만들어져 있었다. 이런 뜰 한끝에 한길로 면해 옆대문이 있고, 그 앞에 전에 양조장 일꾼들을 데려다 판다던 대피소가 파여있었다. 그리고 이 대피소를 사이에 두고 돌사람 한 쌍이 마주 서있었다. 일본적인 것은 모조리 일소해버려야 한다! 준호는 집 쪽의 여인들이 들리도록 도끼 어디 있느냐고 소리쳤다.

곧 미망인이 잰걸음으로 집 뒤울안에서 도끼를 들고 나왔다. 준호는 도끼를 받아들기 전에 양복 소매를 걷어올리려 했다. 그러나 좁은 양복 소매는 걷어올려지지가 않았다. 오늘 준호는 넥타이를 안 매기도 하였지마는, 도리어 넥타이를 매면 더 어색할 만큼 몸에 맞지 않는 양복이었다. 준호는 종시 소매 걷어올리기를 단념하고 도끼를 받아들자 키는 작으나 다부진 몸에다 힘을 주며 그 도드라진 눈알을 더 도드라쳤는가 하자 돌사람의 목을 갈겼다. 대번 돌사람의 대강이가 떨어져 대피소로 굴러들어갔다.

다음에 마주선 돌사람의 목도 갈겼다. 이번에도 단번에 부러져 떨어졌으나, 대피소 구덩이에 굴러들어가지는 않았다. 이새 집안에서 나온 종업원 중의 하나가 발로 굴리어 대피소 구덩이에 넣어버렸다. 그리고는, 돌사람 묻을라구 판 무덤이었구만, 하여 모두 웃었다. 여인은 돌사람 대강이가 도끼에 맞아 떨어질 때보다도 이 웃음소리에 더 놀란 듯 움츠러들었다. 준호는 못가에 서있는 석등으로 가 그것마저 쳐서 갓 한 조각을 떨구었다.

종업원들이 양실 밑 지하실로 들어가 좀만에 나오더니 술이 세 통 있더란 말과, 좀더 있을 줄 알았더니 생각했던 거 봐서는 수량이 적다는 말을 했다. 고무호스라도 있어 몇 모금씩 하고 나온 듯 술냄새를 피웠다. 준호도 갑자기 술생각이 나는 것이었으나, 이제는 체면을 생각해서라도 그럴 수 없다고 꾹 참았다.

여인은 지하실에서 나온 종업원들의 얼굴과 말투로써 술이 드러난 것을 알아채고 준호보고 변명하듯, 사실은 남편이 세상떠났을 때 쓰려고 가져왔던 것을 시국이 시국이어서 그만두고 남겨두었던 것이라는 말을 했다. 그러나 준호는 지배인이 죽었을 때는 한 통밖에 가져오지 않았다는 것을 알고 있었다. 필연코 이 술들은 그동안 지배인이 어디 선사할 데가 있다면서 날라다두고 다른 물건과 바꿔쓰던 술임에 틀림없었다.

여인은 다시 준호의 기분이라도 전환시키려는 듯이, 목욕탕도 있으니 보실려면 보시라고 했다. 이 일본여인과 더 오래 이러니저러니 이야기하기도 싫다! 준호는 그저 내일 이사오겠으니 어김없이 집을 내어달라는 말과 이것도 건섭이의 말대로 여기의 가장집물은 이제부터 어느 개인의 물건이 아니니 손을 대어서는 안된다는 말을 다지고 나서 그곳을 나왔다.

다음날 준호가 양조장 트럭으로, 얼핏보면 짐보다도 사람의 수가

더 많아 보이는 이삿짐을 실어가지고 왔을 때도 미망인은 그냥 남
아있었다. 그러고보면 자기네가 이사온 게 너무 이른 아침인가보다
고 생각하며 안에 들어가 보니 어제 보던 젊은 여자만은 뵈지 않았
다.

그러는데 여인이 줄줄 뒤따라오면서 준호보고 나직한 목소리로
사정을 하는 것이었다. 며느리는 자기 친척 집으로 보냈으니 자기
만은 있는 날까지 여기 좀 두어달라는 것이었다. 준호가, 당신네는
이렇게 된 지금에도 무슨 체면이니 뭐니를 앞세우고 야단이냐는 말
로, 그 며느리의 친척네 집에 당신도 같이 가면 그만 아니냐고 했
다. 여인은 그러지 않아도 그렇게 하려고 했었는데 어제 가 보니
그새 만주서 온 피난민이 들어 작지않은 집이 이제는 한 사람도 더
들어가 박힐 수 없이 됐더라는 말과, 그래 며느리만은 무리해서까
지 거기 있게 했으나 자기는 어찌할 수 없어서 그냥 돌아왔노라고
하면서 이제 멀지않아 일본사람을 몇 군데로 모은다니 그때까지만
여기 있게 해줄 수 없겠느냐고 사정을 하는 것이었다.

준호가 잠깐 이 일본여인의 눈 흰자위와 검정자위가 서로 풀려
섞인 듯이 힘없이 검기만 한 눈알을 바라보다가 그렇게 하라는 말
도 안된다는 말도 않고 그저 자기네 이삿짐을 날라들이기 시작했
다. 준호의 아무 말 없는 게 결국은 자기를 있어도 좋다는 뜻으로
해석한 모양으로 여인은 준호의 아내가 이사오자마자 먼저 부엌으
로 들어가 그만하면 일본집 부엌치고는 좁지도 않고 꽤 쓸 만한 듯
만족해하며 방안으로 들어오는 것을 맞아, 같이 보잘것없는 세간들
을 정돈하기 시작하는 것이었다.

준호는 이 일본여인에게 자기네의 보잘것없는 세간을 내보임에
있어서나, 애녀석들이 제 세상이나 만난 듯 방이며 복도며 할것없
이 쿵쾅거리며 마구 뛰어다니는 것이 전같으면 반드시 어떤 비굴감
같은 것을 느꼈으련만 이제 그런 건 조금도 느끼지 않아도 되었다.

이렇게 해서 여인은 그냥 준호네와 함께 있게 되었다. 그러나 준
호가 여인보고 있으란 말도 안된다는 말도 없은 것은 원래 조선사
람이란 그것이 원수인 경우이라도 일단 그 원수가 가엾은 처지에
떨어지게 되면 도리어 이편에서 동정하지 않고는 못배기는 데가 있

어서 준호도 저도모르는 새 그런 심정에 사로잡혔었는지도 몰랐다.

다음날부터 여인은 준호의 말이 없었는데도 새벽마다 돌아가며 집안 소제를 하였다. 그것은 아직 자기 집이라는 애착심을 끊지 못하는 미련에서인지, 또는 준호네와 함께 있으려면 자기도 그만한 일쯤은 하여야 하겠다는 생각에서인지, 또는 그저 여지껏까지의 습성으로 그렇게 하는지 모를 일이었다. 날만 새면 먼지 터는 총채질 소리가 났다. 꽤 일찍 일어나는 준호로서도 대개 자리에 있을 때였다.

저녁마다 지하실의 술로 얼근해서 목욕을 한탕 한 후 보통객실방에 그대로 잠이 들면, 다음날 날이 새기까지 단잠을 자곤 하는 준호가 새벽마다 이 총채질하는 소리에 잠이 깨선, 일본사람들은 조렇게 무에나 톡톡 터는 버릇이 있어 들어오는 복을 내쫓는다는 생각과 고렇게 톡톡 털면 먼지만 날려놨다 도로 앉혀놀 뿐이 아니냐는 생각에 새벽마다 시끄럽게만 여겨져서 일본인 여인을 당장 나가라고 못한 것이 후회되기도 했다.

그러나 이렇게 며칠이고 지나는 동안, 준호는 새벽에 자리에 누운 채 이 총채질 소리를 들으면서 자기는 참으로 사십 평생 고생살이를 해왔다는 생각으로, 그래도 그 고생살이 한 보람이 헛되지 않아 이제부터는 좀 편안히 살 수 있게 됐다는 생각을 하는 것이었는데 이런 생각을 하다가 그는 사실 그동안의 피로가 한꺼번에 뭉치는 듯 또는 총채로 그동안의 피로를 털어나버리듯이 다시 노곤히 잠이 들곤 했다.

준호는 이렇듯 총채 소리에 익어졌을 뿐 아니라 나중에는 새벽마다 이 총채 소리가 들려야 집안이 깨끗이 된다는 안심감까지 들게끔 됐다. 크나큰 집에 늦게 보기 시작한 애녀석들이 어질러놓은 것을 아내 혼자로서는 어찌할 수 없는 노릇이었다. 지배인 미망인은 이 애들의 어질러놓은 것을 꾸준히 치워내는 것이었다. 궂은 애 없이 살아왔기 때문에 조금만 지저분해도 사는 것같지 않아 쓸고 닦고 하는지도 몰랐다. 준호는 종시 이런 여인을 집에 두어둔 게 손해볼 일은 없어 다행이라고까지 생각하게 됐다. 더욱이 목욕탕 물만은 이 여인이 아니고서는 뜨겁지도 차지도 않게 꼭 알맞추 끓여놓을

수는 없는 일이었다.

 이러한 어떤 날, 준호는 별나게 방안 구석구석이 허전함을 느끼게 됐다. 이게 아무래도 제자리에 놓여있어야 할 가구들이 없어진 탓이리라. 사실 가구야 무슨 죄가 있느냐. 건섭이가 일본적인 것은 일소해버려야 한다는 말에도 이 가구같은 것은 들지 않았으리라. 하여튼 이렇게 방안들이 텅 비어서는 큰 집으론 격에 맞지 않아 안 됐다. 준호는 광으로 치웠던 가구들을 도로 내다 제자리에 놓기로 했다.

 양실에 걸렸던 그림들을 내다 거니까야 그 방이 양실답게 환해지는 것같았다. 매화나무 화분도 제자리에 내놓았다. 여인의 살림살이 가구들 중에서도 모양 좋고 쓸모있는 것이면 죄다 내다 놓았다. 이쪽 보통객실 다음방에 놓였던 오동나무 의걸이도 제자리에 갖다 놓으니까 방안이 제대로 탐탁해졌다. 방에 걸렸던 편액이며 족자도 떼낼 때 상하지 않은 것을 골라 다시 걸었다. 남향한 마루방 탁자 위에도 매화나무분을 갖다 놓았다. 이제 돌사람의 머리도 붙여놓아야겠다. 이만한 정원에 돌사람이며 석등같은 게 없어서 될 말이냐.

 준호는 그달음으로 뜰로 내려가 대피소 속에 들어간 돌사람의 대강이를 꺼내다가 각각 제자리에 맞추어놓았다. 돌멩이라 보기봐서는 상당히 무거웠다. 석등의 갓 조각도 제자리에 맞추어놓았다. 이제 시멘트를 구해다 잇짬을 바르리라.

 준호는 그러고 나서 양실 매화나무분 앞에 와 앉았다. 마음이 흐뭇했다. 그런데 자꾸만 무엇 한 가지가 빠진 것만 같다. 옳지! 내 사진을 하나 지배인 것만큼 큼직하게 찍어서 여기 벽에다 걸어야지. 준호는 사진관에를 갈 참으로 전에없이 양복에 솔질을 말짱히 해서 입기 시작했다. 이 양복은 한 십여년 전 어떤 기성양복점에서 산 춘추복으로, 그때 양복점 주인의 말대로, 소가죽처럼 두텁고 더럽는 줄 모르게 짙은 잿빛이어서 실속은 있으나, 봄 가을뿐 아니라 겨울 여름 할것없이 입는 이른바 사철복으로서는, 지나치게 동복에 가까워 여름철에는 맞지 않는 것이었다. 더구나 이것을 살 당시에도 좀 작은 듯했던 양복저고리가 입지 않고 농 밑에 넣어둔 동안 양복이 줄 리도 없고 준호 자신도 몸이 난 바 아니건만 소매는 더 좁아지고 기장은 짧아진 데다가 바지는 작은 키에 그냥 긴 나팔통바지여서 위아래가 도무지 어울리지 않았다. 여기다 넥타이까지 매니 더 어색한 게 솔질같은 것쯤으로는 도저히 어찌할 수 없는 것이었으나, 좌우간 준호는 사뭇 흐뭇한 마음으로 집을 나설 수 있었다.

그러나 이날 밤 집에 돌아온 준호의 낯빛은 흉하게 일그러지고 술냄새를 피우는 입으로는, 이놈 두고 보자는 볼멘소리를 지르고 있었다. 준호는 이날 집을 나서자 사진관에 들러 사진을 찍은 후, 양조장 사무실로 가지 않고 그동안 접수 경영 신청한 게 궁금하여 민영상공과에를 갔었다.

대모테 안경잡이 계원이 친절하게 서류를 뒤적이며 머리를 기우뚱거리더니, 같은 양조장을 두 곳에서 접수 신청을 했다는 말을 하면서 안경 너머로 준호를 바라보는 것이었다. 준호는 순간 가슴이 덜컥 내려앉는 듯함을 느꼈으나 그런체 없이, 그럴 리가 없을 테니 어디 다른 것과 섞갈리지 않았나 자세히 좀 봐달라고 하니까, 사나이는 서류를 들여다보며 틀림없다고 했다.

준호가, 그러면 어떻게 되느냐고 했더니, 사나이가 다시 서류를 뒤적이며 그냥 친절하게, 당신의 이름이 무엇이냐고 묻는 것이다. 준호가 자기 이름을 대니까, 사나이는 알겠다는 듯이 고개를 끄덕이고 나서 버릇인 듯 안경 너머로 준호를 또 바라보는 것이었다.

준호가 다시, 그 다른 편의 대표가 누구이냐고 물어보았다. 사나이는 서류를 덮으며 그저 소웃음같은 웃음을 한번 씩 웃는 게 그런 것까지는 말할 수 없다는 뜻처럼 보였다. 그러고 보면 준호도 이런 데서 그런 걸 물을 게 아니었다고 뉘우쳐졌다. 이쯤 되면 우선 이 자리에서는 물러나와야 한다는 것을 아는 준호였다.

물론 다른 자리를 생각하고 그 자리를 물러나온 준호라, 안경잡이 사나이가 퇴근해 나올 시간을 대중해서 기다리고 있다가 우연히 만난 듯이 만나가지고, 석양녘이니 한잔 생각이 난다고 하며 어떤 조용한 술집으로 끌었다. 단둘이 맞받는 술이라 그런지 곧 안경잡이 사나이는 취기가 돈 눈치여서, 연거푸 술맛 좋다는 말을 되뇌었다. 준호는 뭐 이까짓 것은 술 축에 들지 못한다고, 이담에 진짜 술 한번 맛뵈드리겠다고 하고는 여기서 기회를 놓쳐서는 안된다는 생각에 정신을 가다듬어가지고, 그러나 지금 문득 생각난 말인 듯하게 먼저, 참 선생님! 하고 잠시 사이를 두어 대체 어떤 사람이 자기네 양조장을 접수 신청했더냐고, 되도록 아무렇지도 않게 말을 건넸다. 사나이는 예의 소웃음을 썩 웃더니 그까짓 것 알아 무엇하느냐고 당신이 양조장 연고자도 되고 하니 아무 염려 말고 있으라는 것이었다. 아니 무어 염려돼서 그러는 건 아니라고 하면서 준호는 짐짓 교제상 웃음을 마주 웃어 보였다.

이 서른두셋의 안경잡이 사나이도 사실은 준호처럼 술에 젖어 처음에는 빨리 취하지만 얼마만큼 취한 뒤에는 그만해가지고 있는 유의 술꾼인 듯, 이제는 조용히 앉아서 안경 너머로 준호를 바라보며 술잔만 기울이는 것이었다. 같은 문제에 대해 더 물어서 이 사나이에게 자기가 그것으로 등달아하는 것처럼 보여서는 안된다고 준호는 생각했다. 그래 다시는 양조장 이야기는 꺼내지 않기로 하고 아까 이리로 들어올 때 말한 대로 그저 석양녘이라 한잔 생각이 나서 자리를 같이해 달란 것뿐이라는 태도로 술만을 권하는 것이었다.

그러나, 준호는 이 안경잡이 사나이와 헤어져 몇 발자국 걷지 않아서부터 그 친절하고 순진해 보이는 사나이가 자기보고 아무 염려 말라는 말을 했지만 그런 같은 말을 혹은 저편 대표자에게는 하지 말라는 법은 어디 있느냐는 생각이 들었다. 암만해도 저편 대표자의 이름을 밝히지 않는 걸 보면 그자하고 친분이 두텁든가 교제질이라도 상당히 받았음에 틀림없다. 겉으로 친절하고 순진해 뵈는 놈 가운데 속은 더 구렁이같은 놈이 많은 법이거든!

그건 그렇다 하고, 대관절 저편 대표자란 놈이 어떤 놈일까. 어떤 놈이건 두고 보자! 날 잡아먹으려고? 안된다. 안돼! 이렇게 조선사람들은 저희끼리 잡아먹으려다 망하는 것이다! 네 이놈 두고 보자, 두고 봐! 하고, 마치 어둠속에 그 어떤 놈이 있기나 한 것처럼 거의 입 밖에 내어 부르짖었다. 이날 밤, 준호는 술기운이 가시자 자주 깨어서는 곧 잠을 잇지 못하곤 했다.

이튿날, 준호는 사무실에 나가는 길로 건섭이에게 자기네 양조장을 다른 데서도 접수 신청한 자가 있더란 말을 했다. 자기네 양조장을 생각하는 사람이면 누구나 마땅히 놀라야만 할 이 사실을 듣고도 웬일인지 건섭이는 거기 대해 아무런 대꾸도 없이 준호보고, 동무를 어제부터 기다렸다고 하면서 어제 조합에 갔더니 양조장 접수관계는 이후부터 상공부에서가 아니라 재정부에서 취급하기로 됐다는 통지가 왔더란 말과 접수 문제에 있어서도 조합이 책임을 지는 경우면 공장 가격을 연부의 형식으로 갚을 수 있으나 어떤 공장을 고립시켜 접수 경영하는 경우에는 일시불이 아니면 안되게 되었다는 말을 하는 것이었다. 듣고보니 건섭이의 말도 중요한 말이긴 했다.

준호가, 그러면 자기네 양조장은 어떻게 되느냐고 하니까 건섭이는, 지금 자기가 말한 대로 조합에 맡겨서 하든가 단독으로 하든가 하는 두 길밖에 없다고 했다. 준호가 글쎄 그 조합에 맡기게 된다면 어떻게 되느냐고 물으니 건섭이는 조합에 맡기는 것이 바른 길이라고 잘라서 말하고는, 앞으로는 조합에 의해서만 우리의 살 길이 있다는 말을 했다. 그러나 준호가, 조합에 맡기게 된다면 어떻게 되느냐고 물은 것은 그리 되면 자기네 양조장 대표 문제는 어떻게 되느냐고 물은 것이었다.

그런데 건섭이는 준호가 생각하고 있는 대표자 문제같은 것은 생각지도 않는 것같았다. 준호는 좀더 그것을 꼬집어 물어보려다 그만두고 말았다. 그것은 건섭이가 그 대표자 문제같은 것을 염두에 두지 않고 있는 게 아니라, 어제 상공과에 자기네 외에 양조장을 접수 경영 신청한 놈이 있는 것처럼 건섭이도 그새 조합과의 연락 사무를 보게 된 것을 기화로, 앞으로 양조장이 조합에 맡겨지는 날에는 자기가 그 대표로 들어서게끔 운동해놓고 있는지도 모른다는 생각이 퍼뜩 들었기 때문이었다. 분명히 그러함에 틀림없다. 남을 속이지 않고는 못 사는 세상이 아니냐. 어제 민영상공과에 있는 그 순진해 뵈는 안경잡이만 해도 벌써 사무 취급이 딴 데로 넘어갔는데도 불구하고 끝까지 염려 말라는 거짓말 한 것만 봐라. (사실은 안경잡이 사나이도 오늘 아침에야 사무절차가 그리 된 것을 안 터이지만.)

　그렇다면 건섭이 네녀석이 여지껏 옳게 가는 체하고 떠벌인 수작들도 모조리 제가 이만큼 훌륭한 말을 한다는 것을 남에게 뵈기 위한 공작이었구나. 하기는 요새와서 보니 네녀석이 보통 무식한 사람으로서는 알아듣지도 못할 수작을 늘어놓는 것이 모두 어느 신문엔가 발표된 것을 앵무새처럼 옮겨놓더라마는. 글쎄 이런 녀석을 자기는 여지껏 훌륭하게만 알고 믿어오다니! 믿는 도끼에 발잔등 찍힌다더니 옛말 그른 데 없다.

　그러고보면 또 건섭이만큼 욕심 많게 생긴 놈도 이세상에 드물 것같았다. 그 퍼렇고 두터운 큰 입술하며, 늘어진 볼따구니하며, 욕심투성이로만 보였다. 더구나 건섭이가 누구의 소개론가 양조장 서기로 들어온 날부터 여지껏 누구에게 속을 주지 않아오는 걸 보면 음흉스럽기까지 한 녀석이다. 이제부터 건섭이와는 조심해 대하리라.

　그뿐만 아니고 건섭이 제놈이 딴 생각을 품으면 자기로서도 가만 있을 수는 없다. 끝까지 해봐야 한다. 그렇지만 아직껏같아서는 건섭이가 꼭 이렇다할 증거는 없으니 좀 두고보는 수밖에. 그동안 자기로서 할 일은 먼첨 이 양조장을 경영할 자본을 구할 일이다.

　그날 저녁, 생각 많은 준호가 사무실에서 집에 돌아오니 아내가 맞받아 나오면서, 집에 있는 일본여인의 눈치가 벌써부터 좀 이상하다 했더니 그동안 물건을 빼돌렸더라고 하며 오늘도 그런 것같다고 했다. 며칠에 한 번씩 장을 봐오곤 하길래 아침 저녁 준호네다 밥을 붙여 해먹는 신세 갚음으로 그러는 줄만 알았더니 그 틈을 타서 몰래 물건을 싸가지고 나간 게라고 하면서 지금도 광에 들어가 무엇을 뒤적이고 있다는 것이었다. 그러지 않아도 심사가 편하지 못하던 준호는 부쩍 화가 치밀어 거친 걸음으로 광 쪽으로 가는데 과연 여인이 보퉁이 하나를 무겁게 안고 광을 나서는 것이 보였다. 준호가 대뜸 그게 뭐냐고 하니까, 여인은 전기스토브라고 하면서 준호가 더 묻기도 전에, 사실은 오늘 며느리한테 갔더니 앓아 누워 있더란 말로 찬 다다미 위에 누워 앓기에 전기스토브라도 가져다 주려고 그런다는 말을 했다.

준호는 그냥 성난 소리로, 벌써 여러 번째 이렇게 물건 빼내간다는 걸 다 알고 있다, 설혹 며느리가 않는다 쳐도 온돌방 하나쯤은 있을 테니 거기서 있을 게지 그래 누가 온돌방을 차지하고 있는지는 몰라도 같은 일본사람끼리 그만한 동정을 안 할 사람이 어디 있겠느냐, 더구나 이 전기스토브는 이제 점잖은 손님이라도 찾아오면 당장 여기서 써야 할 것이니 아뭇소리 말고 들여다 놔두라고, 양실 쪽을 가리켰다. 그리고 준호는 여인이 양실로 가는 등뒤를 향해, 앞으로 한 번만 더 이런 짓을 하면 용서 못 하겠다고 꾸짖는 것이었는데, 그것은 준호 저도모르는 새 마치 어떤 주인이 데림사람의 잘못을 용서해주며 하는 그런 꾸짖음과도 같은 것이었다. 여인은 여인대로 또 앞으로는 그런 짓 않겠다는 듯이, 흡사 하녀처럼 가던 걸음을 멈추며 꺼불덕 허리를 굽혀 보이는 것이었다.

여인이 전기스토브를 두고 나오는 것을 보고서야 준호는 돌아서다가 마침 복도 저편에서 이리로 달음질쳐 오는 밑의 애 두 녀석을 보자 또 전에없이 조용하라고 고함을 쳤다. 그렇게 지랄들 하다가 유리창 하나라도 깨뜨리면 어떡하느냐, 아니 문창호지 한 군데를 찢어도 안된다, 어떤 점잖은 손님이 와 보더라도 큰집답게 하고 있어야 한다, 더구나 그런 손님이 왔을 때 애들이 이렇게 수선을 떨면 어쩌느냐. 시무룩해서 저리로 가는 애들에게 준호는 다시, 또 그렇게들 떠들면 종아리 맞을 줄 알라고 소리쳤다. 그리고 그는 정말 회초리를 하나 만들어 두어야겠다고 마음먹었다.

아, 술생각이 난다. 준호는 보통객실 머리맡에 놔둔 빈병을 들고 뜰로 내려갔다.

이제보니 지하실에 있는 술도 종업원들이 다같이 나누려던 것이지만 그럴 필요가 없다. 두고 쓸 때 써야 하겠다. 뜰안 석등과 돌사람 쪽에 눈이 가자 준호는 시멘트를 구해다 깨어진 잇짬을 때야 할 걸 잊었구나 하는 생각에 미치며 그만큼 자기는 바쁜 몸이 됐다는 데 스스로 감탄해보는 것이었다. 그러니 저녁에 술이라도 한잔 먹고 하루의 노고를 풀어야 할 밖에!

준호는 술을 넣어가지고 조용한 보통객실로 들어와 김치를 가져오래가지고 혼자 밥공기 잔으로 술병을 기울이기 시작했다. 준호는 전에도 얻어먹는 술을 누구한테 지지 않게 많이 먹었지만 요새와서는 술에 젖은 탓인지 반 병만 들어가도 아주 취기가 돌곤 했다. 그게 오늘은 대폿잔이니 더 취기도 빠른 듯했다. 그는 반 병도 못 기울인 술병을 쥐고 또 속으로, 이놈들 어디 두고 보자는 소리를 지르고 있었다.

건섭이 네놈이 내 발잔등을 디딜려고 하겠다? 젊은놈이 엉뚱하게! 그래 젊은놈이 양조장을 위해 열을 내어 일할 생각은 않고 자리 탐만 내? 조선사람은 어래서 망하는 거야! 게다가 십년장이 넘는 날보고 동무, 동무, 하고 부르겠다? 나도 첨에는 서로 믿고 누구보고나, 동무, 동무, 했지만, 글쎄 이제와서도 이 머리에 피도 안 마른 놈이 날보고 동무, 동무, 하고 부르다니! 어디 그뿐인가! 양조장 안 어중이떠중이 전부가 날보고 동무라 부르겠다? 원 벤벤치도 않은 것들! 어떻게든 어서 내손으로 먼저 돈있는 자리를 뚫어 자본을 대야겠다. 누구 좋은 사람이 없나?…… 그러다가 준호는 갑자기 무슨 좋은 생각이 들었는지, 아 소리를 입밖에 내어질렀다. 있다! 저 피복 제조업으로 졸부가 된 필배가 있지 않느냐. 왜 여지껏 이런 좋은 생각을 못 했을까. 더구나 같은 고향 친구인 그를 못 생각해내다니. 이제라도 가볼까? 아니 이런 중대한 일을 술을 먹고 가서는 안된다. 내일 아침 맑은 정신으로 가자. 에 이젠 됐다! 한잔 더 먹자. 준호는 유쾌히 술을 새로 뚤뚤 밥공기 가득히 부어가지고 단숨에 들이켰다. 그러나 이밤에도 술기운이 좀 가시자 잠이 깨선 좀처럼 다시 이루지 못했다.

아침에 준호는 예의 양복을 또 솔질해서 넥타이까지 매어 입고는 사무실에 나가기 전에 피복업자 필배를 찾기로 했다. 준호는 필배의 집으로 가는 길에서 생각하는 것이다. 전에 양조장에서 자기 몫으로 나온 술을 쌀이나 옷감같은 것으로 바꿀 때 필배 생각이 나서 그와 좀 바꾸어볼까도 했지만 그런 일이란 친한 사일수록 자기편이이가 되도록 말하기란 힘들다는 생각에서 그만두었던 것이다. 그게 지금 와보니 지난날 필배와 무슨 바꿈질을 해서 피차 좋지 않은 인상을 남기지 않은 게 얼마나 잘됐는지 모른다고 생각했다.

그러나 사실 피복업자 필배편에서 먼저 아는 사람끼리의 그런 바꿈질은 하지 않았으리만큼 영리한 사람이었다. 그래 이 사십대의 영리한 피복왕은 손에 익은 피복업 의에 다른 사업에는 전혀 손을 대지 않는 주의여서 그의 입으로부터 좀 생각해보자는 대답을 얻기까지는 상당히 긴 설명이 필요했다. 나까무라가 일본서 맨손으로 와가지고 어떤 술 도매상 서사로 들어갔다가 같은 고향 친구의 투자를 얻어 자그마하게 양조장이라고 시작한 것이 칠팔년 동안에 그렇게 커졌다는 이야기로부터 그걸 자기는 내내 그 양조장에 있었기 때문에 잘 안다는 말이며 진남포 정미소만 해도 이 양조장에서 나온 돈으로 만든 것이란 이야기를 하고 나선 더구나 이 양조장은 접수 물건이니 싸게 맡을 수 있으리라는 말로, 준호 자기에게 맡기기만 하면 장담코 이삼년내엔 본금은 빼놓을 테니 두고 보라는 말을 자상히 했다. 어쨌든 필배의 입으로부터 생각해보자는 대답이라도 얻은 것이 성공이라고 생각하며 저녁때 다시 오마 하고 그곳을 나왔다.

이날 준호는 사무실에 나가자 건섭이보고 짤막히, 자본 댈 사람을 하나 구했다는 말을 했더니 건섭이는 이편을 차가운 눈으로 똑바로 보며(준호에게는 그렇게만 느껴졌다), 요새 그러지 않아도 조선사람들이 공장이나 회사 책임자로 들어앉아선 지난날 일제 때 사장이나 된 것처럼 생각하는 축이 많은데 그런 사람이 자본까지 대놓으면 더할 것이 아니냐. 그러니 우리 양조장만은 조합에 맡겨서 하자는 것이었다.

지난날 사장이나 된 것처럼 생각하는 축이란 준호 자기를 두고 하는 말이리라. 이제는 이녀석의 마음을 다 알았다. 분명히 이녀석 제가 조합의 힘을 빌어 양조장 대표가 되려는 꿍꿍잇속인 것이다. 이녀석의 싸늘한 눈초리만 봐도 뻔하다.

준호는 지금 건섭이가 대표 운동을 한다면 자기로서도 ’가만있을 수 없다고 생각하며 건섭이에게, 이왕 좋은 자본도 나올 듯한데 왜 하필 조합에만 의지할 필요가 있느냐고 하니까, 건섭이는 여전히 차게 똑바로 이편을 바라보며, 좌우간 다른 의논할 일도 있고 하니 내일 한번 종업원 전체가 모여 그 문제를 상의해보자는 말을 했다.

이 작자는 벌써 아무것도 모르는 종업원들과 통을 짜가지고 제게 유리하도록 만들어놓았기 쉽다. 그렇지만 이제 내가 자본 댈 구멍만 완전히 뚫어놓으면 여기 종업원들 끌어들이기란 식은죽 먹기다. 더구나 종업원 거의 전부가 건섭이보다 나와 더 오래 같이 있었으니 그런 점도 내가 유리하다.

낮 기울어 종업원 한 사람이 준호를 찾아와 잠깐 밖으로 나와달라고 했다. 그리고 하는 말이, 자기는 지금 집이 없어 곤란을 받는다고 하면서 준호네 방 하나를 빌려달라는 것이었다. 그러고보니 준호네 이사 전날 짐치우기를 하러 같이 갔던 사람의 하나였다. 그래 준호가 다 아다시피 집은 크지만 모두 다다미방만 되어 두 살림살이는 못 하게 돼있지 않더냐는 말을 하니까, 그사람은 한쪽 다다미방을 뜯어 온돌방으로 고치고서라도 들겠노라고 했다.

준호가 언뜻 숙직실 생각을 하고, 그리로 오라니까, 그사람은 숙직실도 다다미방일 뿐 아니라 이제 겨울을 날 수 있을 만큼 손질을 하려면 준호가 있는 집 손질하는 것보다 더 품이 들 것이라고 하면서, 그냥 준호가 있는 집 한쪽을 달라고 조르는 것이었다. 아무리 숙직실이 너절하기로서니 준호 자기가 다 살던 덴데 이사람이 못 들게 뭐냐. 더구나 자기 집에다 살림방을 들이면 큰집 꼴도 안되려니와 자기 혼자 차지하는 보통객실방도 침범당하게 된다. 안될 말이다. 준호는 자기 집만은 도저히 낼 수 없다고 잘랐다. 그사람은 무척 언짢은 눈치였다. 준호는 생각하는 것이었다. 이사람은 건섭이 편이 되리라.

그럴싸해서 그런지 요새 더구나 어제 오늘 종업원들의 눈치가 달라진 것만 같았다. 두세 사람만 모이면 으레, 이처럼 오랫동안 일 시작을 못할 줄 알았더면 그새 다른 벌이라도 한 걸 그랬다는 둥, 자기네 동네 아무개는 장작을 패서 하루에 얼마를 번다는 둥, 아무개는 지겟벌이를 해서 얼마를 번다는 둥, 이렇게 손끝으로 물만 튀기는 상팔자가 되었으니 군소리 말아야 하겠지만 이러다가는 허리춤의 이 굶겨죽이기 꼭 알맞고 아이들 밑구멍에 똥칠 못 하게 될 게 걱정이라는 둥, 그러기에 미리 술통씩이나 나눠가지자고 해도 말을 안 듣더니 이제는 손가락 하나 까딱 못 하게 됐으니 꼴 좋게 됐다는 둥, 별의별 소리를 다하는 것이었다.

　이게 모두 준호 자기 들으라고 하는 소리리라. 그러나 그 술 처분 문제만은 건섭이가, 양조장 안에 있는 술이란 우리들 혼자가 손 댈 것이 못된다는 말을 하여 자기도 따라 손을 못 대게 한 것이니, 그것이 잘못이래도 비단 자기 혼자의 잘못은 아니다. 한데 그 원망을 자기 혼자에게만 돌리는 것같았다. (실상 종업원들은 준호도 준호려니와 조합에 자주 드나드는 건섭이 들으라는 뜻이 더 많았다. 건섭이가 조합에 가서 이런 사정을 얘기한다면 혹 재고 술을 자유 처분할 수 있게 될지도 모른다는 생각에서.)

　그러나 지금 준호는 준호대로 이렇게 종업원들이 자기를 더 원망한대도 좋다고 생각했다. 이제 자기가 자본만 끌어대면 모조리 자기를 따라올 무리다!

　이날 초저녁때 준호는 집에 있는 소주 서 되를 들고 필배를 찾아갔다. 필배는 술을 그렇게 많이는 못했다. 준호에게만 자꾸 권했다. 준호도 교제상 오늘만은 술을 많이 먹지 않으리라고 마음 먹었다. 그런데 필배는 아무래도 서투른 사업에는 손을 대지 않겠다는 생각이 들었던지, 혹은 요새같은 세상에 큰 돈을 내굴려서 자기가 그만한 재산가라는 걸 알리는 것을 꺼려서인지 해보자는 시원한 대답을 않는 것이었다.

　그래 이번도 이 필배의 입에서 간신히 양조장 시설목록과 투자해야 할 금액같은 것을 적어다 달라는 말을 얻기까지에는, 준호는 자기보다 한 살 위긴 하나 어려서 같이 자라 서로 해라 하여도 좋을 처지인데도 교제상 형님이라고 불러가며, 다시 아침에 말한 나까무라가 한푼없이 와서 성공한 이야기로부터 자기는 이제 양조장 일이라면 눈감고 다 안다는 말이며, 정말 무슨 사업보다도 땅짚고 헤엄치기란 말을 하여야 했다. 그리고 준호는 일이 이렇게 시원스레 돼나가지 않는다는 데 조바심이 일지 않는 바도 아니었으나, 너무 추근추근하게 굴어도 이 또한 교제상 실패되기 쉽다는 생각에 이삼일 내로 다시 찾기로 하고 그곳을 물러나왔다.

　밖은 어슬어슬 어두워가고 있었다. 준호는 거나한, 그러나 그리 유쾌스럽지는 못한 머리를 수굿하고 대동강 선창 쪽에서 치안서 앞을 지나 광장 한옆을 끼고 집으로 돌아오며 속으로는 이번 일이 틀어지면 어쩌나 하는 걱정과 함께, 어디 이런 큰 일이 그렇게 해놓은 밥 먹듯 쉬울 수가 있나, 오늘만 해도 원래 깜진 필배가 그만한 대답이라도 한 건 일인즉슨 돼나가는 편이다, 하고 스스로 위안을 하는 것이었다.

그러는데 별안간 무엇이 와 부딪쳐 멈칫 서니 눈앞에 어떤 중년배 여인이 머리에 이었던 광주리를 떨어뜨리며 땅바닥에 무를 흐트러뜨리는 것이었다. 그리고 여인은 무를 광주리에 주워담으면서도 무엇에 쫓기는 듯 연상 뒤를 돌아보는 것이었다. 준호가 그리로 고개를 돌린 순간 깜짝 놀라고 말았다.

거기에는 치안서원인 듯한 사내 하나가 권총을 겨누고 뒷걸음질을 치고 있었다. 그리고 게서 한 대여섯 걸음 뒤떨어진 곳에 두 손을 든 사내 십여 명이 따라오고 있었다. 놀랍고 신기한 광경이었다. 손을 든 편은 걸음을 걸어 따른다느니보다도 흡사 앞의 권총 든 사내의 걸음을 흉내내는 것과도 같은 것이었다. 권총 든 사내가 손 든 편을 주의깊게 감시하면서 한 걸음 한 걸음 뒷걸음질을 치면 꼭 그 걸음 수대로 손 든 편은 발자국을 옮겨놓을 뿐이었다. 마치 유치원에서 보모가 아이들에게 율동을 가르치는 거와 같다고나 할까. 이렇게 무시무시하면서도 극히 온화로운 광경은, 손 든 패가 모두 치안서 지하실로 곱다랗게 삼키어들어갈 때까지 계속되었다.

마지막 사람이 지하실로 먹히어들어가자 거기 모였던 구경꾼 중에서, 무슨 일이야? 무슨 일이야? 하는 사람이 있는가 하면 여기 저기서, 일본놈 음모단을 잡아가지고 오는 거라고 하는 사람이 있었다. 그런데, 이 십여 명의 음모단이 단 한 사람에게 끌리어온 사실이, 지금 필배의 집으로부터 과히 유쾌스럽지 못해 돌아오는 준호에게 저도모르는 새 어떤 유쾌한 맛을 느끼게 하였다. 참 곱다랗게 끌려오는군!

집에 돌아온 준호는 이 유쾌스러운 맛과 양조장 운영 문제로 유쾌스럽지 못한 것이 뒤섞인 마음을 어쩌지 못해, 다시 반주로 술을 마시기 시작했다. 한참 술을 마시고 있는데, 일본여인이 와서 목욕물 끓여놓았다고 알렸다. 그러고보니 여러날째 목욕을 걸렀구나.

오늘은 목욕을 하고 한번 푹 잠이 들어보리라. 건 그렇다고 하고, 술을 조금만 더 먹자!

이렇게 해서 먹는 술을 준호는 맥주병 반 병을 낮추었다. 취하였다. 양조장 운영 문제로 마음속에 남아있던 불쾌함이 완전히 사라져버리고 그저 유쾌하기만 했다. 준호는 저녁도 먹는둥 마는둥 목욕할 생각일랑 하지도 않고 편안히 잠이 들고 말았다.

그러나 이날 밤도 준호는 술기운이 어느 정도 사라지자 잠이 깨어 밝아올 녘에는 대포 한 잔을 먹고야만 다시 잠이라고 든 것도 꿈투성이였다. 분명히 처음에는 자기 집 목욕탕 속에 들어가있었는데, 조금 있더니 그것은 자기 집 목욕탕이 아니고 양조장 술탱크 속이었다. 그럼 술을 한번 실컷 먹어보자. 준호는 술을 마셔가며 술탱크 안을 이리저리 헤엄도 치고 자맥질도 하면서 얼마든지 술을 마시었다.

이제는 더 먹을 수 없게쯤 되어, 술탱크에서 나오려고 하나 기어나올 수가 없었다. 도무지 술탱크에는 손을 붙일 데가 없는 것이었다. 큰일이다!

그러다 문득 위를 쳐다보니, 누가 이리 내려다보고 있다. 건섭이 놈이다. 차가운 눈으로 내려다본다. 건섭이 옆에 누가 있다. 자기보고 집 한칸 달라던 종업원이다. 이놈은 또 방을 낼 수 없다고 했을 때의 그 언짢은 눈으로 내려다본다. 그러고보니까 자기를 내려다보는 놈은 두 놈뿐만이 아니고, 종업원 전부가 술탱크 주위를 싸고 이리 내려다보고 있는 것이다. 누구 한 사람 자기를 이 술탱크 속에서 건져내주려는 사람은 없었다. 좋다! 이제 내 힘으로 기어나갈 테니 보아라!

그러나 도무지 기어나올 수가 없었다. 이젠 기진맥진해졌다. 그래도 저놈들보고 건져내달라는 말은 않으리라. 내 체면도 있으니까! 이렇게 술탱크를 기어나오려고 죽을애를 쓰다가 종시 기어나오지 못한 채 준호는 제김에 잠이 깨고 말았다. 온몸에 식은땀이 함빡 젖어있었다.

이날 준호는 새벽녘의 이 변변치 못한 잠 때문에 좀 늦어서야 사무실에 나가니 건섭이가 있다가, 오늘 저녁에 회의 있는 걸 잊지 말라는 것이었다. 좌우간 준호가 한번 더, 경영 문제에 대해서만은 유력한 자본을 얻게 되었다고 하니까, 건섭이는 차갑게 똑바로 이쪽을 바라보며 (준호에게는 그렇게만 느껴졌다) 제깐엔 위엄스런 목소리로(준호에게는 역시 그렇게만 느껴졌다), 글쎄 저녁 회의에서 의논해보아야 알겠지만 우리 종업원 전부가 다같이 자금을 내서 경영하지 못하는 바에는 어느 개인의 자본을 대느니보다 조합에 맡겨 운영하는 게 옳은 길이라는 말을 했다.

두 마디 안팎에 조합이다 ! 더구나 그 아니꼬울 만큼 위엄을 피는 말소리란 문밖의 종업원까지 들으라는 것이리라. 개인의 손으로 할 수 있는 일이면 개인의 손으로 할 것이지 왜 하필 번거롭게 조합에만 의탁할 것이냐. 준호는 모를 일이었다. 좌우간 저녁 회의에서 말해보자. 준호는 이날 필배에게 보일 시설목록을 꾸미고 나나 며칠 밤째 잠이 부족했던 탓인지 몸이 몹시 무거움을 느꼈다.

회의는 저녁 여섯시부터 있어, 준호는 이른 저녁때쯤 집에 저녁을 먹으러 돌아왔다. 저녁 생각보다도 술생각이 났다. 그래 오늘은 회의가 있으니 조금만 먹고 말자던 것이 나중에는 술을 한번 잔뜩 먹고 가서 하고 싶은 말을 죄다 하리라는 생각으로 변하여 맥주병 한 병이나 마셨다. 어느덧 전등을 켜도 좋을 때쯤 되었다. 그러는 동안 준호는 답답한 양복저고리를 벗어 버리고 있었다.

지금쯤 양조장에서는 모두 모여 자기를 기다리고 있으리라. 아니 건섭이놈이 벌써 나서서 재고로 있는 술이야기를 하며, 혹은 당장의 대책으로 준호 자기네 집 지하실에 있는 술이라도 먼저 나눠가지자는 의논을 하고, 다시 경영 문제만 해도 조합에 맡기는 게 옳은 일이라고 무식한 종업원이 잘 알아듣지도 못할 어려운 문구를 써가며 설명하고 있을는지도 모른다. 종업원들은 그저 건섭이놈아 훌륭하게만 생각돼, 무엇이고 그놈이 하는 말은 다 옳다고 하리라. 자기까지가 건섭이의 말에 속았던 일이 있지 않느냐. 문득 건섭이의 그 큰 입이 어지럽게 떠올랐다. 그래 근 이십년 동안이나 양조장살이를 한 이 대표를 빼놓고 너희놈들끼리 먼저 회의를 하다니 될 말이냐?

준호는 저도모르게, 이건 음모단이다! 하는 소리를 입밖에 내어 질렀다. 어젯저녁에 본 일본인 음모단같은 음모단이다! 취기 때문이기도 했지만, 수면 부족으로 해 충혈된 준호의 도드라진 눈알이 더 도드라지며 빛났는가 하자 어느새 자리에서 일어서고 있었다. 그런데 권총이 없다. 어디 큰 칼이라도 없느냐?

준호가 밖으로 나가 부엌으로 들어가니 아내가 온돌방 샛문을 열어잡고 저녁상 들이라느냐고 한다. 준호는 목이 말라 물을 좀 마시려고 그런다고 하면서 저녁은 이제 회의에 다녀와서 먹겠노라고 했다. 그리고는 아내가 샛문을 어서 닫게끔 정말로 물을 떠 마시기 시작했다. 물을 마시기 시작하자 정말 물이 켜져 몇 모금 꿀꺽꿀꺽 들이켜고는 아내가 샛문을 닫기가 바쁘게 식칼을 찾아 들고 집을 나섰다. 이놈들 이제 맛 좀 봐라!

길거리는 벌써 어둑어둑해있었다. 이 어스름 속을 완연히 가을로 접어든 바람이 불어왔다. 이 꽤 서늘한 바람이 준호의 낯과 헤친 앞가슴을 식혀주는데도, 준호의 걸음걸이는 술도 취했지만 잠 부족으로 해 더 어지러웠다. 그리고 준호의 머릿속은 이 걸음걸이보다도 더 어지러워있었다.

준호는 연방, 이놈들, 이 음모단놈들 맛 좀 봐라! 하는 소리를 입밖에 내어 지르면서 비틀비틀 걸어갔다. 지나가던 사람들이, 도옳다, 이냥반 혼자 독립 만났군, 하고 웃는 것도 그는 상관치 않았다. 이놈들, 그래 너희놈들이 음모단이 아니고 무에냐? 이래뵈도 난 양조장에서 청춘을 늙힌 사람이야! 그래 나 말고 누가 양조장 대표가 된단 말이냐? 너희놈들 잘 들어라! 양조장을 위해 그래 백원 지폐 한 뭉치를, 정말이지 오륙천원은 잘 되렷다, 그런 돈을 집어팽개친 사람이 누구냐? 그리고 장차 너희놈들을 먹여살리려는 사람은 누구고? 그래 그런 날 빼놔? 이 죽일놈들같으니라구! 그러다가 컴컴한 형무소 옆을 지나가면서는 또, 옳지! 너희놈들 음모단을 모조리 여기다 잡아넣고야 말겠다! 두고 봐라, 두고 봐!

어두운 서성리 한복판에 있는 유경 양조장 숙직실에는 전등이 켜져있었다. 이 죽일놈들! 준호는 비틀걸음이나마 다짜고짜 숙직실로 달려가 문을 열어젖히고 들어서며, 손 들어라! 하는 부르짖음과 함께 식칼을 내밀었다. 이놈들 꼼짝말구 손들어라 ! 손들어 !

어인 영문인지 몰라 놀라움과 겁으로 흠칫거리는 종업원들 틈에서 건섭이가 일어나자, 준호의, 손들어라, 하는 거친 부르짖음은 한층 높아지며, 건섭이 쪽으로 다가가려 했으나 그만 허든거리는 다리가 서로 휘감겨 앞으로 고꾸라지고 말았다. 우욱 종업원들이 몰리는데, 어느새 준호의 코와 입에서는 피가 흐르고, 그런 준호는 또 으으 하고 나지막하나 속깊은 신음소리를 지르면서 식칼 든 손을 부르르 떨었다. 건섭이가 조용히 준호의 손에서 식칼을 빼앗아 방 한구석으로 던졌다.

준호가 이번에는 눈물어린 흐린 눈을 반쯤 뜨고 고개를 들며 윗몸을 일으킬 것처럼 보였으나 곧 눈을 아주 감으면서 으으 하고 코와 입을 푹 다다미에 박고 말았다.

1945 시월

두 꺼 비

　남 죽음 내 고뿔만 못하다, 이런 속담이 언뜻 지금 남대문 쪽을 향해 걸어가는 현세의 머리에 떠오르는 것이었다.
　오늘 아침만 해도 그렇다. 같은 전재민의 어린 딸자식이 채독으로 온몸이 통통 부어 종내 죽고 말았을 때, 죽은 애를 가운데 놓고 소리를 죽여가며 울고 앉았는 그 젊은 부부를 먼저 위로는 못 할망정, 죽은 애와 같은 또래의 자기네 딸년이, 쟤가 왜 잠만 자? 하여 그렇지 않아도 슬픈 낯으로 앉았던 아내가 울먹울먹하는 것이 현세에겐 도리어 귀찮기만 해 딸년과 아내를 한꺼번에 흘겨주었던 것이다. 남은 이제 뭣을 팔러 나갈 참인데 재수없이 구는 것만 같아서였다. 그래 애 죽인 젊은 부부한테 가서 사람의 힘으로 못 하는 게니 참으라는 위로말을 하면서도 마음속으로는, 내가 이러고만 있을 때가 아니라 어서 남대문시장으로 가 양복을 팔아가지고 감자알이라도 사와야 하지 않느냐는 생각뿐이었던 것이다. 바로 달경 전에 북지에서 고국으로 돌아오는 뱃간에서도 이렇지는 않았었다.
　배에서 이런 애가 셋이나 죽었다. 세 아이가 다 갓 젖떨어진 애들이었다. 그리고 똑같이 몹쓸 설사를 하다가 배가 부산에 와닿기 전날 전후해서 죽고들 말았다. 죽기 바로 전까지 지독한 냄새를 피우는 물똥을 줄곧 쌌다. 그렇건만 누구 하나 더러우니 어서 죽어버렸으면 하는 사람은 없었다. 위생반에서 주는 봉지약 물약이 듣지 않자 낯도 모르는 사람이 설사에 신효한 약을 가지고 오던 것이 있다고 하며 갖다 먹이기까지 하였다. 그 약도 효험 없이 죽고 말았지만. 아무리 전염성이 없는 시신이라 해도 날이 무더워오던 때이니 하루라도 더 그냥 둬둘 수는 없다고 하여 바닷장사를 지내는 수밖에 없다는 말을 듣고 애 죽인 어버이들이 이왕 죽은 건 할 수 없지만 애 뼈만이라도 고국땅에 묻지 못하는 것이 한이라고 애타하는 것을 볼 때, 모두들 자기가 당하는 일처럼 가슴이 뼈근해졌던 것이다. 거기에는 전에없이 한 고국을 가진 같은 겨레라는 느낌이 서로의 가슴속을 뜨거이 흐르고 있었던 것이었다. 이런 현세의 가슴이 어느새 식어버리고 말았던 것이다.

어느새가 아니라 그것은 현세네가 고국으로 돌아온 지 얼마 되지 않아 바로 고국이 현세네에게 살아나갈 길을 주지 않은 때부터였다. 지금도 현세는 자기와 같은 처지의 사람을 얼마든지 골라낼 수가 있었다. 지금 자기와 어기는 사람이 그렇고, 그리고 이 사람, 이 사람…… 에익 이까짓 생각보다도 이제 남대문시장에서 양복을 팔아가지고 동대문시장으로 가 감자를 살 생각이나 하자. 무에나 파는 데는 값을 잘 놓는다는 남대문시장에서 양복일랑 될수록 비싸게 팔아야 한다. 그리고 무에나 좀 싸다는 동대문시장에서는 또 감자를 싼 놈으로 골라 사야 한다. 그러면 자기 창자에도 무엇이 들어갈 수가 있다. 그러자 현세는 몸 어느 한구석에서 속삭이는, 나도 살아야 한다는 소리를 들은 듯하며, 그래야만 한다는 듯이 들고 있는 보퉁이를 꽉 그러쥐어보는 것이었다.

현세는 눈을 들어 남대문을 바라보았다. 비죽이 내민 남대문의 한쪽 위아래 추녀가 흐릿하다. 지금 현세의 눈에는 무슨 눈물의 흐림이 있어 그런 것은 아니었다. 날씨가 흐린 것도 아니었다. 그저 현세가 오늘 아침을 굶은 탓이었다. 이렇게 남대문을 바라보던 현세는 문득 자기는 지금 고국에 와있는 게 아니라 만주나 북지 어느 곳에 와있는 듯한 착각을 일으키는 것이었다. 만주나 북지에 저런 집이 많았느니라. 그러면 눈에 보이는 모든 사람이 또한 이국에서 보던 사람들이다. 만주나 북지에서 얼마든지 만나던 사람들이다. 예가 그럼 타국이다.

이러는 현세의 눈앞을 웬 뚱뚱한 얼굴이 하나 스치고 지나간다. 알 사람이다. 이 얼굴만은 전에 고국에서 보던 얼굴이다. 누굴까?

갑자기 현세의 머릿속에 소학 시절의 한 동무의 얼굴이 떠오르는 것이었다. 어렸을 적 동무의 얼굴, 그러니까 지금 현세에게는 정말 고국 사람의 얼굴같은 얼굴이었다. 돌아다보니 그 사나이는 저만치 자기 가는 길만 걸어간다. 그런데, 저자 이름이 뭐더라? 저자 별명만은 뚱뚱보든가 불독이었는데?

막 현세가 남대문시장 초입에 당도했을 때 누가 뒤에서 어깨를 탁 치며,

"여, 현세 아니야?"

하여 놀라 돌아다보니 거기에는 어느새 좀전의 고국 얼굴이 와 웃고 섰다.

"오!"

하고 저도모를 소리를 지르느라니까 그 뚱뚱보 사내는,

"나 두갑이야,"

한다.

"알아!"

그리고보니 이친구의 별명이 뚱뚱보라든가 불독이 아니요, 두갑이라는 이름이 두꺼비라는 말과 비슷한 데다가 입이 두꺼비처럼 생겼다 하여 두꺼비라고 부르던 것이 생각났다.

"얼핏 몰라보겠는데? 이자 자넬 어기어놓구두 갑자기 자네 이름이 생각나야지, 그래 그냥 가다가 자네 이름이 생각나기에 달려왔네, 자 우리 가서 차라두 한잔 마십세,"

하고 두갑이는 현세의 대답도 기다리지 않고 지금 자기가 달려온 길을 앞서 걷기 시작하여 현세도 그 뒤를 따랐다.

두갑이는 자꾸 뒤떨어지는 현세를 향해 몇번이고,

"이게 우리가 얼마만인가? 한 이십년 됐지? 그새 모두 영감들이 됐네 그려, 그래두 사람이란 그저 죽지 않으믄 만나게 마련야,"

하는 말을 거듭 외었다.

진고개 어느 찻집으로 들어가 자려를 잡고 마주앉으면서도 두갑이는,

"이게 우리가 얼마만인가? 이렇게 서루 만나서 정말 반갑네,"

하였다.

　그리고 두갑이는 주머니에서 손수건을 꺼내어 얼굴의 땀을 훔쳐내며 일변 태극이 박힌 부채로 활활 부채질을 하면서 이곳저곳에 앉았는 사람들과 그 두꺼비입에 미소를 띠워 눈인사를 주고받고 하다가 심부름하는 계집애가 가까이 오니까 현세에게,
　“뭘 할래나?”
하여 현세가,
　“아무거나,”
하니,
　“홍차 하나,”
하고 익숙하게 부채 든 손의 둘쨋손가락을 심부름하는 계집애 앞에 펴 보이고는 현세에게,
　“난 조금 전에 마셨어.”
　현세는 우유같은 것을 주문했더면 좋았을걸, 그랬으면 얼마만이라도 시장멈춤이 될 텐데, 하는 생각을 해보는 것이었다.
　이런 궁출에 든, 그리고 건축장에서 입던 낡은 작업복을 입은 자기에게 비겨 두갑이는 누르끄레 변색은 했으나 대림질로 뻔들거리는 백색 세루양복에 머리엔 기름을 바른 모습이 우선 훤했다. 그저 입만이 별명처럼 두꺼비입을 닮은 것이 흠이라면 흠이었지만.
　홍차가 와 현세가 한 모금 마시고 나자 두갑이는 이편으로 윗몸을 내밀며,
　“참, 이거 얼마만인가? 그새 자네 북지에 가있었지? 난 해방 전까지 폐양에 백혀있다가 해방 이후에 이리루 올라왔네. 그런데 말야, 우리 여기서 피차 그동안 지난 일일랑 이야기 맙세. 지나간 일 중언부언해봤자 별수 없는 일. 이제 앞으루의 일만 생각할래두 겨를이 없을 때 아닌가? …… 참, 자네 지금 어딨나?”
　두갑이의 입에서는 어젯저녁 불고기와 마늘에 소주를 먹었음에 틀림없는 독특한 냄새가 입을 열 때마다 풍겨왔다.
　“저, 경신학교 자리라든가 한, 전에 서양 선교사네 살던 집에 들어있어.”
　“내 그럴 줄 알았네. 듣느라니 그 선교사네 집 자리에 숱한 전재민이 들어있다두만. 그럼 마침 잘됐네. 내 방 하나 얻어주지. 정말

이지 요즘 서울 장안에서 방 얻기란 하늘의 별따기보담두 힘드네.
마침 잘 만났네. 어쩐지 자넬 그냥 지나쳐버리구 싶지 않더니……
우리가 서루 도와야지 어쩌겠나. 그런데 말야, 내가 말하는 방은
말야, 연극을 한막 해야 해. 연극이래야 그리 힘든 연극두 아니지
만."
　현세를 만나기 전부터 미리 정해진 사실이나 알리듯이 이렇게 말
하고는 지금 자기가 하는 말 속으로 현세를 끌어들일 여유나 주려
는 것처럼 잠깐 말을 끊었다가,
　"저 삼청동 막바지에 있는 집인데 말야, 연극이라는 게 다른 게
아니구 이래. 사실은 지금 그집에 빈 **방이라구**는 없는데 말야, 지
금 있는 사람들을 내보내가지구 누굴 주겠다는 거야. 이렇게 말하
믄 요즘 세상에 어떻게 셋방사람들을 내보내는 수가 있나 하겠지만
그게 연극이거든. 어떻게 하나 하믄 누가 **그집**을 사는 것처럼 하거
든. 그리구서 다 내보낸단 말야. 알겠나? **그래** 집을 다 내가지구
는 자네가 한 방 차지하구 들어가거든. 아주 쉬운 연극이지 뭐. 그
래 자넨 그저 집을 사는 사람의 연극만 하믄 되는 거야. 그런데 한
가지 주의할 건 말야, 그저 꿈에라두 연극처럼 **뵀단** 안돼."
　두갑이는 여기서 다시 말을 끊고, 어떤가? 하듯이 현세를 건너
다보고 나서,
　"그런 연극을 해서까지 지금 있는 사람을 내보낼 게 머냐구 하겠
지만 사실은 말야, 그집 쥔이 요새 부로커 노릇을 해서 돈냥이나
착실히 잡았는데 말야, 앞으룬 대대적으루 물품을 사들였다 팔았다
할 예정인데 말야, 그럴래믄 지금 셋방 논 문간방을 창고루 써야
해. 그런데 한 방만 내보낼 수두 없구, 그래 두 방 다 나가게스리
아무리 말해두 나가지 않는 거야. 서울사람들 좀 깜진가? 그래
할수없이 이런 연극을 하려는 거지. 그집 쥔관 이번 서울 와서 첨
안 사람인데, 그래 나라두 연극을 해줄까 했지만 난 또 그집에 드
나드는 사람이 돼서 셋방사람들과두 다 낯을 아는 터에 그럴 수두
없구, 그럴 만한 사람을 찾던 중인데 마침 잘 만났네. 자네두 **방**
땜에 고생일 텐데 바루 됐어. 그래 자넨 방을 얻으니 좋아, 집쥔은
셋방사람들을 다 내보내니 좋아, 그야말루 매부 좋구 뉘 존 일 아

냐?"

  두갑이가 제법 서울말을 써가며 이렇게 말하고는 현세에게 그렇지 않으냐는 웃음을 그 두꺼비입에 한번 지어 보였다.

  그러나 현세는 그다지 마음에 당기지가 않았다. 그것은 자기가 방 걱정이 없어서 그렇다는 것보다도 지금 당장 자기에게 급한 것은 굶는다는 것 그것이었기 때문인지도 몰랐다. 어서 자기는 남대문시장에 가서 양복을 팔아가지고 동대문시장에 가서 감자를 사가지고는 식구들이 있는 곳으로 가 그놈을 솥에 쪄가지고……

  "그래 어떤가?"

  두갑이의 재촉하는 말에 현세는 저도모르게 그저,

  "이따 좀 생각해보구, "

하고 말았다.

  "이따 생각해보구? 그럼 자넨 아주 방 걱정은 없는 사람같네 그려. 혹 인정상 어떻게 지금 있는 사람을 내보내구 내가 들어가노 하는 생각을 할는지 모르지만 건 쓸데없는 생각야. 내 발잔등의 불부팀 꺼야지 남 생각 할 땐가? 그 사람들은 그래두 여지껏 서울 본바닥에서 살던 사람들이니까 아무런대두 다시 방을 얻을 수 있는 사람들이거든. 알겠나? 이런 좋은 기횔 놓치지 말란 말야. 오늘루, 뭣하면 낼 아침에라두 삼청동엘 찾아가서, 내가 가르쳐주는 복덕방에 들러 집 한채 사겠다구 하믄 돼. 집쥔이 벌써 집을 복덕방에 내놨으니까 말야. "

  그리고 종이쪽지에 복덕방이랑 집의 위치를 그려가며 일러주고는,

  "생각해보구 뭐구 할것 없이 내 말만 들어둬. 그럼 낼 오후 한시쯤 이 다방에서 만나세. "

  그러나 현세는 두갑이와 헤어져, 남대문시장에서 양복을 팔아가지고 그길로 동대문시장으로 가 감자 몇 관을 자루에 사 메고 처자가 있는 곳으로 돌아가는데 허기증으로 허리는 자꾸만 까부라져오고 이마에서 흘러내리는 땀이 눈과 입에 흘러들어 손으로는 훔쳐낼 힘도 없어 입은 악물고 눈을 꽉꽉 감아 땀을 내모느라면 눈앞이 아뜩아뜩해지는 속에서 생각은 그저, 어서 이놈의 감자를 쪄가지고 한입 크게 배물어 먹었으면…… 혹 너무 더울라치면 혹혹 김이 오

르는 놈을 식혀가면서…… 가루가 풀풀 이는 놈을…… 아니, 감자
만 먹어선 당하지 못한다, 우거지국을 훌훌 마셔가며 감자는 조금
씩…… 하는 생각뿐이었고, 그리고 현세는 사실 아무것도 넘어갈
것이 없는 목구멍의 침을 몇번이고 삼켜보는 것이었다.

  대낮이 되었는데도 모두들 누워있다. 도로공사 인부나 청소부로
뽑히어 나가는 사람들 외에는 모두들 이렇게 드러누워서 아침을 맞
고 보낸다. 될수록 아침을 느지막하게 먹어 하루의 세끼를 두끼로,
또는 두끼를 한끼로 줄이려는 것이다. 그리고 애들이 딸린 사람네
는 밥 달라는 성화에 견디다 못해 감자밥같은 걸 해놓고는 어른들
자신이 배고픔을 참지 못하고, 에라 애들 먹는 김에 우리도 먹어두
자고 아침을 먹고 나서는, 행여 그것이 쉬 삭을까봐 누웠기도 한
다. 애를 잃은 젊은 부부네는 또 그들대로 이번에는 자기네가 앓아
눕기라도 한 듯이 드러누워있다.
  여기저기서 잠꼬댄 듯 앓는 소리가 들린다. 하기는 모두가 중병
을 앓는 사람의 꼴이다. 그러니까, 칸을 막지 않고 휑하니 터진 이
양옥 밑층은 어느 병원의 무료 입원실 그대로다.
  현세도 애에게 졸려 감자를 쪄 우거지국과 함께 먹고는 자리에
누워버렸다. 가만히 누워있는데도 별나게 땀이 흐른다. 속이 빈 데
다가 더운 것을 먹어 그런가보다. 그리고 이제부터 진짜 여름의 더
위가 시작되는 때가 아니냐. 어서 더운 고비가 지났으면 좋겠다.
하긴 그러지 않아도 이제 덥다덥다 하는 새 어느덧 또 춥다춥다 할
때가 오고야 말리라. 그러나 우리같은 전재민에게는 아무래도 추운
겨울날보다는 더운 여름철이 낫다. 다른 것은 다 그만 두고, 거처
할 곳만 해도 여름철에는 이런 마루 위에고 아무데고 지낼 수 있으
니.
  그럼 겨울에는? 그러나 겨울까지는 고사하고 지금 당장이 문제
인 것이다.
  이틀이 멀다 하고 위층에 있는 김장로의, 집을 내달라는 독촉을
받고 있는 것이다. 그 무테안경을 끼고 옆배가 나온, 언제나 가죽
뚜껑을 한 성경책을 들고 다니는 김장로. 참 점잖은 사람이다. 이

김장로는 현세네가 이리로 거처할 곳을 찾아온 지 며칠만에 이 집을 지키는 직분을 띠고 왔다. 온 지 사흘째 되는 날 아침에 김장로는 밑층으로 내려왔다. 점잖이 손에 가죽뚜껑을 한 성경책을 들고. 그리고 하는 말이, 형제들 있을 집이 없어 이렇게 와있는 거 매우 동정하오마는 어떻게 된 일인지 이리루 온 날 밤부터 형제들 때문에 내 꿈자리가 사나워 한잠 잘 수 없으니 큰일이오, 형제들 날 동정해서라도 하루속히 집을 내주오, 아무래도 에서 겨울은 못 날 테고 나갈 바에는 날 동정해서 하루라도 속히 나가줬으면 매우 감사하겠소, 했다. 몸가짐뿐 아니라 말투며 음성까지가 아주 점잖다. 그 말소리를 듣고는 아예 그 말에 거역치를 못할 음성이다.

　현세는 무심중 지금 자기가 누워있는 앞뒤에 얼마큼씩 간격을 두고 같이 누웠는 전재민들을 둘러보았다. 그러자 이들 전재민들이 에서 나가면 갈 데도 없건만 하나하나 자기네 짐을 꾸려싸는 모양이 뻔히 눈앞에 떠오르는 것이었다. 이렇게 되면 아무리 거역키 힘든 김장로의 말이라도 현세는 죽기를 한사코 여러 전재민을 대신해서 말한다. 얼마 동안만 참아주십시오. 그러면 김장로는 다시 말하리라. 형제들이 이 늙은이를 동정해주오, 형제들 때문에 밤에 한잠도 못 자는 이 늙은 동포를 동정하오. 이러는 김장로의 목에서 울대뼈가 유달리 불룩거린다. 그게 꼭 누구를 닮은 것같은데 ? 오라, 저 두갑이가 두꺼비입을 닮은 것처럼 이 김장로도 두꺼비를 닮았다. 그 무테안경하며 옆배가 나온 것하며 꼭 두꺼비상이다. 그런데 웬일일까, 이 두꺼비상이 김장로로 하여금 한층 점잖은 맛을 주는 것은. 그래 결국 현세는 자기 혼자서는 도저히 당해낼 수가 없어서 응원을 청하려 같은 전재민을 돌아다본다. 그랬더니 거기에는 모조리 짐을 꾸려가지고 어디론가 가버리고 텅 비어있는 방안만이 휑하다. 할수없이 현세는 혼자 죽을힘을 써서 애걸한다. 다들 가고 나 혼자뿐이니 얼마만이라도 참아주십시오, 잡살스레 또 집사람 몸풀 달이 돼나서 한데루 날 수두 없습네다레. 그러나 김장로는 한결같이 점잖은 목소리로, 형제가 날 동정하오, 이 늙은이를 동정하오, 하는 것이었다. 그리고 이러는 김장로의 불룩거리는 울대뼈 아래서 어쩐지 두꺼비배가 자꾸 커지는 것만 같았다. 이러다가는 이 양옥집 밑층이 김장로의 배로 가득 차겠다.

현세는 벌떡 일어나 앉고 말았다. 등에 땀이 후줄근하게 내배었다. 누구의 입에선가 앓는 소리가 들려온다.

현세는 무엇에 쫓기는 사람처럼 밖으로 나오고 말았다. 그리고 그길로 삼청동을 찾아가고 있었다.

처음 찾아가는 사람에게도 곧 알 수 있게 복덕방은 두갑이가 말한 대로 삼청동 초입에서 얼마 올라가지 않은 왼편에 있었다. 복덕방이라 쓴 낡은 헝겊조각이 달린 대문을 들어서니 마침 대문 안 마루에 수염을 빡빡 깎은 한 늙은이가 꾸벅꾸벅 졸고 앉았다가 인기척 소리에 정신을 차리며 현세를 맞아주었다.

"여기 집 한채 살 게 없습네까?"

현세는 어느새 이런 말을 하고 있었다.

"있습죠,"

하고 늙은이는 지금 자기가 한 말이 부족한 듯 허리에 찬 안경집에서 돋보기를 꺼내어 끼고 다시 현세를 쳐다보면서,

"참 존 집 하나 났습죠, 열두 칸짜리 집인데, 가보시렵니까?"

하며 일어서 앞장을 섰다.

현세는 이 늙은 집주름을 따라 오른편에 개천을 끼고 올라가기 시작했다. 꽤 맑은 물이 흐르는 개천에는 여기저기 빨래하는 아낙네들이 수두룩하다. 우선 빨래하기에 편한 곳이다 싶었다.

길이 개천을 버리고 골목으로 접어든다. 얼마큼 올라가다 골목 끝이 오른편으로 꺾여 그리로 나가 보니 꽤 높은 낭떠러지 위다. 그리고 밑은 다시 개천이다. 개천은 윗쪽에 턱이 진 곳이 있어서 물이 제법 요란한 소리를 내며 떨어진다.

현세가 개천에서 눈앞에 다가온 솔밭에로 눈을 옮기는데 늙은 집주름은,

"으떻수, 사람 살기 참 존 뎁죠? 삼청동이란 이름부터가, 산청 수청 허니 인자청이라, 산 맑구 물 맑으니 그 속에 사는 사람 또한 절루 맑더라…… 을마나 사람 살기 존 뎁니까,"

하고 지금 자기가 한 말의 효과나 엿보려는 듯이 현세를 돌아다보았다.

현세는 벌써 고맛 언덕배기 길을 걸은 것이 힘들기만 해, 어서 자기네가 찾아가는 집이 나타나주기만 바라는 마음뿐이었다.

그러나 막상 막바지 끝집 두어 집 전 집에 이르러 집주릅 영감이 안으로 들어갔을 때, 현세는 왠지 쏙 뒤따라 들어갈 수가 없었다. 안에서 집주릅 영감의, 어서 들어오라는 말소리를 듣고서야 대문을 들어섰다.

다행히 집주인은 안에서 나오지 않았다. 그저 셋방사람인 듯한 여인이 장독대에서 현세의 행색을 힐끔힐끔 쳐다보는 것이었다. 연극이라는 것을 눈치채어서는 안되겠다는 생각과 함께 뒷짐을 지면서 집을 한번 둘러보았다. 지은 지가 상당히 오래 된 집인 데다 이런 집치고도 그리 재목을 잘 쓴 편이 아니라고 현세는 생각했다. 현세는 건축일을 해온 만큼 절로 그런 데 눈이 갔다.

집주릅 영감은 여기여기가 방이요, 여기가 부엌이요, 저기가 변소요, 하고 일일이 설명을 해주었다. 집주릅 영감의 말을 귓등으로 들으면서 건넌방은 고사하고, 문간방에라도 어서 이사를 오게 됐으면 하는 생각이 자꾸 잃을 어쩌지 못했다.

늙은 집주릅이 집 뒤로 돌아가며 현세보고 따라오라고 한다. 집 뒤에도 좁으나마 뜰이 있고, 한끝에 일각대문이 나있어, 대문 밖은 꽤 가파로운 비탈길이었다. 비탈길을 다 내려가니 우물터가 되었다. 큰 바위 밑에서 솟는 박우물이었다.

늙은 집주릅은 마침 우물에 나와 물을 긷는 계집애에게서 쪽박을 얻어가지고 물을 떠서는,

"자, 참 물맛 좋습죠,"

하고 현세에게 내밀었다. 그러지 않아도 목이 마르던 차라 현세는 쪽박을 받아들고 한참이나 벌컥벌컥 마셨다.

현세가 쪽박에서 입을 떼자 집주릅 영감은 기다리고나 있었던 듯,

"으떻수? 물맛 좋죠? 이게 보통 우물이 아니올시다. 이 우물은 아무리 가뭄이 심해두 마르는 법이 없습죠. 을마나 먼 데서꺼지 이 물을 길어다 먹는데요. 이런 우물에 비기면, 원, 요새 수도야 어디 그게 수돕니까 안 나오는 날이 태반인걸요."

여기서 늙은 집주릅도 목이 마른지 물을 떠서 꿀꺽꿀꺽 맛있게

소리를 내어 마시고는,

"물맛 참 조응다, 은제 와 먹어두 새맛이거든,"

하고 말에다 가락을 붙여 아주 감탄을 해뵈는 것이었다.

다시 비탈길을 올라가 둘이는 일각대문으로 해서 집 뒤를 돌아 그곳을 나왔다.

"이 집이 절이랍니다,"

하고 집주름 영감이 한 곳에 걸음을 멈추며 좀전에 올라올 때도 본 단청칠한 집을 가리켰다.

"절두 설 만헌 곳이죠. 자 보십쇼, 집자리 좀 존가. 뒤에는 산이 병풍처럼 둘러있겠다, 맑은 물이 있겠다, 이런 명당자리는 구할래두 힘들 겝니다."

현세는 집주름 영감이 주위를 쳐다보느라고 고개를 뒤로 젖혔기 때문에 그의 머리가 가마를 중심으로 접시 둘레만큼 맨숭맨숭 벗어진 자리에 맺힌 땀방울을 보았다. 입으로 벌어먹는 이 늙은 집주름의 생업도 그리 용이한 것은 아니라고 생각했다.

현세는 그만 이제는 내려가자고 재촉하는 뜻으로,

"저 집을 얼마나 달랩네까?"

하니 늙은 집주름은 그제야 다시 앞장을 서며,

"집값은 또 좀 헐하게요, 자기네가 달래길 매칸 일만천원씩 달래거든요, 요새 웬만한 문안 집은 매칸 일만오천원 안 주군 못 삽죠,"

하고 당신도 집 사러 다니니 그런 건 다 알 것이라는 듯 현세를 한번 돌아보고 나서,

"그렇지만 내 매칸 일만원씩에 떼내보리다,"

했다.

"어디 문안집하구 차이가 단 오천원만 됩네까? 던찰 한번 탈래두 십리만큼 나가야 하는 이런 데다 돈있는 사람이야 누가 집을 삽네까. 게다가 집두 헐구."

"집이 헐었게 만원 소릴 하지 않수? 집만 새집이라면 예가 문안 집값에 지지 않죠. 공기 좋구 물 좋다구 일부러 이런 델 골라잡는 사람이 을마나 많은뎁쇼. 사실 테건 남헌테 떼이지 말구 곧 사시두룩 허슈. 한 칸에 만원씩이면 모두 십이만원이죠."

　여기서 현세는 이게 연극이라는 걸 눈치채이지 않기 위해서라도 한마디 해야 했다.
　"에누리없이 십만원이믄 몰라두."
　"천만에유, 어림두 없습니다."
　그러나 늙은 집주름은 자기 집 앞에 이르자 발걸음을 멈추며,
　"좌우간 약금을 내두룩 허슈. 약금을 갖구 가야 저편에서두 참말을 하게 마련이니까요."
　"좀 생각해봅세다,"
하고 현세가 오늘은 이만 돌아갈 것같은 눈치를 보이자 늙은 집주름은 또 집주름대로 자꾸 사라고만 해도 안된다는 듯이 말을 바꾸어,
　"참 어디루 가십니까. 종로 쪽으루 가시려건 지름길이 있습쥬. 자, 저를 따라오십쇼."
　그리고 안국동 쪽으로 뚫린 길까지 와서는,
　"냴이라두 약금을 내십쇼. 약금을 내놓구 흥정허는 게 실값이랍니다."
　결국 이 말을 한번 더 하기 위해서 여기까지 따라왔음이 분명했다.
　집주름 영감과 헤어져 진고개 다방을 들어섰을 때에는 좀전에 우물에서 먹은 물이 온통 땀이 되어 흐르기나 하는 듯 온몸이 땀투성이가 돼있었다.
　다방에 아직 두갑이는 와있지 않았다. 한시가 다 됐건만.
　심부름하는 계집애가 와서 무얼 들겠느냐고 한다. 현세는 얼른,
　"우유!"
했다.
　우유 한 잔을 성차지 않게 다 마시고 나서 얼마를 앉아있어도 두갑이가 나타나지를 않아 현세는, 두꺼비같은 자식이 허튼수작을 해서 누굴 놀려먹는 게나 아닌가, 그렇다면 자기는 공연히 이 먹을 것도 없는 우유 한 잔을 십오원씩이나 주고 사먹지 않느냐, 십오원이면 감자가 반관이요, 감자가 반관이면 자기네 온 식구가 하룰 살 텐데, 이런 생각을 하며 앉아있기도 한참만에야 두갑이는 분주히

다방문을 확 밀어젖히며 들어섰다. 유난히 어깨를 흔들어댔다.

두갑이는 여기저기 앉아있는 사람들과 두꺼비입에 미소를 띠워 인사를 주고받으며 현세가 있는 곳으로 오자,

"비가 오실려는지 되게 물쿠눈,"

하고 양복 윗저고리를 벗어 의자에 걸고 손수건으로 목과 이마의 땀을 훔치면서,

"나 지금 그집으루 해서 오는 길이야,"

했다.

두갑이가 그집에 들렀다 온다는 말에 현세는 무엇보다도 자기가 그집에 갔던 이야기를 먼저 꺼내지 않아도 좋게 된 것이 다행스러웠다.

그냥 더운 듯 두갑이가 예의 태극 박힌 부채를 활활 부치며 후우 하고 입김을 내뿜는데 여전히 소주와 불고기와 마늘을 먹은 뒤에 나는 독특한 냄새가 풍기어 왔다. 현세는 문득 좀전에 보고 온 그집 뒷켠에 있는 나무숲은.정말 고깃근이나 하고, 소줏병이나 가지고 올라가 앉았으면 나쁘지는 않겠더라는 생각과 함께 혹은 이 두갑이는 어제도 그집 주인과 같이 그 나무숲 속에서 술을 나눴을는지도 모른다는 생각을 해보는 것이었다.

"자네나 뭐 한잔 들게, 난 딴 데서 금방 마시구 왔어."

"자네 기대리는 동안 우유 한잔 했네."

"그럼,"

하고, 두갑이는 의자에 건 양복저고리 안주머니에서 수표 한 장을 꺼내 현세 앞에 내놓는다.

"자, 이게 계약금."

현세가 수표를 집어들고 만원이라는 액수부터 들여다보는데 두갑이는,

"자, 서울사람들 보게, 얼마나 빈틈이 없나, 수표에 횡선 그어놓은 거 말야, 혹시 이걸 잃어버린다든지 해두 은행에 전화만 하믄 그만이거든,"

했다.

그러나 현세는 비단 서울사람뿐 아니라 누구나 이런 경우에는 그

렇게 하리라고 생각했다. 그러니까 지금 두갑이의 속뜻은 서울사람 빈틈없다는 말을 하려는 게 아니고, 현세 자기가 혹 딴마음을 먹더라도 이런 수표니 어쩔 수 없다는 것을 알리는 데 지나지않으리라. 사실 집주인은 말고 이 두갑이 자신이 지금 형편에 자기에게 얼마만한 액수의 돈이나 믿고 맡길까. 아마 몇 백원은 고사하고 단돈 몇십원이라도 못 미더워하리라는 것은 뻔했다.

"낼이라두 가서 계약을 하게. 그런데 말야, 반드시 집 전부를 명도해야 잔금을 치른다는 대목을 계약에 밝혀야 해. 같이 온 전재민 몇이서 얼름으루 사는 게 돼놔서 다 써야 한다구. 그리구 말야, 명도기일두 지금 당장 있을 데가 없어서 그런다믄서 될수록 짧게 잡으란 말야. 그대신 집값은 달래는 대루 주는 척하게나. 하여간 연극이란 눈칠 조그만치라두 보여선 안되네. 그럼 빌 계약이 되믄 이리루 오게나. 난 매일 오후 한시쯤해서는 한 번씩은 꼭 예 들리니깐. 하긴 난 그집에 가서라두 계약된 걸 알 순 있겠군. 좌우간 잔금 날짜에는 아침 열시쯤해서 예서 만납세."

이튿날, 현세는 다시 삼청동에를 갔다. 그러나 현세는 복덕방에를 들리지 않고 곧장 어제 본 집으로 올라갔다. 오늘은 셋방사람들한테 한번 더 자기가 집구경하는 것을 보여 이제 계약이 되는 날이면 다른 데로들 이사를 해야 한다는 생각을 미리 해두도록 하기 위해서였다.

어제 집주름 영감이 하던 대로 집구경을 좀 하자고 안뜰로 들어서니 안방 미닫이가 열리며 여남은 난 계집애가, 어른들 안 계시다고 한다. 집주인이 없어 쑥스러운 대면을 하지 않게 된 것만은 도리어 다행이었다. 그러고보니 안주인도, 그리고 셋방사람들도 모두 어디 나가고 없고 이애 혼자 집을 보는 듯했다. 지금 이리로 올라오는데 배급소 앞에 긴 줄을 지어 섰더니 이 집에서도 모두 배급을 타러 나갔는지 모를 일이었다.

공연히 헐레벌떡 올라왔다고 돌아서려는데 건넌방 미닫이문이 조금 열리며 한 노파가 고개를 이쪽으로 내미는 것이었다. 어디 몸이라도 편찮아 누워있었던 듯 머리카락은 헝클어져있고, 긴 목이 무슨 구렁이같은 인상을 주었다.

"집구경 왔답습니다."

"네."

"어제두 와 봤디만 집이 되기 낡았구만요."

현세는 고맛 걸음에도 피곤해, 노파가 미닫이를 열어놓고 있는 마루 끝으로 가 앉으며 안방 계집애가 듣지 못하도록 나직이,

"방에 구들골 내레앉은 데나 없쉐까?"

했다.

"물은 안 납죠. 이북서 오셨수?"

"예. 고향은 폐양입니다만 그동안 북지에 가있다가 이번에 전재민으루 돌아왔습니다. 그래 있을 데는 없구 해서 멫이서 얼름으루 집을 하나 살까 해서요."

현세는 자기도 모르게 이런 말이 나왔다.

"내에,"

하고 노파는 그러리라고 구렁이목을 끄덕이고 나서, 이 역시 안방 계집애가 들어서는 안된다는 듯이 음성을 낮추어,

"방고래 빠진 데는 없지만 방꼴이 엉망이죠. 작년 장마에 이 위에서 내리미는 물이 미처 빠지지 않어 이 방안에 물이 펑덩하니 괴었었으니 어땠겠수."

그것은 그런 일이 있었다는 사실을 은근히 현세에게 일러주는 것 같으면서도 거기에는 또한 이런 말을 함으로써 이 집이 매매되지 않어 자기네가 다른 데로 이사가는 일이 없기를 바라는 말같이도 들렸다.

그러나 그곳을 나와 걸어내려오며, 그런 흠점을 가릴 처지가 아니라고 현세는 생각했다.

날이 몹시 무덥다. 비가 오려는가보다. 하기는 여길 오르내리느라고 더 더운지 모르겠다. 그닥 높다고 할 곳도 아닌데. 그러나 하루에 밥 세 끼 안 먹고는 오르내리기 힘든 곳이라고 그런 생각도 하는 것이었다.

복덕방 앞까지 오자 현세는 그저 집주인이 얼른 돌아와주기나 했으면 하는 생각뿐이었다.

안에서는 늙은 집주름이 마루에 앉았다가 현세를 맞아,
"어서 오십쇼, 금방 올라가시더니 벌써 내려오시는군,"
하는 게 현세가 좀전에 이 앞을 지나가는 것을 내다본 모양이었다.
"근데 그집 잔마땐 큰 결딴이라누만요, 아낙에루 막 물c' 밀레들
어와서."
역시 이제와서 현세에게 제일 궁금한 건 이 문제였다.
"누가 그럽디까, 건넌방에 있는 그 구렝이노파가 그럽디까?"
사람의 눈이란 비슷한 모양이어서 집주름 영감도 그 셋방 노파를
구렁이라 불러 말하고는 이쪽의 대답을 듣지 않고도 현세에게 그런
말을 한 것은 분명히 그 구렁이노파에 틀림없다고 단정한 듯,
"그 구렝이노판 집 팔리게 되면 방 내야겠으니 그게 다 집 못 사
게 허느라는 수작이죠. 이런 말 저런 말 들으시다간 집 못 사구 맙
니다. 공연히 우물쭈물허시다 남헌테 뺏기슈, 뺏겨요,"
했다.
"좌우간 그런 흠덤을 여러가지 말해서 집값을 깎두룩 하시우. 그
럼 내 노인당을 믿구 계약금을 내리다. 잘만 해주시우. 우리 폐안
도사람은 무어나 이렇게 씨원씨원하웨다."
현세가 계약금 수표를 내놓으니 늙은 집주름은 그것을 받아들고
들여다보다가 현세가 혹시 도로 달라기나 하면 어쩔까 싶었던지 얼
른 주머니 속에 집어넣으며,
"그래야 내집 돼는 거죠,"
했다.
"근데 집값두 집값이디만, 집 명도기일을 기껏 바투 잡으시우. 이
것두 혼자서 사는 게 아니구 전재민 몇이서 얼러서 사는 데다가 모
두 당장들 있을 데가 없어서 그러니까요."
"암, 압죠, 그럼 내 주인 있을 때 다녀오리다,"
하고 늙은 집주름이 일어서는 걸 현세가,
"참 지금 집쥔 없습데다,"
하니,
"선생님이 이리루 들어오시기 바루 전에 올라가는 걸 봤는뎁쇼,"
하고 집주름 영감은 분주히 대문 밖으로 나가 사라졌다.

52

현세는 혼자 앉아서 좀전에 올라갔다면 자기와 어겼을 텐데, 어떤 사람일까, 아무리 생각해 봐도 좀전에 이리로 내려오면서는 아무도 만나지 않았던 것만 같고, 한편 생각해보면 많은 사람을 만났던 것같기도 해서 종잡을 수가 없었다. 하여튼 왔다니 됐다.

그리고 현세는, 에 물쿤다, 소낙비라도 한바탕 내리부었으면 좀 시원할 것같다, 이런 생각을 하며 조는 듯 마는 듯 한참 앉아있는데 누가 들어서는 인기척이 나, 보니 집주름 영감이었다.

"거 참 힘든다,"

하고 후우 하고 한숨을 한번 내쉬고 나서 현세 앞에다 계약서와 계약금 영수증을 펴놓는다.

"글쎄 십이만원에서 한푼두 덜허지 못 허겠다구 딱 잡아떼는 걸 교통이 불편허느니, 수도가 없느니, 그야말루 별별 소릴 다 허다못해 결국 저편에서 구문을 그만두기루 허구서 겨우 말 약 먹이듯 십만오천원에 떼내 왔습죠. 그리구 집 명도기한만 해두 보통 한 달 기한은 해야 허는 게지만 내가 책임지구 셋방사람들 방 구해주마 허구, 이달 말일루 정했습죠. 자랑이 아니라 내 아니면 이렇게 못 헙니다. 어쨌든 선생님이나 구문을 넉넉히 생각해주셔야 헙니다."

정말 힘이 드는 듯 땀을 뻘뻘 흘리는데, 그것은 바로 마지막 말을 하기 위한 힘들임같아 보였다.

비가 내리기 시작했다. 처음에는 오래 가문 뒤라 사람마저 가뭄이 들어 비가 삼사일 계속할 때까지는 지리한 줄도 몰랐다.

현세네가 있는 곳에서도 처음에는 비라도 한번 흠뻑 쏟아졌으면 속이 시원할 것같다고 비오는 걸 반기기까지 했다. 그래 젖먹이애들의 푸우푸우 투레질하는 것을 보고는 서로, 요것들이 비 올 걸 신통히 알아맞히거든, 그래두 이젠 그만 오래라, 하고 오래간만에 웃기도 했다. 그랬던 것이 한 주일이 지나도 비는 멎지를 않고 계속됐다. 장마철까지는 달경이나 남았으니 이러다가 멎으려니 했던 어른들은 젖먹이애들의 투레질을 보고 웃기는 고사하고 이야기할 맛도 없는 듯 모두 궁상스럽게 누워들만 있는 것이었다. 더구나 부인네들은 부엌 아닌 의지간도 변변치 않아 그나마 한두 번 끼니를 끓일 때마다 난리였다.

　어떻게 해서 밖에 나갔다 들어오는 사람은 또 지금 마포가 떴느니, 평택이 떴느니 하는 말에 이어, 이 장마가 사십년만에 처음인 큰 장마로 아직도 비가 더 오리란다는 무서운 소식을 전하는가 하면, 쌀 한 말에 오백원에도 없어서 못 사느니, 감자 한 관에 팔십원을 하느니 하는 기막힌 소리뿐이었다.

　현세는 누워서 자기네에게는 전쟁이 끝난 것이 아니고 지금 한창 하는 중이라는 생각을 하곤 했다. 마포가 물에 잠기고, 평택이 떴다는 소식도 전쟁으로 어느곳이 함락되었다는 것만 같았다. 그래 지금 자기네는 피난 온 것이다. 고국 아닌 어느 곳으로.

　도로공사 인부나 청소부로 일 나가던 사람이며, 낮이면 그래도 밖에 나가 놀던 애들까지 들끓어 그 넓은 방이 비좁아 보였다. 이런 속에서 이따금 앓는 소리가 들렸다. 여실 모두가 병든 피난민의 꼴 그것이다.

　현세는 그래도 북평서 이웃에 살다 한배로 돌아온 서울사람에게 부탁해둔 건축일 취직자리가 어떻게 되었는가 알아보러 빗속을 무릅쓰고 찾아가보기도 했다. 그러나 좀더 기다리라는 말뿐이었다.

　그러한 어떤 날, 커다란 배를 안은 아내가 팔굽이 가렵다고 자꾸 긁어대더니 누구에게 보였는지 옻이라더라고 하며, 옴에는 죽지 않아도 옻엔 죽는다던데, 그까짓 나같은 것 칵 죽었으면 상팔자지, 하고 언짢은 소리를 하는 것이었다. 옻엔 검정 암탉 삶은 물에 씻으면 낫는다니 이왕이면 약에 쓸 겸 닭 한 마리를 사왔으면 좋으련만 그럴 수도 없고, 할수없이 그만은 못하다지만 달걀 흰자위라도 발라보는 수밖에 없었다. 현세가 빗속에 나가 사온 달걀 한 알을 아내는 흰자위만을 공기에 옮겨가지고 몇번이고 팔굽에 바르는 것이 아내도 사실은 죽기는 싫은 모양이었다. 어린 딸년이 달걀 노른자위는 어서 자기를 삶아 달라고 성화를 먹였다. 현세는 이런 아내와 어린 딸년을 번갈아보며 사람이 옻같은 것 때문에 죽을 리는 없고, 그저 굶어야 죽느니라, 그런 생각을 해보는 것이었다.

　늘어가는 앓는 소리 속에는 이놈의 장마가 우리 전재민을 아주 죽이는구나 하는 소리가 분명히 들리곤 했다. 그리고 빗발이 좀 가

놀어졌을 땐 위층에서 김장로의 부르는 찬송가 소리가 종종 들렸는데 이 소리만은 동떨어지게 맑고 밝은 것이었다. 이 김장로가 장마가 지면서부터는 차마 집을 내라는 말은 못 하고 있으나 그게 언제 또 시작될지 모를 일이었다.

이런 불안한 가운데서 현세는 또 구렁이노파의 말대로 그 집이 이번 장마에 물이 들지나 않았을까 하는 걱정이 겹치곤 했다.

명도기일을 이틀 앞두고 무엇보다 현세는 기한까지 집을 다 내기나 하려나 하는 걱정 때문에 장마가 좀 걷힐 듯 비가 뜨음한 틈을 타서 집주름 영감을 찾아갔다.

집주름 영감은 이날은 또 마루에 나앉아서 비오다 멎은 하늘을 쳐다보고 있다가 반가이,

"어서 오십쇼, 그러지 않어두 오늘쯤 한번 오시면 허구 기다리든 참입죠,"

하고는 이어서,

"그런데 그 셋방사람들 말입니다, 지금두 막 그곳을 다녀오는 길인데 문간방은 오늘 이사를 보냈는뎁쇼, 건넌방 그 구렝이노파가 말썽을 부리는군요. 사실은 내일모레가 명도기일이 아닙니까. 그런 것을 셋방사람들한테는 오늘이라구 했습죠. 이런 일이란 이렇게 미리 댕겨 서둘러야 허는 게죠. 그래 문간방은 벌써 딴데 얻어놨다가 오늘 내보냈는데 그 구렝이노파가 끝내 말썽이군요. 지금 그 노파는 손주하구 사는뎁쇼, 그 손주만은 이왕 팔린 집이구 산 사람이 다 써야 헌다면 내주는 게 당연헌 일이라구 그러죠. 그래 나와 같이 다니면서 조 너머 화동에 방까지 얻어놨는데 노파가 막무가내 안 나가겠다는군요. 알구보니 그렇게두 됐습디다. 현 집쥔이 전에 방세를 올릴 참으루 집이 팔렸다구 그짓말을 허구 방을 내놓으란 일이 있었드먼요. 그래 이번에는 덮어놓구 안 나가겠다는 거예요. 그 노파 말허는 눈치가 둔냥이나 집어주면 쉬 나갈 모양입디다만, 그러나 선생님, 걱정 마슈. 그저 저헌테 맡기십쇼. 그러면 다 됩니다. 그저 나중에 선생님 구문이나 잘 생각해줍쇼. 그럼 선생님 우리 한번 같이 가서 결말을 짓구 맙시다, 자아."

집주름 영감이 앞장을 서는 것이었다.

현세는 그의 뒤를 따르며 이렇게 연극하는 것을 누구에게나 눈치 채이게 하지 말라고 당부하던 두갑이의 말이 다시 한번 생각났다. 그리고 지금 집주인이 셋방사람들을 내보내는 데 있어 자기와 같은 사람을 시켜 연극을 꾸미게 된 것은 결국은 그렇게 하는 것이 셋방 사람들 돈을 주어 내보내는 것보다 싸게 치인다는 데 있다는 것을 비로소 안 듯했다.

집주름 영감은 앞장서 약간 비탈진 길을 올라가면서 몇번이고,

"조금이라두 늦구어주는 듯한 기색일랑 뵈지 맙쇼. 이런 일이란 하루이틀 끌기 시작하면 한이 없는 게니까요,"

하는 말을 했다.

그집에 들어서니 대청마루에는 주인네 세간인 듯한 짐짝들이 그득히 놓여있었다. 집주인도 이번만은 연극이라는 게 드러나지 않게끔 꽤 신경을 쓰고 있는 모양이라고 생각했다.

이쪽 건넌방 앞에 한 젊은이가 하늘을 쳐다보고 서있었다. 현세 는 첫눈에 그 젊은이가 구렁이노파의 손자라는 것을 알 수 있었다.

집주름 영감은 젊은이에게로 가까이 가,

"잘 생각해보슈. 오늘이 명도기일이라서 집 사신 이가 이렇게 오 시지 않았수? 잘 생각해서 피차 편리를 봐줍시다."

지금 젊은이가 하늘을 쳐다보며 무엇을 생각하고 있는 것은 분명 히 집문제를 생각하고 있음에 틀림없다고 단정한 듯 집주름 영감이 이렇게 말을 하니 젊은이는 이리로 고개를 돌린 채 미처 무슨 말도 못 하고 있는데, 건넌방 미닫이가 득 열리면서 파뿌리머리카락이 수 세미처럼 헝클어지고 그새 목이 더 길어진 듯한 구렁이노파의 얼굴 이 나타나며,

"세상없는 사람이 와서 그런대두 우린 못 나가요, 못 나가아!"

하고 악을 썼다. 그것은 집주름 영감 들으라는 것보다도 현세와 그 리고 집주인이 들으리라는 소리같았다.

"우린 못 나가아! 이런 장마철에 앓는 사람이 어딜 움직인단 말 이야아! 아 제집 못 쓰구 사는 사람두 사람이지, 그래 함부루 사 람을 내쫓으면 누가 그냥 쫓겨나가나아!"

거기에는 좀전의 집주름 영감의 말대로 이집 주인이 전에 방세를

올릴 참으로 집이 팔렸다는 거짓말을 했던 일을 포함시켜 이번에 진짜 팔릴 때에 한번 혼나보라는 뜻과 함께 역시 방을 내게 하려면 이사 비용이라도 달라는 뜻이 들어있는 듯한 말이었다. 그러나 아까부터 안방에선 아무 기척이 없었다.

집주름 영감은 미리 준비나 하고 있던 말처럼 옆의 젊은이에게, 그러나 구렁이노파에게 들리도록,

"아까두 말했지만 이제 집값두 다 치르구 했으니 오늘부터 이 집은 새루 산 이의 집이우."

아무리 방을 안 내고 버텨봐도 전 주인에게서 돈냥이 나오기는 틀렸다는 뜻의 말을 했다.

그러자 구렁이노파에게서는 한층 악이 오른 발악 소리가 나왔다.

"누구의 집이건 우린 못 나간다아, 못 나가!"

젊은이가 현세에게,

"초면에 미안하지만 하루이틀만 참아주실 수 없으세요? 지금 집의 할머니가 저러시니 이따 조용히 말씀드려 내일이나 모레는 꼭 집을 내드리도록 할 테니까요,"

하고 애원하듯 말하는 것이었다.

현세는 여기서 늦추어주었다는 안된다는 생각에,

"댁의 사정두 사정이디만 남의 사정두 봐주어야디요, 전재민 세 가구가 지금 이 집 하나 나기만 기대리구 한데 나서 있습네다,"

했다.

젊은이는 할수없다는 듯이 안으로 들어가더니 이쪽 밖에서는 뵈지 않으나 거기 자기 아내라도 있음이 분명해,

"짐을 다 챙기우, 난 비오기 전에 할머니를 먼저 뫼셔다놓구 올 테니,"

하고는 구렁이노파에게 등을 내밀고 앉았다.

그러자 구렁이노파의 뼈만 남은 두 주먹이 젊은이의 등을 치기 시작하며,

"이 우라질 자식아, 갈랴건 너나 가라아! 난 예서 죽겠다아! 앓는 핼미 그래 온돌두 없는 데 데려다 죽일 작정이냐아! 차라리 날 예서 죽여라아, 죽여!"

손자는 매질 속에서도 할머니를 끌어다가 업고 일어났다.

그리고 젊은이가 자기 아내에게 무어라 말하는데 무슨 말인지 잘 들리지 않는 것은 등에 업힌 구렁이노파가 그냥 손자의 등을 때리면서 야단을 하는 소리 때문이라는 것보다도, 젊은이의 말소리가 목이 메어 낮은 탓인 듯했다. 뜰로 내려서는 젊은이의 두 눈은 눈물은 없었으나 붉게 충혈이 돼있었다.

이런 손자의 등에서 구렁이노파는 벌써 때릴 힘도 없는 듯 어깨숨을 몰아쉬며 그래도 그냥,

"모두 베락맞어 뒈질 것들아, 비가 아직 적다아, 그냥 펑펑 쏟아져서 이놈의 집 떠나가구 말아라아!"
하고 소리소리 지르는 것이었다.

현세는 한자리에 그대로 서있었다.

구렁이노파는 업혀 대문 쪽으로 나가면서 이제는 기운이 다한 듯 얼굴은 젊은이의 등에 박고서도,

"이놈의 집 모두 떠내려가라아! 모두 베락맞어 뒈져라아! 나 죽는다아, 이놈들…… 모두 날 이냥 공동묘지루 갖다 묻어라아, 묻어!"

이런 구렁이노파를 업고 앞을 숙인 채 아무 말 없이 걸어나가는 젊은이가 대문 밖으로 온전히 사라졌다.

현세의 마음은 개운치가 못했다. 그러나 곧 생각을 딴데로 옮겼다. 그래도 그들은 갈 곳을 마련한 사람들. 정말 이번에 두갑이를 못 만났더라면 자기는 어쩔 뻔했는가.

현세는 집주름 영감에 앞서 그집을 나와버렸다.

아직 벗겨지지 않은 구름 새로 햇빛이 눈부시게 내리쏘곤 한다. 한여름에 들어선 뜨겁고 센 햇빛이다. 현세는 오늘이 잔금날이어서 지금 두갑이와 만나기로 한 다방으로 가는 도중, 이 오래간만인 햇빛이 쏠 적마다 다리를 후들거리는 것이었다. 마치 햇빛이 무슨 힘을 가지고 다리오금탱이라도 치는 것을 현세는 현세대로 넘어지지 않으려고 그렇게 후들거려야 하는 것같기만 했다.

그때마다 현세는 들고 나온 가벼운 보퉁이마저 거추장스러운 생

각이 들었다. 그러나 다음 순간 현세는 넘어지지 않기 위해서 무엇을 붙잡듯이 보퉁이를 그러쥐는 것이었다. 보퉁이 속에는 또 오늘 팔아야 할 양복 한 벌과 감자를 사가지고 갈 자루가 들어있었다. 이것으로 현세가 북지에서 돌아올 때 전재산 셈으로 해가지고 온 양복은 이제 한 벌밖에 더 남지 않는다. 간장이 말라오는 심사였다.

현세는 오늘은 양복을 좀더 비싸게 팔아야 할 텐데 하는 생각을 한다. 그리고 이번 장마에 턱없이 오른 감자를 어떻게든 싼값으로 골라 사야 할 텐데 하는 생각을 한다. 같은 동대문시장의 같은 감자라도 값은 우멍구멍하니 다르다. 힘들더라도 온 시장을 다 돌아보고 싼놈으로 골라 사야겠다.

그러는 현세의 눈앞에는 금세 김이 물물 오르는 갓 쪄놓은 감자가 떠오른다. 정말이지 누구는 벌써 감자에 물렸다지만 그것을 자기는 속이 트지근하도록 한번 먹어봤으면, 더운 놈을 훅훅 불어가면서. 아무리 더운 날에라도 감자는 김이 물물 오르는 놈이라야 해. 그놈을 훅훅 불어가면서 한번 잔뜩 먹어봤으면 !

구름 새로 다시 햇빛이 내리쏘아 현세는 또 다리를 후들거린다. 그것은 또 흡사 어떤 병원에서 금방 퇴원하고 나오는 사람이거나 지금 병원을 찾아가는 사람의 그것이기도 했다. 보퉁이를 든 것까지.

현세가 다방문을 열고 들어서니 아직 이른 탓인지 텅 비다시피 한 다방 안에 두갑이가 먼저 와 와이셔츠바람으로 앉아있다가 부채 든 손을 번쩍 들어 자기가 거기 있다는 것을 알렸다. 그리로 갔다. 미리 생각해뒀던 대로 우유를 주문했다.

두갑이는 한 손에 들고 있던 손수건으로 이미 땀이 걷힌 이마와 목덜미를 문지르다가,

"이거 잔금이네,"

하고 의자에 걸어놓은 양복저고리 안주머니에서 은행수표 두 장을 집어내었다.

"이건 구전이구."

구만오천원짜리 수표와 천원짜리 수표가 모두 요전 계약금 때와 같이 횡선이 그어져있었다.

현세는 수표를 접어 주머니에 넣다가 문득 생각나는 바가 있어,
"참, 천원이믄 제 구전 다 되는 건가? 둥개인 녕감은 크게 생각하구 있는 모양이던데,"
하고 두갑이에게 말을 건네보았다.
"그 영감 탁없는 영감이데. 이번에 집쥔편에서 계약하는 날 구전을 구전대루 다 줬대는데 말야, 그젯저녁에는 또 와서 셋방사람들 방 얻어 내보내준 탁을 내라구 성화를 부리두만. 그래 또 백원이나 떼가데. 그럼 방 얻어준 사람들은 그저 얻어준 줄 아나? 거 다 구전을 먹었어. 찰거마리 영감같애가지구스리 무어든지 물구늘어지구 본단 말이야. 자네 우자우자했단 끝없네. 잡아뗄 젠 딱 잡아뗴구 말아야지. 사실 이번에 그 영감 좋은 일 한 것뿐이지 뭐 있어."
그러면 집주름 영감이 집주인한테서는 구전을 못 받았다고 한 건 거짓말이었나.
날라온 우유를 다 먹자 두갑이가,
"그럼 갔다 오려나?"
해서 현세가 보퉁이를 들고 일어서는데 두갑이가 다시,
"그럼 갔다 오게. 내 예서 기다리겠네. 예서 만나기루 한 사람두 있구 하니."
우유 한 잔을 먹었건만 현세는 아까와 다름없이 몇번이고 햇빛 속에서 다리를 후들거려야 했다.
현세가 삼청동 집주름 영감네 집에 들어서니 늙은 집주름은 마루에 삿부채를 들고 앉아 꾸벅꾸벅 졸고 있었다. 현세의 기척에 집주름 영감이 눈을 뜨며,
"난 또 누구시라구…… 잠깐만 앉아계슈. 내 가서 집쥔 데려오리라."
현세는 그럴 것 없다고 했다. 이젠 연극도 끝났다고 생각했던 것이다. 그냥 집주름 영감에게 수표를 주어보냈다. 그리고 앉아 부채를 들고 바람을 일으키는 동안 현세는 절로 매사하니 눈이 감겨져 깜박깜박 졸았다.
얼마를 그렇게 졸았는지 집주름 영감이 돌아온 것도 깨닫지 못하다가 영감의,

"대단히 곤하신 모양이군, 퇴침을 베시구 누실껄,"
하는 소리에 번쩍 정신이 들었다.

집주름 영감이 잔금 영수증을 건네고는 부채를 집어들더니 자기의 더위가 현세에게 옮아가지 않게 하려는 듯이 좀 떨어져 앉아 자기와 현세를 번갈아 부채질하기 시작하면서,

"인감증명은 해다놨으니 아무때구 이전등기를 해가시랍니다. 근데 참 집켠 말이 자기네만은 며칠 더 있기루 선생님과 직접 말씀이 있었다구요?"
했다.

현세는 그저,
"예, 예,"
하며 머리까지 끄덕여 그렇다는 표시를 할 수밖에 없었고, 그러면서 자리를 일어섰다.

현세가 대문을 나서는데 집주름 영감이 뒤에서,
"저어, 선생님,"
하고 힘든 말이나 할 것처럼 불렀다.

"사실은 천천히 말씀드려두 좋은뎁쇼, 실상은 요즘 양식이 떨어져서 당장 쌀되라두 좀 팔아와야겠는뎁쇼."

그제야 현세는 자기가 깜빡 구문 줄 것을 잊고 있은 것을 깨달으며,
"참 내가 잠에 취했었군,"
하고 주머니에 손을 넣는데 늙은 집주름은 다시,
"이거 미안허우, 천천히 말씀드려야 옳은 일이지만 당장 양식이 떨어져놔서요,"
하고 현세가 내주는 수표를 받아들고 액수를 들여다보고 나더니 금세 낯빛이 굳어지며,
"선생님, 이러지 마시구 좀더 생각해주셔야죠,"
하는 것이었다.

"그만하믄 되디 않습네까?"

"선생님두 다 아시다시피 이번 사신 집이야 그저 은으셨죠. 어제 두 요 뒤에 집매매가 있었는데 매칸에 꼭꼭 일만오천원석에 팔렸

죠. 그런 데 비기면 그저지 뭡니까. 거 다 선생님 복이시자만, 내
가 별별 수단을 다 써서 그렇게 싸게 사셨다는 것두 생각허셔야죠.
그리구 전에두 잠깐 말씀드렸지만서두 일이 성사만 되게 허느라구
저편에서는 일전한푼 못 받았습죠. 그뿐인가요, 전재민으루 오신
선생님네 하루라두 속히 이사오시두룩 허느라구 셋방사람들 방 내
는 덴 을마나 또 속을 썩였다구요. 선생님두 그날 같이 가셨었으니
까 짐작이 가시겠지만 그동안 내가 하루에두 몇번씩 그 노파 성화
를 받았는지 모르죠. 증말 이번에 학질뗐습니다, 학질뗐어요. 제
자랑이 아니라 나 아니면 절대루 셋방사람들 내보내지 못 헙니다.
그 다 선생님네 하루라두 속히 이사오시두룩 허기 위해 헌 게 아닙
니까. 그러니 선생님이 이런 거 다 생각해주셔야 헙죠.”
　셋방사람들 내보내는 데 힘들었다는 것은 집주름 영감의 말대로
그렇다 해도, 저편 집주인의 구문은 물론 셋방사람들 방 얻어 내보
내준 삯까지 모두 두갑이의 말대로 받았을지도 모른다고 생각했다.
그러나 그건 어찌됐건 현세는 이 일을 어서 끝내고만 싶었다.
“우린 전재민이 아니웨까?”
“그런 말씀을…… 어디 전재민이구 전재민 아니구가 있나요. 선생
님겉은 이헌테 비기면 우리가 전재민이죠. 수다한 식솔에, 식구가
자그만치 열넷이랍니다. 버는 사람이라군 이 늙은 것 혼자구 그나
마 조금씩 보태든 아들녀석은 턱 앓아눕지를 않었수. 그런데다 엊
그젠 또 며늘애가 몸꺼지 풀어놨으니, 그래 우리 성한 사람이야 어
쨌건 앓는 사람 죽술이나 허구 애어미 미역국이나 끓여먹여야 허잖
겠수? 선생님 그러시지 마시구 더 좀 생각해주십쇼.”
　그러는 늙은 집주름의 얼굴은 온통 땀투성이가 되고 눈도 충혈이
돼있었다.
　현세는 문득 자기네도 미역 이파리나 사봐야 하지 않나 하는 생
각이 들었다. 그러자 현세는 이 늙은 집주름에게 이번 집 매매의
내막을 툭 털어놓고 얘기하고 싶은 충동을 느꼈다. 그러나 다음순
간 현세는 그런 이야기를 할 경황도 경황이려니와 우선 그럴 기운
이 없다는 걸 느꼈다.
　현세가 그냥 걷기 시작하니까 집주름 영감은 다급하게,

"아나 선생님, 다른 건 다 그만두구 보통 구문대루 일푼만 친대두 천원이면 십만원에 대한 구문밖엔 더 안 되지 않수? 어디 그래서야 되나요,"
하고 수표를 도로 돌려주기라도 할 것같은 기세를 보이는 것이었다.

여기서 현세는 두갑이가 말한 찰거머리라는 말과 잡아멜 적에는 딱 잡아떼야 한다는 말이 떠올랐으나 그보다도 이제는 더 서서 말할 기운조차 없어 그냥 걷기만 했다. 이 현세의 태도가 늙은 집주름에게는 또 혹시 수표를 내준다면 그것을 그냥 받아가지고 갈 것같이 보였던지 탄원하는 어조로,
"그럼 선생님 다시 잘 생각해셔서 처분해주십쇼, 그럼 조심해 가시우,"
하면서 꾸뻑꾸뻑 절을 했다.

퍼그나 구름이 걷힌 하늘 아래서 현세는 이제는 다리만 허청거릴 뿐 아니라 눈에 보이는 것이 모두 아까보다 아주 흐리어졌다. 눈을 가느스름히 뜨면 좀 낫게 보이지만 그렇게 눈을 가느스름하게 하면 그러지 않아도 자꾸 들어만 가는 눈이 절로 찌쁘득하니 감기어지며 쓰린 눈물이 내배는 것이었다.

이미 현세에게는, 남 죽음 내 고뿔만 못하다는 생각같은 것은 떠오르지도 않았다. 그저 어서 다방에 들러 잔금 영수증을 두갑이에게 전한 후 남대문시장으로 가 양복을 팔아 동대문시장에서 감자를 사가지고 가족들이 있는 곳으로 서둘러 가야 한다는 생각뿐이었다. 길이 한정없이 멀기만 한 것같았다. 자연 다리가 더 허든허든 무겁기만 했다. 보퉁이가 크나큰 짐같았다. 그렇지만 지금 자기에게 누가 겨우 지고 일어설 만한 감자를 한 자루 지워준다면? 물론 자기는 죽는 한이 있더라도 그걸 지고 가리라. 이런 생각 뒤에 현세는 한층 맥이 풀렸다.

현세가 진고개 다방에 들어섰을 때에는 아뜩하니 눈앞이 캄캄해 무엇이 무엇인지 잘 보이지가 않았다. 두갑이가 저쪽에서 누구와 마주앉아있다가 예의 부채를 들어 자기가 거기 있다고 알리는 것을 어렴풋이 의식하면서 거기 빈 자리에 아무렇게나 주저앉아버렸다.
두갑이가 왔다.

“되게 덥지? 수고했네.”

그리고 두갑이는 그 태극이 뚜렷이 박힌 부채로 활활 현세를 부쳐주며 일변 고개를 카운터쪽으로 돌리고 큰 소리로,

“아이스커피 둘!”

현세도 이제는 우유니 뭐니 가릴 것 없이 우선 시원한 것으로 목을 축이고만 싶었다.

아이스커피가 오자 현세는 입을 떼지 않고 단숨에 다 들이켰다.

두갑이가 자기 커피잔을 현세 앞으로 밀며,

“더운데 마자 하게. 영수증 가져왔지?”

그러고보니 두갑이에게 그것부터 전할 것을 잊고 있었다. 어째서 오늘은 이렇게 무얼 잘 잊어먹을까. 현세는 새삼스레 심신이 피로해있음을 느꼈다.

두갑이가 밀어놓은 커피마저 얼른 마시고 내일이라도 곧 이사를 했으면 좋겠다는 말이나 하고 일어서리라 하는데 두갑이가,

“그런데 말야, 자네에게 미안한 말 하나 하게 됐네,”

한다.

현세는 왜그런지 가슴이 섬뜩함을 느꼈다.

“저, 다른 게 아니구 말야, 집권이 자기네가 방을 다 써야 될 일이 생겼다누만.”

현세는 종내 가슴이 철렁 무너앉을 밖에 없었다.

두갑이는 바지 뒤포켓에서 십원짜리 한 묶음을 꺼내 현세 앞에 놓으며,

“그래 미안하다구 하믄서 이걸 보내데. 정말 안됐네. 좋은 일 하려다 되레 자네한텐 원망 듣게 됐어.”

그리고는 살피듯이 현세를 한번 바라다보고 나서,

“글쎄 첨엔 단돈 오백원을 내놓지 않겠어? 그래 내 고함을 질렀지. 그사람이 돈이나 오백원 바래구 그런 숭한 광대놀음 할 사람인 줄 아느냐구. 당신 눈에는 오백원이 대단해 뵐지 모르지만 그사람은 아무리 전재민이라두 이런 돈 없이두 사는 사람이라구 해줬지. 그랬더니 오백원을 더 내놓두만. 서울깍쟁이라더니 정말……”

사뭇 분개해하는 말투요 표정이었다.

현세는 또 이 두갑이의 분개해하는 말투와 표정과는 달리 가슴속 한가운데서 누구에게라 없이 악이 머리를 들고 일어남을 느꼈다. 그것은 뱀같이 독이 오른 대가리였다.

"하기야 요즘 아무리 돈 가치가 없대두 천원이믄 적잖은 돈이지. 그리구 말야, 자네 방문젠 내 또 알아봄세. 발벗구 나서믄 그까짓 방 한칸쯤 문젠가. 내 꼭 책임지지. 아예 이번 집에 못 가게 된 거 서운하게 생각 말라구. 되레 잘되는 일인지두 몰라. 교통두 불편하 구 더구나 요새 그집 쥔은 돈냥이나 버니까 뭣 부족할 것 없이 들여다 먹는데 말야, 한집에서 그걸 보구 어떻게 견디나. 내 자네 있기 존 방 하나 구해주지."

현세의 악은 이제야 분명히 누구에게보다도 먼저 이 두갑이에게 향해짐을 느꼈다. 그저 이놈의 우뚝한 코를 평안도식으로 한대 지끈! 그러나 그것은 벌써 이미 다 죽어가는 실뱀의 악에 지나지 못하는 것이었다.

두갑이가 윗몸을 현세 앞으로 내밀더니 돈뭉음을 들어 엄지손가락으로 한편 끝을 몰아쥐었다가 펄럭펄럭 놓아주면서,

"요새 십원짜리 2호에 가짜 돈이 많다데. 그래서 여긴 2호짜린 한 장두 받아오지 않았지."

그러는 두갑이의 두꺼비입에서는 또 불고기와 소주와 마늘을 먹은 뒤에 나는 냄새가 풍기어왔다.

현세는 종내 이 두갑이의 입김에 못 견디어 도망이나 하듯이 그곳을 나오고 말았다. 저도모르는 새 돈뭉음만은 집어쥔 채. 두갑이의, 자기는 이 다방에만 오면 만날 수 있으니 꼭 만나자는 말을 먼 메아리처럼 등뒤로 들으면서.

두꺼비같은 것, 두꺼비같은 것, 장마철에 떡돌 밑에서 기어나온 옴두꺼비같은 것…… 옴에는 사람이 죽지 않는다지? 옻에는 죽어도…… 요행 아내가 옻이 아니었든지, 달걀 흰자위가 효험 있었든지 나아서 다행이다. 그런데 이번 집일을 아내에게 무어라고 말하노?…… 두꺼비같은 것, 옴두꺼비같은 것, 그놈의 아가리로는 파리 대신 불고기와 소주와 마늘…… 참 그놈의 두꺼비 아가리에서 나오는 냄새란 속이 빈 사람에겐 영 견딜 수 없더군.

두 꺼 비 65

문득 어려서 어른들한테 들은 옛이야기의 한토막이 머릿속을 스치고 지나갔다. 두꺼비가 자기를 길러준 처녀를 위해, 처녀를 채가려 온 구렁이에게 훅훅 독기를 내뿜어 대들보같은 구렁이를 퉁 하고 천정에서 떨어뜨려 죽이고 자기도 기진해 죽었다. 두꺼비의 독기가 이만한 것이다. 지금 자기가 두꺼비 입김에 쫓기어 나온 것은 무리가 아니다. 겨우 다 죽어가는 실뱀 푼수밖에 못 되는 자기쯤은…… 그리고 병든 구렁이노파도. 참 그 구렁이노파네는 어찌 됐을까? 그 가엾은 구렁이노파네는?……

그러자 이번에는 두갑이가 그 병든 구렁이노파 있던 방안에 넓죽 앉아있는 모양이 떠오르는 것이었다. 옛이야기 속에서는 두꺼비가 부엌에서 살았는데…… 두갑이가 두꺼비입을 하고 이쪽을 뻔히 내다보고 앉았다가 훅 하고 배곯은 사람으로서는 견디지 못할 그 독특한 입김을 내뿜는다. 훅훅……

어느새 맑게 개인 하늘 아래서 현세는 눈앞이 캄캄해진다. 여지껏 현세가 어떠한 건축물 위에서도 느껴보지 못한 어지럼증이 엄습해왔다. 멍해지는 귓속에 무슨 말소리가 들려왔다. 이젠 장마도 걷히고 했으니 집을 내주시오. 형제들 때문에 꿈자리가 사나워 밤에 잠을 잘 수가 없으니 큰 일이오, 형제들이 이 늙은 동포를 동정해서라도 하루속히 집을 내주시오. 손에다 가죽뚜껑을 한 성경책을 들고, 누가 거역 못할 점잖은 말을 하는 두꺼비. 현세는 쓰러질 것만 같았다. 눈을 더 지그시 감는다. 그리고 쓰러지지 않게 무어나 붙잡듯이 돈뭉음과 보퉁이를 그러쥐었다. 이러는 동안에 현세는 가슴속 한가운데서 분명히, 나도 살아야 한다, 나도 살아야 한다는 부르짖음 소리를 듣고 있었다.

1946 칠월

집

　서당골에는 어제오늘 새 소문이 하나 났다. 막동이아버지가 웃골 소 사러 갔다가 다시 투전바람이 났다는 것이다. 그리고 뒤이어 난 소문이 막동이아버지가 이번에는 자기네 집까지 팔았다는 것이다. 그 낡아 쓰러져가는 초가집마저. 산 사람은 물론 새 지주 전필수라는 것이다. 동네 늙은이 송생원은 어젯저녁 막동이아버지가 마을로 들어오는 것을 보았는데, 그럼 그때 집을 팔아버린 게 분명하다는 말까지 했다. 그리고는 모두, 집값은 막동이아버지가 당장 투전 밑천이 떨어져 등이 달은 판이라 사는 편에서 제대로 값을 놓아줬을 리가 없을 거라고 했다. 그런데 막동이아버지는 벌써 이 집 판 돈마저 홀딱 날리고 말았다는 것이다. 그만큼 타곳에서 왔다는 투전꾼은 날고 기는 투전꾼이라는 것이었다. 그러나 또 한 소문에는 막동이아버지가 지금 집 판 돈을 밑천으로 투전판 돈을 몽땅 쓸다시피 했다는 말도 돌았다. 한편 막동이네 집에서는 막동이할아버지가 아들이 집까지 팔아먹었다는 말을 듣고는 이젠 아주 망했구나 하고 땅을 치고 통곡하더니 아들을 만나기만 하면 당장 목을 쳐 죽인다고 시퍼렇게 낫까지 갈아두었다는 것이다.

　동네 소문대로 어제 막동이아버지는 소 사러 갔던 돈 다 투전판에 쓸어넣자 마을로 돌아와 집터와 거기 붙은 채전을 팔아버렸다. 산 사람도 지난 사월달 민창호네 전답을 한목에 전부 사가지고 새로 들어온 지주 전필수였다. 그저 소문과 좀 틀리는 것은 집까지 팔았다는 말인데, 사실은 그 다 쓰러져가는 오막살이만은 빼논, 집터와 채전이 매매됐을 따름이었다. 그리고 값만 해도 동네사람들의 추측처럼 헐값으로 넘어간 게 아니고, 이즈음 시세치고 제값을 다 받은 것이었다. 이것이 지주 전필수의 의량이 보통사람과 다른 점이었다.

이북에서는 토지개혁이라는 게 실시됐다는 말이 돌고 있는 이때에 이곳 민창호네 전답이니 집이니 할것없이 전부 사가지고 온 것부터 보통과 달랐다. 원래 남달리 농토 소유에 대한 열망이 컸던 것이다. 손바닥만한 소작농으로 평생을 고생과 굶주림으로 허덕인 할아버지와 아버지를 바라보며 자라는 동안 그의 마음을 떠나지 않은 것은 어떻게 하면 넉넉한 농토를 한번 가져보느냐 하는 생각뿐이었다. 서울서 조그만 고물상을 차려놓고 있던 그가 8·15 직후 일본인의 물건을 교묘하게 사고 팔고 하여 큰 돈을 잡자 머리에 떠오른 것이 농토였다. 세월이 이대로 가서 삼칠제로 소작료를 받게 되면 말할것없고, 설혹 나중에 토지개혁이란 걸 한다 해도 이북모양 무상으로 빼앗지는 않으리라. 그러니 이 통에 헐값으로 농토를 사자. 그러던 차에 우연히 어느 토지 중개인한테서 민창호네 농토 이야기를 들은 것이었다. 그는 곧 답품을 내려갔다. 거기서 전필수는 그곳 사람 송생원을 만나 민창호네가 8·15 직후 동네사람들에게 쫓기어 서울로 올라갔다는 사실과 그가 다시는 은혜도 아무것도 모르는 무지한 농사꾼과는 마주서지도 않겠단다는 사실을 알았다. 전필수는 옳다구나 했다. 땅 팔 사람에게 그런 약점이 있으니 헐값으로 뗄 수 있을 것이다. 그리고 동네사람들한테 쫓겨난 지주의 뒷자리니 조금만 잘해 나가면 도리어 인심을 얻을 수가 있을 것이다. 사자. 값을 눌러서 사자.

이렇게 전필수가 민창호네 농토를 아주 헐값으로 사가지고 서당골로 들어오자 먼첨 동네사람들을 놀라게 한 일이 하나 있었다. 그것은 전필수가 동네사람들을 대하는 품이었다. 전필수는 전에 답품 왔을 때 안 송생원을 먼저 찾아가, 생원님이라고 깍듯이 존대해 부르고 자기더러는 말씀을 낮추라고까지 했다. 그리고는 동네사람들 보고도 자기보다 웬만큼만 연장이면 생원을 붙여 존대해 불렀다.

이것은 먼젓지주 민창호가 온 동네쳐놓고 아직 자기네의 완전한 소
작인이 아닌 막동이할아버지에게만 혀꼬부라진 상례를 하는 외에는
어떤 수염이 허옇게 센 파파노인보고도 거침없이 하게 하나로 써오
던 데 비기면 놀라운 사실이 아닐 수가 없었다.

전필수는 여러가지로 생각한 바가 있었다. 먼젓지주가 쫓겨났다
는 것은 다른 백가지 이유 다 그만두고 그가 동네사람들과 어울리려
하지 않았다는 데 제일 큰 원인이 있었을 게다. 지주라고 다 쫓겨
나지 않는 걸 봐도 알 일이 아니냐. 그러니 우선 동네사람들과 가
까워져야 하는데 그러기 위해선 무엇보다도 술을 이용하는 게 상책
이라고 생각했다. 전필수 자신은 술을 많이 못하면서도 송생원을
비롯해서 동네 늙은이들에게 기회있는대로 술 대접을 했다.

그 효과는 곧 나타났다. 전필수의 집을 수리할 때였다. 8·15 직
후 동네 젊은이들이 읍에서 온 낯선 청년들과 함께 먼젓지주 민창
호가 살고 있던 집을 때리고 부수고 하여 형편없이 돼있었다. 그것
을 수리하는 데 전필수는 목수 코주부와 미장이만을 삯전을 주고
얻었을 뿐 소작인들이 모두 자진해서 한품씩 잡일을 해주게까지 됐
던 것이다.

수리하는 동안 전필수는 일하는 데 나와 손수 이것저것 거들어주
었다. 그러다가 문득 눈이 가는 곳이 있었다. 막동이네 집이었다.
왼편이 앞쪽으로 쏠려 금방 쓰러질 것같은 낡은 초가집이었다. 이
제 이 초가집이 쓰러진다면 자기네 바로 집뒤 낙수물 듣는 밑을 둘
러싼 돌담장을 다치게 될 것이었다. 그렇도록 전필수네 뒷담장과
이 막동이이네 집은 맞붙어있었다. 전필수는 처음 답품 왔을 때 느
낀 것이지만, 이곳으로 자기가 오게 되는 날이면 꼭 이 초가집 터
를 사넣어야 하겠다고 마음먹었다. 그것은 단순히 뒤뜰을 넓혀야
겠다는 생각과는 다른 의도에서였다. 초가집이 서있는 대지와, 대
지에 붙은 너른 채전을 합치면 네모번듯한 땅이 오백여 평은 실히
될 것이었다. 전필수는 이 초가집 터와 채전을 쓸모있게 이용하자
는 것이었다. 거기에다가 과일나무같은 것을 심으리라. 그것이 크
기까지는 그냥 간작을 해 먹을 수가 있고 그것이 다 크는 날이면 수
입이 괜찮으리라. 더구나 앞으로 토지개혁이라는 것이 실시된다 해

도 자기가 손수 다루던 땅만은 그냥 자깃것이 된다니 온갖 힘든 품이 드는 농사일랑 자기로서 그닥 많이는 손 못 댈 것이고 그저 이런 뒷울안에 자기같은 사람도 자주 돌보기만 하면 되는 과일나무를 심어 자깃것을 만들어두는 게 상책이다. 그러니 아무쪼록 기회가 닿는대로 이 터전을 사넣도록 하자.

사실은 전필수뿐 아니고 먼젓지주 민창호도 이 터전을 사넣으려고 했었다. 그러나 민창호는 그저 큰 집 뒤뜰이 좀 널찍해야지 너무 좁다는 생각에서였다. 그래 동네 소작인 늙은이들을 내세워 몇 번 막동이할아버지에게 보내보다가 오륙년 전 민창호가 자기네 낡은 집을 헐고 새로 부연 달린 지금의 집으로 바꿔 세울 계획을 하면서는 매일이다시피 사람을 보냈었다. 그러나 막동이할아버지는 번번이 그냥 돌려보냈다. 작년부터는 민창호네 밭을 부치는 작인이기도 했지만 그때까지는 자작농으로만 내려오던 막동이할아버지가 자기네 땅떼기 가운데 그중 아끼는 집터와 채전만은 자기 눈에 흙 들기 전에는 못 팔겠다는 것이었다. 민창호도 이 아직 완전히 자기 손아귀에 들어오지 않은 사람일뿐더러 고집이 센 막동이할아버지를 어쩌는 수 없어 그럼 어디 견뎌보라는 듯이 고래같은 기와집을 숨이 막히도록 막동이네 집에다 바싹 들이대어 지었던 것이었다. 이런데도 안 팔고 견디겠느냐고.

그러나 전필수는 이 막동이네 터전을 사는 방법에 있어서도 민창호와는 완전히 달랐다. 전필수는 처음부터 이런 일이란 이편에서 사람을 내세운다 어쩐다 덤빌 것이 아니라, 그저 좋은 기회가 오기를 기다리는 게 제일이라고 생각했다. 전필수는 이 막동이네 터전을 사기 위해 사람을 내세우기는커녕 누구에게나, 비록 술좌석에서라도 비치는 법조차 없었다. 그저 아무때고 좋은 기회가 오기만 기다리는 것이었다. 그리고 이 좋은 기회란 언제고 오고야 만다는 것을 믿고 있었다. 그런데 이 좋은 기회가 뜻밖에 속히 와닿았다. 막동이아버지가 몸소 자기네 터전을 안고 전필수 앞에 나타난 것이었다.

전필수는 그때까지 막동이아버지가 투전꾼이었다는 것을 전혀 모르고 있었다. 하기는 막동이아버지가 투전을 끊은 지도 어언간 일 년이 넘어 이즈음은 동네에서 그런 얘기가 입에 오르내리지 않고 있었으니까. 전필수를 찾아온 막동이아버지는 천연스레 말했다. 지금 웃골에 황소 한 마리 팔 게 났는데 살련즉 돈이 좀 모자라 그러니 자기네 터전을 잡고 좀 돌려달라고.

그러나 전필수는 요새 어떤 걸 저당잡건 돈놀이할 시절이 아니라는 것을 잘 알고 있었다. 그렇다고 이편에서 먼저 그것을 팔고 말라는 말을 꺼내서는 안된다는 것도 알고 있었다. 전필수는 그저 돈놀이할 돈은 없다고 했다. 급해진 막동이아버지는 전에 민창호도 자기네 타전을 사려들었으니 이 새 지주도 그것을 사라고 하면 그렇게 할는지도 모른다는 생각에 숫제 사버리라고 했다. 이제야 고기는 낚시를 문 것이었다. 전필수는 정 그 소를 사야겠으면 마침 자기네도 우차 사려던 돈(전필수는 금년에 벌써 물자리 좋은 논 두 뙈기를 자작의 형식으로 부쳤다)이 있으니 그거로라도 어떻게 해보자고 하면서 마지못해 응하는 체했다. 그리고 땅값은 막동이아버지가 달라는 대로 매평 십원씩을 아무 에누리없이 그냥 주기로 했다. 이런 흥정만은 값을 깎든지 해서 저편에서 아쉬운 뒷맛을 주어서는 안되는 것이다. 단지 낡은 집이나 마저 그 값에 넣자는 말을 할까 하다가 그것도 그만두고 말았다. 원래가 집이 소용되는 게 아닌 테다 자기가 사서 헐어버리지 않더라도 이 초가집은 금년 안으로 헐고 다시 짓지 않을 수 없으리라. 지금 마당귀에 재목을 준비해논 것만 봐도 곧 다시 지을 모양이니 그것은 또 그때가서 어디 다른 데다 집자리를 하나 빌려주면 되지 않으리. 혹 집자리로 마땅한 것이 없으면 먼젓지주 때 지어둔 아랫동네 농막을 싼값에 주어도 그만일 것이다.

한편 막동이아버지는 자기가 종내 자기네 터전을 팔아먹고야 마는구나 하는 생각과 함께 늙은 아버지의 무섭게 노한 얼굴이 눈앞에 어른거려 눈을 한번 지그시 감았다. 이것을 밑천으로 기어이 한밑 쥐고야 말리라. 그리고 나서 이 자기네 터전을 도로 찾고 그리고 더는 말고 옛날처럼 자기네가 자작할 만한 땅뙈기만이라도 장만하리라. 그러자 막동이아버지는 당장 투전 밑천만 가져가면 한밑 쥘 것만 같은 생각이 들어 얼른 전필수에게, 혹 소를 못 사게 되어 내일이라도 도로 돈을 가져오면 물려줘야 한다는 말을 했다. 전필수는 여기서도 쾌히 그러라고 했다. 앞으로 이런 동네사람들과는 모든 일에 있어 이렇게 한수 지는 것처럼 해야 한다. 그게 도리어 장차 이편에 이가 되는 수가 많으니까. 이렇게 해서 막동이네 터전이 매매되었다. 그러니 동네에 말이 돈 것처럼 막동이아버지가 등이 달아 파는 것이라 사는 편에서 제값을 놓았을 리 없다는 것은 틀린 소문이었다.

막동이아버지가 이 터전 판 돈을 몽땅 잃었다는 거나 반대로 투전판 돈을 모조리 쓸다시피 했다는 소문만은 둘 다 날 만도 했다. 처음에 막동이아버지는 터전 팔아 간 돈을 거진 메웠었다. 그러다가 몇박 연달아 잘 쥐어서 굉장히 따기도 했었다. 그러나 막동이아버지는 언제나처럼 적당한 시기를 가려 자리를 뜨지를 못했다. 그래 다시 메우기 시작한 것이었다. 대개 잡기에 패가망신하는 것이 이 적당한 시기를 가려 자리를 일어나지 못하는 데 달렸다고도 할 수 있는 것이다. 주머니의 돈이 다 나가면 이제 밑천만 있으면 상대편 주머니를 털 수 있을 것만 같은 생각에 무슨 짓을 해서라도 밑천을 장만하게 마련이고, 상당히 돈을 딴 뒤에는 또 그 판돈을 마저 긁을 수 있으리라는 생각 때문에 종내 자리를 뜨지 못하는 것인데 이게 사람의 끝없는 욕심이자 잡기의 한없는 매력일지도 모르나, 막동이아버지는 그중에서도 특히 이 자리 뜨는 시기를 잡지 못하는 것이었다. 이런 막동이아버지에 비하면 한 동네 눈이 작아 뱁새라는 별명을 듣는 갑득이아버지는 참 축기 빠르게 이 시기를 잘 쟀다. 이 뱁새는 첫번에 작정한 액수의 밑천이 다 나가면 얼마 동안은 옆에서 남들이 하는 구경만 한다. 아직 자기의 운이 오지 않았다고. 뱁새 말에 의하면 메운다고 등이 달면 밑천이 아무리 많아도 당하지 못한다는 것이다. 그러다가 노름판의 운이 이사람에게서 저사람에게로 바뀌는 기미를 타서 다시 들어가 앉는다. 그래 얼마큼 따다가 다시 잃기 시작하면 금방 오줌누러 나가는 체하고 자리를 뜨고 만다. 뱁새 말로는 노름판 운이란 한참은 이사람에게 또 한참은 저사람에게 이렇게 옮아다니는 것이 되어 얼마큼 따다가 메우기 시작하면 그것은 벌써 운이 자기에게서 다른 사람에게로 옮아가기 시작하는 징조니까 한참 동안은 그 판에서 물러나는 게 상책이라는 것이다. 그런 뱁새는 딴 돈을 집에 가져다 두고 밑천으로 얼마만큼 남겨가지고 다시 노름판으로 온다. 이렇게 뱁새는 투전으로 묘하게 살림살이 보탬을 해나가는 잡기꾼의 하나였다.

이런 뱁새의 축기를 막동이아버지는 전연 가지지 못한 것이었다. 이번 타곳에서 온 투전꾼을 상대로 하는 판에서도 그랬다. 막동이아버지는 동네에 그런 소문이 날 만큼 앉은자리에서 터전을 팔아가지고 온 돈마저 거의 다 놔줬다가 또 한참 따던 것이 다시 메우기 시작하여 본전을 새에 두고 얼마큼씩 땄다 잃었다 했다. 그러면서 막동이아버지는 전필수에게 돈으로 도로 가져오면 터전을 물러달라던 다음날도 지나보냈다. 막동이아버지는 이미 그런 것은 잊고 있었다. 그새도 뱁새만은 몇번인가 판의 기미를 보아 들어앉았다 물러났다 하며 돈냥이나 족히 따서 제것을 만들고 있었다. 처음에 막동이아버지는 재수 없다고 뱁새가 판에 끼는 걸 마다했으나, 뱁새는 그런 데는 아랑곳없이 그냥 낌새를 보아 드나들었는데, 나중에는 막동이아버지도 투전에만 열이 떠 뱁새가 하는 짓은 눈에 보이지도 않는 듯했다. 영락없이 열병 앓는 사람의 짓이었다. 그러기에 잡기판이 파하는 때면 정말 중한 열병이나 앓고 난 사람처럼 얼굴에 그늘이 지고 온몸이 느른해지는 것이었다. 그러면 이것은 또 무슨 약이기나 한 듯이 술을 마시는 것이었다.

막동이아버지가 이와같은 투전판 열병 끝에 술을 잔뜩 먹고 제 오른쪽 엄지손가락을 작두로 찍어낸 일이 있었다. 이 오른쪽 엄지손가락은 투전꾼에게 있어서는 가장 중요한 역할을 하는 것이다. 죽느냐 사느냐 하는 죄임장을 죄일 때 투전 안장을 밑으로 옴츠리는 것이 이 엄지손가락인 것이다. 으레 투전꾼들은 죄임장이 바로 나오지 않으면 마치 그것이 엄지손가락의 탓이기나 한 듯이, 에익 망할놈의 손가락같으니, 하고 이 엄지손가락을 나무라는 것이다. 막동이아버지가 이런 엄지손가락을 제손으로 작두에 잘라버린 것이다. 8·15 얼마 전의 일이었다. 어디선가 타곳에서 청년 둘이 와서 투전판에 돈을 뿌려놓는다는 소문이 웃골에서 들려왔다. 막동이아버지도 가만 앉았을 수 없는 노릇이었다. 갔다. 소문대로 스물두셋밖에 더 나 뵈지 않는 두 청년이 돈을 얼마나 가지고 왔는지 무한

정하고 내놓은 것이었다. 막동이아버지는 한때 상당히 땄었다. 그러나 하룻밤을 지나 밝아올 녘에는 막동이아버지의 밑천이 다 떨어지고 말았다.

막동이아버지는 부랴부랴 집으로 내려와 아버지가 없는 틈을 살펴서 몰래 벌통 하나를 지고 웃골로 올라갔다. 그러나 그 꿀벌 한 통 판 돈도 다 날려버리고 말았다. 막동이아버지는 다시 내려왔다. 두 통 남은 꿀통에서 또 한 통을 지고 갈 판이었다. 이런 막동이아버지는 열병환자 그것이었다. 이제는 아버지의 눈을 기일 겨를도 없었다. 그렇게 아버지가 정성을 들이는 꿀벌통을 들고 나오다가 들키는 날이면 당장 큰 변이 일어나리라는 것도 염두에 없었다. 요행 집에 아버지가 없었다. 벌통을 지고 나오는데 방문이 열리며 일곱살짜리 딸애 점순이가 밖을 내다보고 곧 문을 닫았을 뿐이었다.

이렇게 해서 막동이아버지가 벌통을 지고 웃골로 올라갔을 때에는 대전서 왔다던 두 젊은 투전꾼은 이미 가버리고 없었다. 그러나 막동이 아버지는 도로 벌통을 지고 집으로 내려오지는 않았다. 그것을 팔아 이번에는 술을 마셨다. 그러다가 닷새만엔가 집으로 내려오려 할 때였다. 웃골로 소문이 하나 들어왔다. 그것은 이번에 왔던 두 젊은놈이 투전 속임수로 이름난 사기꾼이라는 것이었다. 결국 막동이아버지는 속은 것이었다. 열소리할 때부터 오늘날까지 이십여년이나 손에서 투전장을 놓아보지 않았다고 해도 과언이 아닌 막동이아버지였다. 이런 막동이아버지가 아직 입에서 젖비린내 나는 어린것들에게 속은 것이었다. 처음에는 그놈들의 속임수를 눈앞에 잡아가지고 당장 모가지를 눌러 죽여버리지 못한 게 분했다. 그러나 차차 그런 분한 생각보다도 도리어 수치를 당했다는 부끄러운 생각이 앞섰다. 에익 투전장을 다시 손에 쥐면 사람의 자식이 아니다! 그달음으로 집에 달려와 작두에다 손가락을 찍어내고 말았던 것이다. 그리고 정말 그뒤로는 투전판 근처에도 얼씬하지 않았다. 동네에서들도 막동이아버지가 사십줄에 들더니 이제 사람되는 모양이라고 했다. 그중에서도 송생원은, 전에 어떤 투전꾼은 생전 다시는 투전장을 안 쥐겠다고 엄지손가락을 끊어버렸으나 그 상처가 채 아물기도 전에 다시금 투전장을 쥐고 하는 소리가, 공연해

손가락만 짤라서 요긴할 때 쓰지도 못하고 아프기만 하다고 했다는 이야기를 하면서, 막동이아버지를 장하다고 했다. 사실말이지 그동 안 막동이아버지가 웬만큼만 노름을 끊는 듯이 보였어도 막동이할 아버지가 아들에게 소 사오라는 돈을 맡길 리 만무했다. 그렇듯 완 전히 투전을 끊었었다. 그랬던 막동이아버지가 이상한 것이 계기가 되어 다시 투전판에 들어앉게 되었다.

웃골 소 팔겠다는 사람을 찾아갔더니 하는 말이, 좀전에 막동이 아버지와 한동네에 사는 밀도꾼이 와서 가져다 잡겠다고 사놓고 갔 으니 그 사람이 오거든 말해보라는 것이었다. 그가 오기를 기다려 며 잠시 들어가 앉는다는 것이 공교롭게 투전판을 벌여놓은 집이었 던 것이다. 타곳에서 온 투전꾼 상대로 꽤 큰 판이 벌어져있었다. 좀 뒤에 막동이아버지는 저도모르게 그 판에 끼어들어가있었다. 기 다리던 밀도꾼이 와 소를 양보하겠노라는 말을 했을 때는 벌써 막동 이아버지의 귀에는 그런 말이 들어오지 않게 된 뒤였다.

서당골 동네에 막동이아버지가 다시 투전바람이 났다는 소문은 밀도꾼 입에서 나왔고, 터전을 팔았다는 소문은 전필수의 입에서 나온 것이었다. 전필수는 뜻하지 않았던 막동이아버지가 투전꾼이 라는 것을 알게 되자 아차 실수했구나 했다. 막동이아버지 나이 자 긋하기에 직접 거래를 했더니 그자가 투전꾼이었다니. 그러나 덤벼 서는 안된다. 좌우간 먼저 자기가 그러한 것을 샀다는 걸 막동이할 아버지에게 알려야 한다. 그것도 직접 찾아가 말을 하느니보다는 우선 소문을 내어 막동이할아버지의 귀에 들어가게 한 후에 좀 씨 가 사그라지는 눈치를 보아 찾아가는 게 좋다. 처음부터 직접 찾아 가 말했다가 그 고집쟁이같아 뵈는 영감이 자기는 모른다고 잡아떼 는 날이면 재미없다.

전필수의 생각대로 막동이할아버지는 이 소문을 듣자 집으로 돌 아오면서 소리소리 질렀다. 이젠 아주 망했구나! 목을 쳐 죽일 놈 아! 소 영각같은 고함소리였다. 그 낡아 기울어진 초가집이 금새 무너앉을 듯한 고함소리였다. 이래서 동네에서는 아들이 들어오면 목을 쳐 죽인다고 시퍼런 낫을 갈아두었다는 말이 났지만, 실상은 막동이할아버지 자신이 제 목을 쳐 죽고 싶은 심사였다. 이제 터전마저 팔았으니 자기네가 다시 일어서보기란 정말 틀려버린 것이었다. 남은 것이라야 모새바닥같이 물이 잦는, 그것조차 손바닥만한 천둥지기 논 한 떼기와 자갈밭 한 떼기였다. 하긴 그러지 않아도 벌써 작년부터 민창호네 밭을 소작할 수밖에 없는 처지에 이르러있었지만, 그래도 어딘가 다시 일어나보리라는 바램만은 잃지 않고 있었다. 그런 바램마저 이제는 영 무너져버리고 만 것이었다.

여지껏까지 어엿한 자작농으로 내려오던 것을 작년부터 남의 소작을 하지 않아서는 안되게 되었다는 것부터가 막동이아버지 탓이라는 것은 두말할 것도 없는 일이었다. 그러나 거기에는 삼년 전에 막동이할아버지의 일처리 잘못한 탓도 있었다. 빚을 갚기 위해 샘논을 민창호에게 넘긴 것까지는 할수없는 일이었으나, 개똥밭을 민창호에게 판 것만은 큰 실수였다. 막동이할아버지의 속셈은 개똥밭을 팔아가지고 그 밭의 세곱은 실히 되는 야산을 사 최문이(개간)를 하여 완전한 밭을 만들려는 데 있었다. 막동이네 식구로서는 적어도 그만한 넓이의 땅은 더 있어야만 일년 계량을 댈 수 있는 것이었다. 그리고 막동이할아버지는 생각한 것이었다. 땅이란 원래 기름진 땅이 있는 게 아니고 걸우고 다루는 데 달린 거라고. 개똥밭만 해도 어디 본시부터 개똥밭이었나. 막동이 증조할아버지가 겨울이니 여름이니 할것없이 이른새벽 누구 일어나기 전에 동네로 다니면서 개똥을 주워다가 걸운 때문이지. 그게 어디 쉬운 일이냐마는 세상일치고 힘 안 들이고 되는 일이란 하나도 보지를 못했다. 무엇보다 최문이땅에 대해서는 삼년간 공출이 없다지 않느냐. 그래 야산을 사가지고 최문이를 시작한 것이었다. 예상했던 몇배의 품과 힘이 들었다. 막동이어머니는 물론 막동이와 점순이까지 나무뿌리를 뽑는다 돌을 들추어낸다 했다.

그러나 워낙 품이 많이 드는 데다가 기경머리는 닥쳐오고 해서 채 나무뿌리나 돌들도 제대로 추려내지를 못하고 그러니까 보습으로 갈지도 못한 땅에 삽과 호미로 쪼아가지고 보리를 심었다. 낟알이 될 리 없었다. 거름이라도 제대로 줬으면 모를 일이었다. 기경머리까지만 해도 거름일랑 최문이땅에 위주해서 내리라 했건만 막상 닥쳐놓고는 아무래도 보다 더 확실성이 있는 원밭에다 거름을 내고 말았다. 최문이땅에는 공출이 없으니, 거기다 거름을 내야 한다고도 생각해보았지만 원밭의 낟알이 잘 안 돼 공출이 모자라면, 최문이의 소출로라도 충당을 해야 하니 결국 마찬가지였다. 그럴 바에는 좀더 확실성이 있는 원밭에 거름을 내는 수밖에 없었다. 막동이할아버지는 보리종자를 뿌리면서 얼마나, 여기다 그 아모니(암모니아)라는 금비를 더도말고 단 한 가마만이라도 먹여봤으면 했는지 모른다. 그러나 이것은 막동이네로서는 도저히 바랄 수 없는 일이었다. 다음해에나 좀 잘 걸워볼 밖에.

그러나 다음해에도 기경머리가 되어서는 별수없이 얼마 되지 않는 거름을 거의 원밭에다 내고 말았다. 그해에는 좀 낫다는 것이 종자를 거둔 정도였다. 그런 데다 큰일난 일이 하나 생겼다. 최문이땅에 대한 공출이 나온 것이었다. 면에서 하는 말이, 금년에는 군에서 배당된 공출량이 워낙 세어서 최문이땅에까지 부담시키지 않을 수 없게 됐다는 것이었다.

그래도 막동이할아버지는 공출 독려가 한창 심해갈 무렵까지도 다른 땅과 달라 좀 용서가 있으려니 했다. 그러나 이미 나온 공출 수량은 무슨 일이 있어도 책임을 져야 한다는 것이다. 막동이할아버지는 그러면 거기서 난 것을 몽땅 낼 터이니 타작할 때 와 지켜 보라고 했다. 그러나 공출이라는 것은 무엇 농민이 지은 낟알 전부 가져가는 것이 아니고, 식량미를 다 제하고 남은 것을 나라를 위해 바치는 것이라고 주재소 주임은 연설조로 크게 떠드는 것이었다. 나중에는, 아들놈 투전질 시킬 줄은 알면서 나라 위해 공출할 줄은 모르냐고 늙은이의 어깨를 마구 잡고 흔드는 것이었다. 막동이할아버지는 맞아죽는 한이 있어도 최문이땅에서 난 소출 이상은 더 못 내겠다고 마음먹었다. 정말 늙은 자기 혼자 맞아죽는 게 낫지 다른 데 소출에서 그나마 식량이라고 조금 제해 받은 낟알마저 들여밀었다가는 그야말로 온 집안식구가 굶어죽을 판이다. 맞아죽자. 그러나 며느리와 아들이 보다못해 남은 낟알을 마저 져다 바치고야 말았다.

최문이땅을 그냥 가지고 있을 수가 없었다. 팔아야 했다. 내년의 공출이 무서워서도 팔아야 했다. 그러나 그런 걸 누가 살 리 없었다. 그런대로 민창호가 전에 막동이네가 야산으로 살 적 그 값이면 사겠다고 나섰다. 그새 많은 품을 들여 밭을 만들어논 값이 있지 않느냐고 해봤으나, 그대신 산에 섰던 나무를 쳐서 가지지 않았느냐는 것이다. 그리고 요즘 세상에 공출이 무서워서라도 그까짓 땅 거저 가지래도 누가 안 가질 거라는 것이다. 그건 옳은 말이었다. 그값에라도 팔 수밖에 없었다. 그리고 우선 그것으로 연명을 해나가야만 했다.

그러고도 막동이할아버지는 또 뒤이어 내년에 부칠 밭 걱정을 해야 했다. 이제부터는 민창호네 토지를 한 부분 소작으로 얻는 수밖에 없었다. 막동이할아버지는 이왕 민창호네 토지를 얻어 부칠 바에는 연전에 자기네가 판 개똥밭을 얻어 부치려 했다. 막동이할아버지는 민창호를 찾아가 그런 말을 했다. 민창호는, 네 영감이 종내 내 손아귀에 들고야 말았지, 그렇게 집터를 자기에게 넘기라고 해도 종시 고집을 부리고 안 듣더니. 어디 견디어보라는 듯이 이번에 판 최묻이땅이나 부치려거든 부치라고 하는 것이었다. 막동이할아버지는 하는수없었다. 그 땅을 부칠 터이니 아모니 두 가마만 달라고 했다. 민창호는 막동이할아버지가 밉기는 하지마는 밭을 위해서이니 마지못해 그것만은 주겠다고 했다. 이제 그 땅은 이 늙은이의 손에서 좋은 밭이 되리라는 것을 민창호는 아는 터이므로. 아렇게 해서 막동이할아버지는 그 최묻이땅을 소작으로 부치게 됐다.

봄에 나가 막동이할아버지는 최묻이땅에 아모니를 주면서, 지금 자기가 뿌리고 있는 것이 비료가 아니라 흡사 지난날 장거리에서 보던 설탕가루라고 생각한다. 이 가루가 정말 땅에게는 설탕가룬자도 모른다. 그저 설탕가루가 꿀보다 못하듯이 이것이 재거름만은 못하다. 그러나 금년에야 이 땅이 설탕가루 맛을 보는구나. 그러면서 막동이할아버지는 지금 자기가 들어 서있는 땅이 이미 자기 땅이 아니요 남의 것이라는 것같은 따위는 잊은 듯, 자기가 뿌리는 설탕가루를 땅이 즐기는 것처럼 느껴져 절로 흡족해지는 것이었다.

돋아날 적부터 원밭 못지않게 잘 됐다. 막동이할아버지는 김을 매며, 밭의 돌을 주우며, 밭둑을 깎으며 몇번이고, 이런 아모니를 자기네는 한 줌도 써보지 못했담, 하고 그때 자기 힘으로는 어찌할 수 없어 못한 일이건만 자꾸 뉘우쳐지는 것이었다. 그러나 눈앞의 낱알 잘된 걸 보면 기쁘기도 했다. 이것들이 우리들 죽술이라도 먹여줘야 할 텐데…… 이런 가운데 8·15가 왔다. 그리고 8·15가 왔다는 것은 다른 농민에게서처럼 막동이네에게 있어서도 공출이 없어진다는 데 뜻이 있었다. 마치 여지껏 헐벗고 굶주리게 하던 것이 공출 그것뿐이었다는 듯이.

막동이할아버지는 그러나 8·15 후에도 배곯이 먹어가며 낱알을 팔아서는 돈을 만들었다. 꿀벌도 그새 세간 내어 한 통을 팔았다. 메밀꽃 뒤에 친 꿀은 또 한 숟가락 남기지 않고 긁어 팔았다. 이제야말로 좋은 세상이 돌아왔다. 이때 다시 일어나보아야 한다. 그런데다 아들까지 그 고질이던 잡기판에서 손을 떼었으니 더할나위 없다. 농사꾼에게는 농사밖에 없느니라. 막동이할아버지는 집 고칠 재목까지 장만해놓았다. 그리고 최문이땅 팔아 간수해 뒀던 돈과 푼푼이 모아 뒀던 돈을 죄다 털어 그렇게 오랫동안 맘먹어오던 소를 한 마리 사기로 했다. 근 십년만에. 이 돈을 막동이아버지가 투전판에 쓸어넣은 것이었다. 게다가 터전까지. 막동이할아버지의 입에서, 이젠 아주 망했구나, 목을 쳐 죽일놈아, 하는 소리가 나오게 된 것도 무리가 아닌 것이었다. 그리고 실상은 아들의 목보다도 우선 자기 목을 쳐 죽고 싶은 심사인 것이었다.

그러나 막동이할아버지는 죽을래도 죽을 겨를이 없었다. 다른 것은 다 그만두고라도 그 논바닥이 드려날 적마다 풀투성이가 되곤 하는 천둥지기의 김은 어떻게 하느냐. 막동이할아버지는 우선 들로 나가야 했다.

이런 막동이할아버지를 전필수는 자기가 부치는 논의 물꼬를 보려 나갔다가 멀찌감치 보고 이제는 좀 씨가 사그라진 모양이다 했다. 그날 점심때 전필수는 막동이할아버지가 집에 돌아온 틈을 타서 찾아갔다.

막동이할아버지가 다시 들로 나가려고 집을 나서는 참이었다. 막동이가 학질로 몹시 앓고 있어, 나가는 길에 약이 된다는 할미꽃뿌리를 캐 들여보내려고 점순이를 데리고 나가는 길이었다.

"지가 이번에 큰 실술 했습니다. 전 막동이아버지가 그런 델 드나드는 줄은 꿈에두 몰랐습지요. 어디 그런 걸 알구서야 그렇게 할 이치가 있습니까. 전 좀전에야 그런 말을 들었습죠. 생원께서 과히 나삐 생각 말아주십시오. 지금에라두 물러드리겠습니다."

"나삐 생각하구 머구 있소. 거 다 그놈이 죽을 정신이 들어 그리된 걸요. 물러주시겠단 말씀은 고맙지만 어디 그럴 돈이 있습니까."

전필수는 이 막동이할아버지에게 물러주겠다는 너그러움을 보인 게 잘했다고 생각하면서,

"들리는 말엔 집까지 끼워가지구 무척 싸게 매매된 것처럼들 말하지만 애쵀 집은 들지두 않았구 땅값만 매평 십원씩 쳤습죠."

없어진 돈이긴 하지만 값만은 그만하면 상당히 받았다는 생각을 일으키게 한 후 다시,

"글쎄 가격이야 어찌 됐든 막동이아버지가 그런 줄 알았드면 지가 단돈 오푼씩인들 걸 사구 팔구 하였겠어요?"

전필수는 이번 일로 자기를 나삐 생각 말라는 뜻의 말을 되뇌이는 것이었다.

막동이할아버지는 죽일 놈은 역시 자기 아들놈이라고 생각했다.

뒷재로 가 할미꽃뿌리를 캐면서도 막동이할아버지는 그 생각뿐인 듯 점순어가, 할아버지 무엇을 캐고 있느냐고 팔을 잡을 때야 지금 자기가 할미꽃 아닌 딴 풀뿌리를 캐고 있는 것을 알았다.

할미꽃뿌리 둘을 캐가지고 냇가로 가 생선배알이나 타듯이 말짱히 씻어가지고 일어서다가 그제야 막동이할아버지는 내리쬐는 뜨거운 햇볕을 느낀 것처럼 할미꽃뿌리를 흙이 안 묻을 잔디에다 널고는 거기 옷까지 벗어놓고 물속으로 들어갔다. 이제 논가운데 들어가 일할 걸 생각해서라도 이렇게 물속에 한번 들어갔다 나오는 게 좋겠다는 생각을 하면서.

강물이 어른 배꼽에도 차지 않는 깊이어서 막동이할아버지는 무릎을 굽혀 물속에 목까지 담그고 두손으로 얼굴에다 연거푸 물을 끼얹었다. 그제야 또 좀 정신이 드는 듯 점순이를 바라보며,

"너두 먹 감으럼,"

했다.

　점순이는 곧 물로 들어섰다.

"이리 들어온."

　퍽 부드러운 할아버지 목소리였다. 그러나 점순이는 깊은 곳으로 들어갈 염은 못하고 무릎에도 차지 않는 곳에서 머뭇거리기만 했다.

　할아버지가 이쪽으로 와 점순이를 덥썩 안았다. 점순이는 깊은 물속으로 들어갈 것이 무서워 할아버지의 목을 꼭 끼어안는다. 점순이는 할아버지 품에 안긴 채 물이 허리에도 와닿기 전에,

"엄마아——"

　소리를 지르며 자꾸 몸을 위로 솟구는데 할아버지는 또,

"아이구, 넘어진다, 넘어진다,"

하고 그냥 손녀를 물속으로 담근다. 그러는 막동이할아버지의 홀홀히 물 위에 뜬 흰 수염 앞쪽에서 앞니 없는 입이 크게 벌어져 웃는다. 우굴쭈굴 컴컴하게 죽은 얼굴 속에 어디 이런 웃음이 있었던가 싶게.

　그러나 점순이를 씻어주고 나와 옷을 주워입는 막동이할아버지의 얼굴은 또 어느새 좀전의 웃음이 사라졌나 싶도록 컴컴하게 죽은 우굴쭈굴한 얼굴이 돼있었다. 막동이할아버지가 잔디 위의 **할미꽃** 뿌리를 집어 점순이에게 쥐어주면서,

"엄마 갖다 줘라,"

하는 말소리도 좀전의 그런 부드러운 말씨는 아니었다.

　막동이할아버지는 곧장 자기네 논이 있는 아랫골 쪽으로 걸어가는 것이었다. 소처럼. 이제는 어서 가서 논물이 채 마르기 전에 김을 매야겠다는 생각과, 막동이가 앓아눕지 않았으면 그 어미도 나와 한품은 덜었을 걸 하는 생각과, 역시 죽일 놈은 아들놈이라는 생각을 짐처럼 끌고.

　막동이가 할미꽃뿌리를 귀에 꽂고 있었다. 그 할미꽃뿌리가 어찌나 독한지 헝겊에 싸서 꽂았건만 하룻밤 새에 양쪽 귓속이 자부라지게 부었을 뿐 학질에 듣는지는 알 수 없었다. 다음날 낮때부터 막동이는 다시 달달 떨다가 온몸이 불덩이처럼 돼버렸다. 일학이 분명했다.

방안에는 아무도 없었다. 열한살짜리 막동이가 혼자 누워있었다. 오늘은 막동이어머니도 들에 나가고 없었다. 점순이는 지금 앞마당 뙤약볕 아래서 혼자 소꿉질을 하고 있었다.

누데기 이불을 차팽개친 채 열에 떠 누워있는 막동이의 탄 입과 코에는 파리가 수두룩 붙어있었다. 그래도 막동이는 눈을 감은 채 꼼짝 안했다. 가슴만이 이렇게 살아있다는 듯이 가쁘게 뛰었다. 그리고는 그저 조용했다. 쫙 열어젖힌 문밖도 그랬다. 점순이가 이따금 혼잣말로 종알거리지만 방안까지 들리지는 않았다. 어쩌다 한번 이 칠팔월 대낮처럼 길고 느린 닭울음 소리가 들렸다. 바깥 세상도 살아있다는 듯이. 그러나 그것은 지금 막동이의 가슴이 뛰는 것보다는 퍽 느리고 약한 소리였다. 그 뒤에는 한층 더 조용할 뿐.

그때 별안간 점순이가 다급한 목소리로,

"오빠, 오빠, 저것 좀바, 저것……"

하며 방안으로 뛰어들어왔다. 막동이는 못 들은 듯 움쩍을 안했다.

"오빠, 저 바, 벌들이, 벌들이……"

그제야 막동이는 그 충혈된 눈을 뜨고, 그래도 귀에 꽂은 할미꽃 뿌리 때문에 잘 못 알아들은 듯이 점순이를 쳐다보았다.

점순이가 울먹울먹해가지고,

"저 바, 벌들 좀 바, 벌 벌……"

하며 손으로 벌통 있는 쪽을 가리켰다.

막동이는 벌떡 일어났다. 보니 벌들이 세간나가고 있는 것이었다. 벌써 바구니만큼 뭉친 벌떼가 꽤 높이 떠 순간순간 둥글게 됐다 길쭉해졌다 하면서 서쪽 하늘로 움직여 가고 있었다. 큰일이다. 어느새 막동이는 벌떼뭉치를 따라 내달리기 시작했다. 할아버지가 며칠 전부터 벌 세간내줘야겠다더니 종내 이렇게 됐구나. 이제 이 벌떼뭉치가 첫번에 가 앉는 것을 받아오지 못하면 아주 잃고 만다. 재작년엔가도 벌 세간내줄 것을 미처 못 내주어 저희끼리 세간나간 일이 있었는데, 그때는 뒷재에 가 앉은 것을 나무하러 갔던 동네사람들이 알려서 달려갔으나 미처 받아내릴 새도 없이 벌떼가 다시 날아나 막동이아버지, 막동이할아버지, 막동이가 아무리 따라가도 종시 내려와 앉지를 않아 잃어버리고 만 일이 있었다. 오늘은 기어

이 첫번 앉는 데서 받아와야겠다. 막동이는 허든거리는 다리로 뙈
약볕 속을 큰일났다고 에 에 소리를 지르며 벌떼뭉치를 따라갔다.
점순이는 또 점순이대로 어쩔줄을 모르고 흑 흑 느끼면서 오빠의
뒤를 따르고.

벌떼뭉치는 동구밖 버드나무에 가 앉았다. 막동이는 점순이더러
거기 있으라고 하고는 되 집쪽으로 달음질쳐 갔다. 좀 있다 주막 모
퉁이로 나타나 이리로 달려오는 막동이의 어깨에는 망태기가 메어
져 있었고, 망태기 속에는 벌통에서 꺼낸 소초 한 개가 들어있었
다. 막동이는 버드나무 밑으로 오더니 숨을 돌릴 새도 없이 그냥
나무로 기어오르기 시작했다. 첫 가지를 붙들기 전에 맥없이 미끄
러져 내리고 말았다. 숨을 좀 돌릴 밖에 없었다. 그러나 어디 앉는
것도 아니고, 막동이는 그저 나무를 안은 채 서서 한편 뺨을 나무
에다 붙이고 눈을 감는 것이었다.

벌에게 여기저기 쏘여가며 소초에다 장봉 든 벌떼뭉치를 옮겨 망
태기에 넣어가지고 집으로 돌아온 막동이는 그만 방바닥에 고꾸라
지듯이 나가쓰러졌다. 입에서는 절로 으응 으응 앓는 소리가 새어
나왔다. 막동이 옆 누데기 이불을 씌워논 망태기 속에선 벌떼가 웅
웅거리고 있었다. 어른들이 돌아오기까지 막동이 동무나 해주려는
듯이.

다음날 아침 일쩍이 집을 나서던 막동이할아버지는 눈여겨보지
않은 며칠 새에 집이 알아보게 더 기울어진 것을 발견했다. 처음
보는 사람이면 금방 넘어질 것같아 집 가까이 오기조차 꺼릴 지경
이었다. 그렇다고 당장 손질할 형편도 못되는 막동이네는 하는수없
이 나무같은 것으로라도 기울어진 데를 임시 버티어보는 수밖에 다
른 도리가 없었다.

동네 목수 코주부를 불러가지고 집 고치려고 구해다 둔 재목 가
운데서 나무 몇개를 골라내고 있는데, 앞 돌담 모퉁이를 돌아 전필
수가 이리 오는 것이 보였다. 바로 이런 시기가 오기를 엿보고나
있던 듯이.

"이거 원 어디 나무 한두 개루 버테가지구 되겠습니까. 벌써부터

말씀드리려구 했습니다만 혹 무엇하게 생각허실까봐 잠자쿠 있었는데…… 저 아랫동네 저희 농막이 있지 않습니까. 그리루 옮기시는 게 어떻습니까. 문만 없는데, 여기 성한 문이나 떼다 달구 곧 드시두룩 하십시오.”

막동이할아버지는 고마울 밖에 없었다. 목수 코주부도 우선 그렇게 하고 나서 집을 바로잡든지 어떻게 하자고 해, 곧 옮길 준비를 했다.

이 막동이네 이사한다는 것을 마침 투전판에서 딴돈을 집에 두러 내려왔던 뱁새가 알고 올라가 막동이아버지에게 전했다. 이 말을 듣고도 막동이아버지는 한참이나 못 들은 듯 투전장만 들여다보고 있다가 펄떡 투전장을 던지고 일어났다.

서당골로 내려오는 도중 막동이아버지는 자꾸 무엇을 한 가지 잊고 오는 것만 같았다. 한참 따는 판에 일어서서 오느라고 그런가. 얼마큼 오다가 그 자꾸 무엇을 잊은 것같은 것은 다른 게 아니라, 소를 못 사가지고 온다는 것이라는 걸 알았다. 그러나 벌써 그 소는 밀도꾼이 사다가 잡았을 게다. 소야 이후에 살 수도 있다. 먼저 터전부터 물러야 한다. 그렇지만 날짜가 지났다고 안 물러주겠다면? 사정을 하자. 죽자하고 사정을 하자. 그래도 안 물러주겠다면? 기어코 안 물러주겠다면? 막동이아버지는 가슴이 우주주해옴을 느꼈다.

뒷재에서 내려다보니 이미 이사는 거의 끝난 듯 아버지가 뜰 한옆 벌통 앞에 서있는 것이 보였다.

막동이아버지는 곧장 전필수네 집으로 내려갔다. 전필수는 막동이아버지를 보자 이 작자가 또 밑천을 다 없애고 생투정이나 하러 온 것이 아닌가 했다. 그만큼 막동이아버지의 얼굴은 무섭게 일그러져있었다.

막동이아버지는 주머니에 있는 돈뭉치를 전부 꺼내어 전필수 앞에 밀어놓으며 말했다.

“물러주시오.”

그러자 전필수는 잠자코 돈을 집어 천천히 세어나가다가 터전값만 자기가 가지고,

"이거면 됐소,"

하고 남은 돈과 **계약서**를 도로 내주는 것이었다.

막동이아버지는 전필수의 너무나 너그러운 처사에 도리어 어리둥절한 심정으로 그곳을 나오면서, 이젠 **죽는** 한이 있더라도 자기 손으로 다신 터전을 팔지 않으리라 마음먹는 것이었다.

아직 해가 많이 남아있었다. 집에는 어둑해진 뒤에 들어가자. 그러면 그새 주막에 가 술이나 한잔 먹자. 주막을 찾아가던 막동이아버지는 저쪽에서 쇠고기를 사들고 오는 동네사람들과 만났다. 중복이 지난 줄 알았더니 바로 내일이었다. 집에 두어근 사보내야겠다. 까치골로 밀도꾼을 찾아갔다. 가서 보니 오늘 잡은 소가 바로 웃골 그 소였다.

고기 두 근을 사가지고 동네로 들어와 거기 놀고 있는 한 애를 시켜 집에 보내고는 그길로 주막으로 갔다. 소낙비라도 오려는지 고추잠자리들이 나지막이 날고 있었다. 막걸리를 두 사발째 마시고 앉았는데 들에서 들어오던 송생원이 주막 앞을 지나다 막동이아버지를 보고,

"이거 누군가?"

하며 들어섰다. 막동이아버지가 막걸리라도 한 사발 사려니 하는 마음도 없지 않아서.

송생원은 막동이아버지가 낸 막걸리 한 사발을 서너 번에 다 마시고 나서 입가에 묻은 술기까지 말짱히 핥으며,

"자네 많이 땄다믄서?"

하고 넌지시 건너다보았다. 한 사발 더 마셨으면 좋겠다는 생각을 하면서.

"머 딴 거 없어요."

막동이아버지는 터전 팔았던 계약서를 송생원 앞에 내놓았다.

"이걸 도루 찾았군 그래."

이런 걸 보면 이 치가 아주 잡기에 **빠진** 자는 아니라고 송생원은,

"용한데,"

하고는,

"그래 아무말 없이 물러주든가?"

했다.
"네, 그냥 잠자쿠 물러줍디다."
"그랬을 테지. 전필수 그 사람이 어떤 사람이라구. 하여튼 잘됐네."
그러니 오늘은 이사람이 한턱 낼 만도 하다고 이번에는 송생원이 직접 주모에게 막걸리 한 사발을 더 청했다.
송생원이 새로 부은 막걸리사발을 막 들려고 하는데 별안간 술청이 어두워지며 어딘가 먼데서 비 듣는 소리가 들린 듯한 순간, 물기 머금은 바람이 일면서 뒤이어 소낙비가 쏟아지기 시작했다. 송생원이 사발 든 손을 멈춘 채,
"한 줄기 퍼부었으믄……"
하였는데, 퍼부었으면 좋겠다 했는지, 시원하겠다 했는지, 끝말은 소낙비 소리 때문에 분명하지가 않았다.
송생원이 좀전처럼 막걸리 한 사발을 다 마시고 나서, 입술이랑 윗수염을 훑고 있을 즈음에는 소낙비가 뚝 그쳤다. 그리고는 별나게 새빨간 저녁놀빛에 물들면서 날이 저물어갔다. 송생원은 저녁전의 출출한 속이라 막걸리 두 사발에 그만 취하고 말았다. 송생원은 아까부터 묵묵히 막걸리만 들고 있는 막동이아버지에게,
"자네 참 용하네만 아마 못 뗄걸. 거 보지. 다시 안할 것처럼 손꾸락까지 자르구서두……"
그러다가 취한 속에서도 술을 얻어먹으면서 이런 말을 해서는 안되겠다는 생각이 든 듯,
"그래두 자넨 참 용해. 팔았던 땅을 도루 찾구…… 참 자네 이참에 집 새루 짓게. 자넨 참 용해…… 허지만 자네 두구 보게……"
송생원은 취한 탓인지 막동이아버지에게 좀 듣기 좋은 소릴 한다는 것이 또 엇나갈 것같아 그만 자리에서 일어나며,
"아니 난 가보겠네,"
하고 밖으로 나가버렸다.
논 못 뗀다고? 그래 결국은 또 터전을 팔아먹게 된다는 거지? 망할놈의 늙은이같으니라고 아가리를 찢어놓고 말라. ……하기는 열소리 할 때 숨어 투전을 하다가 들켜 아버지한테 그 굵다란 소나

무 화라지가 뚝뚝 부러져나가도록 매를 맞곤 했건만 그냥 그걸 끊지 못하고 오늘까지 온 나니까…… 그러나 이번만은 안 그럴걸, 죽어도 안 그럴걸! 그렇지만 송생원의 말대로…… 아니다, 아니다… 그렇지만…… 아니다……

막동이아버지가 주막을 나온 때는 아주 깜깜하게 어두운 뒤였다. 달도 없었다.

이튿날 아침 막동이아버지는 자기네 낡은 집 밑에 시체가 되어 발견됐다. 기울어졌던 쪽 기둥을 안고 있는 것이 그 기둥을 밀어 집을 넘어뜨리면서 깔린 것같았다. 동네사람들은 막동이아버지가 죽으려고 그런 짓을 했는지, 취한 김에 낡은 집을 허물어 버린다고 하다가 미처 몸을 피하지 못해 그렇게 됐는지는 아무도 몰랐다. 집이 무녀지면서 전필수네 뒷담장 일부분을 헐어놓았다. 그리고 어젯저녁 소낙비가 내리붓고 뒤이어 어두웠기 때문에 막동이할아버지가 밖에서 벌들이 채 못 들어왔을 걸 염려하여 다음날 저녁때 옮겨가려고 그냥 두었던 벌통들을 묻어버렸다. 거기에서 벌들이 날아나오고 있었다. 마치 막동이아버지의 몸에서인 듯.

그날 밤 밤샘들을 하는데 전필수가 막걸리 한 동이를 들려가지고 왔다.

전필수는 동네 늙은이들과 마주앉아 술잔을 돌리다가 그새 할미꽃뿌리의 효험을 봐서인지 또는 어제오늘 너무 놀란 탓인지 학질만은 나아가지고, 헬쑥해서 앉아있는 막동이 옆의 막동이할아버지를 향해, 새 집을 짓고 들 때까지 아무 염려 말고 여기 계시라는 말을 했다. 그저 넘어진 자기네 담장만은 좀 손질을 해달라고 하면서.

거기 둘러앉은 사람들은 모두 이 전필수의 인정스러움에 지도모르게 고개를 주억거렸다. 송생원도 한옆에 앉아 이 전필수의 인정 많은 마음씨에 같이 감복하면서 문득 마음 한구석에 저사람이 저렇게 인정이 많으면 많을수록 막동이네 집은 언제고 꼭 저사람의 손에 들어가고야 말리라는 생각이 드는 것이었다. 그러나 송생원은 마침 차례에 온 막걸리사발을 받자 그런 건 어찌 되건 어서 술이나 먹고보자고, 벌컥벌컥 보기좋게 사발을 비우는 것이었다.

아들의 장례가 있은 다음날 막동이 할아버지는 집안식구들을 데리고 전필수네 담장을 고치기 시작했다. 누구의 입에서도 말이 없었다. 이때 어디선가 꿀벌 한 마리가 길을 잘못 들었는지 그렇잖으면 익은 길이라 저도모르게 옛집에 들렀던 것인지 니잉 하고 막동이네 무너진 오막살이 위를 한 바퀴 돌아 지금 바삐 담장을 쌓아올리고 있는 막동이네 식구들 머리 위로 지나갔다.

누구 하나 이 벌에게는 주의가 가지 않는 속에서 그래도 막동이가 해쓱한 얼굴로 눈을 들었다. 순간 막동이의 시야를 고래같은 기와집이 가로막아버렸다. 그러나 무엇을 찾는 듯한 막동이의 눈은 그냥 앞을 막는 기와집 용마루 너머 하늘 저쪽에 부어진 채로 있었다.

1946 팔월

황 소 들

아무래도 마음이 안 놓인다. 이밤 안으로 아버지에게 꼭 무슨 일
이 일어날 것만 같다. 바우는 씨돌이네집 일간에서 같은 또래의 애
들과 함께 가마닛날 새끼를 꼬다 말고 오줌누러 가는 척 밖으로 나
온다.

깜깜이다. 하늘에는 별도 없다. 아버지가 오늘 아침 어머니보고,
음력으로 며칠이냐고 묻던 말이 생각난다. 어머니가 스무엿새라고
했다. 그러니까 아버지는 혼잣말로, 그럼 오늘 초저녁에는 달이 없
겠군 했다. 그런 오늘밤이 날씨까지 흐려 깜깜이다.

아버지는 아까 저녁때 연거푸 담배를 몇대 대통에 담아 피우면서
무엇을 생각하는 듯 앉았더니 어머니보고 불쑥 다시, 오늘이 분명
음력으로 스무엿새지? 하고 물었다. 심상치 않은 아버지의 얼굴이
었다. 하기는 이런 심상치 않은 아버지의 얼굴은 오늘 처음 보는
건 아니다. 바로 며칠 전에만 해도 그렇게 의젓한 아버지가 밖에서
들어오면서 누구에게라없이 분한 듯, 이놈의 세상은 또 속게만 매
련이야, 했을 때에도 아버지는 그런 얼굴이었다.

이런 때의 아버지의 얼굴은 유난히 늙어 보인다. 이마의 주름살
이 늘고 더 굵게 패인다. 정말 아버지의 주름살은 이런 때마다 늘
고 굵어지는지도 모르겠다.

그런데 오늘 아버지의 심상치 않은 얼굴엔 어쩐지 오늘 안으로
아버지에게 무슨 일이 꼭 일어날 것같은 기미가 보인다. 바우는 엊
그제 어디선가 공출 관계로 많은 농사꾼이 붙들려갔다는 소문이 났

을 때 지렁이도 밟히면 꿈틀거린다던 아버지의 말이 떠오른다. 바우는 그러니까 오늘 아버지에게 무슨 일이 일어난다는 것도 그게 어떠한 것이라는 걸 짐작할 수 있을 것같았다. 더욱 잰걸걸으로 집으로 돌아오는 바우의 눈앞에는 그 무서운 총대가 떠오른다. 가슴이 자꾸만 두근거린다. 바우가 집까지 와 보니 과연 안마당 어둠속에는 동네 사람들이 모여있는 게 아닌가. 봐라, 분명 무슨 일이 있지 않나. 가슴이 다시 두근거린다.

구멍난 곳마다 더덕더덕 붙인 창호지 안에 반딧불같은 등잔불이 켜져있었으나 그것으로는 지금 안마당에 모인 사람이 누구누구인지는 알 길이 없다. 누구누구이기는 고사하고 대체 몇 사람이나 되는지도 모르겠다. 그저 짐작으로 여남은 될 것같다.

바우는 문득 작년 가을 할머니가 돌아갔을 적 일이 생각난다. 그때도 동네사람들은 안마당에 모여 웅성거렸다. 그러나 그때는 모인 사람들이 저렇게 사뭇 조심성있게 수군거리진 않았다. 하기는 오늘 밤 일어날 일이 할머니가 세상떠난 것보다 더 큰일이니까. 할머니가 돌아갔을 때는 바우 자기도 어머니의 곡을 따라 울긴 했다. 그 아무것도 모르는 언년이까지 따라 울지 않았는가. 그러나 자기 집에 동네사람들이 모여 웅성거리는 게 노상 흥이 나기도 했었다. 그게 오늘밤은 조금도 그렇지가 않다.

저쪽 손톱이 타리만큼 바싹 담배를 빨다가 꽁다리를 던지는 사람은 거북이형이 분명하다. 그리고 거북이형이 담배꽁다리의 빨간 불티를 막 밟으려는 것을 가만있으라고 쭈그리고 앉으며 대통에 불티를 담는 사람은 또 개똥이아버지가 분명하다. 불티가 개똥이아버지 대통에 담기어 허공에 올라 개똥이아버지의 입키만큼에서 빨갛게 탔다 꺼무룩해졌다 하다가 이번에는 그것이 이편으로 떠오기 시작한다. 자세히 보니 모두들 헤어져 이리로 나오는 기색이다. 지금 자기가 예 있는 것을 저편에 알려서는 안된다. 바우는 급히 잿간 쪽으로 피한다. 그리고는 정말 오줌을 누기 시작한다. 오줌을 다 누고도, 그리고 동네사람들이 다 흩어져 간 뒤에도, 한참이나 바우는 그냥 오줌을 누는 체하고 섰다. 그러느라니 좀전에 할머니 세상 떠났을 적 일을 생각한 뒤라 그런지, 그때 할머니를 입관하자 할머니가 베던 베개를 이 잿간 도리 틈에 찔러두었던 일이 생각났다. 바우는 이 자기를 끔쩍히 귀애해주던 할머니의 베개가 왜 그렇게 거림칙하고 무섭던지 밤에는 아예 이 근처에 얼씬하지도 못했다. 그러나 지금에 와보니 그까짓 것 아무것도 아닌 것을 무서워했다. 죽은 사람이 베던 베개쯤 무어냐. 내가 몇살이기에 그런 걸 무서워할꼬. 이래뵈도 열세살인데. 아버지는 열네살에 벌써 마루씨름을 했다던데. 그러면서도 바우는 그 베개 찔러두었던 걸 생각하면 오늘밤도 이 잿간에 혼자 있기란 기분 좋은 일은 아니었다. 절로 빠른 걸음으로 집 쪽으로 걸어간다. 그러나 속으로는 내가 여기 있기 꺼림해서가 아니고 지금 아버지가 무엇을 하나 어서 가 보고 싶어서 이런다는 생각을 하면서.

물론 안마당에는 아무도 없다. 오양간에서 소가 씩씩거릴 뿐. 방에를 들어가니 마침 아버지는 덧바지를 입고 있다. 틀림없이 어디 가려는 것이 분명하다. 어머니는 언년이를 재워놓고 등잔불 바특이 다가앉아 헌 옷을 깁고 있다가 고개도 안 들고 바우에게 왜 새끼꼬러 가지 않느냐고 묻는다. 바우는 볏짚을 가지러 왔다고 거짓말을 한다. 그리고는 윗목 구석에 세워둔 잎 딴 볏짚을 가서 만지작거린다.

아버지가 밖으로 나간다. 어머니는 아무 말도 없다. 어머니는 왜 자기보고만 새끼꼬러 가지 않느냐고 하고, 아버지보고는 어디 가느냐 묻지 않는지 모르겠다. 혹은 내가 들어오기 전에 벌써 아버지가 어디 간다는 말을 했는지도 모른다. 그런데 어머니는 저렇게 천연스레 앉아있을 수 있을까.

하기는 바로 해방 전해 겨울 공출 때 아버지가 그 왜놈 순사에게 몹쓸 매를 맞은 뒤 충주로 붙들려갔을 적에도 밤마다 어머니는 저렇게 혼자 앉아 기움질을 하고 있었다. 그렇게 해서 아버지가 붙들려간 걱정을 좀 가라앉혀보려는 듯이, 그리고 또 아버지가 밤중에 놓여나온 대도 깨어있다 맞으려는 듯이.

그때 바우 자기는 자다가 밤중에 몇번 깨어 봐도 어머니는 그냥 저 모양으로 앉아있었다.

그러나 오늘밤 바우 자기는 아버지의 뒤를 따라가 봐야 한다. 바우는 볏짚 반 아름을 옆구리에 끼고 문을 열고 나선다.

그새 아버지는 이미 사립문을 나섰을 줄 알았는데 연 문으로 새어나오는 희미한 불빛에 지금 아버지가 토방 한옆에 올려놓은 지게에서 작대기를 집어들고 사립문 쪽으로 나가는 것이 보였다. 아주 늙은 노인의 뒷모양이었다.

해방 전해 겨울 그 몹쓸 매를 맞은 뒤부터 아버지는 허리를 잘 못 쓴다. 젊어 한창 때에는 힘쓰고 씨름 잘 하기로 근동에 소문이 났던 아버지다. 나이 사십이 되어서도 때때로 동네 힘깨나 쓴다는 젊은이들보고, 먼저, 어디 씨름 한번 해보자고 하며 얼굴에 그의 것한 웃음을 띠우고 젊은이들의 허리춤을 잡는 것이었는데, 이 웃음이 확 퍼졌는가 하면 어느새 아버지는 훌떡 상대편의 배지기를 들어 매치곤 하는 것이었다.

이런 아버지가 그 몹쓸 매에 허리를 상한 뒤부터는 통 움쩍을 못한다. 사실 그것은 무시무시한 매질이었다. 말을 타고 공출 독려를 나왔던 그 코밑에 수염을 기른, 일견 점잖아 보이기 짝이없는 왜순사는 다른 사람에게 본보기로라도 그래야 한다는 듯이 아직 공출 미납이라는 바우아버지의 멱살을 그러잡더니 다짜고짜로, 네놈이 공출은 아니하고 씨름은 잘 한다지? 어디 나하고 한번 해보자 하고는, 에잇 소리를 지르며 아무말 없이 서있는 아버지를 유도라는 것으로 언 땅에다 이리 꼰지고 저리 꼰지고 했다. 아버지의 코와 입에서는 선지피기 흐르고, 그러자 왜순사는 제김에 독이 올라 나가 넘어진 아버지의 허리 중동을 승마화 뒤꿈치로 마구 내리찧는 것이었다. 옆에서도 차마 치가 떨려 어찌할 바를 모를 지경이었다. 이런 뒤에 왜순사는 혼자 잘 일어나지도 못하는 아버지를 이끌고 충주로 들어갔다. 바우는 차마 오금이 자려 아버지가 끌려가는 것을 동구밖까지도 따라가 볼 수조차 없었다. 아버지의 모양이 써돌이네 집 모퉁이를 돌아 뵈지 않게 된 지도 한참만에야 바우는 갑자기 으아! 하고 울음을 터뜨렸을 뿐이었다. 지금 생각하면 그때 자기가 가만있은 것이 바보였다. 치를 떨고 보고만 있었다니!

그러니까 오늘밤 자기는 집에 가만히 있어서는 안된다. 아버지와 함께 가야 한다. 바우는 아버지 지게 옆에 세워논 제 애기지게에다 벗짚을 내려놓고 제 작대기를 찾아 든다. 그리고 사립문을 나선다.

어두운 속에서도 아버지가 저만치 가는 걸 알 수 있었다. 바우는 아버지가 눈치채지 못할 만큼 새를 두고 뒤따른다. 아버지는 아랫동네로 해서 동구밖을 나선다.

동구를 벗어나 그 길을 두어 마장쯤 가면 냇둑에 이르는데, 이 냇둑에 이르기 얼마큼 전 길목에 늙은 느티나무가 한 그루 서있다. 아버지는 그 느티나무께로 가더니 서는 눈치다. 바우도 멈춰선다. 그리고보니 거기에는 아버지 혼자만이 아니고 여럿이 모여 서있는 것이다. 가만가만 하는 소리지만 여럿의 말소리다. 그리고 다른 사람들도 아버지처럼 무슨 작대기같은 것을 하나씩 들었다는 걸 알 수 있었다.

바우는 문득 저렇게 아버지랑 동네사람들이 지금 느티나무 밑에 모인 것은 바우가 생각한 일이 일어나는 게 아니고 낟알 도둑을 잡기 위함인지도 모른다는 생각이 든다. 며칠 전엔 오쟁이네 콩을 밤중에 누가 꺾어갔다더니 어젯밤에는 또 개똥이네 밭에서도 잃었다는 소문이 났다. 이미 보리 양식마저 떨어져 굶는 집이 적지 않은 터라 남의 거건 말건 먼저 된 낟알을 가져다 먹는 일이 종종 있었다.

그래 오늘밤 동네사람들은 저렇게 몰래 숨었다가 낟알 도둑을 잡으려는지도 모른다. 그리고 오늘 아버지가 어머니보고 오늘이 음력으로 며칠이냐고 물은 것도 밤에 달이 없어야 저렇게 몰래 숨었다가 도둑을 잡기 쉬우니까 그랬고. 그런데 느티나무 밑의 동네사람들이 그곳을 떠나 냇가로 내려간다. 혹은 시내 저편을 지키려는지도 모른다. 좌우간 따라가자. 바우는 느티나무 밑으로 가서 시내 쪽을 바라본다. 어둠속에서, 사람마다 발을 뽑을 것 없이 제가 업어 건너겠다는 것은 오쟁이의 말소리다. 그 목이 밭고 아랫도리에 비겨 허리가 짧은, 그러나 몸집이 둥글게 옹글어 힘깨나 쓰는 오쟁이. 그러자 바우는 이 오쟁이에 대해서 동네사람들이 하는 놀림말이 떠오른다. 오쟁이를 낳자, 오쟁이아버지는 그렇게 하면 애가 속히 큰다는, 씨앗 담아두는 오쟁이 속에 넣어 벽에다 매달았더니 갓난애가 어쩌나 기운차게 팔다리를 버둥거려대는지 그만 오쟁이가 못에서 벗겨져 떨어지고 말았는데, 마침 거꾸로 떨어지지 않아 살아났지만 그때 되게 엉덩방아를 찧었기 때문에 목과 허리가 내려앉은 것이 영 굳어져 커서도 저렇게 목이 밭고 허리가 짧다는 것이다.

이쪽 냇가에 사람의 기척이 없어진 뒤에야 바우는 냇둑으로 내려간다. 그리고 바우는 재게 발을 벗고 바짓가랑이를 정강이 위까지 걷어올린 후 내를 건넌다. 발가락과 종아리가 제법 차다. 건너편에 닿자 바우는 잔디에다 쓱쓱 발을 문지른 후 신을 신고, 바짓가랑이는 채 내리울 겨를도 없이 앞선 아버지와 동네사람들을 찾아 뒤따른다. 아버지와 동네사람들이 거북이네 담배밭머리를 돌아 저만큼 가는 것을 알아낸다. 아버지와 동네사람들은 아무 말들이 없다. 발소리만이 들릴 뿐. 그것은 사람이 여럿 가는 것이 아니고 뒷사람은 앞사람을 묵묵히, 앞사람은 그 앞사람을 또 묵묵히 따라 마치 소들끼리 줄지어 밤길을 가는 것만 같다. 그것도 꼭 다른 소 아닌 황소들끼리.

바우는 재작년 가을에 아버지를 따라 충주에서 지금 자기네가 먹이는 황소를 사가지고 이 길을 돌아오던 날 밤의 일이 생각났다. 마스막재에서 저문 해가 한강에 이르니 아주 졌다. 강을 건널 적에 송아지가 배를 안 타려고 해서 뱃사공과 자기는 고삐를 잡아당기고 아버지는 엉덩이를 떠밀어서야 겨우 배에 태웠다. 흰바윗골 동네로 들어가는 세어름길에 왔을 때에는 아주 밤이 되어 바우는 좀 무서웠다. 그날밤은 오늘밤과는 달리 하늘에 별도 총총하고 초생달도 있어서 아주 깜깜하지는 않았지만.

그때 바우는 어른들한테서 들은 황소만 데리고 다니면 아무런 험한 곳도 무섭지 않다는 말을 생각하고, 지금 자기네가 데리고 가는 게 아직 송아지지만 황송아지라는 데 얼마큼 마음을 놓아보려고 했다. 그러나 그것도 동네 어른들이 몇년 전에 어디선가 사실 있은 일이라고 하면서 한 이야기— 어떤 총각애가 저녁때 소먹이러 나갔는데 얼마 후에 소만 혼자 뿔에다 피투성이를 해가지고 돌아온 것이다. 집안사람들은 필경 이놈의 소가 같이 갔던 애를 받아 죽인 거라고 한참 야단법석들을 하고 있는데 애가 돌아왔다. 받치기는커녕 손가락 하나 다친 데 없었다. 그 애의 말이, 소를 먹이며 서있으려니까 별안간 소가 자기를 덮치기에 소한테 밟혀 죽는가보다 했다는 것이다. 그러나 정신을 차리고 보니까 어느틈에 왔는지 호랑이한 마리가 이리 번쩍 저리 번쩍 소잔등을 넘어다니며 어르고 있는것이 아닌가. 그럴 적마다 소도 이리저리 몸을 피해 돌아가는데(여기서 이야기하던 어른은, 사실은 소가 피하느라고 그러는 게 아니고 호랑이를 면바로 받을 틈을 노리느라고 그러는 것이라고 했다)자기는 조금도 밟지를 않더라는 것이다. 그러다가 소가 어떻게 호랑이를 받아 죽였는지 소가 달아나기에 보니까 호랑이는 배가 터져죽어있더라는 것이다. (여기서도 이야기하던 어른은 으레 호랑이가한번 쇠뿔에 닿기만 하는 날이면 소는 호랑이를 제기 차듯이 연달아 받아 창자를 헤치고야 그만 둔다는 말을 붙였다.) 이런 이야기가 떠올라 바우는 아무래도 자기네가 데리고 가는 소가 좀 큰 황소였으면 좋겠다고 생각했다. 그러면서 바우는, 이것도 옛말에 들은호랑이란 놈은 사람이 잠을 자거나 길을 가거나 할 때 가운데 끼인사람을 가장 겁쟁이로 알고 먼저 물어간다는 말을 알고 있었으나,자기는 아무래도 송아지 앞이나 아버지 뒤에 서기가 영 싫어 아버지와 송아지 새에 끼어 걷느라고 몇번이나 송아지 뒷발통에 채였는지 모른다.

그때는 그래도 그런 황송아지라도 데리고 또 아버지와 함께였지만 오늘밤은 자기 혼자 이렇게 떨어져 걷는다. 참 오늘밤같은 때 이제는 완전히 큰 소가 다 된 자기네 황소를 데리고 간다면 얼마나마음이 든든할까. 그러나 지금 자기는 그때보다 두 살이나 더 나이를 먹지 않았느냐. 요맛 밤길을 무서워하다니. 더구나 이렇게 지게작대기까지 들었는데. 그리고 고함 한마디면 저기 앞서 가는 황소같은 동네사람들이 달려와줄 텐데. 그러면서도 바우는 노상 무섭지않은 것도 아니어서 앞선 동네사람들과의 새를 줄이기 위해 걸음을빨리한다.

그런데 남알 도둑을 잡으러 가는 터면 이만쯤에서 어디 숨었다볼 것같은데? 동네사람들이 부치는 밭들은 거의 다 지나치고 이제얼마 가지 않아 흰바윗골로 들어가는 세어름길이 된다. 그러자 바우는 문득 동네사람들이 도둑을 잡으러 가는 것이 아니라 흰바윗골 사람들과 싸움을 하러 가는 길인지도 모른다는 생각이 든다.

대개 해마다 논물 댈 시절에는 물 때문에 몇번씩 있는 싸움. 누구의 이빨이 부러졌다, 누구의 머리가 터졌다 하는, 당장 죽이느니 살리느니 하는 무서운 싸움. 피차의 등뒤에는 세도가 있는 지주들이 있어서 뒷일은 염려 말고 논물만 먼저 대도록 하라는 것이다. 올해는 흰바윗골 지주의 아들이 큰 벼슬을 하게 됐다는 소문이 나더니, 막 자기네 좋도록만 물을 대라는 호령이 내렸었다. 그런 걸 얼마 전 이쪽 지주 김대통영감의 맏손자가 이번에 서울서 높은 벼슬자리에 올라앉게 되면서부터 김대통영감은 저쪽 지주를 두고 괘씸한 놈이라고 이제 두고 보잔다더니, 그럼 그래서 혹 오늘밤 동네사람들은 흰바윗골 사람들과 싸우러 가는 길인지도 모른다.

그런데 가만 있자. 흰바윗골 사람들과 싸움은 피차의 동네 대표들이 모여 앞으로는 그런 일이 없도록 잘 의논이 됐다는 말이 있었는데?

사실 앞선 동네사람들은 흰바윗골로 들어가는 길과 충주로 가는 길이 갈린 세어름길에서 흰바윗골로 들어가는 것이 아니고 충주로 가는 길을 잡아든다. 역시 아버지와 동네사람들은 자기가 맨 처음 짐작했던 일로 해서 충주로 가는 길인 것이다.

이제 길은 외곬 충주로 잇닿았을 뿐. 이때 바우의 눈앞에는 그 무서운 총대가 떠올랐다. 뒤이어 그것이 어둠속을 통해 쏜살같이 내리쳐졌다. 춘보의 어깻죽지 위로. 밀보리 공출이 미납된 탓이었다. 그러나 춘보는 첫 매에는 움쩍 안했다. 오랜 세월 영양부족으로 희멀건 얼굴을 한 춘보는, 그러나 그 수다한 식솔을 두 어깨에 짊어지고 살아온 춘보는, 첫 매에는 움쩍 안했다. 그 무서운 총대가 다시 내리쳐졌다. 이제 춘보는 쓰러지리라. 그리고 아버지가 허리를 상한 것처럼 춘보는 어깨를 못 쓰게 되리라. 매질하는 사내는 아무 대항없는 춘보의 어깨를 다시금 내리쳤다. 춘보는 종내 쓰러지고 말았다. 이때 춘보의 눈에 빛나는 게 있었다. 눈물이었다. 그리고는 온몸을 떨기 시작했다. 마치 꿈틀거리듯이. 이 꿈틀거림은 춘보의 몸에서만 아니고, 그때 모였던 모든 동네사람들에게서, 바우 자기의 몸에서도 일시에 일어났다. 그러나 그때는 그것뿐이었다. 사내는 이것도 전의 바우 자기 아버지처럼 혼자 일어나지도 못하는 춘보를 이끌고 충주로 들어갔다. 사실 그 뒤로 춘보는 어깨를 잘 못 쓴다. 아버지가 허리를 잘 못 쓰듯이.

한강둑에 이르렀다. 나루터 뱃사공과는 미리 얘기가 있었던 듯 동네사람들은 지체없이 하나 둘 배에 오르기 시작한다. 바우는 잠깐 걱정이 생겼다. 자기는 다음 배에 건너나, 이 배에 같이 건너나? 이 배에 건너자니 동네사람들이 자기가 따라오는 것을 알기 쉽겠고, 다음 배에 건너자니 동네사람들과 자기 새가 너무 떨어질 것만 같았다. 더구나 강을 건너서부터는 익지 못한 고갯길이다. 너무 뒤떨어졌다가 동네사람들을 잃으면 큰일이다.

바우는 첫 배에 같이 오르기로 한다. 혹시 동네사람들에게 들킨다 해도 설마 여기서 혼자 집으로 돌아가라고야 안할 테지. 돌아가라면 누가 돌아가나. 그런데 배에서도 누구 하나 자기를 알아보는 사람은 없다. 아니 자기도 배안의 사람을 누가 누군지 분간치 못한다. 아무도 말이 없다. 담배조차 피워물지 않는다. 그저 어둠속에서 배젓는 소리만이 삐걱삐걱할 뿐이다. 바우는 그 삐걱거리는 소리만을 듣고 있다. 바우는 전에 이 배를 타고 생각한 게 있었다. 이런 배를 타고 사나나달 내려가면 서울이 된다지, 그 서울이라는 데를 한번 가봤으면 하고. 그러나 지금은 그런 생각같은 것은 나지 않고 그저 삐걱 소리를 들으며, 유난히 강이 전보다 넓은 것같다는 것에만 마음이 썰다.

건너편 언덕에 닿자 동네사람들은 또 소처럼 말없이 길을 걷기 시작한다. 바우는 다시 알맞게 새를 두고 뒤따른다.

이제 충주가 가까워온다는 생각에 바우의 눈앞에는 어둠속을 통해 또다시 그 무서운 총대가 나타난다. 바우의 가슴은 자꾸만 떨린다. 그러면서 다시금 떠오르는 건 엊그제 어디선가 많은 농민이 붙들려갔다던 이야기. 그 이야기를 들을 때부터 바우는 어린 마음에도 그게 도무지 남의 일같지가 않았다. 이런 바우니까, 지렁이도 밟히면 꿈틀거린다고, 오늘밤 아버지와 동네사람들이 이렇게 충주를 찾아가지 않을 수 없다는 걸 안다. 알 뿐만 아니라 바우는 어디까지나 아버지편인 것이다.

그런데, 아, 큰일이다. 바우의 눈앞에는 그 무서운 총대 앞에 아버지와 동네사람들이 나가 쓰러지는 모양이 떠오르는 게 아닌가. 그러는 아버지와 동네사람들의 눈에 빛나는 게 있었다. 눈물이었다. 그리고는 모두 꿈틀거린다. 마치 지렁이도 밟히면 꿈틀거린다는 듯이. 그리고 모두 울부짖는다. 이대루 가단 아무래두 다 굶어죽을 목숨여. 누가 공출을 안하겠다는 건 아니여, 공평하게 해달라는 거지. 어떤 사람은 광 속에 쌀가마니를 가뜩 들이쌓아놓구 몰래 일본이나 다른 데루 팔아먹게 왜 내버려두느냐 말여. 밤낮 없는 사람만 들볶아댔자 뭐가 나올 거여. 아무래도 이대루 가다간 다 죽을 목숨여. 이 울부짖음은 모두 동네사람들이 벌써부터 하던 말들이다.

바우는 어른들이 이런 말하는 걸 들을 적마다 재작년 가을 자기가 아버지를 따라 소 살 돈을 빚내러 충주 김대통영감네 집에를 가서 본, 그 광 속에 치쌓인 낟알섬이 떠오름을 어쩌지 못했다. 그리고 그 광문에 달린 어른들 주먹보다도 더 큰 시커먼 자물쇠통도 함께.

지금도 바우의 눈앞에는 그 광 가득하던 낟알섬과 함께 광문에 달렸던 자물쇠통이 떠오른다. 좀처럼 해서는 열려지지 않을 것같은 자물쇠통이다.

그러자 또 바우의 눈앞에는 쏜살같이 내리치는 것이 있었다. 그러나 그것은 자물쇠통을 족친 것이 아니고, 바로 꿈틀거리는 아버지의 허리를 내리친 것이었다. 그러지 않아도 허리를 잘 못 쓰는 아버지가 대번에 쓰러진다. 이렇게 되면 아버지를 내 등에 업어야 한다. 얼마 전에 자기는 가을나갔다 갑자기 허릿증으로 움쩍 못하는 아버지를 업고 세 번 쉬어서 집까지 온 일이 있지 않느냐.

하늘은 마냥 캄캄할 뿐, 별 하나 뵈지 않는다. 오늘 아버지가 혼잣말로, 오늘 초저녁에는 달이 없겠군, 한 말이, 아버지는 오늘밤 달이 있기를 바랐는지 없기를 바랐는지 알 수 없지만, 지금 자기로서는 이런 때 이지러지다 남은 달이라도 있어주었으면 좋겠다. 달이 없겠으면 별이라도 좀 총총해줬으면 오죽 좋으랴. 그러는데, 아니 저기 앞에 한 무더기의 별이 나타났다. 아, 참 곱다. 저기가 충주로구나. 밤의 충주를 보는 건 이번이 처음이다. 어느새 마스막재까지 온 것이었다. 고개턱이라 여지껏 없던 밤바람이 동네사람들을 따라가느라 훗훗해진 바우의 귀밑과 등을 스친다. 바우는 그것이 싫지 않았다.

그러나 다음 순간 이제부터다, 하는 생각에 바우는 저도모르게 작대기 잡은 손에 힘을 준다. 그런데 웬일일까. 동네사람들은 곧장 충주로 내려가는 것이 아니고, 왼편쪽 남산으로 기어올라가는 것이다. 모를 일이다. 좌우간 바우는 동네사람들의 뒤를 따라 올라간다. 동네사람들은 한곳에 자리를 잡고 앉는 눈치다. 바우도 한옆에 좀 떨어져 앉는다. 역시 누구 하나 입을 열지 않는다.

별안간 기침소리가 두어 번 난다. 기침소리로써 그것이 거북이형이라는 걸 알 수 있다. 그리고 또 그 기침소리로써 거북이형은 앉아있는 것이 아니라 일어서있다는 것과, 이쪽을 향하고 있지 않고 저쪽을 향하고 있다는 걸 알 수 있었다.

바로 그때 저쪽 어둠속에서도 같은 마른기침 소리가 한 번 나더니, 누가 이리로 걸어오는 기척이 난다. 누구일까. 바우는 다시 가슴이 두곤거린다. 그러자 거북이형편에서도 마주 그리로 가는 것같더니 소근거리는 소리가 들린다. 싸움 목청이 아니어서 마음이 놓인다. 그러고보니 지금 자기네가 앉아있는 이 남산에 자기네뿐이 아니고, 자기네와 같은 사람들이 수없이 많이 와, 자기네처럼 앉아있다는 걸 알 수 있는 듯했다. 바우는 적이 마음이 든든해짐을 느낀다.

더구나 별빛같은 충주거리의 전등불빛이 보여서 아까보다 낫다. 저기 왼편 한곳에 얼마큼 전등불이 모여있는 곳이 정거장이리라. 기차시간이 아닌지 기적소리 하나 없다. 바우는 문득 그 기차를 타고 서울에를 한번 가봤으면 한다. 그러자 이번에는 정거장 앞 큰길로 해서 충주거리로 들어오는 버스 한 대가 눈앞에 떠오른다. 서울서 오는 버스다. 버스는 뒤에 뽀오얀 먼지바람을 일으키며 털럭털럭 달려온다. 버스는 거리 한 곳에 와 멎는다. 사람들이 내린다. 꽤는 내린다. 고만한 속에 어떻게 이렇게 많은 사람이 탈 수 있는 것일까. 기차보다도 이 버스를 한번 타고 털럭털럭 흔들리며 서울로 가봤으면.

참, 버스가 와닿고 떠나는 곳이 어디쯤일까. 바우는 전등불이 켜

있는 충주거리를 이쯤일까 저쯤일까 하고 눈짐작으로 짚어본다. 그러다가 바우는 문득 그것이 김대통영감네 집 골목에서 두어 집 건너 맞은편쪽이었으니, 저쯤 되리라고 딴데보다 전등불이 총총한 곳에 눈을 멈춘다. 그러자 이번에는 또 재작년 가을 아버지를 따라 소 사러 와서 들렀던 그 김대통영감네의 으리으리하게 큰 집이 눈앞에 턱 나타난다.

그때 아버지는 우람스런 대문을 들어서자마자 그 안에 김대통영감이라도 앉았는지 오른편 미닫이 쪽을 향해 허리를 굽혔다. 바우도 아버지한테 배운 대로 그쪽을 향해 깊숙이 허리를 굽혔다. 그러나 바우는 허리를 굽힐 때나 펼 때나 눈앞에서 미닫이의 유리알이 얼른거리는 것을 느꼈을 뿐, 그 도수장에 걸린 쓸개주머니같다는 코와(이것은 김대통영감이 듣지 않는 데서 동네사람들이 몰래 하는 말이다), 그 언제나 손에서 놓아보지 않는다는 크디큰 대통이 달린 담뱃대는 보지 못한다. 그렇다고 유리창 속을 들여다볼 수도 없어서 그저 오늘 아버지가 나들이 옷이라고 갈아입고 온 저고리 잔등의 자기 손바닥만하게 기운 자리에다 눈을 주고 있었다. 이윽고 미닫이 안에서 바우가 덜컥 놀랄 만큼 그리고 미닫이 유리창이 찌르렁 울리도록, 귀동아, 귀동아, 하고 누구를 부르는 김대통영감의 목소리가 들려나왔다.

중문 안에서 바우보다도 작은 아이 하나가 나와, 바우아버지 손에서 치룽을 받아가지고 안으로 들어간다. 미닫이 안 김대통영감에게는 밖의 자기네가 와 있다는 것과 자기네가 무엇을 가지고 왔다는 것까지 빤히 내다보이는가보다.

아버지는 바우보고 밖에 있으라고 하고는 신발을 벗고 손바닥으로 몇번이고 버선바닥을 턴다. 바우는 안에서 빤히 내다보이는 미닫이 앞을 떠나 지금 아이가 사라진 중문께로 간다. 미닫이 여닫는 소리가 들린다. 아버지가 김대통영감 있는 데로 들어간 것이다. 이제 아버지는 김대통영감한테서 빚을 내야만 그렇게 벼르던 송아지를 사갈 수 있다.

중문이 열리며 귀동이가 빈 치룽을 내다준다. 열린 중문 틈으로 들여다보이는 안채는 온통 으리으리한 유리문들이었다. 이래서 동네

사람들이 그처럼 침이 마르도록 이집 얘기들을 했구나.
　귀동이가,
"니 사는 데 감 많나?"
하고 말을 붙인다.
　오늘 가져온 그 감을 보고 하는 말인가본데 말투가 별나다.
　바우가 고개를 끄덕이니까 귀동이는,
"우리 있는 데도 많다,"
하고 이어서 무슨 말을 하려 하는데, 중문 안 저쪽에서, 귀동아,
하고 여인의 목소리가 부른다.
　귀동이는 곧 안으로 들어간다. 그리고 좀만에 다시 나오는데 작
은 상에 국밥 두 그릇을 놓아가지고 나온다. 귀동이가 상을 들고
미닫이 앞까지 오니까 미닫이가 열리며 아버지가 나타난다. 그런데
아버지는 거기서 상을 받는 것이 아니고 밖으로 나오며 받는다. 방
안에서 김대통영감의 목소리로, 들어와서들 먹지, 하는 말이 들려
나왔으나 아버지는, 아무데서나 먹지유, 하고 상을 들고 바우 있는
데로 오더니 땅에 내려놓는다.
　바우는 아버지와 마주앉아 밥을 먹기 시작한다. 쌀밥이다. 자기
네는 공출이라는 게 생기기 전에도 좀처럼 쌀밥은 먹지 못했지만
공출이 시작되면서부터는 통 구경도 못하던 쌀밥이다. 게다가 고깃
점은 뵈지 않아도 국물도 고깃국물이 분명하다. 입에 넣기가 바쁘
게 그냥 넘어간다. 그런데 이 집에서는 이런 것을 늘 해먹는 모양
이다. 이렇게 당장 해내오는 것을 보니. 참 맛있다.
　아버지가 자기 그릇의 밥을 한 술 떠서 바우 그릇에 덜어준다.
귀동이가 중문 밖에 서서 이쪽을 바라보고 있다. 바우는 귀동이 앞
에서 좀 부끄럽다. 얼른 아버지보고, 싫어, 한다. 그렇지만 바우는
그것을 되 아버지 그릇에 떠넣지는 못하고 그냥 먹는다. 아버지가
또 자기 그릇 속에서 집힌 듯 작은 고깃점을 하나 건져 바우 그릇
에다 넣어준다. 바우는 좀더 크게, 싫다니까, 한다.
　다 먹자 귀동이는 상을 들고 중문 안으로 들어가고, 아버지는 다
시 사랑방으로 들어간다. 어서 아버지가 빚을 내가지고 나와 소를
사가지고 집으로 돌아가야 할 텐데.

황 소 들　101

별안간 김대통영감의 재떨이 두들기는 대통소리가 크게 울려나왔다. 비위가 거슬릴 때면 무어나 두드리기를 잘 한다는데 아마 돈을 얻기는 틀리는가보다.

중문으로 또다시 귀동이가 나온다. 귀동이는 바우에게로 오더니,

"니 멫살이고?"

묻는다.

"열한살."

"열한살? 난 열살이다."

귀동이는 사랑 쪽을 턱으로 가리키며,

"느그 아부지가? 좋겠다."

"니네 아부지 없니?"

"와 없노. 우리집에 있다. 우리집은 문갱(문경)인데, 문갱 아나?"

바우는 모른다고 고개를 옆으로 젓는다.

"경상도다. 우리 있는 데는……"

하는데 중문 안에서 또 여인의 목소리로, 귀동아, 하고 부르는 소리가 들린다.

귀동이는 하던 말도 채 못하고 급히 안으로 들어간다. 바우는, 귀동이는 어째서 자기 아버지 어머니 있는 집에 있지 않고 여기 와 있을까 하는 생각을 한다. 그러면서 귀동이가 들어간 중문 틈으로 고개를 기웃해본다. 마침 안뜰 한옆 광으로부터 귀동이가 무엇이 가득 든 자루를 메고 나오는 것이 보인다. 그리고 귀동이가 닫으려고 하는, 어른들의 주먹보다도 큰 자물쇠통이 달린 광문 안에 가득 쌓여있는 낟알섬이 눈에 띄자 바우는 못볼 것이나 본 것처럼 얼른 고개를 돌리고 만다.

좀 있더니 귀동이가 얼굴에 웃음을 담고 다시 나온다. 양쪽 볼에 보조개가 패인다.

이번에는 바우가 먼저 묻는다.

"그른데 너 왜 여 와있니?"

"이집 할배가 울아부지한테 심부름 시킬 아 하나 달라캐서 안 왔나. 우리가 이집 땅을 부치거덩. 우리집에선 내 한 입 없는 기 어때라고. 내꺼정 식구가 말캉 아홉이다. 누 둘은 시집갔는데도……"

"그래 너 집생각 안 나니?"

"와 안 나. 아부지보다 옴마 생각이 더 난다. 내 올 때 큰길꺼정 따라오믄서 안 울었나. 집에서보다 묵기는 더 잘 묵지만 집에 가고 싶다. 그라지만 아부지가 집생각 말고 잘 있으라카드라. ……우리 집 디에도 감나무밭이 있는데 아까 니가 가온 감보다 더 굴따. 그 거를 가실에 따서……"

이때 다시 여인의 목소리가 귀동이를 부른다. 귀동이는 또 하려던 말과 함께 웃음 띤 얼굴을 거두어가지고 곧 안으로 들어간다.

귀동이는 아무리 자기 아버지가 집생각 말고 잘 있으라고 했다지만 자꾸 집생각이 나는 모양이다. 이번에 나오면 그렇게 큰 감이 많은 집에 언제 가느냐고 물어보리라. 어서 귀동이가 나오면 좋겠다.

귀동이가 빠른걸음으로 다시 나온다. 그러나 이번에는 바우한테 오는 게 아니고 심부름 갔다 오겠다고 하면서 대문께로 나간다.

조금 후에 미닫이 열리는 소리가 나고, 아버지가 나온다. 수심스러운 얼굴이다. 돈을 못 냈는가보다. 그때 뒤에서 김대통영감의 쩌르렁하는 목소리로, 이사람이 서푼변이면 거저 얻어가는데 왜 그렇게 죽어가나? 하는 말소리가 들려나왔다. 바우는 빚을 얻기는 얻었나보다 한다. 그런데 아버지는 왜 저렇게 기운이 없을까.

아버지는 이쪽으로 와 보자기에 싼 빈 치룽을 집어들면서 보자기 한귀에다 오른편 엄지손가락 끝에 묻은 붉은 물감같은 것을 문지른다. 바우는 그것이 무엇이며 왜 그것이 아버지 손가락 끝에 묻었는지를 모른다.

아버지는 바우 자기를 데리고 미닫이 앞으로 다시 가 아까 올 적처럼 허리를 굽힌다. 바우도 따라했다. 그러면서 바우는 이번에는 이마 위에서 유리창이 번쩍이는 것을 느꼈을 뿐, 미닫이 안에 있어야 할 김대통영감은 보지 못한다.

대문을 나왔다. 아버지는 그냥 수심스러운 얼굴로 서쪽에 기운 해를 쳐다보며, 소장 다 파했을 것 같다, 어서 가자, 하는 것이다.

그런데 한가지 안된 게 있다. 귀동이보고 간다는 말을 못하고 오는 게 안됐다. 귀동이도 심부름 갔다 돌아와서 자기를 찾을는지 모른다. 바우는 골목을 빠져나오면서 몇번이고 뒤를 돌아다보았으나 귀동이의 모양은 종내 뵈지 않는다.……

바우는 저기 전등불이 빛나는 거리 그 김대통영감네 집에 귀동이가 아직 있나 어쩌나 하고 궁금해진다. 바우는 그동안 몇번 김대통영감네 집에 다녀온 아버지에게 귀동이가 있더냐고 물었으나, 아버지는 번번이 모른다고 했다. 아마 어른들은 그런 덴 주의가 가지 않는 모양인지.

어둠속에서 오쟁이의 낮은 목소리로, 아직 열시가 멀었나, 하고 혼잣말같이 하는 말소리가 들린다. 다 됐을 텐데, 춘보의 떨리는 듯한 역시 나지막한 목소리다. 그러면 지금 동네사람들은 열시가 되기를 기다리는구나. 다시 아무도 말이 없다.

칙 칙, 누가 부싯돌을 긋는다. 그러자 여기저기서 낮으나 급한 소리로 쉬쉬 한다. 부싯돌을 긋지 말라는 것이다. 아마 담뱃불같은 것도 붙여서는 안되는가보다.

바우는 목덜미와 아랫도리가 좀 춥다는 걸 느낀다. 길을 걷느라 땀기 있던 몸이 아주 식고 냉기가 스며든다. 바우는 아까 내를 건너면서 걷어올렸던 바짓가랑이가 그새 풀려내린 것을 마저 훑어내려 발목을 가린다. 그리고 지게작대기를 놓고 팔짱을 낀다.

바로 그때다. 별안간 저 아래 충주거리의 전등불이 온통 꺼진 것은. 그리고 이 전등불 꺼지기를 기다리고나 있었던 것처럼 와짝 동네사람들이 일어선 것은. 바우도 저도모르게 제 작대기를 집어들고 일어선다. 거북이형이 무어라고 하면서 앞장을 서는 눈치더니, 동네사람들이 울을 밀려내려간다. 성난 황소들 같다. 이 성난 황소들은 바우네 동네사람들뿐만 아닌 듯했다. 아까 거북이형이 누구와 만나 수군거리던 저쪽에서도, 그리고 좀더 저쪽에서도, 아니 이 남산 전체에, 틈틈이 자기네와 같은 사람들이 앉았다가 지금 충주거리를 향해 내려가는 것으로 바우에게는 느껴졌다.

바우는 너무 갑작스러움에 잠시 떨리는 몸을 움직이지 못한다. 바보같은 것, 바보같은 것, 여기까지 와서…… 그제야 바우는 작대기 쥔 손에 힘을 주면서 어른들의 뒤를 쫓아내려가기 시작한다. 무엇엔가 자꾸 걸리고 헛짚어 퍽퍽 넘어진다. 빨리 따라가야 할 텐데.

그러나 바우는 앞선 어른들에게서 점점 처진다. 나중에는 어둠속에 어른들이 영 뵈지 않게 되고 만다. 그래도 바우는 그냥 달린다.

충주 쪽은 막 캄캄이다. 좀전까지 전등불이 켜져있다 꺼져서 그런지 더 캄캄한 것같다. 그런 속에 몇개의 불빛이 빠르게 이쪽저쪽으로 달리며 보였다 가리워졌다 한다. 자동차는 자동차같은데 이상한 소리를 낸다. 바우의 가슴은 연방 떨린다.

톡 톡 무엇이 튀는 소리가 들려온다. 바우는 저도모르게 오뚝 서고 만다. 그 무서운 총소리인 것같다. 뒤이어 사람들의 아우성소리 같은 것이 들린다. 그속에 쓰러져 넘어지는 아버지의 모양이 떠오른다. 큰일이다, 큰일이다, 왜 자기는 빨리 어른들을 쫓아가지 못했을까. 바보같은 것, 바보같은 것.

어둠속에 확 불길이 일어난다. 아, 바우의 가슴속에서도 퍼뜩 불길이 일어남을 느낀다. 이런 바우의 가슴속에서는 또 뭇사람의 아우성소리가 들린다. 아버지의 목소리가 분명히 섞인. 그것이 차차 자기 가슴속에서가 아니고 저기 불길이 이는 곳에서 들려오는 것으로 깨달아진다. 그러자 바우는 불길이 이는 쪽을 향해 다시 달리기 시작한다. 불난 곳이 그리 먼 것같지도 않다.

거리로 들어섰다. 바우는 숨의 찬데도 불길이 이는 곳을 향해 그냥 달린다. 불난 곳은 고대같으면서도 그냥 저쪽이다. 여기저기 어둠속에서들, 저 불난 곳이 어디냐고들 하는 소리가 들린다. 과히 멀지 않은 곳에서 이번에는 총소리가 분명히 몇방 들린다. 뒤이어 또 뭇사람의 아우성소리가 들린다. 그 무서운 총대가 바우의 눈앞을 탁탁 막아선다. 그러나 어서 가자, 어서 가자.

바우는 큰거린 듯한 데로 들어선다. 여지껏보다 더 소란스러운 것같다. 수많은 사람들이 와당와당 어둠속을 달리는 것같다. 그런가 하면 숨이 차 달리는 바우에게 이 큰거리가 그저 조용한 것같기도 하다.

별안간 이상한 소리를 지르며 큰 불빛이 하나 쏜살같이 바우의 옆을 지나간다. 바우는 이 불빛 줄기 속에 적지않은 사람들의 달리는 모양과, 그 그림자들이 삽시간에 커졌다 작아졌다 다시 커지면서 사라지는 것을 볼 수 있었다. 그때 바우는 자기가 지금 달리는 오른편에 불난 곳으로 질러갈 수 있을 듯한 골목이 하나 있는 것을 알아본다. 바우는 그 골목으로 꺾이어 든다.

골목을 들어서자마자 바우는 무엇에 부딪쳐 주저앉고 만다. 순간 부딪힌 쪽에서도 어쿠쿠 소리를 지른다. 가마니를 진 사람이었다. 바우는 멍해가지고 가뜩이나 숨이 찬 몸을 일으키지도 못한다. 다행히 저쪽 사람은 고꾸라지지는 않고 어둠속에서, 눈깔이 삐었어? 한마디 소리를 꽥 지르고는 가던 길을 그냥 간다. 그제야 바우는 일어섰다.

몇발자국 떼자 또 앞으로부터 누가 바우에게 다가오는데 어둠속에 잘 보이지는 않으나 굳은힘을 쓰는 것이 이 사람도 무슨 무거운 짐을 진 것만은 분명했다. 이번에는 부딪치지 말아야지. 얼른 한쪽으로 비킨다. 그러면서 바우는 깜짝 놀란다. 지금 짐 진 사람이 나온 집은, 막다른 곳에 자리잡은 바로 김대통영감네 집이 아닌가. 내가 어떻게 여길 왔을까. 너무나 뜻밖이었다. 가까이 가 본다. 활짝 열린 대문과 중문을 지나, 안뜰에 촛불을 들고 비스듬히 광쪽을 향해 섰는 사람이 보였다. 바우가 여지껏 두 번 자기 동네에 온 것을 먼발치로 본 김대통영감이 틀림없었다.

"빨리빨리들 해라, 빨리들 해!⋯⋯죽일놈들 경찰서에 불을 질러?"

김대통영감의 음성이긴 하나 옛날같이 위엄기있는 목소리는 아니었다. 숨죽인 다급한 음성이었다. 그러나 그 언제나 손에서 놓아본 적이 없다는 담뱃대만은 여전히 오른손에 들려있었다. 그 대통이 허공에서 크게 흔들릴 때마다 촛불에 번뜩이곤 한다. 왼손에 든 촛불의 불자루도 꽤는 펄럭인다. 바람도 없는 것같은데. 이런 촛불이 또 전에 그렇게 으리으리하던, 그러나 지금은 그저 검기만 한 유리문에 비치어 얼른거렸다.

김대통영감이 앞을 좀 보려는 듯 촛불을 눈키 위에 올렸다 내렸다 한다. 그러는 촛불에 김대통영감의 늘어진 콧잔등 한쪽이 빛난다.

"얘들아 좀 빨리들 해!"

더 큰 소리를 지른다.

광 쪽 어둠속에서 또 가마니를 진 사나이가 김대통영감의 앞을
지나 이리로 나온다.

그러는데 저쪽 어둠속으로부터 웬 사람이 하나 김대통영감에게로
조용히 다가와 불빛 속에 나타난다. 여인이었다.

"여보 이제와서 괘니 이러다가……"

그러나 늙은 여인의 가는 말소리는 김대통영감의 성난 목소리 때
문에 끊기고 만다.

"잠자쿠 있어! 여자들이 뭘 안다구 참견여!"

늙은 여인은 하는수없다는 듯이 어둠속으로 되사라진다.

흔들리는 김대통영감의 손에서 껌벅 촛불이 꺼진다. 바람이라도
분 듯이.

"얘 귀동아, 성냥 가져와. 죽일놈들, 전기는 왜 끊어놓구……"

귀동이가 여태 예 있었구나. 바우는 새로이 가슴이 뛰기 시작한
다. 귀동이! 그걸 자기는 예까지 와서 깜박 잊고 있었다니.

김대통영감 앞에서 성냥이 그어졌다. 그리고 성냥불빛에 나타난
것은 틀림없는 귀동이였다. 바우는, 귀동아, 하고 부르고 싶은 것
을 겨우 참는다.

그새 귀동이는 키도 꽤 컸고 밤이 돼서 그런지 많이 달라진 것같
다. 지금 귀동이의 얼굴엔 언젠가처럼 보조개가 패어질 것같지는
않다. 그만큼 귀동이의 얼굴은 떻거칠어져있었다.

귀동이가 그은 성냥불에 촛불이 일단 켜졌는가 하자 다시 껌벅
꺼지고 만다.

"똑똑히 붙이지 못해?"

바우는 속으로 촛불이 꺼진 것은 귀동이의 잘못이 아닌데 한다.

다시 귀동이가 성냥불을 켰다. 흔들거리는 김대통영감의 손에 그
래도 이번에는 불이 제대로 댕겨졌다.

그러자 김대통영감은 다시 어둠속을 향해 소리를 지른다.

"어서 빨리들 해라, 빨리들!"

귀동이가 광 쪽 어둠속으로 사라진다. 자기가 예 와있다는 것도
모르고. 바우는 문득 다시 귀동이의 이름을 부르고 싶은 것을 겨우
참는다. 가마니를 진 사람이 나와 또 바우 앞을 지난다.

더 가까이서 아우성소리가 들려온다. 바우는 생각한다. 이렇게 낟알섬을 몰래 옮기는 걸 자기는 막아야 하지 않느냐고. 바우는 잠시 아버지 찾아갈 생각도 잊고 저도모르게 작대기 쥔 땀 밴 손에 힘을 준다.

이때 좀전에 가마니 진 사나이들이 사라진 쪽에서 몇인가 모두 짐을 진 채 잰걸음을 쳐 오더니 황급히 바우 앞을 잇달아 지나간다. 그리고 김대통영감 촛불 가까이 이르자 앞선 사람이 숨찬 소리로, 큰일났세유, 이주임 나릿댁으루두 한 무리 몰려 왔습니다, 하고는 김대통영감의 말도 기다리지 않고 비틀비틀 광 쪽 어둠속으로들 사라진다.

"아니, 그댁에두?"

이런 입안 소리와 함께 김대통영감의 저고리 소매가 자르르 떨린다. 그 크디큰 대통이 몇번 촛불에 번뜩인다. 그러는 김대통영감은 지금 자기가 들고 있는 촛불을 어떻게 처치해야 좋을지 몰라하는 것같았다.

김대통영감은 비로소 생각난 듯 촛불을 입 앞에 당기어다가 혁혁거리는 입김으로 분다. 늘어진 코끝이 마지막으로 빛나고 껌벅 불빛과 함께 어둠속으로 사라진다. 거기에는 다시는 그 흔들거리는 손도 그 크디큰 대통도 없었다.

1946 십이월

담배 한 대 피울 동안

그것은 그의 한 버릇이었다. 재판소 견습서기 생활 십여년이란 긴 세월과 더불어 실로 오랜 버릇의 하나였다. 아침마다 자리에서 일어나면서 선반 위에 얹어둔 담배봉지와 헌 신문지를 내려 담배 한 대를 말아 피우는 것은 하기는 버릇이라기보다도 그의 일과의 하나라는 편이 나을지도 몰랐다.

오늘도 그는 아침에 자리에서 빠져나와 옷을 주워입자 으스스 등을 한번 떨며 선반 위에서 부용봉지와 신문지를 집어내렸다. 먼저 그는 신문지의 어제 찢어낸 다음 한귀퉁이를 찢어낸다. 그러다 그는 무엇을 발견한 듯 손을 멈추고 만다. 그리고는 신문지면을 눈여겨 들여다보는 것이었다. 무엇일까. 그가 지금 찢어내고 있는 신문지 조각에는 〈밀항자 속출〉이라는 제목 다음에 〈그 대부분이 거리의 여자〉라는 부제목이 붙은 기사가 실려있는 것이었다. 원제목이 일단으로 된 아주 하잘것없는 취급을 받은 기사였다.

그도 잘 안다. 벌써 몇 달 전에, 일본 가있던 조선사람들이 고국 땅이라고 찾아들 왔다가 채 일년도 못되어서들 다시 살길을 찾아 밀항을 해서까지 그곳으로 되돌아가지 않으면 안된다는 기막힌 사실을 각 신문은 크게 보도한 바 있었다. 읽는 사람으로 하여금 가슴을 뭉클하게 했다. 그러나 이런 기막힌 사실은 한때만으로 그치지 않고 이와 비슷한 사건이 그동안 가끔 신문에 올랐다. 그러는 동안 신문에서도 이것을 이제는 한갓 흔히 있는 사회면 기사로 취급하게끔 되었고, 독자도 벌써 이런 사실에는 둔감해져가고 있었다. 그도 그런 독자의 한 사람이었다.

그런 그가 오늘 아침 새삼스럽게 무엇을 발견이나 한 듯이 담배 말 종이 찢어내던 손을 멈추고 기사를 눈여겨 들여다보게 된 데는 다름아닌 〈그 대부분이 거리의 여자〉라는 부제목 때문이었고, 그것도 〈거리의 여자〉라는 말에서 문득 어젯저녁 다동 목로집에서 본 여자의 모양이 떠오른 때문이었다.

기사 내용은 새해 벽두인 지난 초닷샛날 울산 근해에서 또 밀항선 한 척이 해안 경비대의 손에 붙들렸는데 밀항자의 거의 전부가 일본서 돌아왔던 사람들이라는 것과 그중 여자의 대부분이 거리의 여자라는 말에 이어, 앞으로는 격증해가는 밀항자를 막기 위해 즉결재판으로 이들을 처벌케 됐다는 간단한 기사였다. 어젯저녁 여자 역시 일본서 돌아온 거리의 여자의 하나가 아닐까. 그런 것만 같다. 아니 분명히 그런 여자의 하나라고, 그는 이 자기 생각에 어떤 결정이라도 주려는 듯 찢어내던 신문지를 마저 찢어내가지고 담배를 말기 시작했다.

담배 한 대를 다 만 그는 일어나 담배봉지와 신문지를 도로 선반에 얹어두고 아랫목에 꼬부리고 잠이 들어있는 꼬마의 머리맡을 지나 샛문을 연다. 그러면 아내는 또 남편의 샛문 여는 뜻을 알고 불티를 집어 대어준다. 순간 그는 모든 것을 잊는다. 담배 첫모금을 빨아 삼킨다는 생각 외에는.

자리에 와 앉는다. 그러자 지금 타들어가는 신문기사 속에 언뜻 어젯저녁 그 목로집에서 본 여자의 모양이 다시금 떠오른다. 외투도 없이 꼭 끼게 입은 물낡은 빨간 스웨터도 스웨터려니와 그 약간 길고 가는 목덜미로도 알 수 있게 허기가 진 듯이 아구아구 국밥을 퍼먹던 모양이.

그가 어제 목로집에를 가게 된 것은 그가 매일 똑같은 하루의 사무에서 놓여나 집으로 돌아오는 길에 덕수궁 앞에서 수암선생을 만났기 때문이었다. 추위에 고개를 움츠리고 걸어오는 그의 팔을 붙드는 사람이 있어 고개를 들어보니 수암선생이었다. 그는 먼저 가슴이 뜨끔할 밖에 없었다. 그것은 벌써부터 받아오던 이 수암선생의 부탁을 보아주지 못한 가책에서였다. 이 가책은 못 뵈온 요 며 칠째 선생의 낯이 알아보게 더 초췌해졌다는 것으로 이중의 무게를 갖고 그의 가슴을 와 누르는 것이었다.

여지껏 보지 못하던 아주 낡아빠진 중절모자를 푹 눌러쓴 밑에서 그러지 않아도 정기없는 눈은 추위로 해서 눈물이 번지어있었다. 아무 다스림없는 흰 윗수염 끝에 콧김이 얼어붙은 여윈 얼굴은 꼭 병자였다.

그가 어디 편찮으시냐고 하니까 수암선생은 그저 모호하게, 아니 라고 하고는 눈을 두어 번 끔벅여 눈물을 몰아내면서, 사실은 지금 찾아오던 길인데 지름길로 온다는 걸 길을 헛들어서 한참 헤맸다고 하면서, 하마터면 못 만날 뻔했군, 하며 웃는 것인지 얼굴에 주름 을 잡는다.

그는 다시 이 수암선생의 부탁을 좀더 알아보지 못한 것을 뉘우 치면서, 아직 찾아볼 곳을 한 곳 못 찾아보았다고 하니 선생은 또, 바쁜 몸이니 그렇지 않겠느냐는 것이다. 그것은 조금도 빗걸어놓고 하는 말이거나 빈말이 아니라 사실로 바쁜 몸이어서 그리 되었으리 라는 것을 믿고 하는 말씨요, 음성이었다. 그는 한층 송구할 밖에 없었다.

수암선생은, 우리 잠깐 어디 들어가 앉자고 했다. 그가 자기 집 으로 가시자고 했더니, 선생은 그의 집은 일후에 한번 찾겠고, 오 늘은 여기 어디 가까운 데 잠깐 들어가 앉자고 했다. 그로서도 갑 자기 집으로 모시고 간대야 별수 없을 것이고 하여, 어디 가서 뜨 거운 국밥이라도 대접하리라고 선생과 함께 앞 전찻길을 건너 다동 쪽으로 향했다.

선생을 모시고 걷느라니 지금은 이세상에 없는 아버지의 삼십대 젊은 얼굴이 떠오른다. 사진에 있는 얼굴이다. 이 아버지와 수암선 생과는 친형제같은 사이였다. 어려서 둘이는 고향인 마산에서 바로 이웃에 살았고, 서당에도 같이 다녔다. 서당에서의 수암선생은 언 제나 글을 잘 외어 칭찬이요, 아버지는 또 언제나 글을 잘 못하는 장난꾼으로 꾸지람이나 초달을 맞기가 일쑤였다. 이 말은 아버지가 수암선생과 같이 집에서 술을 잡숫다가 한 것을 지금도 기억하고 있다. 그런 두 소년이 웬일인지 친하기 짝이없었다. 그것은 후에 성인들이 돼서도 그랬다. 성인들이 되자 수암선생은 그곳 서당의 훈장이 되고 아버지는 실업가가 되었다. 글 잘 못하던 아버지가 실업에만은 남다른 재능과 수완이 있었다. 넉넉지 못하던 집안 형편이 피어졌다. 반면에 수암선생은 말할수없이 구차한 훈장이었다. 아버지는 끊임없는 도움을 이 수암선생에게 주었다. 훈장이 되면서 수암선생은 서당방에 붙은 한간방으로 옮겨가고, 자기네는 또 몇년 뒤에 이 서당과는 꽤 상거가 있는 선창거리로 이사를 했다. 그 후에도 아버지는 연중 이름있는 날에는 빼놓지 않고 쌀말과 고깃근을 보내는 것은 말할것도 없고 집에서 색다른 음식을 만들어도 거르지 않고 보내는 것이었다. 그가 철들어 그런 음식을 들고 심부름 다닌 것도 그대로 기억에 남아있다. 이 수암선생이 마산을 떠나게 된 날이 왔다. 그것은 새로운 교육의 물결이 마산에도 밀려와 수암선생이 산촌 서당을 찾아갈 수밖에 없게 된 것이었다. 이때 아버지는 아직 어린애도 없고 단출한 살림이니 우리 사랑방에 와서 애놈에게 한문이라도 가르치면서 함께 살자고 했다. 그러나 수암선생은, 얼마 전만 같아도 고맙게 받아들였겠지만 장찻세상을 더구나 이런 대처에서 한문같은 거나 가지고는 아무짝에도 못 쓸 것이니 어린것에게도 속히 새학문을 가르치도록 하라는 말을 남기고는 산촌으로 들어가고 말았다. 수암선생한테서는 그 먹 향기가 풍길 듯한 붓글씨로 꽤 자주 문안편지가 왔다. 그러나 항상 바쁜 아버지는 회답편지를 써야 할 텐데 하는 말을 늘 하면서도 번번이 회답을 못하는 눈치였다. 그가 소학교 삼년되던 봄이었다. 전에없이 아버지가 며칠씩 집에 들어앉아있는 날이 잦더니 그만 자리에 누워버렸다. 곧 아버지가 어떤 일에 실패했다는 소문이 났다. 그는 커서야 그때 아버지가 실패한 사업이란 게 미두였다는 것을 알았다. 아버지는 별로 큰 병도 아닌 듯했는데, 식사를 전폐하다시피 하여 날로 여위어 가다가 그해 초가을에 그만 세상을 떠나고 말았다. 아뜩한 일이었다. 그는 어머니를 따라 얼마나 울었는지 모른다. 그의 동생만이 아직 어려서 슬픔을 몰랐다. 그는 지금도 기억한다. 어머니가 자기를 보기만 하면 울음이어서, 나중에는 일부러 어머니를 피해 학교가 파해서도 저녁때가 되어서야 집에 돌아오던 일을. 아버지가 세상을 떠난 지 달경이나 지난 어떤 날, 그날도 저녁때에야 집에 돌아온 그는 사랑방에서 웬 사나이의 울음소리를 듣고 놀랐다. 안방으로 들어가니 어머니도 울고 있었다. 얼마 후에 사랑방에서 우는 사람이 수암선생이란 걸 알았다. 어른이 그렇게 엉엉 소리내어 우는 것을 처음 보았다. 그후 선생은 대소상 때 어기지 않고 찾아와주었다. 그 번번이 이사한 집을 탐문해서까지. 아버지 장사를 치른 지 두달쯤 후 집을 팔아버리고 작은 집으로 바꾸었던 것이다. 재산이라곤 그집 하나였지만 집만 바라보며 살 수 없었기 때문이었다. 일년쯤 뒤에는 또 그집을 팔고 더 조그만 집으로 옮기었다. 가구같은 것도 대부분 팔아버렸다. 식구라고 단 셋이니 방 하나면 그만이었고, 모든 살림살이를 될수록 줄여서 두 애 공부라도 시켜야 한다는 게 어머니의 생각이었다. 이런 어머니 밑에서 그는 소학교를 나오자 서울로 올라와 중학교엘 다니게 되었다. 그러나 이미 집 형편은 그 혼자 간신히 중학교를 졸업한 것만이 기꼈었다. 그새 그 조그맣던 집마저 팔아버리고 셋방을 든 지도 오랬다. 값 나가는 가구라고는 하나 남아있지가 않았다. 어머니가 이것저것 품팔이까지 하건만 그의 학비 하나도 대기에 벅차서 벌써 일년 전에 그의 동생은 소학교를 중도에 그만두게까지 된 것이었다. 끼니에까지 곤란을 받는 형편이었다. 그가 요행 학교 성적이 좋아 재판소 임시고원으로 채용되었으나 그것으로 곧 세 사람이 서울살림을 한다는 건 불가능한 일이었다. 할수없이 어머니는 동생과 함께 마산서 얼마 떨어지지 않은 촌으로 가 농사를 짓기로 했다. 지금도 어머니는 육순이 넘은 몸으로 동생과 함께 그곳서 농사를 짓고 있다. 그는 그제나이제나 이 자기의 중학 졸업이라는 것 때문에 소학교도 못 마친 동생과 고생 그것으로 반생을 보내는 어머니를 편안케 못해 드리는 게 한이었다. 그나마 임시고원 삼년에 판임관 시험이라는 데에 합격이 되어 견습서기로 내려오는 십여년에 아내를 얻고 애를 낳고 하는 동안, 그는 그냥 옴짝달싹 못하는 몸이 되었다. 이런 만년 견습서기의 생활은 해방후인 오늘날까지도 연장돼 나갔다. 한 열흘 전이었다. 누가 자기를 찾아왔다기에 복도를 나갔더니 거기에 웬 노인이 하나 서있다가, 김선생이냐고 한다. 그가, 그러노라고 하니 노인은 나 수암일세, 하고는 두 손으로 그의 손을 잡는 것이었다. 수암선생? 너무나 갑작스런 일에 그는 손을 잡힌 채 어찌할 바를 몰랐다. 거칠고 매듭이 진 손이었다. 한순간 그는 못 뵈온 삼십년 동안 선생이 지나온 생활을 한꺼번에 알 수 있을 듯했다. 선생은 이렇게 죽지 않고 살아있으면 만나보게 된다고 하더니, 그래도 길거리에서 만나서는 알아볼 수 없겠다고 하면서 눈물이 글썽해지는 것이었다. 그가 여기 있다는 것은 벌써부터 듣고 있었다는 선생은 애가 몇이며 어머니와 동생은 어떻게 지내느냐 안부를 묻는 것이었다. 그가 시골서 언제 올라오셨느냐고 하니 선생은 올라온 지 얼마 안된다고 하면서 사실 이렇게 찾아온 것은 부탁할 일이 있어 왔다는 것이었다. 늦게 본 자식을 어디 중학 공부라도 시켜보려 벼르다 가을걷이 끝내고 올라오긴 했으나 학비 댈 도리가 없어 생각다못해 여기 재판소 안에 있는 대서소에라도 붙어 일을 해볼까 해서 찾아왔다는 것이었다. 늙기는 했을망정 대서만은 감당해 나갈 수 있다는 말을 붙여 하고는, 아버지 때에도 늘 도움만 받았는데 이제와서도 신세만 지게 마련이라고 하면서, 그럼 바쁠 테니 오늘은 이만 실례하고 며칠 후에 다시 들르겠노라고 하며, 그제서야 잡았던 손을 놓는 것이었다. 그는 수암선생을 문 밖까지 모시고 나가 길모퉁이로 사라져 뵈지 않게 된 뒤에야 문득 이제 점심시간도 얼마 남지 않았는데 그 시간을 이용해서라도 자기 집까지 모시고 가지 못한 소홀됨이 뉘우쳐지는 것이었다. 부탁받은 일만이라도 속히 알아보자고 그 길로 등기소로 갔다. 그러나 등기소 소장이 외출하고 없어 그냥 돌아오고 말았다. 그리고 나서는 다시 가보지 못하고 차일피일하는데 수암선생이 다시 찾아왔다. 차마 아직 못 알아보았다고는 할 수 없어 몇 단계를 더 거쳐야 알 수 있다고 했다. 선생은 바쁠 텐데 안됐다고 하고는 돌아서 가려는 것을 마침 퇴근시간도 거의 되고 하여 자기네 집으로 가시자고 했더니, 훗날 한번 찾겠노라고 하며 그냥 돌아가버렸다. 그리고 오늘로 선생은 세 번째 그를 찾은 것이다.

그러나 오늘도 그는 선생에게 이렇다 할 시원한 말을 할 수 없는 것이었다. 그새 한번 등기소 소장을 만나보긴 하였으나 인가 있는 대서사라면 몰라도 그렇지 못하면 자기 힘으로 어쩔 수 없다는 것이었다. 그러면서 그건 당신도 잘 아는 일이 아니냐고 했다. 그건 그도 모르는 바 아니었으나, 소장이 원장에게 말하면 어떻게 한자리 떼낼 수 있지 않느냐고 하니까 당신은 나보다 훨씬 고참인데 직접 가 말하는 편이 나을 거라고 슬쩍 발뺌을 하는 것이었다. 할수없이 그는 원장에게 직접 말해본다는 것을 여태 미루어온 것이었다. 그것은 어쩐지 원장에게 말해본댔자 될 성싶지 않은 예감이 절로 그 일을 끌어오게 했다고 할 수 있었다. 그러나 그보다도 진짜 추위로 들어선 요즘 그가 자기네 시탄 걱정이나 식량 걱정이 무엇보다 앞서 자연 수암선생의 부탁도 소홀했었다는 것이 옳을지 몰랐다.

아무튼 선생에게 안됐다. 자기의 성의가 부족한 탓이다. 아버지가 자기였던들 이렇지는 않았을 것이다. 참, 아버지가 계셨던들! 여기 아버지가 입으시던 외투만은 남아있는데! 그는 여태 아버지가 입던 외투로 지내오는 터였다. 이 퇴색될대로 퇴색되고 천이 닳고 닳아 본시 무슨 색이었었는지조차 분간키 어려운 외투의 깃을 그는 지금 생각난 듯이 세워 바람을 막는 것이었다.

정말 이 추운 날 안됐다고 수암선생편으로 고개를 돌린 그는 선생의 푹 내려씌워져있는 낡아빠진 중절모에 눈이 가자, 언뜻 이 선생의 모자가 어느 고물상에서 사 쓴 것이나 아닐까 하는 생각이 들었다. 선생이 이처럼 헌 게 되게끔 오래 전부터 이런 모자를 썼을 리가 없다. 깊이 내려쓴 모자 밑의 그 까맣게 찌들은 얼굴이라든지, 지금은 두루마기 속에 찔러서 뵈지 않는 그 거칠게 매듭진 손을 보아서도. 더구나 요전번까지 쓰지 않았던 모자다. 분명 헌 걸 샀음에 틀림없다. 그는 엿장수들이 이런 모자 거둬가는 것을 한두번 아니게 본 것이었다. 선생도 추위를 막기 위해 이런 거나마 사 쓴 것이리라. 이런 수암선생과 그에게 저물어가는 거리의 추위는 마냥 사정이 없는 듯했다.

그래도 다동에 있는 목로집에를 들어서니 제법 훈훈해 좋았다. 푸지게 난로같은 게 피워있는 것도 아니었다. 드럼통을 세워놓고 그 위를 화로로 만들어 안주를 굽고 술을 데우고 하는 숯불과 사람

들의 몸기운만으로도 바깥 추위에서 들어오는 사람에게 훈훈한 맛
을 주는 것이었다. 드럼통 화로가 있는 이쪽 맨땅바닥에 그냥 긴
식탁을 가로 세 줄 놓고 그 매 식탁마다 양쪽에다 또 긴 걸상을 곁
들여놓은, 목로집 치고는 큰 편인 이 집에는 벌써 한패가 가운뎃식
탁에 자리를 잡고 술을 마시고 있었다. 수암선생과 그는 그들 뒷자
리에 마주앉았다. 그가 선생에게 무엇을 잡수시겠느냐고 식사를 권
하자 수암선생은, 우리 추운데 약주 한잔씩 하세, 하고는 드럼통
화롯가에서 갈비를 굽고 있는 사내애를 향해 약주 반 되만 달라고
하는 것이었다.

 데워 온 약주를 선생 잔에 따르면서, 자제 학교 입학은 어떻게
됐느냐고 물어보았다. 수암선생은 또 제손으로 부어먹겠다는 그에
게 굳이 주전자를 빼앗아 그의 잔을 채우고 나서, 야학에 들여보내
긴 했으나 학비 댈 길이 막연하다는 말로, 애놈이 제 학비를 번다
고 신문배달을 하지만 어디 그까짓 것으로 어림이나 있느냐고 한숨
짓는 것이었다. 더 말은 않지만 어서 선생 자신이 대서벌이라도 해
야 학비도 학비지만 당장 살아나갈 수 있겠다는 뜻이 들어있는 말
이었다. 그 어두워진 눈으로 그새 붓대만 잡고 있던 손이 아닌 온
갖 거칠은 것을 다 주물렀을 손에 다시 붓을 잡아보겠다는 수암선
생 앞에서 그는 또다시 선생을 위해 자기의 할일을 다 못한 뉘우침
이 이는 것이었다. 가보지도 않고 미리 안 되리라는 예감으로 원장
을 찾아가보지 않고 주저앉은 자기가 부끄럽기까지 했다. 무슨 일
이 있어도 원장과 맞부딪쳐 보자. 그것이 틀리면 다시 등기소 소장
에게 가서 구내 대서사의 보조로라도 쓰게끔 떼를 써보자. 그것쯤
은 소장도 모른다고는 않겠지. 그는 수암선생에게 모레쯤 한번 들
리시라고 했다. 그래놓고는 이 추운 때 또 오실 것이 안돼서 댁이
어딘지 제가 찾아가 뵙겠다고 했더니 수암선생은 제편에서 올 테니
염려 말라고 한다.

 앞에 앉은 젊은 패들은 어지간히들 취해가지고 큰 소리로 떠들어
대고 있었다. 사냥얘기 같았다.

 그는 두 잔 술로 그래도 몸이 좀 녹아 북어를 뜯고 있는데 문이
열리며 한 여자가 들어섰다. 양장한 여자였다. 빨간 스웨터바람에

116

짙은 화장을 하고 있었다. 여염집 부녀자는 아니었다. 아무튼 이런 목로집에서 여자를, 그것도 혼자인 여자를 본다는 건 보통일이 아니어서 혹 이 여자가 잘못 들어오지나 않았나 했다. 그건 앞 청년패에서도 마찬가진 듯, 하던 이야기를 끊고 모두 이 여자에게로 눈을 주는 것이었다.

그러나 여자편에서는 아무렇지도 않게 맨 앞 식탁에 저편을 향해 앉더니 손이 시린지 손등을 번갈아 비비기 시작하는 것이었다. 안청에 앉아있던 주모가 나와, 곰탕? 하고 묻는다. 여자는 고개만을 약간 끄덕인다. 그러고보니 이 여자가 오늘 처음 이곳에 온 것은 아닌 성싶었다.

그러자 그는 이 여자가 다름아닌 저 앞 골목 밖에 있는 춘향각 여자가 아닐까 하는 생각이 들었다. 좀전에 그가 수암선생과 함께 이 집으로 들어올 때 골목 모퉁이에 있는 그 외국인만 상대한다는 댄스홀 춘향각 출입문을 이 여자와 같은 부류의 여자들이 피부색 다른 손님들과 드나드는 것을 본 것이었다. 그 춘향각 여자로 이 집에 오곤 하는 여자의 하나임에 틀림없을 것같았다.

꽤는 허기가 진가보다. 가져온 곰탕을 쉬지 않고 아구아구 퍼먹는다. 그것이 돌아앉은 가늘고 긴 목덜미로서도 알 수 있었다.

술 반 되를 다 마신 후 그도 출출함을 느껴 수암선생에게 물어서 같이 대구탕을 시켰다.

사냥이야기를 하던 청년패에서 한 청년이 함경도 사투리로 이런 여자 있는 데서 일부러인 듯 이상한 데로 화제를 끌고갔다. 범이 제일 사나워지는 때는 교미기라고 하면서 만주에서는 음력 정월달 밤, 그것도 달빛이 교교한 깊은 밤중에, 보통때는 들어보지도 못하던 범 우는 소리를 십여리 밖에서도 듣게 된다는 것이다. 이 소리에 개들은 쥐구멍을 못 찾아 사람들이 있는 방문을 긁어대며 야단이고 큰 말까지 온몸을 부르르 떤다는 것이다.

마침 날라온 대구탕을 뜨려 숟가락을 들며 바라보니 이 청년은 실지로 말이 떠는 시늉을 보이기 위함인 듯 갈비 든 손과 다른 손까지 허공에 쳐들고 허우대좋은 몸집을 부르르 떨어 뵈는 것이었다. 이 시늉을 보고 있던 한 청년이, 그건 말 몸이 떠는 게 아니구 그게 그렇게 떤다는 거지? 하고 술로 인해 불거우리해진 얼굴에 외잡스러운 웃음을 띠우는 것이었다.

그가 다시 자기 대구탕 그릇에서 눈을 들었을 때 여자는 먹을것을 다 먹은 듯 수건으로 입을 닦고 있었다. 좀전에 외잡스러운 웃음을 띠웠던 청년이 별안간 벌떡 일어나 여자에게로 가더니, 외투주머니에서 럭키스트라이크 곽을 꺼내 그속에서 담배 한 가치를 뽑아 내미는 것이었다. 여자는 잠시 청년과 담배를 번갈아 보다가 잠자코 그것을 받았다. 다시 청년이 외투주머니에서 라이터를 꺼내어 칙 하고 불을 켰다. 여자의 담배에 불이 옮겨졌다. 청년이 동료들 쪽을 향해 어떠냐는 듯이 한 눈을 찡긋해 보인다. 그러다가 이쪽에서 자기를 보고 있다는 게 열적은지 가까이 오더니 그 양담배 두 가치를 꺼내 상위에 놓는 것이었다.

이 청년이 제자리로 가 앉자 맞은편 청년이 눈에 낚시웃음을 띠우며, 여자란 참 좋겠다는 말로, 요새 제 맘만 내키면 자동차 맘대로 타니 좋아, 양코배기와 재미를 보니 좋아, 게다가 밤에 헤어질 때는 또 초콜렛이니 껌이니 통조림이니 한아름 안고 나오게 마련이니 제세상 만났지 뭐냐고 했다.

여자가 일어섰다. 셈을 치르고 돌아서 나가는 여자의 얼굴은 그러나 아무렇지도 않은 것이었다. 청년들에게 대한 어떤 노여움도 불쾌함도 나타나있지 않은 얼굴이었다. 도리어 지금 먹은 음식으로 해 좀전에 이리로 들어올 적보다는 얼굴에 화기가 있어 보였다. 여자가 문을 나서자 앞 청년패에서는, 굉장한 여자라고 지껄여대면서 아주 유쾌한 듯 한바탕 웃어대는 것이었다. 이런 속에서 수암선생은 내 아랑곳 아니라는 듯이 남은 국물을 들이마시고 있었다. 그도 남은 것을 마저 먹었다.

오래간만에 입에 대어보는 맛있는 음식이었다. 그는 이 만족한 기분으로 잠시 더 앉아있다가 손님들이 여럿 몰려들어오는 것을 보고는 수암선생과 함께 자리를 떴다. 그가 셈을 하려고 얼마냐고 물으면서 안주머니에 손을 집어넣는데 수암선생이 달려들어 그의 팔을 붙잡는 것이었다. 선생은 도시 안될 말이라고 하며 이미 돈지갑을 꺼내어 돈을 집어내고 있는 것이었다. 꼭꼭 접어둔 돈이었다.

정녕 무슨 급할 때나 쓰려고 간직해두었던 돈이 분명했다. 이런 돈까지를 꺼내서 저녁값을 치르겠다는 건 자기에게 부탁한 그 일로 해서가 아닐까. 말하자면 교제같은 것을 하는 의미로. 교제 그거라면 자기도 잘 안다. 실상인즉 원장에게 이 수암선생의 부탁을 말한댔자 될 성부르지 않다는 예감도 이 교제라는 것과 관련된 것이 아니었던가. 수암선생에게 적당한 교제비가 없으리라는 생각, 따라서 될 성부르지 않다는 생각. 그리고 자기가 만년 견습서기 자리에서 벗어나지 못하는 것도 사실은 이 교제라는 것의 적당한 단계를 밟지 못한 때문이 아니었느냐. 그러나, 그러나, 수암선생과 자기 새에만은 그래서는 안된다. 그런 생각조차 안될 말이다. 지금 선생은 친아들이나 조카나 다름없는 자기를 만나 예서 더 요긴한 데가 없다고 생각했기 때문에 그 돈을 꺼낸 것이다. 그는 자기의 이 생각을 더 강조하기 위함이기나 한 듯, 럭키스트라이크에다 화로의 불을 붙여가지고 셈을 치르고 돌아서는 선생에게 내드린다. 선생은 또 자기의 럭키스트라이크를 그에게 내주며 피우란다. 그는 선생 앞이라 몇번이고 사양하는 것이었으나 종시 받아 붙이고야 만다.

겨울해는 짧아 어느새 어둑해진 골목길을 그는 수암선생과 함께 걸어나오며 그대로 오래간만에 먹은 한잔 술과 뜨뜻한 국밥에 추위도 덜해지고 어디선가 들려오는 음악소리에까지 절로 귀가 기울여졌다. 오라, 예서 들려오는 음악소리였구나 하고 춘향각 쪽을 쳐다보려는데 난데없이 공중에서 무엇이 날아와 그들 대여섯 걸음 앞에 떨어졌다. 빈 깡통이 언 땅에 부딪히는 소리가 났다. 그러자 이 소리난 곳에로 길 좌우에서 검은 그림자들이 달려들었다. 세넷 되었다. 다음 순간 이 세넷의 그림자는 다시 길 좌우로 갈라졌다. 다시 무엇이 날아와 언 땅애 빈 깡통 떨어지는 소리를 내었다. 이번만은 춘향각 이층 창문에서 던져졌다는 것을 알 수 있었다. 또 길 좌우의 검은 그림자들이 달려들었다. 그리고 다시 갈라졌다. 지나면서 보니 검은 그림자들은 각기 무슨 통조림통같은 것을 안고 핥고 있는 것이었다.

문득 그의 머릿속에 울려오는 게 있었다. 뛰이이 하고 길게 뽑는 기적소리. 분명히 서울 객차가 오는 것이다. 제각기들 먼저 달리려는 소년들의 가느다란 다리들. 그속에는 그의 소년시절의 다리도 끼어있는 것이었다. 매해 벚꽃철이 되면 신마산의 꽃구경 오는 서울 손님을 태운 객차. 이 차는 뒤꽁무니에다 두어서너 칸씩 승객 차량을 달고 다니는 완행과는 달리 객차칸만을 길게 단 차요, 그 지르는 기적소리부터가 보통차의 뙤 뙤 소리가 아니고 아주 점잖게 뛰이이 하고 길게 뽑는 소리다. 벚꽃철이 되면 구마산의 애들은 벌써부터 이 뛰이이 소리만 고대하는 것이다. 그러다 이 뛰이이 소리만 나면 철로 연변에로 달리는 것이다. 그것은 이 객차로 오는 서울 손님들이 이들에게 선물을 내려뜨려주는 때문이었다. 그 무수히 내려뜨리는 나무밥곽. 서울 손님들은 이것을 선사하려 미리 준비라도 해가지고 온 듯 애들을 향해 내던진다. 그러면 애들은 그것을 다투어가며 줍는 것이다. 그리고는 제각기 나무밥곽에 붙은 밥알을 뜯어먹는 것이었다.

나무밥곽과 통조림통. 벚꽃 필 무렵과 엄동설한. 그리고 또 자기네는 크대야 열너덧밖에 안된 소년들이었는데 여기의 검은 그림자들은 모두 보매 어른들인 것이 달랐다.

춘향각 앞 한길에서 그는 수암선생과 헤어졌다. 선생은 다시 그에게 모레 또 찾아오겠노라고 했다. 그리고는 마치 춘향각에서 흘러나오는 음악소리를 따라 멀어지는 듯한 선생의 뒷모습. 왠지 그 뒷모습이 그에게는 구슬프게 보여졌다. 흥청대는 음악소리 속에서 더 한층. 내일은 꼭 선생을 위해 무슨 결정을 지어놓자.

선생의 그림자가 아주 보이지 않게 된 뒤에야 그는 돌아섰다. 그러면서 잊었던 담배를 빤다. 담뱃불은 그냥 살아있었다. 이래서 양담배가 좋다는 거지. 매운 밤바람이 불었다. 그러자 그에게서는 아무것도, 수암선생의 일까지도 사라져버렸다. 그저 추위에 낡은 외투의 깃을 여미면서 집으로 돌아가야 한다는 생각뿐이었다.

그는 오늘 아침, 어젯저녁에 그 여자를 보지 못했던들 담배 말 신문지조각에서 〈밀항자 속출〉의 기사에 눈이 끌렸을 리 없는 것처럼 이 신문기사를 보지 못했던들 또한 그 여자의 일은 그냥 잊어버리고 말았을 것이었다. 지금 그는 거의 다 탄 담배를 빨아 연기를 내뿜으면서 생각해 본다. 어젯저녁의 여자가 신문의 경우와 같이 일본서 돌아온 여자라면 언제 또 밀항을 하지 않으리라고 누가 보장할 수 있겠는가. 그리고 붙들려 즉결재판을 받지 않으리라고도.

재판관의, 이름이 뭐냐는 물음에 피고는 원 이름은 김 아무갠데 흔히 해방 전엔 하나꼬로, 해방 후엔 안나로 불리운다는 대답. 나이는? 스물다섯. 주소는? 본적은 경상남도 마산인데 해방 전에는 일본 가서 오래 있었고 해방 후에 돌아와서는 서울 있었다는 대답. 직업은? 해방 전에는 여급, 해방 후에는 댄서. 해방 후에 건너왔느냐는 말에는 그렇다는 대답. 직업은? 해방 전에는 여급, 해방 후에는 댄서. 해방 후에 건너왔느냐는 말에는 그렇다는 대답. 그러면 그리운 고국에 돌아오는 것이 원이었을 텐데 왜 밀항을 하려했느냐는 말에는 잠시 대답이 없다. 밀항이 범죄가 되는 줄 알았느냐는 말에는 간단히 그렇다는 대답. 그럼 범죄가 되는 줄 알면서 왜 했느냐는 말에는 피고는 다시 대답이 없다. 다 아는 일이 아니냐는 듯. 들리는 말에 밀항하다 변을 만나 죽는 수가 많다는데, 그래 약한 여자의 몸으로 더구나 이 엄동설한에 어떻게 그런 대담한 마음을 냈느냐는 말에는 또 그 아무렇지도 않은 얼굴에 그런 앞뒤 생각은 이미 버린 지 오래라는 빛을 띠우고 잠잠하다.

밀항하다 변을 만난다는 말에 그는 문득 중학시절에 어느 책에선가 본 노예선 이야기가 떠오른다. 아프리카 흑인노예를 실어오는 배. 이 노예선 한 척에다 흑인을 삼백 명씩이나 실어오는 것이다. 그것도 제대로 뱃간에 태워가지고 오는 것이 아니고 지금도 분명히 기억하고 있지만 그 천정까지 칠십센티밖에 더 안 되는 선창 밑에다 박아가지고 온다는 것이다. 질식해 쓰러지는 자, 병자가 자꾸 생긴다. 그러나 누구 하나 돌봐줄 사람은커녕 병이 들어 희망이 없어 뵈는 흑인일랑 속속 바다로 내던져버린다는 것이다. 이 노예선의 흑인들처럼 밀항선의 여자들도 돌봐줄 사람이 없기는 마찬가진 것이다.

재판관은 끝으로, 법이 있어 이렇게 피고를 붙들어 보호해주는 것을 다행으로 알라! 그러나 역시 법이 정한 처벌은 처벌대로 받아야 할 것이니, 일천오백원의 벌금에 처한다는 언도를 내린다. 피

고가 돈이 없다고 하니, 그럼 대신 한 달 동안 노역장에 유치한다
는 언도.

　여기서 그는 손끝까지 다 탄 담배꽁다리를 비벼끄면서 저도모르
게 속으로 중얼거린다. 이런 일이 이것으로 그치지는 않으리라.

　그러나 다음순간 그가 으스스 등을 한번 떨면서는 이미 다른 아
무것도, 지금의 여자 생각도, 거기에 따른 판결의 광경도, 〈밀항자
속출〉의 기사도 사라지고 그저 춥다는 생각에 자기네는 이 남은 겨
울을 어떻게 나느냐 하는 걱정이 머리를 드는 것이었다.

1947 일월

아 버 지

3·1운동에 관한 이야기, 그중에서 어느 것은 이미 내가 아버지에게서 여러 차례 들은 것이다. 그러나 막상 그것에 관한 것을 무엇 하나 써볼까 하니 다시 한번 새로이 듣고 싶어졌다. 나는 아버지를 찾기로 했다. 삼청동까지 가는 길에서도 자연 나는 아버지한테서 들은 그때 이야기를 이것저것 생각해내보는 것이었다. ……

그것은 아버지가 스물일곱살 때 일이었다. 어느 첫겨울날 아버지는 안세환씨와 함께 당시 평양기독병원에 입원해있는 남강 이승훈 선생을 찾았다. 사실은 그때 남강선생은 동지들과 비밀연락을 취하기 위해서 거짓병으로 병원에 입원해 계셨다. 이런 남강선생이 안씨보고 이번 일에 몸을 바칠 수 있는 청년 몇 사람을 구하라는 부탁이 있었다. 아버지는 그런 청년으로 남강선생에게 소개된 것이었다. 아버지는 당시 숭덕학교 고등과 선생이었다. 남강선생으로부터 아버지에게 맡겨진 일은 그날(3·1날) 독립선언서와 태극기를 평양 부내와 인산식에 모인 사람에게(숭덕학교 운동장에서 식이 있기로 되어있었다) 도른 후 만세를 부르게 하는 일이었다.

아버지는 우선 고등과 학생 중에서 뜻있는 학생을 골라냈다. 이 학생들에게, 너는 시내 어디서 어디까지, 너는 또 어디서 어디까지, 이렇게 독립선언서와 태극기를 도르도록 계획을 세웠다. 경관에게 붙들리는 때에는 주저말고 학교선생 황 아무개가 하라고 해서 했다고 말하라고 하고는 그날 식 시작을 알리는 장닷재 예배당 종소리를 신호로 도르기 시작하기로 했다. 이 아버지의 계획은 성공

했다. 식에 모인 사람들에게 도르는 것도 학생을 모인 사람 매 줄에다 한 사람씩 서있게 했다가 일제히 도르게 하여 감쪽같이 끝냈다. 그자리에서 독립선언서가 낭독되었다. 뒤이어 모두들 가슴이 터져라 만세를 부르기 시작했다. 사복한 경관도 와있었지만 감히 당장 손을 대지 못했다. 모였던 사람들은 이번에는 몇 갈래로 나뉘어 시가로 들어갔다. 시가지도 이미 온통 만세바다였다. 그러나 아버지는 다음날 잡힘의 몸이 되었다. 나는 중학시절 아버지의 이야기를 듣고는, 그때 내가 중학생이어서 더 그랬겠지만, 3·1 당시의 학생들이 종소리를 신호로 독립선언서와 태극기를 가슴에 안고 이 거리 저거리를 용감히 달렸을 모습을 눈앞에 그리면서 꽤는 감동했었다.

여기의 두 분, 남강선생과 안세환씨를 나는 생전에 친히 뵈었다. 내 중학 사년 때인가 세상을 떠난 남강선생. 운명하시면서 당신의 유골로 표본을 만들어 당신의 설립교인 오산중학 표본실에 두어달라는 유언이었으나, 당시의 왜징은 그런 것조차 허락지를 않아, 우리 젊은 학도들의 가슴을 사뭇 끓게 한 남강선생. 이분을 나는 내가 중학 일학년 한 학기를 오산중학에서 공부한 일이 있어 친히 뵈었다. 그때 이미 선생은 현직 교장으로는 안 계셨는데도 하루 걸러 끔은 꼭꼭 학교에 오셨다. 언제나 한복을 입으신 자그마한 키, 샛하얗게 센 머리와 수염. 수염은 구레나룻을 한 치 가량 남기고 짜른 수염이었다. 참 예쁘다고 할 정도의 신수시었다. 그때 나는 남자라는 것은 저렇게 늙을수록 아름다워질 수도 있는 것이로구나 하는 걸 한두 번 느낀 것이 아니었다.

이런 남강선생은 참 말씀도 재미나게 잘 하셨다. 가끔 조회시간을 이용해 장차 오산에다 전문대학까지 세우고 남녀공학을 하겠다는 말을 해, 우리들의 가슴을 뛰게 하곤 했다.

그러나 그렇게 상냥하시던 선생이 일단 노하시면 아주 대단하셨다. 한번은 학년 대항 대운동회 때 기록계 선생의 실수로 사실은 사학년이 우승할 것이 오학년의 우승으로 돼버린 일이 있었다. 그러지 않아도 스트라이크 잘 하기로 유명한 학교였지만, 이런 일을 가지고도 벌써 스트라이크를 한다고 떠들어댔다. 선생들은 누구 하나 입을 열 엄두도 못내고 있는 판이었다. 남강선생이 나타나셨다. 선생은 학생들을 모아놓고 대뜸, 이자식들아, 스트라이크를 할 테건 큰 스트라이크를 해라, 이건 무슨 스트라이크냐, 이 변변치 못한 녀석들아! 선생의 꾸지람은 무엇 선생이 생도보고 하는 것이 아니고, 할아버지나 아버지가 그 손자나 아들들보고 하는 그런 것이었다. 그러기에 학생들도 이 할아버지나 아버지같은 선생의 말씀은 또한 거역지 못하는 것이었다.

또 한 분 안세환씨는 내 중학 일이학년 시절에 우리집에 드문히 오시던 것이 기억에 있다. 하기는 그전부터 우리집에 오시던 것같기도 하지만. 그때 벌써 안씨는 반 정신이상자시었다. 온갖 고문을 겪은 끝에 그렇게 된 것이었다. 겨울 여름 할것없이 붉은 밤색 외투를 입고 다니셨다. 지금 내게는 씨의 얼굴 모습보다도 이 붉은 밤색 외투가 더 기억에 선명하다. 하기는 정신이상이 된 분이라 해도 그 모습이 조금도 흉하거나 무섭지는 않았다는 것도 분명히 기억에 남아있지만. 외투는 물론 낡아있었다. 씨는 이것을 입고 우리집에 오시면 주인을 찾지도 않고 들어서곤 했다. 씨는 마늘장아찌를 좋아했다. 어머니는 이 안씨만 오시면 으레 상위에 마늘장아찌 놓으시기를 잊지 않으셨다. 씨는 별로 말씀이 없으셨다. 아버지는 씨가 보일 적마다, 댁에서는 다 안녕하시냐고 물으셨는데 그러면 그저, 그렇다는 대답을 할 뿐, 씨 자신이 누구에게 먼저 말을 건네 본 적은 없었던 성싶다. 씨의 집은 순안이었다. 정신이 좀 분명해진 때에는 집에 들어가셨다가 다시 정신이 이상해지면 집을 나오시는 것이었는데, 집을 나오시면 으레 또 우리집을 찾는 것이었다. 그리고 그렇게 해 집에 오셔서 아무말 없이 앉았다 드리는 상을 받으시고는 들어오실 때처럼 간다는 말도 없이 가버리시는 것이었다. 이 안씨가 언제 세상을 떠나셨는지는 내 기억에 없다. 이제 아버지를 뵈오면 이 안세환씨에 대해서도 좀더 자세한 것을 여쭤보리라.

그런데 역시 내 소년시절에 그중 흥미를 갖고 들어온 이야기는 아버지의 감옥생활이다. 내가 몇번이고 되풀이해 들은 것도 이 감옥생활의 토막 이야기들이다. 그리고 이 아버지의 감옥생활 이야기가 나오면 언제나 생각나는 게 하나 있다. 그것은 내 소학 삼사학년 때까지 그 컴컴하고 좁은 광 속 시렁 위에 얹혔던 한 절반 뜨다 만 맥고모자다.

아버지는 서울 서대문형무소로 넘어가자 거기서 복역하는 일년 반 동안을 같은 사건으로 들어온 박인관 목사(이분은 아직 기양이라는 곳에 살고 계신지?)와 이 맥고모자 뜨는 일을 한 것이었다. 아버지는 이 맥고모를 떠서 출옥시까지에 오원 액수의 돈을 벌었는데, 이 돈에서 이원은 같은 날 출옥하는 어떤 사람에게 노자로 주고, 그리고 평양까지의 노비를 쓰고 집에 남겨온 돈이 칠십전이었다는 이야기. 담배곽 붙이는 패에서 풀을 아껴쓰고 남겨서는 같이 나누어 먹던 이야기. 둘이서 배나 가리울까 말까한 요로 겨울을 나면서, 밤마다 추위에 잠이 깨어서는 당신보다도 동지의 배를 애써 가리워주던 이야기. 옴들이 올라 긁다못해 진을 짜내면 그 진이 그냥 얼곤하는 감방에서 손이 자라지 않는 곳은 서로 번갈아 짜주던 이야기.

그때 같은 감방에 사상 관계로 들어온 사람으로 아버지와 박목사, 그리고 다른 두 청년이 있었다. 한 사람은 같은 3·1 관계로 남도 어느 시골에서 붙들려 들어온 청년이요, 다른 한 사람은 만주에 가있으면서 독립운동을 하다 잡혀 들어온 청년이었다. 남도에서 온 청년은 넷 가운데 그중 나이가 젊었는데 손바닥에 굳은 못이 박힌 농촌 청년이었다. 이 청년만은 피부가 건강한 탓인지 혼자 옴도 옮지 않았고, 무슨 매에도 그중 잘 견디어냈다는 이야기. 만주 청년은 곧잘 여순감옥에서 사형을 받아 돌아간 안중근 의사를 두고 지은 노래라면서 노래를 불렀는데, 그것을 다른 셋이 배워가지고 처음에는 입속으로 부르다 나중에는 그만 격하여 어느새 모두 소리를 내어 부르곤 해, 간수에게 하나하나 불리어나가 호된 매를 맞던 이야기. 그 노래를 아버지는 지금까지도 외고 계시다. ――공산명월 야심경에 슬피 우는 소쩍새, 목의 피가 마르도록 저 달빛이 지도록, 소쩍새야 말 물어보자, 네가 고국산천 못 잊는 그의 혼이냐.

아버지는 신문을 들고 계시다가 들어오는 나를 보시고는, 요새 애들 잘 노느냐고 하시면서 신문을 놓고 안경을 벗으신다. 아랫목에 타월로 머리를 동이고 누워계시던 어머니가 고개를 드신다. 어디 몸이 편치 않으시냐고 하니 어머니는, 아니라고 하시면서 도리어, 애들 앓지 않고 잘 노느냐고, 우리 걱정이시다.

아버지가 혼잣말씀처럼, 어머니는 또 며칠째 **바람증으로** 머리가 혼들려 그런다고 하신다. 그러지 않아도 거의 해마다 겨울철만 잡히면 바람증으로 머리를 앓으시는 어머니시다. 이런 육십이 다 되신 어머니가 요새 이 삼청동 뒷산에서 손수 긁어온 가랑잎과 삭정이로 지내시는 방안에서 **바람증이** 도졌다는 것은 조금도 기이한 일은 아니다. 그러나 어머니는 한번도 당신을 서울에까지 끌어다놓고 이런 고생을 시킨다는 불평을 말씀한 적은 없으시다.

이 잘난 아들이 서울이 그리워 이렇게 부모를 모셔다놓고 꼼짝 못하는 꼴이란! 그러나 어머니와 아버지는 불평 대신에 언제나 이 잘난 자식보고 하시는 말씀은 사람이란 어려운 때에 더 옳은 길을 가야만 한다는 말씀뿐이시다.

이 잘난 자식은 또 무슨 잘난 글을 써보겠다는 것인지, 아버지에게 이런 말을 묻기 시작하는 것이다.

——안선생이 남강선생보다 더 지독한 고문을 당한 이유가 뭣이든가요, 정신이상이 되두룩?

아버지는 곧,

——그건 주루 안세환씨가 일본정부에 의견 딘술을 하러 **대표루** 갔든 관계디,

하신다.

——정신이상은 출옥한 뒤에 생겼습니까, 감옥에 계실 때 생겼습니까?

——감옥에서 정신이상 때문에 가출옥을 했다.

나는 아버지가 언젠가도 말씀한 3·1 운동은 당시 윌슨의 민족자결론도 자결론이지만 일본의 무단정책 밑에 신음하던 조선사람의 원한이 더 컸었기 때문이라는 것을 생각하며, 그러니 그 무단정책의 일익을 담당한 경찰이 이런 사상범에게 가혹한 고문으로써 대했을 것만은 뻔한 노릇이 아닌가. 그 고문의 실례를 아버지가 직접

보시고 당하신 대로 세세히 다시 한번 들어보리라 하는데, 아버지는 갑자기 무엇을 생각하신 듯,

　—참 메칠 전에……

하시며 그 무엇을 보기라도 하실 것처럼 안경을 다시 끼시더니 허공 한곳에 눈을 주시며,

　—메칠 전에 거리에 나갔다가 돌아오는 길에 안국동에서 어떤 사람을 하나 어겠어. 원래 난 길을 가믄서 디나가는 사람을 자세히 보디 않는 습관이라 어떤 사람인디두 잘 보디 않았디. 그른데 이사람이 날 어기구 나서 부르기에 돌아다보니 털모자를 푹 눌러쓰구 허름한 두루마기를 닙은 시굴사람이야. 웬 사람일까 하는데, 이사람이 날더러 황성 쓰디 않느냐구 묻길래 그렇다구 했드니 자기는 김 아무갠데 모르겠느냐구 하드군. 봐두 모를 사람이야. 그래 생각나디 않는다구 했디. 그랬드니 기미년 만세 때 서대문형무소에 같이 있던 김 아무개 모르겠느냐구 하디 않갔어. 그제야 생각이 나드군. 그때 우리 네 청년 가운데 데일 나이 젊든, 남도 어데서 들어왔다든 청년 그사람이야. 그래 손을 붙들었드니 손바닥에 온통 못이 백힌 큰 손이 갈데없는 그사람이디 뭐야. 그러구보니까 털모자 속에 드러난 주름잽힌 시커먼 얼굴에 녯모습이 완연하드군. ……마츰 길 옆에 조그마한 음식뎜이 하나 있어서 그리루 들어가 이런데 런 회포 니얘길 했디. 그르다가 무슨 말끝엔가 그이가 이번 서울 올라온 건 신탁통티 문데 때문이란 거야. 시굴서는 어뜨케 종잡을 수가 없다구 하드군. 신탁통틸 찬성해야 할디 반대해야 할디 말이야. 그걸 분명히 알아가지구 내레가서 자기 사는 고당에서 운동을 닐으키겠다는 거야. 결국 어느 모루든 왜놈식의 무단정티가 이땅에 다시 활개를 떼서는 안된다는 거디. 그래 자꾸만 삼일운동 때 일이 생각나 못겐디겠드라나. 그러니 또 자연 그때 감옥에서 같이 디내든 우리 넷의 일두 새삼스레 머리에 떠오르구. 그날만 해두 삼일 당시의 우리들의 일이 새로워디대놔서 거리에서 날 어기자 나라는 걸 곧 알 수 있었대. ……그이두 인젠 귀밑에 흰털이 퍼그나 뵈드라. 그른데 그 시커멓게 탄 주름잽힌 얼굴이 어뜨케나 환히 터다뵈든디, 그리구 말하는 거라든디 생각하는 게 어띠나 젊었든디, 나까지 막

다시 젊어디는 것같드라.

　이렇게 말씀하시는 아버지에게 나는 잠깐 내가 물을 말도 잊고, 반백이 다 되신 머리를 바라보며 아버지도 늙으실수록 아름다워지는 유의 남자임을 안 것같았다.

1947 이월

목넘이마을의 개

어디를 가려도 목을 넘어야 했다. 남쪽만은 꽤 길게 굽이돈 골짜기를 이루고 있지만, 결국 동서남북 모두 산으로 둘러싸여 어디를 가려도 산목을 넘어야만 했다. 그래 이름지어 목넘이마을이라 불렀다.

이 목넘이마을에 한시절 이른봄으로부터 늦가을까지 적잖은 서북간도 이사꾼이 들러 지나갔다. 남쪽 산목을 넘어오는 이들 이사꾼들은 이 마을에 들어서서는 으레 서쪽 산밑 오막살이 앞에 있는 우물가에서 피곤한 다리를 쉬어가는 것이었다.

대개가 단출한 식구라고는 없는 듯했다. 간혹가다 아직 나이 젊은 내외인 듯한 남녀가 보이기도 했으나, 거의가 다 수다한 가족이 줄레줄레 남쪽 산목을 넘어 와닿는 것이었다. 젊은이들은 누더기가 그냥 내뵈는 보따리를 짊어지고, 늙은이들은 쩔룩거리는 다리를 질질 끌면서도 애들의 손목을 잡고 있었다. 여인들은 애를 업고도 머리에다 무어든 이고 있고.

이들은 우물가에 이르자 능수버들 그늘 아래서 먼첨 목을 축였다. 쭉 한차례 돌아가며 마시고는 다시 또 한차례 마시는 것이었는데, 보채는 애, 아직 젖도 떨어지지 않은 어린것에게도 물을 먹이는 것이었다. 나지도 않는 젖을 물리느니보다 이것이 나을 성싶은 모양이었다.

다음에는 부르트고 단 발바닥에 냉수를 끼얹었다. 이것도 몇차례나 돌아가며 끼얹는 것이었다. 어른들이 다 끝난 다음에도 애들은 제

손으로 우물물을 길어 얼마든지 발에다 끼얹곤 했다. 그러나 떠날
때에는 여전히 다리를 쩔룩이며 북녘 산목을 넘어 사라지는 것이었
다.

저녁녘에 와닿는 패는 마을서 하룻밤을 묵는 수도 있었다. 그럴
때에는 또 으레 서산 밑에 있는 낡은 방앗간을 찾아들었다. 방앗간
에 자리잡자 곧 여인들은 자기네가 차고 가는 바가지를 내들고 밥
동냥을 나섰다. 먼저 찾아가는 곳이 게서 마주 쳐다보이는 동쪽 산
기슭에 있는 두 채의 기와집이었다. 그리고 바가지 든 여인의 옆에
는 대개 애들이 붙어 따랐다. 그러다가 동냥밥이 바가지에 떨어지
기가 무섭게 집어삼키는 것이었다. 바가지 든 여인들은 이따 어른
들도 입놀림을 해봐야지 않느냐고 타이르는 것이었으나, 두 기와집
을 돌아나오고 나면 벌써 바가지 밑이 비는 수가 많았다. 이런 나
그네들이 다음날 새벽 동이 트기 퍽 전인 아직 어두운 밤 속을 북
녘으로 북녘으로 흘러 사라지는 것이었다.

어느해 봄철이었다. 이 목넘이마을 서쪽 산밑 간난이네 집 옆 방
앗간에 웬 개 한 마리가 언제 방아를 찧어보았는지 모르게 겨 아닌
뽀얀 먼지만이 앉은 풍구 밑을 혓바닥으로 핥고 있었다. 작지 않은
중암캐였다. 그리고 본시는 꽤 고운 흰 털이었을 것같은, 지금은
황토물이 들어 누르칙칙하게 더러워진 이 개는 몹시 배가 고파있는
듯했다. 뒷다리께로 바싹 달라붙은 배는 숨쉴 때마다 할딱할딱 뛰
었다. 무슨 먼 길을 걸어온 것도 같았다. 그러고보면 목에 무슨 끈
같은 것을 맸던 자리가 나있었다. 이렇게 끈에 목을 매여가지고 머
나먼 길을 왔다는 듯이.

전에도 간혹 서북간도 이사꾼이 이런 개의 목에다 끈을 매가지고
데리고 지나간 일이 있은 것처럼, 이 개의 주인도 이런 서북간도
나그네의 하나가 아닐까. 원래 변변치 않은 가구 중에서나마 먼 길
에 갖고 가지 못할 것은 팔아서 노자로 보태고, 그래도 짐이라고
꾸려가지고 나설 때 식구의 하나인 양 따라나서는 개를 데리고 떠
난 것이리라. 애가 있어 개를 기어코 자기네가 가는 곳까지 데리고
가자고 졸라대어 데리고 나섰대도 그만이다. 그래 이런 신둥이개를

데리고 나서기는 했지만, 전라도면 전라도, 경상도면 경상도같은 데서 이 평안도까지 오는 새에, 해가지고 떠나온 기울떡같은 것도 다 떨어져, 오는 길길에서 빌어먹으며 굶으며 하는 동안, 이 신둥이에게까지 먹일 것은 없어, 생각다못해 길가 나무같은 데 매놓았었는지도 모른다. 누가 먹일 수 있는 사람이 풀어다가 잘 기르도록 바라서. 그래 신둥이는 주인을 찾아 울대로 울고, 있는 힘대로 버두룩거리고 하여 미처 누구에게 주워지기 전에 목에 맸던 끈이 끊어져나갔는지도 모른다. 이래서 주인을 찾아 헤매다가 이 목넘이마을로 흘러들어왔는지도.

혹은 서북간도 나그네가 예까지 오는 동안 자기네가 가는 목적지까지 데리고 갈 수 없음을 깨닫고 어느 동네를 지나다 팔아버렸는지도 모른다. 혹은 또 끼니를 얻어먹은 집의 신세갚음으로 잘 기르라고 주고 갔는지도. 그것을 신둥이가 옛주인을 못 잊어 따라나섰다가 이 마을로 흘러들어왔는지도.

그러고보면 또 신둥이 몸에 든 황토물도 어쩐지 평안도땅의 황토와는 다른 빛깔같았다. 그리고 지금 방앗간 풍구 밑을 아무리 핥아도 먼지뿐인 것을 안 듯 연자맷돌께로 코를 끌며 걸어가는 뒷다리 하나가 사실 먼 길을 걸어온 듯 쩔룩거렸다.

신둥이는 연자맷돌도 짤짤 핥아보았으나 거기에도 덮여있는 건 뽀얀 먼지뿐이었다. 그래도 신둥이는 그냥 한참이나 그것을 핥고 나서야 핥기를 그만두고, 다시 코를 끌고 다리를 쩔룩이며, 어쩌면 서북간도 나그네인 자기 주인이 어지러운 꿈과 함께 하룻밤을 머물고 갔을지도 모르는, 그러니까 어쩌면 이 방앗간에서들 자기네의 가련한 신세와 더불어 길가에 버려두고 온 이 신둥이의 일을 걱정했을지도 모르는, 이 방앗간 안을 이리저리 다 돌고 나서 그곳을 나오는 것이었다.

방앗간을 나온 신둥이는 바로 옆인 간난이네 집 수수깡바자문 틈으로 들어갔다. 토방 밑에 엎디어있던 간난이네 누렁이가 고개를 들고 일어서더니 낯설다는 눈치로 마주 나왔다. 신둥이는 저를 물려고나 나오는 줄로 안 듯 꼬리를 찰싹 올라붙은 배 밑으로 껴넣고는 쩔룩거리는 걸음으로 달아나오고 말았다. .

게딱지같은 오막살이들이 끝난 곳에는 채전이었다. 신둥이는 채전 옆을 지나면서 누렁이가 뒤따라오지 않는다는 것을 안 다음에도 그냥 쩔룩거리는 반 뜀걸음으로 달렸다. 채전의 끝난 곳은 판이 고르지 못한 조각뙈기 밭이었다. 조각뙈기 밭들이 끝난 곳은 가물에는 물 한방울 남지 않고 조약돌이 그냥 드러나는, 지금은 군데군데 끊긴 물이 괴어있는 도랑이었다. 신둥이는 여기서 괴어있는 물을 찰딱찰딱 핥아먹었다.

도랑 건너편이 바로 비스듬한 언덕이었다. 이 언덕 위 안쪽에 목넘이마을 주인인 동장네 형제의 기와집이 좀 새를 두고 앉아있었다. 이 두 기와집 한중간에 이 두 집에서만 전용하는 방앗간이 하나 있었다.

신둥이는 이 방앗간으로 걸어갔다. 그냥 쩔뚝이는 걸음으로. 그래도 여기에는 먼지와 함께 쌀겨가 앉아있었다. 신둥이는 풍구 밑을 분주히 핥으며 돌아갔다. 이러는 신둥이의 달라붙은 배는 한층 더 바삐 할딱이었다.

신둥이가 풍구 밑을 한창 핥고 있는데 저편에서 큰 동장네 검둥이가 보고 달려왔다. 이 검둥이가 방앗간 밖에서 잠깐 걸음을 멈추고 이쪽을 향해 그 윤택한 털을 거슬러 세우면서 이빨을 시리물고 으르렁댔을 때, 신둥이는 벌써 이미 한군데 물어뜯기우기나 한 듯이 깽 소리와 함께 꼬리를 뒷다리 새에 끼면서도 핥는 것만은 멈추지 않았다. 그러자 검둥이는 이내 신둥이가 자기와 적대할 상대가 안된다는 것을 알아챈 듯이 슬금슬금 신둥이의 곁으로 와 코를 대보는 것이었다.

신둥이가 암캐인 것을 안 검둥이는 아주 안심된 듯이 곁에 서서 꼬리까지 저었다. 신둥이는 이런 검둥이 옆에서 또 자꾸만 온몸을 후들후들 떨었다. 그러나 핥는 것만은 여전히 멈추지 않았다.

신둥이는 풍구 밑이며 연자맷돌이며를 핥고 나서 두 집 뒷간에도 들렀다 와서는 풍구 밑에 와 엎디어버렸다. 그리고는 절로 눈이 감기는 듯 눈을 끔벅이기 시작했다. 점점 끔벅이는 도수가 잦아져가다가 아주 감아버리는 것이었다. 검둥이가 저만큼 떨어져 앉아서 이편을 지키고 있었다.

그날 저녁때였다. 큰동장네 집에서 여인의 목소리로, 워어리 워어리 하고 개 부르는 소리가 들려나왔다. 검둥이가 집을 향해 달려갔다. 신둥이도 일어났다. 그리고 아까번에 핥아 먹은 자리를 되핥기 시작했다. 그러다 신둥이는 무엇을 눈치챈 듯 큰동장네 집으로 쩔뚝쩔뚝 걸어가는 것이었다.

사실 대문에서 들여다뵈는 부엌문 밖 개 구유에는 검둥이가 붙어서서 첩첩첩첩 밥을 먹고 있었다. 신둥이는 저도모르게 꼬리를 뒷다리 새에 끼고 후들후들 떨면서 그리로 가까이 갔다. 그러나 신둥이가 채 구유 가까이까지 가기도 전에 검둥이는 그 윤택한 털을 거슬러 세우며 흰 이빨을 시리물고 으르렁대기 시작하는 것이었다. 신둥이는 걸음을 멈추고 구유 쪽만 바라보다가 기다리려는 듯이 거기 앉아버렸다.

좀만에야 검둥이는 다 먹었다는 듯이 그 길쭉한 혀를 여러가지 모양의 길이로 빼내가지고 주둥이를 핥으며 구유를 물러났다. 신둥이는 곧 일어나 그냥 떨리는 몸으로 구유로 가 주둥이부터 갖다댔다. 그래도 밑바닥에 밥이 남아있었고, 구유 언저리에도 꽤 많은 밥알이 붙어있었다. 신둥이는 부리나케 핥았다. 그러는 신둥이의 몸은 점점 더 떨리었다. 몇차례 되핥고 나서 더 핥을 나위가 없이 된 뒤에야 구유를 떠나, 자기편을 지키고 앉았는 검둥이 옆을 지나 그 집을 나왔다.

신둥이가 다시 방앗간을 찾아가는데 개 한 마리가 앞을 막아섰다. 작은동장네 바둑이였다. 신둥이는 또 겁먹은 몸을 움츠릴 밖에 없었다. 바둑이는 신둥이 몸에 코를 갖다대었다. 그러자 이번에는 신둥이편에서 무슨 냄새를 맡아낸 듯 코를 들었다. 그리고는 바둑이의 금방 밥을 먹고 나온 주둥이에 붙은 물기를 핥기 시작하는 것이었다.

바둑이가 귀찮다는 듯이 자기 집 쪽으로 걸어갔다. 신둥이는 그 뒤를 바싹 따랐다. 바둑이는 자기 집 안뜰로 들어가더니 한가운데 자리를 잡고 앉아버렸다. 신둥이는 곧장 부엌문 앞 구유로 갔다.

구유 바닥에는 큰동장네 구유 밑처럼 밥이 남아있었고 언저리로 돌아가며 밥알이 꽤 많이 붙어있었다. 신둥이는 급히 그것을 짤짤 핥아먹고 나서야 그곳을 나와 방앗간 풍구 밑으로 갔다.

밤중에 궂은 비가 내리기 시작했다. 이튿날도 그냥 구질게 비가 내렸다. 신둥이는 날이 밝자부터 빗속을 떨며 어제보다는 좀 나았으나 그냥 저는 걸음걸이로 몇번이고 큰동장과 작은동장네 개구멍을 드나들었는지 몰랐다. 처음에는 몇번을 왔다갔다 해도 구유 속은 궂은 비에 젖어있을 뿐, 좀처럼 아침먹이가 나오지 않는 것이었다. 그러는 동안에 밥이 나왔으나 이번에는 주인 개가 구유에서 물러나기를 기다려야 했다. 이렇게 해서 주인 개들이 먹고 남은 구유를 핥아먹고, 그리고 뒷간에를 들러 방앗간 풍구 밑으로 가서는 다시 누워버렸다. 낮쯤해서 신둥이는 그곳을 기어나와 빗물을 핥아먹고 되돌아가 누웠다.

저녁때가 돼서야 비가 멎었다. 신둥이는 또 미리부터 두 기와집 새를 여러번 왔다갔다 해서 구유에 남은 밥을 얻어먹을 수 있었다. 이날 저녁은 작은동장네 바둑이가 입맛을 잃었는지 퍼그나 많은 밥을 남기고 있었다.

다음날은 아주 깨끗이 개인 봄날이었다. 이날도 신둥이는 꼭두새벽부터 두 집 새를 오고가고 해서야 구유에 남은 밥을 얻어먹을 수 있었는데, 이날 신둥이의 걸음은 거의 절룩거리지 않았다. 방앗간으로 돌아가자 볕 잘 드는 곳에 엎디어 해바라기를 시작했다.

늦은 조반때쯤해서 이쪽으로 오는 인기척소리가 나더니, 두 동장네 절가(머슴)가 볏섬을 지고 나타났다. 절가가 지고 온 볏섬을 방앗간 안에다 쿵 내려놓고 온 길을 되돌아서는데, 절가와 어기어 키를 든 간난이할머니와 망판을 인 간난이어머니가 방앗간으로 들어섰다. 간난이할아버지가 전에 동장네 절가살이를 산 일이 있어 뒤에 절가살이를 나와가지고도 이렇게 두 동장네 크고작은 일을 제 일 제쳐놓고 봐주는 터였다.

간난이어머니가 비로 한참 연자맷돌을 쓸어내는데 절가가 다시 볏섬을 지고 돌아왔다. 한 손에는 소고삐를 쥐고.

풀어헤치는 볏섬 속에서는 먼저 구들널기한 냄새가 풍겨나왔다. 신둥이가 무슨 밥내나 맡은 듯이 섬께로 갔다. 그러자 절가가 개편을 눈여겨보지도 않고 그저, 남 이제 한창 바쁠 판인데 개새끼같은 게 와서 거추장스럽다고 발을 들어 신둥이의 허리를 밀어찼다. 그다지 힘줘 찬 것도 아니건만 꿋꿋하고 억센 다리라 신둥이는 그만 깽 소리를 지르며 옆으로 나가쓰러졌다. 신둥이는 다시 해바라기하던 자리로 가 눕고 말았다.

첫 확을 거의 다 찧었을 즈음, 작은동장이 왔다. 작달막한 키에 머리를 빡빡 깎았다. 얼굴의 혈색이 좋아 마흔 가까운 나이가 도무지 그렇게 뵈지 않는 작은동장은 방앗간 안으로 들어서며 다부진 몸집처럼 야무진 목소리로,

"잘 말랐디?"

했으나 그것은 무어 누구에게 물어보는 말은 아니었던 듯 누구의 대답도 기다리지 않고,

"깨디디 않두룩 떻게,"

했다.

소 뒤를 따르던 간난이할머니가 연자의 쌀을 한옴큼 쥐어 눈 가까이 갖다대고 찧어지는 형편을 살피고 나서 말없이 도로 놓았다. 잘 찧어진다는 듯.

작은동장이 돌아서다가 신둥이를 발견했다.

"이제 누구네 가이야?"

절가와 간난이할머니와 간난이어머니가 이쪽으로 고개를 돌릴 새도 없이, 작은동장의 발길이 신둥이의 허리중동을 와 찼다. 신둥이는 뜻않았던 발길에 깽 비명을 지르며 달아날 밖에 없었다. 얼마를 와서 그래도 이 방앗간을 떠나지 못하겠다는 듯이 뒤돌아보았을 때에는 벌써 절가와 간난이할머니와 간난이어머니는 그게 누구네 개건 내 아랑곳 아니라는 듯이 자기네 일에만 열중해있었는데 다만 작은동장만이 이쪽을 지키고 섰다가 돌멩이라도 쥐려는 듯 허리를 굽히는 게 보여 신둥이는 다시 있는 힘을 다해 달아나야 했다. 비스듬한 언덕길을 내리기 시작하는데 과연 돌멩이 하나가 날아와 옆에 떨어졌다.

신둥이는 어제 비에 제법 물이 흐르는 도랑을 건너, 김선달이랑이 일하는 조각돼기 밭 새를 지나기까지 그냥 뛰었다. 이런 신둥이는 요행 다리만은 절룩이지 않았다.

서쪽 산밑 간난이네 집 옆 방앗간으로 온 신둥이는 또 먼지만 내려앉은 풍구 밑으로 가 누웠다. 그러나 얼마 뒤에 신둥이는 그곳을 나와 다시 동장네 방앗간을 찾아가는 것이었다. 비스듬한 언덕을 올라 방앗간 쪽을 바라보는 신둥이는 그곳에 작은동장의 모양이 뵈지 않음에 적이 안심된 듯 그쪽으로 발을 옮기기 시작했으나 문득 지금 한창 풍구를 두르고 있는 보매 우악스러울 것만 같은 절가에게 눈이 가자 주춤 걸음을 멈추고 그편을 한참 지켜보다가 그만 돌아서 온 길을 되걷는 것이었다.

낮이 기울어서야 간난이할머니와 간난이어머니가 앞집 수수깡바자 울타리를 끼고 이리로 오는 것이 보였다. 간난이할머니와 간난이어머니는 자기네 집으로 들어가기 전에 이쪽을 바라보았다. 신둥이는 이들이 자기를 어쩌지나 않을까 싶어 일어나 피하려는 눈치를 보였으나 두 여인은 물론 신둥이를 어쩌는 일 없이 자기네 집으로 들어가버렸다.

신둥이는 그길로 동장네 방앗간으로 갔다. 방앗간은 비로 한번 쓸었으나, 그래도 여기저기 꽤 많은 쌀겨가 앉아있었고, 기둥같은 데도 꽤 두툼하게 겨가 붙어있었다. 신둥이는 풍구 밑부터 들어가 마구 핥았다.

그날 초저녁이었다. 신둥이가 큰동장네 대문 안에 서서 지금 거의 다 먹어가는 검둥이의 구유 쪽을 바라보고 섰는데, 방문이 열리며 큰동장이 나왔다. 역시 작은동장처럼 작달막한 키에 머리를 빡빡 깎았다. 또한 혈색이 좋아 아주 젊어 뵈었다. 얼른 보매 작은동장과 쌍둥이나 아닌가 싶게 그렇게 모습이 같았다. 그러지 않아도 처음 보는 사람은 이 두 사람을 서로 바꿔 보는 수가 많았다.

이 큰동장이 뜰로 내려서면서 지금 구유 쪽에만 정신이 팔려있는 신둥이를 발견하자 보지 못하던 개임에, 이놈의 가이새끼, 하고 발을 굴렀다. 목소리마저 작은동장처럼 야무졌다. 신둥이는 깜짝 놀라 개구멍을 빠져 달아나고 말았다.

큰동장이 대문을 나서는데 마침 저녁을 먹고 이리로 나오던 작은동장이 신둥이를 보고 이 개가 오늘 아침에 자기가 방앗간에서 쫓은 개라는 것과 지금 또 이 개가 형한테 쫓겨 달아나는 사실에 미루어, 언뜻 보지 못하던 이놈의 개새끼가 혹시 미친개나 아닌가 하는 생각이 든 듯, 갑자기 야무진 목청으로, 미친가이 잡아라! 하고 고함을 지르는 것이었다. 그러자 큰동장편에서도 지금 꼬리를 뒷다리 새로 끼고 달아나는 뒷배가 찰딱 올라붙은 저놈의 낯선 개새끼가 정말 미친갠지도 모른다는 생각이 든 듯, 데놈의 미친가이 잡아랏 소리를 따라 질렀는가 하자 대문 안으로 몸을 날려 손에 알맞는 몽둥이 하나를 집어들고 나오더니 신둥이의 뒤를 쫓으며 연방, 미친가이 잡아랏 소리를 질렀다.

동장네 형제가 비스듬한 언덕까지 이르렀을 때 신둥이는 벌써 조각때기 밭 새를 질러 달아나고 있었는데, 마침 늦도록 밭에 남아있던 김선달이 동장네 형제의 미친개 잡으라는 고함소리를 듣고 두리번거리던 참이라, 이놈의 개새끼가 미친개로구나 하고 삽을 들고 신둥이의 뒤를 쫓아가기 시작했다. 동장네 형제는 게서 더 신둥이의 뒤를 쫓을 염은 않고, 두 형제가 서로 번갈아, 미친가이 잡아랏 소리만 질렀다. 그것은 마치 자기네의 목소리를 듣고 김선달이 한층 더 기운을 내어 쫓아가 그 삽날로 미친개의 허리중동을 내리쩍도록 하라는 듯한, 그리고 자기네의 목소리를 듣고 어서 저쪽 서산밑 사람들도 뭐든 들고 나와 미친개를 때려잡으라는 듯한 그런 부르짖음이었다. 이 부르짖음은 신둥이가 서쪽 산밑 오막살이 새로 사라져 뵈지 않게 되고, 사이를 두어 김선달의 그 특징있는 뜀질할 때의 윗몸을 뒤로 젖힌 뒷모양이 뵈지 않게 된 뒤에도 그냥 몇번 계속되었다.

동장 형제의 목고대를 돋군 부르짖음이 그치자 아까보다도 별나게 고즈넉해진 것만 같은 이른 저녁 속에 산쪽 산밑 사람들의 웅성거리는 소리가 바로 손에 잡히게 솟아오르더니, 좀 사이를 두어 엷은 안개가 어리기 시작하는 속을 몇몇 동네사람들을 뒤로 하고 김선달이 나타났다. 첫눈에 미친개 못 잡은 것만은 분명했다. 그래도 김선달이 채전을 지나 조각때기 밭 새로 들어서기 전에 작은동장이 그쪽을 향해 소리를 질렀다.

"어떻게 됐노오?"

그것은 제가 질러놓고도 고즈넉한 저녁 속에서는 너무 지나치게 큰 소리를 질렀다고 생각되리만큼 큰 고함소리가 되어 퍼져나갔다.

대답이 없다. 그것이 답답한 듯 이번에는 큰동장이 같이 크게 울리는 고함소리로,

"어떻게 됐어 웅?"

했다.

"파투웨다. 그놈의 가이새끼 날래기가 한뎅이 있어야디요. 뒷산으루 올라가구 말았이요."

이것이 무슨 조화일까. 김선달의 말소리가 바로 발 밑에서 하는 말소리같으면서 또 한껏 먼데서 들려오는 말소리같음은? 그만큼 고즈넉한 산골짜기의 이른 저녁이었다.

"그래 아무리 빠르믄 따라가다 놔뿌리구 말아? 무서워서 채 따라가딜 못한 게로군. 그까짓 가이새낄 하나 무서워서……"

큰동장의 말이었다.

김선달은 노상 무섭지 않은 것도 아니라는 듯, 그렇게 곧잘 누구나 웃기는 익살꾼답지 않게 큰동장의 말에는 아무 대꾸도 없이, 안개 속을 좀전에 일하던 밭으로 들어가 호미랑 찾아드는 것이었다.

이날 어두운 뒤, 서쪽 산밑 사람들은 아직 마당에들 모여앉기에는 좀 철이른 때여서 몇 사람 안 되는 사람들이 차손이네 마당귀에 쭈그리고 앉아 금년 농사 이야기며 햇보리 나기까지의 양식 적정같은 것을 하던 끝에, 오늘의 미친개 이야기가 나왔다. 그러자 김선달이, 바로 그젯밤에 소를 빌리러 남촌에를 갔다 늦어서야 산목을 넘어오는데 꽤 먼 뒤에서 이상한 개울음소리가 들려와 혼났다는 이야기를 꺼냈다. 흡사 병든 개가 앓는 듯한 소린가 하면, 누구에게 목이 매여 끌리면서 지르는 듯한 소리기도 하더라는 것이었다. 그런데 이상한 것은 누가 목을 잡아매어 끄는 것치고는 한자리에서 그냥 지르는 소리더라는 것이었다. 그래 지금와서 생각하니 그놈이 아까의 미친개였는지도 모르겠다는 것이었다.

쩍하면 남을 잘 웃기는 꾸밈말질을 잘 해, 벌써부터 동네에서뿐 아니라 근동에서들까지 현세의 봉이김선달이라 하여 김선달이란 별호로 불리우는 사람의 말이라 어디까지가 정말이고 어디서부터가 꾸밈말인지를 분간하기 어렵다고 동네사람들은 생각하는 것이었으

나, 차손이아버지가 김선달의 말 가운데 누가 개 목을 매 끌 때 지르는 것같은, 그러면서도 한자리에서 그냥 지르는 개울음이더라는 대목에 무언가 생각키우는 바가 있는 듯 담배침을 퇘 뱉더니, 혹시 그것이 며칠 전 이곳을 지나간 서북간도 이사꾼의 개인지도 모른다는 말을 했다. 그 서북간도 나그네가 어느 나무에다 매논 것이 그만 발광을 해가지고 목에 맨 줄을 끊고 이렇게 동네로 들어온 것인지도 모른다는 것이었다. 그리고 짐승이란 오랫동안 굶으면 발광을 하는 법이라고 하며, 기실 김선달이 들은 개울음소리는 이렇게 발광한 개가 목에 맨 끈을 끊으려고 지른 소리였음에 틀림없다는 것이었다.

그러나 거기 한자리에 앉았던 간난이할아버지는 차손이아버지의 말도 그럴 듯하다고는 생각했지만 좀전에 마누라에게서 들은, 아침에 동장네 방앗간에서 보았을 때나, 방아를 다 찧고 돌아오는 길에 이쪽 방앗간에서 보았을 때나, 그 신둥이개가 미친개로는 뵈지 않더라는 말이 떠올라, 좌우간 그 개가 참말 미쳤는지 어쨌는지 자기가 직접 보지 않고는 알 수 없는 일이라고 했다. 그 개가 미쳤건 안 미쳤건 이제 다시 동네로 내려올 것도 분명하니. 차손이아버지도 그놈의 미친개가 이제 틀림없이 또 내려올 테니 모두 주의해야겠다고 했다.

그런데 이때 벌써 신둥이는 어둠속에 묻혀 서쪽 산을 내려와 조각돼기 밭 새를 지나 반 뜀걸음으로 동장네 집들을 찾아가고 있었다. 어둠속에서도 주의성있는 걸음걸이였다.

언덕길을 올라서서는 멈칫 걸음을 멈추고 방앗간 쪽이며, 두 동장네 집 쪽을 살펴보는 것이었다. 그리고 나서야 아주 조심성있는 반 뜀걸음으로 큰동장네 집 가까이로 갔다.

개구멍을 들어서니 검둥이는 이제는 신둥이와는 낯이 익다는 듯이 아무 으르렁댐 없이 맞아주었다. 신둥이는 곧장 구유부터 가서 핥기 시작했다.

작은동장네 바둑이도 이제는 신둥이와는 낯이 익다는 듯이 맞아주었다. 여기서도 신둥이는 곧장 구유부디 가서 핥았다.

작은동장네 집을 나온 신둥이는 동장네 방앗간으로 가 낮에 한물 핥아먹은 자리며 남은 자리를 또 핥았다. 그러나 거기서 잘 생각은 없는 듯 그곳을 나와 다시 서쪽 산밑을 향하는 것이었다.

이튿날 아침, 일찍 일어나기로 유명한 간난이할아버지가 수수깡 바자문을 열고 나오다가 방앗간 풍구 밑에 엎디어있는 신둥이를 발견하고 되들어가 지게작대기를 뒤에 감추어가지고 나왔다. 미친개기만 하면 단매에 죽여버리리라. 신둥이편에서도 인기척 소리에 놀라 일어났다. 그러면서 어느새 신둥이는 꼬리를 뒷다리 새로 끼고 있었다. 저렇게 꼬리를 뒷다리 새로 끼는 게 재미적다. 간난이할아버지는 한자리에 선 채 신둥이편을 노려보았다. 뒤로 감춘 작대기 잡은 손에 부드득 힘을 주며.

그래도 주둥이에 거품을 물었다든가 군침을 흘린다든가 하지 않는 걸 보면 이 개가 미쳤대도 아직 그닥 심한 고비엔 이르지 않은 것같았다. 눈을 봤다. 신둥이편에서도 이 사람이 자기를 해치려는 사람인가 어떤가를 알아보기나 하려는 것처럼 마주 쳐다보았다. 미친개라면 눈알이 붉게 충혈되거나 동자에 푸른 홰를 세우는 법인데 도무지 그렇지가 않았다. 그저 눈곱이 끼어있는 겁먹은 눈이었다. 이런 신둥이의 눈은 또, 보매 키가 장대하고 검은 얼굴에 온통 희끗희끗 세어가는 수염이 덮여 험상궂게만 생긴 간난이할아버지의 역시 눈곱이 낀, 그리고 눈꼬리에 부챗살같은 굵은 주름살이 가득 잡힌, 노리는 눈이긴 했으나 그래도 이 눈이 아무렇게 보아도 자기를 해치려는 사람의 눈이 아님을 알아챈 듯이 뒷다리 새로 껴넣었던 꼬리를 약간 들기 시작하는 것이었다. 미친개가 아니다. 적어도 아직까지는 미치지는 않은 개다. 간난이할아버지는 뒤로 감추었던 작대기 든 손을 늘어뜨리고 말았다.

그러자 간난이할아버지의 손에 쥐인 작대기를 본 신둥이는 깜짝 놀라 허리를 까부라뜨렸는가 하자 쑥 간난이할아버지의 옆을 빠져 달아나는 것이었다. 이런 신둥이의 뒤를 또 안뜰에 있던 누렁이가 어느새 보고 나왔는지 쫓기 시작했다. 간난이할아버지는 언뜻 그래도 저 개가 미친개여서 누렁이를 물지나 않을까 하는 생각이 들어, 워어리 워어리 누렁이를 불렀다. 그러나 그때는 벌써 누렁이가 신둥이를 다 따라 막아섰을 때였다. 신둥이는 뒷다리 새에 꼈던 꼬리

142

를 더 끼는 듯했으나 누렁이가 낯이 익다는 듯 저쪽의 코에다 이쪽 코를 갖다대었을 때에는 신둥이편에서도 코를 마주 내밀며 꼬리를 쳐들기 시작했다. 간난이할아버지는 다시 한번 미친개는 아니라고 생각했다.

이날 언덕을 올라선 신둥이는 그길로 동장네 뒷산으로 올라가는 것이었다. 거기서 신둥이는 큰동장과 작은동장이 집에서 나가기를 기다리려는 듯이.

조반 뒤에 큰동장과 작은동장은 그즈음 아랫골 천둥지기 논 작답하는 데로 나갔다. 차손이네가 부치는 큰동장네 높디높은 다락배미 논을 낮추어 간난이네가 부치는 작은동장네 깊은 우물배미 논에다 메워, 두 논 다 논다운 논을 만들려는 것이었다. 차손이네와 간난이네는 벌써 해토 무렵부터 온 가족이 나서다시피 해서 이 작답 부역을 해오고 있었다.

큰동장, 작은동장이 작답 감독을 나간 뒤에도 한참 만에야 신둥이는 조심스레 산을 내려와 두 집의 구유를 핥았다. 방앗간으로 가 새로 앉은 먼지와 함께 겨도 핥았다. 뒷간에도 들렀다. 그리고는 그길로 다시 동장네 뒷산으로 올라가 어느 나무 밑에 엎디어버리는 것이었다. 그래 낮이 기울고, 저녁때가 지나, 밤이 되어 아주 어두워진 뒤에야 또 산을 내려와 두 집에를 들렀다가 서쪽 산밑 방앗간으로 돌아오는 것이었다. 돌아오는 길에 도랑에 고인 물을 핥아 먹고서.

아침마다 간난이할아버지가 수수깡바자문을 나서면 신둥이가 마치 간난이할아버지보다 먼저 일어나기로 마음이라도 먹은 듯이 이미 방앗간을 나와 저쪽 조각돼기 밭 샛길을 걸어가는 뒷모양이 보이곤 했다.

이러한 어떤날 밤, 신둥이가 큰동장네 구유를 한창 핥고 있는데 방문이 열리며 동장이 나왔다. 큰동장은 발소리를 죽여 광문 앞에서 몽둥이 하나를 집어들고 살금살금 신둥이 뒤로 다가왔다. 그제야 신둥이는 진작부터 큰동장의 행동을 모르는 바 아니었으나 차마 구유에서 혓바닥을 뗄 수가 없어 그냥 있었다는 듯이 홱 돌아서 대문 쪽으로 달아나는 순간, 큰동장은 신둥이의 눈이 있을 위치에 이상히 빛나는 푸른빛을 보았다. 정말 미친개다, 하는 생각이 퍼뜩 큰동장의 머릿속을 스쳤으나 웬일인지 고함을 지를 수가 없었다.

신둥이가 대문 옆 개구멍을 빠져나갈 때에야 큰동장은, 데놈의 미친가이 잡아랏 소리를 지르며 뒤를 쫓았다. 어둠속에서도 신둥이가 뒷산 쪽으로 꺼불꺼불 달아나는 것을 알 수 있었다. 큰동장은, 데놈의 미친가이 잡아랏 소리를 연방 지르며 신둥이의 뒤를 그냥 쫓아갔다. 그러나 바싹 따라가 몽둥이질할 염은 못 냈다. 자꾸 신둥이와 가까워지기가 무서워지는 것이었다. 그대신 이번에는 큰동장의 입에서 미친가이 잡아랏 소리가 점점 더 그악스럽게 커가는 것이었다. 신둥이가 뒷산으로 올라가 뵈저 않게 되고, 거기서 몇번 더, 데놈의 미친가이 잡아랏 소리를 지른 다음, 지금 이 큰동장의 고함소리를 듣고 이리로 달려오는 작은동장이며 집안사람들 쪽으로 내려오면서 큰동장은, 일전에 김선달보고 그까짓 미친개 한 마리쯤 따라가다 무서워서 채 못 따라갔느냐고 나무라던 일이 생각나, 정말 지금 안뜰에서 단번에 그놈의 허리중동을 부러뜨리지 못한 것도 분하지만 밖에 나와서도 기운껏 따라가면 따를 수도 있을 듯한 걸 무서워서 따라가지 못한 자신에게 부쩍 골이 치밀던 차라, 이리로 몰려오는 집안사람들을 향해, 너희들은 뭣들 하고 있느냐고, 버럭 소리를 지르는 것이었다.

다음날 아침, 큰동장은 작답 감독 나가기 전에 서산 밑 동네로 와서 만나는 사람마다 그놈의 미친개 아주 진통으로 미쳤더라고, 어젯밤 눈알에 새파란 홰를 세워가지고 달겨드는 걸 겨우 몽둥이로 쫓아버렸다고, 그러니 이번에는 눈에 띄기만 하면 어떻게 해서든지 즉살을 시켜야지 큰일나겠더라는 말을 했다. 동네사람들은, 벌써 어젯밤 이쪽 산밑에서 빤히 들린 큰동장의 그악스런 고함소리로 또 미친개가 나타났었다는 걸 알고 있었으나 그 미친개가 눈에다 새파란 홰까지 세워가지고 사람에게 달겨들게 됐으면 이만저만하게 미친 게 아니라는 불안과 함께, 정말 눈에 띄기만 하면 처치해버려야겠다는 맘들을 먹는 것이었다.

그런데 신둥이편에서는 신둥이대로 더욱 조심이나 하는 듯, 큰동장 작은동장에게는 물론, 크고작은 동장네 식구 어느 한 사람에게

144

도, 그리고 서쪽 산밑 누구한테도, 눈에 띄지 않는 것이었다.

그러한 어떤날 밤, 뒷간에 나갔던 간난이할머니가 뛰어들어오더니, 지금 막 뒷간에 미친개가 푸른 홰를 세워가지고 와있다는 말을 했다. 언젠가 신둥이가 처음 이 마을에서 미친개로 몰리었을 때 자기 보기에는 그렇지 않더라던 간난이할머니도 눈에 홰를 세운 신둥이를 보고는 정말 아주 미친개로 말하는 것이었는데, 이 간난이할머니의 말을 듣고도 그냥 간난이할아버지는 사람이나 개나 할것없이 굶거나 독이 오르면 눈에 홰가 켜지는 법이라는 말로, 그 개도 뭐 반드시 미쳐서 그런 건 아닐 거라는 말을 했다. 그러니 뭐 와서 다닌다고 그렇게 무서워할 건 없다고 했다. 그러다가 간난이할아버지는 문득 신둥이가 자기네 뒷간에 와있다는 것은 다름아닌 자기네 귀중한 거름을 먹기 위함일 거라는 데 생각이 미치자 다짜고짜 밖으로 나가 지게작대기를 들고 뒷간으로 갔다. 과연 뒷간 인분이 떨어지는 바로 그자리에 번뜩 푸른 홰가 보였다. 이놈의 가이새끼! 소리와 함께 간난이할아버지의 작대기가 뒷간 기둥을 딱 후려갈겼다. 푸른 홰가 휙 돌더니 저편 바자 틈으로 희끄무레한 것이 빠져나가는 게 보였다.

이런 일이 있은 후부터 신둥이의 그림자는 통 누구의 눈에도 띄지 않았다. 그러다가 그해 첫여름 두 동장네 새로 작답한 논에 때마침 온 비로 모를 내고 난 어느날, 마을에는 소문이 하나 났다.

김선달이 조각뙈기 밭에서 김을 매다가 쉴 참에 담배를 한 대 피우고 있느라니까 저쪽 큰동장네 뒷산 나무 새로 무언가 어른거리는 것이 있어 눈여겨 보았더니 그게 다름아닌 미친개더라는 것이다. 그런데 이 미친개는 혼자가 아니고 뒤에 다른 개들을 데리고 있더라는 것이다. 그것은 큰동장네 검둥이요, 작은동장네 바둑이요, 또 누구네 개인지는 분명치 않으나 한 마리 더 끼어있더라는 것이다.

사실 이 김선달의 입에서 나온 말대로 큰동장네 검둥이며 작은동장네 바둑이가 이틀씩이나 집에 들어오지 않았다. 크고작은 두 동장은 그놈의 미친개가 종시 자기네 개들을 미치게 해가지고 데려갔다고 분해하고 한편 겁나했다. 그런데 이때 동네에서는 간난이할아버지가 집안사람들보고 아예 그런 말은 내지 못하게 해서 모르고

있었지만 간난이네 개도 나가서 이틀씩이나 들어오지 않는 것이
었다.

그러는 동안 동네에서는 어제오늘 동장네 뒷산에서 으르렁대는
개소리를 들었다는 사람이 적지 않았다. 낮뿐 아니라 밤중에도 그
런 소리를 들었다는 사람들이 있었다. 크고작은 동장은 그놈의 미
친개를 몰이해서 쳐죽이지 않은 게 잘못이라고 분해했다.

사흘 만에 크고작은 동장네 개들은 전후해서 들어왔다. 간난이네
개도 들어왔다. 개들은 집에 들어오자마자 그늘을 찾아 엎디더니
침이 질질 흐르는 혀를 빼가지고 헐떡이다가 눈을 감고 잠이 들어
버리는 것이었다. 이틀 새에 한결 파리해진 것같았다.

크고작은 동장은 그날도 새로 작답한 논의 모낸 구경을 나갔다가
일부러 알리러 나온 절가의 말을 듣고, 그럼 됐다고, 들어온 김에
잡아치우자고, 절가와 간난이할아버지를 앞세우고 들어왔다.

간난이할아버지가 맨손으로 검둥이께로 갔다. 큰동장이랑 보고
있던 사람들은, 저 늙은이가 저러다 큰일날려고! 하는 마음으로
멀찌감치 떨어져 서서 바라보고만 있었다. 간난이할아버지는 검둥
이의 머리를 쓰다듬어주었다. 검둥이가 졸린 듯 눈을 다시 감으며
반갑다는 표시로 꼬리를 움직여 비모양 땅을 몇번 쓸었다.

간난이할아버지가, 무엇이 이 개가 미쳤다고 그러느냐고 큰동장
편으로 돌아섰다. 그러나 큰동장은 아직 미쳐나가게 되지 않은 것
만은 다행이라고 하면서 눈을 못 뜨고 침을 흘리는 것만 봐도 미쳐
가는 게 분명하니 아주 미쳐나가기 전에 잡아치우자고 했다.

절가가 미친개는 밥을 안 먹는데 어디 한번 주어보자고 부엌
으로 들어가 밥을 물에다 말아가지고 나왔다. 그러나 검둥이는 자
기 앞에 놔주는 밥을 무슨 냄새나 맡듯이 주둥이를 갖다댔는가 하
자 곧 도로 눈을 감아버리는 것이었다. 큰동장은, 자 보라고 했다.

간난이할아버지는 지금 검둥이가 저러는 것은 며칠 동안 수캐 구
실을 하고 돌아온 탓이라고 했다. 그랬더니 큰동장은 펄쩍 뛰며,
그 미친가이 하구? 그럼 더구나 안된다고 어서 올가미를 씌우라는
것이었다. 그러면서 큰동장은 혼잣말처럼, 마침 초복날이 며칠 남
지 않았으니 복놀이 겸 잘됐다고 했다.

간난이할아버지는 하는 수 없었다. 이미 개 목에 끼울 올가미까지 만들어가지고 섰는 절가의 손에서 밧줄을 받아가지고 그것을 검둥이의 목에 씌우고 말았다. 밧줄 한끝은 절가가 잡고 있었다. 절가는 재빠르게 목을 낀 검둥이를 대문께로 끌고 가더니 밧줄을 대문턱 밑으로 뽑아가지고 잡아쥐었다. 뜻않았던 일을 당한 검둥이는 아무리 깨갱 소리를 지르며 버두룩거려도 쓸데없었다.

검둥이의 깨갱 소리를 듣고 작은동장네 바둑이는 바라다뵈는 곳까지 와서, 서쪽 산밑 개들은 한길까지 나와서 짖어댔다. 그러는 동안 검둥이의 눈에 파아란 불이 일고 발톱은 소용없이 땅바닥이며 대문턱을 마지막으로 할퀴고 있었다. 큰동장은 개 잡을 적마다 늘 보는 일이건만 오늘 검둥이의 눈에 켜진 불은 별나게 파랗다고 하며 아무래도 미쳐가는 개가 분명하다고 다시 한번 생각하는 것이었다. 검둥이는 똥을 갈기고 그리고는 온몸에 마지막 경련을 일으키며 축 늘어지고 말았다.

작은동장네 집으로 갔다. 바둑이는 벌써 자기가 당할 일을 알아차린 듯 안뜰로 피해 들어가 슬슬 뒷걸음질만 치고 있었다. 그래 목에 올가미를 씌우는 데도 손이 걸렸다. 그리고 절가는 더 날쌔게 밧줄을 잡아당겨야 했다. 이렇게 해서 바둑이도 죽고 말았다.

뒷곁 밤나무 밑에다 큰동장네 가마솥을 내다걸었다. 개 뮈길 물을 끓여야 했다. 그러는데 큰동장과 작은동장이 무슨 의논을 하는 듯하더니 절가더러, 북쪽 목너머에 있는 괸돌마을의 동장과 박초시를 모셔오라는 것이었다.

두 마리의 개가 토장국 속에서 끓어날 즈음, 오른골을 포마드로 진득이 재워붙인 괸돌동장과 잠자리 날개같이 모시 고의적삼에 감투를 쓴 뚱뚱이 박초시가 이곳 동장네 절가 어깨에다 소주 두 되를 지워가지고 왔다.

곧 술좌석이 벌어졌다. 먼저 익었을 내장부터 꺼내 술안주를 했다. 술이 두어 순배 돌자 큰동장이 먼저 저고리를 벗어젖히며,
"자 윗통들 벗읍세, 그리구 우리 놀민놀민 한번 해보세,"
했다.

큰동장이나 작은동장은 지금 자기네가 먹는 개고기가 미쳐가는

개의 고기란 걸 말 않기로 했다. 그런 말을 해서 상대편의 식욕을
덜든지 하면 재미없는 일이니.
"초복놀이 미리 잘 하눈,"
하고 괸돌동장이 윗통을 벗었다. 작은동장도 따라 벗었다.
　박초시만은 모시적삼을 입은 채였다. 여태까지 아무런 술좌석에
서도 윗통을 벗지 않을 뿐 아니라 오늘처럼 아무리 가까운 곳이라
해도 출입할 때 두루마기를 입지 않고 온 것만 해도 예의에 어그러
졌다고 생각하는 박초시인지라, 그보고는 누가 더 윗통을 벗으라는
말을 하지 않았다.
"복날엔 우리 동리서 한번 해보디?"
하며 괸돌동장이, 그때는 한몫 얼려야 하네, 하는 뜻인 듯 박초시
를 쳐다보니 박초시도 좋다는 듯이 고개를 한번 끄덕여 보였다.
　괸돌동장이 그냥 박초시를 쳐다보며,
"왜 길손이네 가이 있디 않아? 걸 팔갔다네, 요새 길손이 채독
땜에 한창 돈이 몰리는 판이라 눅게 살 수 있을 거야, 개가 먹을걸
먹디 못해 되기 말랐디만 그대신 틀이 커서 괜티 않아,"
했다.
　박초시는 괸돌동장의 말이 다 옳다는 듯이 다시 한번 감투 쓴 고
개를 끄덕여 보였다.
　개 앞다리의 살이 상에 올랐다. 뒷다리의 살이 상에 올랐다. 간
난이할아버지는 술안주를 당해내느라 분주히 고기를 뜯어야 했다.
그러는 새 저녁이 빠른 이곳에 어느덧 기나긴 첫여름날의 저녁그늘
이 깃들기 시작하였고, 술좌석에서는 한 되의 술이 아가리를 벌리
고 자빠지자 이어 새 병이 들어와 앉았다. 모두 웬만큼씩 취했다.
　큰동장도 이제는 취한 기분에 오늘 잡은 개는 사실은 미친개였다
는 말과 미친개 고기는 보약이 되는 것이니 마음놓고들 먹으라는
말쯤 하게 됐다. 그러면 괸돌동장은 또 맞받아, 보약이 되다뿐인
가, 이 가이고기가 별나게 맛이 있다 했드니 그래서 그랬군, 우리
배꼽이 한번 새빨개디두룩 먹어 보세, 하고 이런 때의 한 버릇인
허리띠를 풀어 배꼽을 드러내놓기까지 하는 것이었다.
　작은동장이 또 버릇인 자기 까까머리를 자꾸 뒤로 쓸어넘기며 괸

돌동장과 박초시에게, 개새끼 하나 얻어달라는 말을 했다. 괸돌동
장이 먼저 받아, 마침 절골에 사는 자기 사돈집에 이즘 새끼 낳게
된 개가 있으니 염려 말라는 말로, 개종자도 참 좋다는 말을 했다.
여기서 작은동장은, 그거 꼭 한 마리 얻어달라고, 그래 길러서 또
잡아먹자고 했다.

　박초시는 그저 좋은 말들이라고 가만한 웃음을 띠운 채 고개만
끄덕였다. 그러는 박초시의 등에는 땀이 배어 점점 흰 모시적삼을
먹어들어가고 있었다. 다른 세 사람의 벗은 등과 가슴에서는 개기
름땀이 번질거렸으나 모두 차차 저녁그늘 속에 묻히어 들어가고 있
었다.

　절가가 남포등을 내다 밤나뭇가지에 걸었다. 남폿불빛 아래서 개
기름땀과 괸돌동장의 포마드 바른 머리가 살아나 번질거렸다. 그리
고 겔겔이 풀어진 눈들을 하고 둘러앉아 잔을 돌리고 고기를 뜯고
그러다가 모기라도 와 물면 각각 제 목덜미며 가슴패기를 철썩철썩
때리는 것이란 흡사 무슨 짐승들이 모여앉았는 것같기도 했다.

　괸돌동장이 소리를 한번 하자고 하며, 제가 먼저 혀 굳은 소리로
노랫가락을 ·꺼냈다. 작은동장이 그래도 꽤 온전한 목소리로 받았
다. 박초시는 그저 혼자 조용히 무릎장단만 쳤다. 첫여름밤 희미한
남폿불 밑에서 이러는 것이 또 흡사 무슨 짐승들이 한데 모여앉아
울부짖는 것과도 같았다.

　그러지 않아도 서쪽 산밑 차손이네 마당귀에 모여 앉았던 사람들
가운데, 김선달은 전부터 개고기를 먹고 하는 소리란 에누리없이
그때 잡아먹는 개가 살아서 짖던 청으로 나온다는 말을 해 모두 웃
겨오던 터인데, 이날 밤도 괸돌동장과 작은동장의 주고받는 소리를
두고, 저것은 검둥이 목소리 저것은 바둑이 목소리 하여 사람들을
웃기는 것이었다. 그리고는 웃긴 김선달이나 웃는 동네사람들이나
모두 한결같이 그까짓건 어찌 됐던 언제 대보았는지 모르는 비린
것을 한번 입에 대보았으면 하는 생각뿐이었다. 이날 밤 큰동장네
뒷곁 밤나뭇가지에는 밤깊도록 남포등이 또한 무슨 짐승의 눈알이
나처럼 매달려있었다.

　다음날 크고작은 동장은 서쪽 산밑으로 와서 자기네 개 외에 다

론 개도 한 마리 미친개를 따라다니는 걸 보았다니 대체 누구네 개 안지 하루바삐 처치해버리라고 했다. 그리고 만일 자기네 개가 미 친개 따라갔던 걸 알면서도 감추어두었다가 이후에 드러나는 날이 면 그사람은 이 동네에서 다 사는 날인 줄 알라는 말까지 하는 것 이었다.

물론 간난이할아버지는 누렁이를 그냥두었다. 닷새가 지나고 열 흘이 지나도 미쳐나가지 않았다. 그새 서산 밑 사람들은 오래간만 에 방앗간 먼지를 쓸고 보리방아를 찧었다. 신둥이는 밤에 틈을 타 가지고 와서는 방앗주인이 다 쓸어가지고 간 나머지 겨를 핥곤 했 다. 이런 데 비기면 이제와서는 바구미 생기는 철이라고 동장네 두 집이 조금씩 자주자주 찧어가는 방앗간의 쌀겨란 말할 수 없이 훌 륭한 것이었다.

두 달이 지나도 누렁이는 미쳐나가지 않았다. 서쪽 산밑 사람들 은 오조 갈을 해들였다. 방아를 찧었다. 가난한 사람들은 일년 중 에 이 오조밥 해먹는 일이 큰 즐거움의 하나였다. 어떻게 그렇게 밥맛이 고소하고 단 것일까. 그리고 가난한 사람들은 이런 오조밥 을 먹으면서 옛말에, 오조밥에 열무김치를 먹으면 처녀가 젖이 난 다는 말이 있는 것도 딴은 그럴 만하다고들 생각하는 것이었다.

이즈음 신둥이는 밤 틈을 타서 먹을것을 찾아먹고는 이 서산 밑 방앗간에 와 자곤 했다. 그동안 누구한테도 눈에 띄지 않아 얼마큼 마음이 놓이는 모양이었다. 그러나 다음날은 사뭇 일찍이 그곳을 나 와 산으로 올라가는 것을 잊지 않았다. 간난이할아버지의 눈에도 띄 지 않겠스레.

이러한 어떤 날, 동네에는 이전의 그 미친개가 서산 밑 방앗간에 와 잔다는 소문이 났다. 차손이아버지가 보았다는 것이다. 아직 어 두운 새벽에 달구지 결맷감을 하나 꺾으러 서산에를 가는 길에 방 앗간에서 무엇이 나와 달아나기에 유심히 보니 그게 이전의 미친개 더라는 것이다. 그리고 이 미친개는 어두운 속에서도 홑몸이 아니 더라는 것이다. 밤눈이 밝은 차손이아버지의 말이라 모두 곧이들 었다.

언덕 위 크고작은 동장이 이 말을 듣고 서산 밑 동네로 내려왔다. 오늘밤에 그 산개(지금에 와서는 크고작은 동장도 그 개를 미친개라고는 하지 않았다. 그것은 그 개가 정말 미친개였더라면 벌써 아무것도 먹지 못하고 나중에 제가 제다리를 물어뜯고 죽었을 것이라는 걸 알기 때문에)를 지켰다가 때려잡자는 것이었다. 홑몸이 아니고 새끼를 뱄다면 그게 승냥이와 붙어된 것일 테니 그렇다면 그이상 없는 보양제라고 하며, 때려잡아가지고는 새끼만 자기네가 차지하고 다른 고길랑 전부 동네에서 나눠 먹으라는 것이었다.

밤이 되기를 기다려 크고작은 동장은 서쪽 산밑 동네로 와 차손이네 마당에 사람들을 모아 가지고 제각기 몽둥이 하나씩을 장만해 들게 했다. 그속에 간난이할아버지도 끼어있었다. 간난이할아버지는 물론 그 신둥이개가 전과 달라졌다고는 생각지 않았으나 이 개가 그동안도 자기네 집 옆 방앗간에 와 자곤 했으면 으레 자기네 귀한 뒷간의 거름을 축냈을 것만은 틀림없는 일이니 그대로 내버려 둘 수는 없다는 생각으로 이 기회에 때려잡아버리리라는 마음을 먹은 것이었다. 한편 동네사람 누구나가 그렇듯이 이런 때 비린것이라도 좀 입에 대어보리라는 생각도 없지않아서.

밤이 퍼그나 깊어 망을 보러 갔던 차손이아버지가 지금 막 산개가 방앗간으로 들어갔다는 걸 알렸다. 동네사람들은 벌써 제각기 입안에 비린내 맛까지 느끼며 발소리를 죽여 방앗간으로 갔다. 크고작은 동장은 이 동네사람들과는 꽤 먼 사이를 두고 떨어져 서서 방앗간 쪽을 지켜보고 있었다.

동네사람들이 방앗간의 터진 두 면을 둘러쌌다. 그리고 방앗간 속을 들여다보았다. 과연 어둠속에 움직이는 게 있었다. 그리고 그게 어둠속에서도 흰 짐승이라는 걸 알 수 있었다. 분명히 그놈의 신둥이개다. 동네사람들은 한걸음 한걸음 죄어들었다. 점점 뒤로 움직여 쫓기는 짐승의 어느 한부분에 불이 켜졌다. 저게 산개의 눈이다. 동네사람들은 몽둥이 잡은 손에 힘을 주었다. 이 속에서 간난이할아버지도 몽둥이 잡은 손에 힘을 주었다. 한걸음 더 죄어들었다. 눈앞의 새파란 불이 빠져 나갈 틈을 엿보듯이 획 한 바퀴 돌았다. 별나게 새파란 불이었다. 문득 간난이할아버지는 이런 새파란 불이란 눈앞에 있는 신둥이개 한 마리의 몸에서 나오는 것이 아니고 여럿의 몸에서 나오는 것이 합쳐진 것이라는 생각이 들었다.
말하자면 지금 이 신둥이개의 뱃속에 든 새끼의 몫까지 합쳐진 것
이라는. 그러자 간난이할아버지의 가슴 속을 흘러 지나가는 게 있
었다. 짐승이라도 새끼 밴 것을 차마?
　이때에 누구의 입에선가, 때레라! 하는 고함소리가 나왔다. 다
음 순간 간난이할아버지의 양옆 사람들이 욱 개를 향해 달려들며
몽둥이를 내리쳤다. 그와 동시에 간난이할아버지는 푸른 불꽃이 자
기 다리 곁을 빠져나가는 것을 느꼈다.
　뒤이어 누구의 입에선가, 누가 빈틈을 냈어? 하는 흥분에 찬 목
소리가 들렸다. 그리고 저마다, 거 누구야? 거 누구야? 하고 못
마땅해하는 말소리 속에 간난이할아버지 턱 밑으로 디미는 얼굴이
있어,
　"아즈반이웨다레,
하는 것은 동장네 절가였다.
　그러자 저편 어둠속에서 궁금한 듯 큰동장의,
　"어떻게들 됐노?"
하는 소리가 들려왔다.
　"파투웨다."
　절가의 말에 크고작은 동장이 한꺼번에 지르는 목소리로,
　"파투라니?"
하는 소리에 이어 큰동장의 이리로 걸어오는 목소리로,
　"틈새를 낸 놈이 누구야?"
하는 결난 소리가 들려왔다.
　간난이할아버지는 옆의 자기 집으로 들어갔다.
　좀 뒤에 역시 큰동장의 결난 목소리로,
　"늙은것은 뒈데야 해, 뒈데야 해,"
하는 소리가 집안까지 들려왔다.
　이런 일이 있은 지 한 달쯤 뒤, 가을도 다 끝나고 이제 곧 겨울
나무 준비로 바쁜 어느날, 간난이할아버지는 서산 너머의 옛날부터
험한 곳이라고 해서 좀처럼 나무꾼들이 드나들지 않는, 따라서 거
기만 가면 쉽게 나무 한짐을 해올 수 있는 여웃골로 나무를 하러

152

갔다. 손쉽게 나무 한짐을 해가지고 돌아오는 길에, 무심코 길 한옆에 눈을 준 간난이할아버지는 거기 웬 짐승의 새끼가 뭉쳐있는 걸 보았다. 이게 범의 새끼나 아닌가 하고 놀라 자세히 보니, 그것은 다른 것 아닌 잠든 강아지들이었다. 그리고 저만큼에 바로 신둥이 개가 이쪽을 지키고 서 있는 것이었다. 앙상하니 뼈만 남아가지고.

간난이할아버지가 강아지께로 가까이 갔다. 다섯 마린가 되는 강아지는 벌써 한 스무날은 넉넉히 됐을 성싶었다. 그러자 간난이할아버지는 다시 한번 속으로 놀라고 말았다. 잠이 들어있는 다섯 마리 강아지 속에는 틀림없는 누렁이가, 검둥이가, 바둑이가, 섞여있는 게 아닌가. 그러나 다음 순간, 이건 놀랄 일이 아니라 응당 그럴 일이라고, 그 일견 험상궂어 뵈는 반백의 턱석부리 속에 저절로 미소가 지어지는 것이었다. 좀만에 그곳을 떠나는 간난이할아버지는 오늘 예서 본 일은 아무한테나, 집안사람한테도 이야기 말리라 마음먹었다.

이것은 내 중학 이삼년 시절 여름방학 때 내 외가가 있는 목넘이마을에 가서 들은 이야기로, 그때 간난이할아버지와 김선달과 차손이아버지가 서산 앞 우물가 능수버들 아래에 일손을 쉬며 와 앉아 이런 이야기 저런 이야기 끝에 한 이야기다. 간난이할아버지가 주가 되어 이야기를 해나가는 도중 벌써 수삼년 전 일이라 이야기의 앞뒤가 바뀐다든가 착오가 있으면 서로 바로잡고, 빠지는 대목은 서로 보태가며 하는 것이었다.

간난이할아버지는 여웃골에서 강아지를 본 뒤부터는 한층 조심해서 누가 눈치채지 못하게 나무하러 가서는 이 강아지들을 보는 게 한 재미였다. 사람이 먹기에도 부족한 보리범벅이었으나, 그 부스러기를 집안사람 몰래 가져다주기도 했다. 아주 강아지가 밥을 먹게쯤 됐을 때 간난이할아버지는 집안사람들보고 아무곳 아무개한테서 얻어오는 것이라 하며 강아지 한 마리를 안고 내려왔다. 한동네 곱단이네도 어디서 얻어준다고 하고 한 마리 안아다 주었다. 그리고 여웃골에서 그냥 갈 수 있는 절골 사는 아무개네도 한 마리, 서젯골 사는 아무개네도 한 마리, 이렇게 한 마리씩 다섯 마리를 다 안아다 주었다.

이런 이야기 끝에, 간난이할아버지는 지금 자기네 집에 기르는 개가 그 신둥이의 증손녀라는 말과 원체 종자가 좋아서 지금 목넘이마을에서 기르는 개란 개는 거의 다 이 신둥이의 증손이 아니면 고손이라고 했다. 크고작은 동장네 두 집에서까지도 요새 자기네 개가 낳은 신둥이개의 고손자를 얻어갔다는 말도 했다. 이런 말을 하는 간난이할아버지는 이제는 아주 흰서릿발이 된 텁석부리 속에서 미소를 띠우는 것이었다.

내가, 그 신둥이개는 그뒤에 어떻게 됐느냐고 물었더니 간난이할아버지는 금세 미소를 거두며, 그해 첫겨울 어느 사냥꾼의 총에 맞아 죽었다는 소문이 있었는데 사실 그후로는 통 보지를 못했다는 것이었다. 나는 공연한 것을 물어보았구나 했다.

1947 삼월

곡예사

곡예사/차 례

솔메마을에 생긴 일

참으로 어처구니없는 일로 송서방과 **최서방**은 의를 상하였다.

이 솔메마을에서 그렇듯 의좋기로 유명하던 송서방과 **최서방**의 사이가 아니었더냐. 키다리 송서방의 그 껍껍하고도 왈왈스러운 성미와 땅딸보 최서방의 그 깐깐하고도 고집스러운 성미가 용하게도 어떤 융합을 보아온 것이었다.

사십줄에 들어서서도 술좌석같은 데서 한편이,

"요 세상 너른 줄만 알구 하늘 높은 줄을 모르는 꼭 내 무엇 키만두 못한 눔아, 왜 술은 들잖구 안주만 쳐먹는 거야?"

할라치면 한편은 또 으레,

"에, 이 똥지른 막대같이 키만 커먹은 눔아, 그래 **그만큼 술 쳐먹**었으믄 썩 물러날 게지, 꼭 무슨 맛을 본 홀애비마냥 그냥 술이야?"

하고 대꾸하는 것이었는데, 그것은 서로 아무 앙심없는 그대로 즐거운 악다구니였다. 술도 **누가** 더하고 못하고가 없었다.

개구쟁이 어린 시절 개울가 모래밭에서 씨름을 할 때만도 그랬다. 서로 맞붙어가지고는 한편이 상대편을 넘어뜨리고, 상대편이 이편을 넘어뜨린다. 어려서부터 키가 컸던 송서방은 키작은 최서방의 뒷덜미를 오른손으로 획 둘러팽개쳐서 나가떨어지게 하기를 잘하고, 최서방은 최서방대로 자기보다 긴 송서방의 허리에 찰딱 달라붙어 야무지게 딴죽을 걸어 넘어뜨리는 게 재주였다. 이렇게 서로 넘어뜨리고 넘어지기를 수없이 되풀이한다. 나중엔 그러지 않아도 미끄러운 그 구릿빛 피부들이 땀으로 해서 손을 붙일 수 없이 된다. 입으로들은 단김을 내뿜는다. 여름날 대낮에 큰 고역들이다. 그러면서도 그냥 계속이다. 상대편한테 넘어진 게 분해서만 그러는 게 아니었다. 그저 그렇게 서로 넘어뜨리고 넘어지는 게 재미인 것이다. 그러다가 두 편이 다 거진하여 누가 지고 이긴다는 구별조차 지을 수 없게 나가쓰러지는 것으로야 끝이 난다. 곧 물속으로 뛰어들 기운도 없다. 하늘에는 흰 솜구름이 머흘거린다. 그것도 바라볼 기운이 없다. 스르르 눈을 감아버린다. 그런데도 온몸은 그대로 흡족스러웠다.

이런 일도 있었다. 둘이 다 성인이 되어 아들딸 낳고 살게 된 뒤의 일이었다. 어느날 함께 함박골로 나무를 가, 모두 통나무 한 지게씩을 가뜩 해 지고 돌아오는 길에서였다. 별안간 산림감독의 고함소리가 들려왔다. 그렇지만 둘이는 졌던 짐을 벗어버리는 법은 없었다. 그냥 달렸다. 산허리를 돌다 그만 앞장섰던 송서방이 바위 위에 덮인 이끼를 잘못 밟아 미끄러지고 말았다. 아차 하는 새에 송서방의 큰 몸뚱이는 지게와 함께 서너길 잘 되는 낭떠러지 밑으로 굴러떨어졌다. 뒤에서 오던 최서방이 재빨리 짐을 부려 던져버린 후, 빈 지겟바람으로 낭떠러지를 기어내려갔다. 피투성이가 되어 송서방은 인사불성이 돼있었다. 지게에다 얹었다. 그리고는 산림감독에게 붙들리지 않도록 오솔길만 골라 달렸다. 그러는 그의 손에는 그대로 송서방의 상한 지게가 들려져있었다. 농군에게 있어서는 그게 여하한 것이건 자기네가 쓰는 물건이면 손발처럼 소중히 여기는 것이다.

송서방네 집과 최서방네 집은 서로 옆집이었다. 그러면서도 두 집 사이에는 꽤 새가 떠있었다. 3자형을 이룬 소나무숲을 따라 가로 벌려앉은 솔메마을 집들. 그게 송서방네 집과 최서방네 집 사이에 와서는 적잖은 바윗돌들이 불룩거려 그를 피해 짓느라고 자연 집 새가 뜨게 됐다. 그렇건만 두 집에서는 피차 가까운 이웃을 제쳐놓고 서로 연장을 빌어가고 빌어오고 했다. 농사일을 한창 바쁠 때도 다른 누구네보다 먼저들 품앗이를 주고받았다. 키가 큰 사람이거나 작은 사람이거나 일에 들어서서는 도시 차이가 없는 모두 일등 농군들이었다. 안에서들도 그랬다. 무어 색다른 음식을 하면 먼저 들고다녔다. 더우기 두 집에는 장발한 아들이 하나씩 있어 이들 또한 무슨 일에겐 한 짝패가 되었다.

이런 송서방과 최서방 사이가 실로 어이없는 일로 의를 상해버린 것이다.

바로 작년 팔월추석을 갓 지난 어떤 날이었다.

전에없이 송서방이 배탈로 자리에 눕게 되었다. 이질 기운을 한 것이었다. 뒷간 출입이 잦았다.

뒷간에 가 앉아있을 적마다 개 한 마리가 밑으로 들어와 성화를 먹였다. 보니, 최서방네 검둥이다. 소리를 지르고 손짓을 해 쫓아도 잠시 피해 달아나는 듯하다가는 또 밑으로 기어들었다. 보통때 같으면 그렇지 않았겠지만 몸이 아픈 때라 짜증이 났다.

그예 화가 치밀어 고의춤을 움켜쥔 채 쫓아나오며 돌멩이를 주워 갈겨버리고 말았다. 개는 죽는 소리를 지르며 일어나지도 못했다.

이날 최서방은 베어들인 벼를 널어 말리고 있었다. 미리 자기네 닭들은 가두어두었는데 웬 닭들이 몰려와 야단이었다. 송서방네 닭들이다. 쫓아도 그냥 달려들었다. 할수없이 닭들을 멀리 쫓을 양으로, 거기 막대를 주워들고 닭들을 쫓아가고 있었다.

마침 최서방이 송서방네 뒷간까지 이르렀을 그때가 바로 송서방이 뒷간으로부터 고의춤을 움켜쥔 채 쫓아나오며 돌멩이로 최서방네 개를 갈겨버린 순간이었다. 두 사람은 불과 몇 발자국 안 되는 사이에서 마주치게 되었다. 서로 약간 열적었다. 주인이나 몰래 남의 개를 호되게 때리고, 남의 닭을 사납게 쫓는 것만 같았으니.

그래 송서방은, 돌멩이를 던져 쫓는다는 게 면바루 들어맞았나보군, 한다는 게 생각과는 달리,
"망할눔의 개새끼 당장 죽여버렸으믄,"
하는 말이 돼 나오고 말았다.

최서방은 최서방대로, 닭이 하두 성화를 먹여서 좀 멀리 쫓아버리려구, 하는 정도의 말을 하려던 것이 그만,
"다릿정갱이가 성해있지 못할랴믄야,"

하고 말았다.

"요 세상에 무엇만두 못한 것이……"

"에, 이 똥지른 막대가……"

송서방이 후닥닥 다가오며 최서방의 목덜미를 잡아 둘러쳤다. 그러나 최서방은 송서방의 겨드랑 밑으로 핑 몸을 비틀고 돌아가는 듯하더니, 어느새 송서방의 옆구리를 한 손으로 밀어팽개치는 것이다. 송서방편에서 도리어 모로 비틀거리며 몸을 바로잡느라 두 손을 연신 허우적거려야만 했다. 넘어지지는 않았다. 그러나 두 손을 허우적대느라 여태 움켜쥐고 있던 고의춤을 놓쳐버렸다. 그바람에 바지가 흘러내려 배꼽 밑까지 드러나고 말았다. 하나의 우스꽝스러운 장면이었다. 두 사람도 픽 웃어버렸다.

이 일은 이것으로 흘려버렸을 것이었다. 그랬는데 이런 광경을 마침 그 앞을 지나던 살구나뭇집할멈이 본 것이 탈이었다. 이 살구나뭇집할멈은 변덕쟁이로 동네에서 조명난 늙은이였다. 할말, 못할 말, 있는말, 없는말을 이집저집 품놓아가며 하고 돌아다니는 할멈이다.

이 할멈이 이 광경을 봤으니 무사할 리 없었다. 그날로 동네방네 돌아다니며 송서방과 최서방이 서로 매질을 하며 큰 싸움을 했다는 등, 두 사람이 겉으로는 친한 체했지만 속으로는 벌써부터 틀려있었다는 등, 싸움 끝에 송서방은 바지까지 찢겨져 아래가 다 드러났는데 그 아래의 것이 자기 말마따나 최서방의 키만큼이나 크더라는 등, 별의별 소리를 다 지껄여댔다.

자연 송서방이나 최서방더러 싸움에 대해 묻는 사람이 있게 됐다. 사람의 생각이란 이상한 것이어서 처음에 두 사람은 그일은 그저 그것으로 흘려버리고 말았던 것인데, 주위에서들 큰 싸움이나 한 것처럼 여기게 되자 사실 자기네는 대단한 싸움을 한 게 아닌가 하는 생각이 들게끔 됐다. 고 무엇 키만두 못한 것이 그래 즈집 개를 한번 때렸으믄 때렸지 글쎄 내게다 시비를 걸어야 옳단 말인가, 어디 밴댕이 소갈딱지만두 못한 눔같으니라구. 아니 그 똥지른 막대가 감히 내게다 손찌검을 해? 천하 배먹지 못한 눔같으니라구. 이렇게 송서방과 최서방은 실로 어처구니없는 일로 의를 상하고 만 것이다. 그리고 두 사람은 자기네의 이 감정 사이에 긴 얇은 한꺼풀의 막을 터뜨려버릴 기회를 얻지 못한 채 그해 가을을 지내고 겨울을 보냈다.

그동안에도 품앗이만은 서로 주고받고 했다. 그것만은 일해준 만큼 일로 해받으면 그만이었으니까. 그리고 동네쳐놓고 서로가 나무랄 데 없는 농군이라는 걸 피차 잘 알고 있었으니까. 그러나 품을 주고받고 할 때도 전과는 달랐다. 전같으면 당사자끼리 직접 찾아가고 찾아와서 말을 건넬 것인데, 그저 집에 앉아 내일은 품을 얻어야 할 텐데 하고 걱정을 하면 안사람끼리 오고가고 하여 품을 정하는 것이었다. 안사람끼리는 예나 다름없었다. 물론 두 집 아들의 사이도 한결같았다.

이른 봄철이 되었다. 조금만 응달진 곳에는 아직 두꺼운 얼음이 박혀있는 이른 봄철. 개구리가 입을 뗄 때도 멀었다. 그런데 농가에서는 벌써 금년 농사 준비가 시작돼있었다.

그날 송서방은 두엄을 쳐내고, 최서방은 재를 실어내고 있었다. 최서방이 뜰에서 얼핏 보니 이리로 한 놈은 쫓기고 한 놈은 쫓아오고 하는데 닭싸움이다. 그리고 그것은 다른 누구네 닭도 아닌 바로 송서방네 닭이다. 지금 자기네 닭이 쫓기고 있다. 이런 때 누구나가 그렇듯이 마음이 언짢았다. 송서방과의 사이가 그래 있었으니만큼 더했는자도 모른다.

닭들은 싸움이 시작된 지 이미 한참이나 된 듯, 두 놈이 모두 벼슬이랑 목이 피투성이가 되어 쫓기는 놈이나 쫓아오는 놈이나 주둥이를 벌리고 할딱인다. 바위 틈을 지나 두 놈이 최서방 가까이로 오자 뒤쫓아오던 송서방네 수탉이 머뭇 속력을 줄인다. 그러자 쫓기던 최서방네 수탉이 돌아선다. 그러자 최서방네 수탉이 미처 달겨들 새도 없이 송서방네 수탉이 뺑소니를 친다. 그뒤를 이번에는 최서방네 수탉이 기가 나 쫓아간다.

저기서 두엄을 쳐내던 송서방이 허리를 펴며 이 광경을 본다. 그 눈치가 아까부터 닭 싸우는 것을 알고 있었던 것만 같다. 두 놈의 닭은 또 송서방 가까이까지 가더니만 다시 쫓기는 놈과 쫓아가던 놈의 위치가 바뀌어가지고 이리로 달려온다. 그것은 흔히 볼 수 있는 봄철 닭싸움의 한 형태인 것이다.

최서방은 닭들이 가까이 오기를 기다려 자기네 닭을 떼놓는다. 저기 송서방이 하던 일을 그냥 하는 듯이 보였으나, 실은 최서방이 자기네 닭을 어쩌지나 않나 하고 사뭇 경계하는 눈치다.

봄닭싸움은 이웃에 닭만 있으면 으레 한번은 있는 법이다. 지난 일년 동안 한쪽이 아무리 쫓기던 닭이라 해도 봄에 들어서면 한번은 겨뤄보는 것이다. 겨울 동안 거무칙칙했던 벼슬이 밑으로부터 진홍빛깔로 살아오르고, 근질근질 생기가 닭 몸 전체를 휘돌기 시작하면 어쩔수없는 모양이다. 게다가 또 고 얄미운 암닭들이 있지 않으냐. 이렇게 한번 봄닭싸움이 시작되면 여느때와 달라 그리 대번에 승패가 결정되지를 않는다. 며칠을 두고 싸운다. 이 싸움에 이긴 편이 앞으로 일년간 제왕노릇을 하는 것이다.

작년 일년 최서방네 수닭이 제왕노릇을 했다. 그리고 금년에 들어 새로 싸움이 시작된 것이다. 어느 편이 제왕이 될는지는 이제 두고 봐야 한다. 흔히 지난해의 제왕이 다음해에 와서 실락하는 수가 많으니까.

송서방과 최서방네 닭싸움은 다음날도 계속되었다. 송서방이 다당에서 옹구를 고치다가 이걸 봤다. 오늘은 두 놈이 한창 맞붙어 겨루고 있다.

무슨 생각을 했는지 송서방이 사면을 둘러보더니 닭 싸우는 데로 간다. 한창 결이 오른 닭들은 사람이 가도 달아날 염을 않는다. 거기서 송서방은 다시 한번 사면을 둘러보고는 슬쩍 앉아 닭 한 놈을 붙든다. 최서방네 수닭이었다. 송서방네 수닭은 좋아라 붙들린 닭을 마구 와 쪼아댄다.

그러다가 송서방은 무엇이 알려나 준 듯 고개를 든다. 저기 들에 나갔다 돌아오는 최서방의 모양이 눈에 띈다. 얼른 잡았던 닭을 놓아주고 도리어 자기네 닭을 훠이 하고 쫓는다. 그러나 최서방 쪽에서 이꼴을 못 보.았을 리 없다.

집으로 몰아가는 송서방의 등을 향해 최서방의 고함소리가 들려왔다.

“닭 잡아먹는 돼진 불알을 까놔야지.”

시골서는 닭 잘 잡아먹는 돼지의 불알을 까서 그런 버릇을 없애는 수가 있다.

최서방 아들 떡쇠는 아버지의 이 고함소리를 방안에 앉아 들었다. 아버지와 송서방 새의 일을 눈치채고 있는 그라 아버지가 누구를 두고 하는 말인지도 알 수 있었다. 절로 웃음이 나왔다. 그러면서 그는 공연히들 속으로는 그렇지 않으면서 쓸데없이 고집을 부려 저러신다고 생각한다. 그는 금년 열아홉살로 키가 아버지보다 머리 하나는 더 크다. 며칠 전 제이국민병 신체검사에도 갑을 맞았다. 그래 그는 오늘도 송서방네 아들 차돌이와 함께 산에 가 나무를 해다 놓고 혼자 생각을 하던 참이었다. 자기가 나간 뒤에는 모든 일을 차돌이네 아저씨와 상의해서 하시도록 아버지께 부탁드려야겠다는 것들을.

다음날도 닭들은 싸움을 계속했다.

푸드덕거리는 소리를 듣고 최서방이 밖으로 나왔다. 이날은 바로 최서방네 싸리울타리 밖에서 하는 것이다. 사면을 둘러봐도 보는 사람이라곤 아무도 없다. 얼른 송서방네 수탉을 붙잡아가지고 꼬리를 한 줌 뽑아냈다. 꼬리 없는 수탉이 싸움에 지게 마련인 것이다. 최서방은 뽑은 닭꼬리를 감춰가지고 들어가 아궁이 깊이 넣어버렸다.

그당장은 아니었지만 자기네 닭꼬리 뽑힌 것을 송서방이 못 발견할 리 없었다. 대번 누가 그랬다는 짐작도 갔다. 그는 저녁 연기 오르는 최서방네 집에 대고 고함을 질렀다.

“닭 무는 개는 귀를 잘라야지.”

시골서는 또 닭 잘 무는 개 버릇 가르치느라고 귀를 잘라내는 수가 있다.

차돌이는 아버지의 이 고함소리를 방안에 앉아 들었다. 그도 아버지가 누구를 두고 하는 말인지 다 안다. 절로 웃음이 나왔다. 그러면서 공연히들 쓸데없는 일에 고집들을 부려 저러신다고 생각했다. 나이는 떡쇠보다 하나 위인 스무살이나 이건 또 키가 아주 조그맣다. 그러나 다부지다. 그도 며칠 전 떡쇠와 함께 신체검사를 받았는데 떡쇠와 마찬가지로 갑종이다. 그래 그는 오늘도 자기네들이 나간 뒤에 집에서 나무 걱정은 당분간 안 하게끔 떡쇠와 함께 산에 갔다 와서는 혼자 생각하던 참이었다. 자기가 나간 뒤에는 무슨 일에나 떡쇠네 아저씨와 상의해서 하시도록 아버지께 부탁드려야겠다는 것들을.

　이른봄같지 않게 아주 따뜻한 날씨가 계속되었다.
　떡쇠와 차돌이는 그날도 산에 가있었다. 한창의 일손들이라 삽시간에 가랑잎 한 짐썩을 해놓고 쉬는 참이었다. 이렇게 둘이를 앉히고 바라보면 누가 보나 떡쇠를 서너 살 위로 볼 수밖에 없다. 키의 차이도 심하려니와 떡쇠의 생김생김이 떵거칠고 왁살스러워 더 그렇다.
　언제인가 송서방과 최서방이 서로 의를 상하기 전 어느 술좌석에서 한편이,
　"야, 떡쇠 그눔 키 무척 컸드라, 그렇게 크단 하늘 뚫을라…… 그래 이 꼬마야, 니눔이 으떻게 그런 아들을 낳는단 말인가, 그 아나? 내가 하나 몰래 만들어준 거?"
하는 것이었는데, 한편은 또 한편대로 지는 법 없이,
　"에, 이 똥지른 막대야, 누가 할 말을 누가 하는 거야, 차돌이 그눔 생김샐 뚝뚝히 봐, 누굴 닮았나? 내가 힘들여 하나 만들어준 거야, 사실인가 아닌가 느이 예펜네한테 물어보믄 알 거다,"
하는 대꾸였다. 물론 아무 흉허물없는 농담들이었다.
　둘이 다 외탁을 한 것인데, 그것은 얼핏 젊은날의 송서방과 최서방을 바꿔놓은 듯도 했다. 이런 젊은이 둘이 지금 들판을 내려다보고 있다. 무엇을 생각하는 것도 같고, 아무것도 생각지 않는 것도 같다. 들판은 아직 아지랑이는 피지 않는다. 그저 뽀오얀 운애가 끼었다.
　"떡쇠야, 니 증말 이쁜이가 좋데?"
　차돌이가 들판에 눈을 준 채 하는 말이다.
　떡쇠가 차돌이에게로 고개를 돌린다. 그러나 대답은 없다.
　"키달아, 니 바른대루 말해라. 증말 니 이쁜이가 좋데?"
　"에, 이 꼬마야, 똥같은 소리 작작하구 아가리 닫쳐."

166

이번에는 떡쇠가 들판 쪽을 향하고, 차돌이가 이리로 고개를 돌린다.

이쁜이라면 얼마 전에 이곳 주막에 새로 온 색시다. 장거리에서 왔다. 장거리에 있었던 만큼 몸매 다듬는 게 다르고, 얼굴도 이름처럼 예쁘장했다. 곧잘 송곳니를 드러내며 생글거렸다. 떡쇠와 차돌이는 어른들 눈을 기이어 이 주막에를 드나들었다. 이쁜이는 또 손님 다루는 법도 제법이어서 떡쇠만을 좋아하는 듯하는가 하면 차돌이만을 좋아하는 듯이도 보이곤 했다. 처음 얼마 동안은 제각기 자기만을 좋아하는 줄 여기고 다녔다. 그러나 그것이 이쁜이의 한 교태에 지나지않는다는 걸 요즘 둘이가 다 깨닫게 되었다. 그걸 새삼스레 차돌이가 들먹이는 것이다.

"이쁜이 고년 참 앙큼한 년이드라. 고년 말 그대루 믿다간 큰일난다."

떡쇠가 획 차돌이께로 고개를 돌려 마주바라보며,

"그냥 아가릴 찢어놀라."

"멋이 으째? 내 니눔 생각해서 하는 말인 걸 모르구."

"요 꼬마야, 니나 넘어가지 말어, 내 격정 말구. 난 그런 것 생각할 틈 없어."

차돌이가 홀 일어선다. 떡쇠도 따라 일어섰다. 일어서면서 떡쇠는 다가오는 차돌이의 목덜미를 잡았고, 차돌이는 떡쇠의 허리를 그러안았다. 그리고는 잠시 밀고 당기며 돌아가다가 한꺼번에 모로 뒹굴었다.

누가 위에 올라타고 누가 아래 깔리고가 없었다. 한참은 떡쇠가 한참은 차돌이가 위에 올라타고, 한참은 차돌이가 한참은 떡쇠가 밑에 깔렸다. 그것은 마치 위에 올라탄 편이 자기의 있는힘을 다 내리붓고 나면, 이번에는 밑에 깔렸던 편이 위에 올라가 자기의 있는힘을 도로 다 내리붓는 것만 같았다. 얼마를 그러다가 둘이 다 기진맥진하여서야 떨어졌다. 둘이는 약속이나 한 듯 그자리에 번듯 누워버린다.

하늘에는 봄을 재촉하는 새뽀오얀 안개가 끼었다. 눈을 뜰 기운도 없다. 스르르 눈을 감아버린다. 그것으로 흡족스러웠다. 그것은 흡사 지난날 송서방과 최서방이 냇가 모래밭에서 씨름을 하고 난 뒤와도 같았다.

떡쇠와 차돌이에게 소집영장이 나왔다.

며칠 후 괴나리봇짐 하나씩으로 두 젊은이는 떠났다. 소문을 들은 동네사람들이 모여들었다. 3자형으로 생긴 솔메마을 굽잇길을 따라 두 젊은이는 멀어져간다.

키 큰 떡쇠나 키 작은 차돌이나 다같이 걸음발이 가볍다. 서로 사이좋게 나란히 서 간다.

송서방과 최서방은 나란히들 멀어져가는 아들을 바라보며 문득 이런 착각까지 일으킨다. 송서방은 최서방네 아들 떡쇠가 자기요 자기네 아들 차돌이가 최서방으로, 최서방은 송서방네 아들 차돌이가 자기요 자기네 아들 떡쇠가 송서방으로. 그리고 지난날 나무하러 갔다 낭떠러지에 떨어진 송서방을 최서방이 구원해 온 것처럼 앞으로 어떤 어려운 일이 있으면 또 차돌이가 떡쇠를, 떡쇠가 차돌이를 구원해낼 것만 같은 생각도 드는 것이었다.

두 젊은이는 마지막 굽잇길을 돌아 아주 뵈지 않게 된다. 모였던 동네사람들도 이미 하나 둘 흩어져 다 가버렸다. 이제는 송서방과 최서방네 가족만이 남게 되었다.

두 사람은 마음속으로들, 자기네 아들이 떠나기 전에 조용히, 제가 간 뒤에는 모든 일을 떡쇠네 아저씨와 상의해 하십시오, 제가 간 뒤에는 무슨 일이든 차돌이네 아저씨와 상의해서 하십시오, 하고 당부하던 말이 떠오른다.

그래 송서방이 먼저 최서방더러, 오늘 우리 막걸리나 한잔 나누잔다는 게 생각과는 달리 자기 집사람에게,

"멀 이렇게 등신같이 서있어, 어서 들어가잖구,"

해버렸다.

최서방도 같은 생각을 하고 있었으나 그만 자기 집사람에게,

"멀 보구 있어, 쫓아갈 텐가? 썩 들어가잖구,"

해버리고 말았다.

송서방이 앞장서 들어가며 자기네 수탉을 몰고 간다. 최서방도 앞

으로 닭들만이라도 서로 싸움을 시켜서는 안되겠다고, 자기네 수탉 몰고 들어가 바구니 속에 잡아가두었다.

그날밤이었다.

밤중에 닭의 비명과 함께 푸덕거리는 소리가 나 최서방은 뛰쳐나 간다. 나가면서 생각하니, 낮에 바구니 속에 가두었던 수탉을 깜빡 잊고 닭장에 옮겨넣지를 못했다.

보름 가까운 달빛 속에 바구니가 막 요동을 한다. 닭을 잡아먹으 러 들어간 놈이 아직 바구니 속에 들어있음이 분명했다. 아마 들어 갈 제는 어느 틈을 비집고 들어갔으나, 들어가 요동하는 통에 바구 니 아가리에 덮어놓은 널판자와 돌멩이가 움직여 틈새를 꼭 막아버 린 모양이다.

최서방은 부대자루부터 찾아왔다. 그걸로 바구니를 씌우고 널판자 뚜껑을 방싯 하기가 무섭게 홀딱 부대자루로 뛰어드는 것이 있다. 삵괭이였다. 부대 주둥이를 꽉 오무려 쥐었다. 그리고 바구니 속 닭 을 꺼내 보니 이미 죽어있었다.

누가 울타리 너머로 넌지시 넘겨다보는 사람이 있다. 송서방이었 다. 마을갔다 돌아오는 길에 최서방네 뜰안 기색이 달라 이렇게 넘 겨다보는 것이다. 그런 송서방의 얼굴이 달빛 속에 웃음을 머금고 있다. 최서방은 슬며시 몸을 돌리고 말았다.

송서방은 자기 집 쪽으로 천천히 걸음을 옮긴다. 사람눔이 고렇 게 마음을 쓰다간 으레 그렇게 되는 법이지. 그래 닭만 그렇게 되 리! ……그러다 그는 혼자 흠칫 놀란다. 가슴이 두근거려진다. 닭 만 그렇게 안 되고 그럼? …… 송서방은 가슴이 떨려옴을 느낀다. 그 는 자기 집 가까이까지 다 왔던 걸음을 돌이킨다. 아무래도 누구에 게 사과를 해야만 할 심정이었다.

최서방은 뜰에서 무엇인가 댓돌에 내리메치고 있다. 삵괭이가 든 부대자루였다. 최서방은 지금 꽤는 격분한 사람처럼 이리 메치고 저 리 메치고 하는 것이다. 그러자 송서방은 저도모르는 새 이 최서방 의 격분이 그대로 자기에게도 전해져옴을 느낀다.

송서방은 최서방 옆으로 가 그 자루를 자기에게 좀 건네라는 손 짓을 한다. 최서방은 알은 체 않는다. 다시 손짓한다. 그냥 모른 체

한다. 송서방은 버럭,

"요 무엇만두 못한 것아, 이리 내 ! "

하고는 최서방의 손에서 부대자루를 나꿔챈다.

　최서방은 또 최서방대로 송서방에게 부대자루를 내맡기고 탯돌에서 물러나면서,

"이 똥지른 막대가 쾌니……"

1951 이월

목 숨

　도시 어찌된 셈인지를 모르겠다.

　날은 밝은 모양이었다. 굴 밖이 훤하다.

　옆을 보니 어둑한 굴 안에서 한편 귀언저리께를 바깥 희미한 광선에 윤곽지우며 그냥 잠에 곯아떨어진 사내가 있다. 그것만은 어젯밤 자기가 이 굴을 더듬어 기어들어왔을 때, 자기보다 먼저 들어와있던 사내인 걸 알겠다.

　어떻게 예까지 올 수 있었는지, 강서방은 아무리 생각해도 모르겠다. 그저 지금도 똑똑한 건 처음 얼마 동안의 일이다. ……

　일몰. 출동 명령. 난데없는 비행기소리. 기계적으로 땅바닥에 엎드리기도 전에 와 떨어지는 기총탄의 작렬하는 소리. 뒤이어 여기저기서 인간이 죽음으로 들어서며 악쓰는 비명소리와 신음소리. 비행기는 좀처럼 물러가지 않는다. 바느질 누비듯이 누벼오고 누벼간다. 몇 대나 되는지 모르겠다. 혹은 한 대가 이러는지도 모른다. 그 언제 어디서 나타나는지 모르게 날아오는 제비비행기인 것만은 틀림없는 것같은데. 고개를 들지도 못한다. 그러면서도 비행기가 내려왔다 올라가는 틈을 타 어디 조그만큼이라도 안전한 곳을 찾아 움직인다. 그건 전혀 본능적인 데서 오는 행동이었다. 주위가 아주 어두워졌다. 그제야 비행기 소리가 뜸해진다. 살며시 고개를 든다. 옆에서도 누가 자기처럼 엎드려있다가 고개를 드는 눈치였다. 언뜻 그 그림자가 일어선다. 반사적으로 자기도 일어선다. 다시 비행기

소리가 들려온다고 생각하는 순간, 어떤 귀를 째는 금속성의 폭음
과 함께 세찬 바람이 머리 위로 지나간 걸로 느낀다. 그러자 무엇
이 턱 자기 어깨에 와 덮치는 게 있다. 얼김에도 그것이 자기 옆의
사내라는 걸 깨닫는다. 와락 밀어젖힌다. 떨어지지 않는다. 한쪽 어
깨가 무엇에 걸린 느낌이다. 이빨이 와 물었다. 이 이빨이 점점 더
세게 문다. 이미 신체의 다른 부분은 죽고, 이 이빨만이 살아남았
다는 듯이. 저도모를 힘에 냅다 밀어팽개치고는 어디랄없이 내달렸
다. 그러면서도 될수록 허리를 나직이 굽힐 것을 잊지 않는다. 물
렁거리는 시체가 밟히기도 했다. 돌부리에 채여 쓰러지기도 한두 번
이 아니었다. 그리고는 어디로 어떻게 해서 이 굴을 찾아들어왔는
지 모른다. 발이 빠지는 곳이 있어, 손으로 더듬으니 굴이었다. 이
런 곳이면 자기에게 익숙했다. 굴속에는 먼저 든 사내가 있었다. 혼
자인 것보다 마음이 놓인다. 서로 별반 이야기도 없었다. 그저 피
차의 숨소리만으로도 요행 우리는 죽음을 면했다는 안도감이 전해
지는 듯했다. 그리고는 벅찼던 긴장이 풀리는 데서 오는 피로감이
쉽게 그를 잠으로 이끌어들어가고 말았다. ……
  굴 안의 사내는 아직 잠을 깨지 않는다. 강서방은 한번 밖을 살
필 양으로 몸을 우무적거려 본다. 그렇지 않아도 동상으로 해 저리
던 다리가 도무지 제몸 같지가 않다. 하긴 이건 오늘 비로소 맛보
는 건 아니다. 매일같이 당하는 일이다. 여지껏은 낮에 자고 깨어
나서 맛보던 것을 오늘은 그래도 밤잠을 자고 이러는 게 다를 뿐이
었다.
  조심히 고개만을 내밀고 보는 눈에 밖은 아침이 아니라 중낮이다.
그런데 눈이 자라는 한 바라봐도 아주 낯선 곳이다. 단지 자기네가
들어있는 이 굴이 어느 꽤 높은 산 중턱쯤 잔솔밭 한가운데에 위치
해있다는 게 짐작될 따름이다. 낮이니 언제나처럼 자기네편은 어디
다 몸을 숨기고 있는 것이리라.
  도로 굴속으로 기어들어와 되도록 몸을 편하게 구부린 후 눈을
감는다. 오싹 춥다. 그러나 잇달아 잘 수 있는 것만 다행이다.

  누가 흔들어 깨우는 바람에 눈을 뜬다.

172

──동무, 아무래두 이상한데요.

──머이?

강서방은 어둑신한 속에서 아직 잠이 덜 깬 눈을 크게 떠 상대편을 바라본다. 사내가 굴 입구를 등지고 이리로 향해있기 때문에 사내의 얼굴은 코와 입도 구별 안 된다.

──부대에서 떨어딘 것만 같쉐다.

──날이 어두워야 알디.

──저낙때가 다 됐는데요 머. 굴 밖에 나가 살페봐두 통 낯선 곳이야요.

──난두 아까 내다봤소.

──그래두 이마때쯤 되믄 널락이 있어야 하디 않갔소. 한번 밖에 나가 봐요.

사내가 먼저 굴 입구 쪽으로 몸을 돌린다. 강서방도 뒤따라 기어나가 굴 밖으로 고개를 내민다. 어느새 밖은 늦저녁 그늘이 내리덮이고 있었다.

사내가 이것 보라는 듯 강서방편을 돌아본다. 강서방도 사실이라고 사내편을 마주본다. 그러면서 강서방은 적이 놀라는 기미다. 자기 중대에서 보지 못하던 이 사내가 어쩌면 이렇게 어릴까. 찬바람에 그을려 검고 푸릿푸릿하게 된 얼굴 밑에 감추인 이 소년의 나이는 고작해야 열다섯으로밖에 더 안 보였다.

강서방은 저도모르게 두손으로 제 얼굴을 뺨에서부터 턱 밑으로 쓸어내린다. 언제 깎아보았는지 모르리만큼 길대로 긴 수염이 거칠게 만져진다. 그는 마흔 고개를 넘은 지도 이미 이태가 된다.

강서방은 막연하나마 이 어린 소년 앞에서 제가 주도성을 가져야한다는 의식에서,

──이제 어두우믄 무슨 소식이 있을 테디.

그러나 소년의 눈은 좀처럼 그게 믿어지지 않는다는 빛이었다.

도로들 들어와 자리잡았다.

──동무 멫살이디?

──열네살이야요.

──고향은?

──강동이야요.

묻지 않아도 자기와 같은 농사꾼이다.

──군대엔 언제 들어왔노?

──요번에, 디난 섣달에요.

그러면 자기와 전후해서다.

──집엔 누가 있나?

──형님 둘 있든 건 디나간 칠월달에 끌려나가구……

여기서 소년은 자기가 한, 끌려나갔다는 말에 생각이 미친 듯 얼른,

──아니, 군대루 들어가구, 밑으루 다섯살된 뉘애가 하나 있이요. 그리구 아바진 재작년 가을에 돌아가시구, 앞 잘 못 보는 오마니 한 분이 있이요.

자기에게는 아내와 그리고 금년 열두살짜리, 아홉살짜리 아들 둘이 있다.

──나는 양덕 산다.

그리고 그는 소년에게 우리집에도 너보다 조금 어린 아들놈이 있다는 말을 하려다 그만둔다. 그러다가는 또 해서 소용없는 집 생각으로 마음이 언짢아지겠으므로.

──무엇을 좀 먹어야디.

먹는다는 데로 생각을 돌리니, 짜장 배가 이만저만하게 고픈 게 아니다. 굶는 데만은 단련해온 그였으나.

자루 속에서 따로 싸둔 콩가루 주머니를 꺼내어 손끝으로 집어 입에 넣는다. 입안에 탁 달라붙는다. 침을 모아 묻혀서 넘긴다. 입안의 것을 죄다 넘긴 다음에야 다시 집어넣는다. 같은 일을 몇번 되풀이한다. 먹는 것같을 리가 없다. 그러나 이거나마 그만해둬야 한다. 앞으로의 배고픔을 위해서.

소년은 소년대로 생쌀 씹던 것을 그만둔다.

그들은 목이 말랐다. 이것도 참아야만 했다.

굴속의 밤은 빨랐다. 밖은 아직 훤한 기운이 남았는데 깜깜이다. 그러나 상기 밖에 나서기는 이르다. 이맘때가 제일 비행기가 무서울 때다.

아주 밖까지 캄캄하게 어두운 뒤에야 둘이는 굴을 빠져나왔다. 아무리 살펴보아도 자기네 외에는 인기척이라곤 없다. 큰일이다. 점점 범위를 넓힌다. 그래도 사람의 그림자 하나 얼씬거리지 않는다.

둘이는 어제 자기네가 집결했던 장소로 짐작되는 방향으로 가느라고 가보았으나 그곳이라고 생각키는 데는 나타나지 않는다. 불안한 생각이 물밀 듯이 밀려왔다.

굉장히 오랜 시간을 이렇게 헤매다 결국은 헛걸음을 치고 돌아오는 수밖에 없었다. 굴은 과히 힘들이지 않고 찾아냈다. 무슨 일이 있어도 이 굴만은 잃지 않게끔 방향을 정해두었던 것이다.

굴속에 들어 피곤한 몸을 던지니 그래도 편안했다. 그러면서 강서방은 이상한 느낌을 맛본다. 지금껏 자기네가 찾던 것을 못 찾아 가슴 가득히 밀려들었던 불안감 그 한구석으로부터 어쩌면 자기네가 찾던 것을 못 찾음으로 해서 오히려 자기네는 이렇게 살아있을 수 있다는 생각이 뾰족이 머리를 드는 것이었다. 무서운 생각이었다. 그러나 이 무서운 생각이 불꽃을 달고 점점 크게 타오름을 그는 어찌할 수 없었다.

다음날은 낮에도 굴을 빠져나와 조심히 가까운 주위를 돌아보았다. 역시 허사였다.

그러다가 산모통이에서 몇개의 시체를 발견했다. 자기네의 군대들이었다. 그러나 그것들은 죽은 지가 퍼그나 오래인 듯 썩어있었다. 그가운데 몸뚱이는 어디로 가고 꽁꽁 감발을 한 다리가 하나 섞여있었다.

둘이는 굴로 돌아와 자루에서 콩가루와 생쌀을 꺼내 씹었다. 소년은 오늘로 생쌀마저 아주 떨어졌다.

목이 말랐다. 마르다못해 탔다. 어디 샘물같은 것이라도 없나? 이번에는 물을 찾아 좀 멀리까지 돌아보았다. 없다. 목이 더 탔다. 굴 속에 가만히 누워있는 편이 낫겠다.

저녁때가 가까워올수록 습기에 찬 냉기가 견딜 수 없게 몸에 스며들었다. 속이 비어 더할 것이었다. 이제는 잠도 오지 않았다. 전에없이 밤을 기다리는 게 어쩌나 지리하고 긴지.

밖이 어두워지기가 바쁘게 둘이는 굴을 나섰다.

그들은 걸었다. 물있는 곳이 나서지 않는다.

하긴 거기 물이 있다고 해도 어둠으로 해서 좀처럼 알 수 없을 것이었다. 그믐께였다. 그러나 그들은 걸었다.

그런데 이날 밤 그들이 물을 찾아 걸어가는 방향은 여태까지 부대가 움직이던 쪽과는 달랐다. 그러나 두 사람 중 누구도 지금 자기네가 걸어가는 방향에 대해 아무말도 없었다. 미리 자기네가 갈 곳을 의논이나 해두었던 것처럼. 그저 아까 낮에 해 움직임을 보고 이쪽이 남이고 저쪽이 북이지? 하고 한마디 하였을 뿐인데. 그때 소년의 까만 눈이 유난히 빛났었다고 생각했다.

기를 쓰고 걸었다. 총같은 건 없었으니 짐이라곤 생쌀 한줌이 든 자루뿐이다. 그것도 강서방만.

처음엔 소년이 앞장서 걸었다. 그게 어느새 강서방이 앞서게 되었다. 그러다가 소년은 차차 뒤떨어지기 시작하더니 나중에는 무엇에 채이지도 않고 풀썩 주저앉곤 했다. 그러면서도 소년은 그만 걷자는 말을 입밖에 내지 않았다. 저도모르는 새 강서방은 소년의 팔을 끼고 있었다. 생쌀을 내어 나누어 씹었다.

한 걸음이라도 더, 한 걸음이라도 더…… 실낱같은 그믐달이 뜰 무렵 둘이는 어떤 소리에 발걸음을 멈추었다. 저게?

―물이다!

한꺼번에 부르짖었으나 누구의 입에서도 말이 제대로 돼 나오지는 않았다.

물은 불과 얼마 떨어지지 않은 골짜기에 있었다. 둘이는 미친 듯이 굴러내려가, 아무렇게나 마구 엎드려 마셨다. 돌 틈을 흘러내리는 물소리보다도 둘이의 물 넘기는 소리가 더 큰 듯했다. 코로 물이 들어 사레가 들렸다. 그러면서도 그냥 마셔댔다. 생전 이렇게 맛있는 것을 처음 먹어보는 심사들이었다.

한참만에 둑에 나와 누워버렸다. 이젠 정말 살 것같았다. 그런데 몸을 꼼짝달싹하기가 싫었다. 머릿속이 핑핑 돌면서 차차 속이 아니꼬워왔다. 빈속에 물만 한배 들이켠 탓이리라.

옆에서 소년이 구역질을 하더니 종내 왹왹 게워버린다. 강서방은 자기만은 무슨 일이 있어도 도르지 않게끔 속을 앙군다. 세상에 다시없는 음식물이나 먹고 난 듯이.

소년이 물있는 데로 가 다시 물을 마신다. 그리고 둑에 나와 누웠는가 하자 또 토해버린다. 다시 물가로 내려간다. 강서방은 예까지만 기억하고 그만 정신을 잃어버리고 말았다.

벌거벗었다. 누가 벗겼는지, 자기 자신이 벗어버렸는지, 좌우간 벌거벗고 있었다. 이래서는 안되겠다. 옷을 찾아 입어야겠다. 그런데 옷이 없다. 아무데도 없다. ……

강서방은 퍼뜩 정신이 들었다. 햇볕이 눈부시게 온몸을 내리쬐고 있었다. 여기가 어디냐. 발 아래에 산골짝물이 있다. 아, 여기로구나. 자기네는 지금 어느 산밑 가까운 곳에 있는 것이다. 그리 멀지 않은 곳에서 개짖는 소리가 들려왔다. 여기가 어디쯤일까. 아무래도 아직 선을 넘진 못했을 텐데. 강서방은 속으로 뇌까리며 긴장한다.

저만큼에 소년은 나가쓰러져있었다. 기어가 흔든다. 좀처럼 눈을 뜨지 않는다. 검고 푸르죽죽한 얼굴에 도시 핏기라곤 없다. 여실 죽은 사람의 살갗이다. 이거 정말로 죽은 것은 아닐까. 손을 코로 가져간다. 숨결이 있기는 하다. 좀더 세게 흔든다.

그제야 소년은 간신히 눈을 뜬다. 아무 기운도 없는 시선이었다. 이런 눈을 소년은 곧 다시 감아버린다.

강서방은 할수없이 한 팔을 소년의 어깨 밑으로 넣어 일으켜가지고 한옆에 낀다. 보니, 산허리께에 큰 바위들이 몰려있는 게 눈에 뜨인다. 조금이라도 인가를 멀리해야 한다.

몇번이고 쉬고 또 쉬어 겨우 어느 한 바위 뒤에로 데리고 가 눕힌다. 자기도 눕는다. 얼마만에 소년이 자기를 부르는 듯해 고개를 돌린다.

—데거 무슨 소리디요?

강서방이 귀를 기울인다. 아무 소리도 들리지 않는다.

—또.

그러고보니 무슨 소리가 들리긴 한다.

—사람이야요, 죽어가는 사람이야요.

강서방은 소리나는 데를 더듬어 기어가 본다. 과연 불과 여남은 발자국 남짓한 왼쪽편에 한 사내가 쓰러져있다. 첫눈에도 자기편 군대가 분명했다. 그러나 그건 사람의 형상을 하고 있지 않았다. 흙말이가 되어 엉망인 주제에는 또 오른편 아랫배를 중심으로 피투성이가 돼있었다. 입안에서만 나오는 신음소리를 낸다. 그래도 이렇게 목숨만은 붙어있다는 걸 알리기라도 하듯이. 차라리 죽은 사람을 보는 것보다 소름이 끼쳐진다.

돌아선다. 그러다가 강서방은 무엇에 붙들리듯이 멈춰서고 만다. 쓰러진 사내의 신음소리에서 어떤 소리를 알아들은 것이다. 물!강서방은 사내편을 돌아본다. 잠잠하다. 다시 돌아선다. 그러는데 사내의 입에서 또 신음소리가 새어나온다. 물!

강서방은 저도모르게 가서 쓰러진 사내를 업는다. 정말 저도모를 일이었다. 같은 군대 사람이라는 데서 오는 의리감만에서는 아니었다.

물 있는 데까지 와서도 부축해서 물을 먹였다. 물도 별로 먹지 못한다. 둑에 내다 뉘었다. 영 눈을 뜨지 못한다. 송장 냄새를 피운다. 이 사내는 이제 곧 죽고 말리라.

강서방은 거기 드러누워 잠시 쉬어가기로 한다. 좀만에 눈을 떠 사내편을 본다. 신음소리 한번 없다. 그러나 아직 살아있다는 걸 안다. 좀만에 또 바라본다. 아직도 살아있다. 좀만에 또 본다. 이번에는 죽었다.

강서방은 사내한테로 간다. 그런데 사내가 좀 전과 달리 눈을 뜨고 있었다. 미심쩍어 흔들어본다. 아무 반응도 없다. 그는 그 손으로 사내가 메고 있는 주머니를 벗긴다. 급히 속을 뒤져본다. 콩가루와 생쌀 한줌이 있다. 콩가루를 입에 집어넣는다. 목이 메인다. 내려가 물을 마신다. 그리고는 뒤도 돌아보지 않고 산을 오른다. 오르면서 그는 좀전에 자기가 진작 산으로 올라오지 않고 거기서 쉰 것은 결국 사내가 죽기를 기다려 이 쌀주머니를 빼앗기 위함이 아니었던가 하는 생각이 든다. 등골을 한번 떤다. 그러나 손에 쥔 피 묻은 쌀주머닐랑 그냥 단단히 그러쥔다.

그새 소년은 아까보다 정신이 들어있었다. 자리도 양지바른 데로 옮겨 누웠다.

─어떻게 됐이요?

─죽있어.

강서방은 쌀주머니를 슬쩍 뒤로 감추어가지고 제자리로 가 눕는다. 참말 오래간만에 쬐는 따뜻한 볕이었다.

─아즈반(어느새 소년은 강서방을 이렇게 부르고 있었다), 사월 달에 들어섰디요?

─그럼.

─못자리두 다 냈갔네요.

─다 내구 말구.

─이쪽이 남이구, 데쪽이 북이디요?

강서방도 눈을 떠 맑게 개인 하늘 저편을 바라본다.

─아무래두 난 살아서 고향에 닿을 것같디 않아요.

강서방도 따라 그렇다는 생각을 한다. 그러나 다음 순간 그래서는 안된다고,

─괜한 소리…… 오늘저낙엔 또 걸읍세.

─이제는 한 발자국두 더 못 걷갔이요. 지금두 몸이 자꾸 얼어들어가는 것만 같애요. 이르케 햇볕이 따뜻한데두……

강서방은 가슴에 집히는 게 있어 상반신을 든다.

─앞 잘 못 보는 오마니, 뒷간에두 뉘애의 손을 잡구야 드나드는 오마니…… 이 우리 오마닐 어뜨카믄 둏습네까…… 전에 나는 이런 걸 생각해봤이요. 내 눈 하나를 어뜨케 오마닐 줄 수 없을까 하구…… 아니야요, 내 눈 둘 다 줘두 둏와요. ……

잠시 무엇을 억누르듯이 말을 끊었다가,

─아즈반, 아즈반만이라두 고향에 돌아가시믄 꼭 우리집엘 한번 찾아가 봐달라우요. 바루 강동읍에서 서쪽으루 한 이십리 떨어딘 오류동이란 동리야요. 게 가서 앞 잘 못 보는 이를 물으믄 곧 알 수 있을 거야요. 그래 만나거든 내가 죽디 않구 잘 있다구 던해달라우요. ……

소년이 한번 혹 느꼈는가 하자 이미 가득 괴었던 눈물이 주르르 흘러내린다.

　—이 멍텅구리야, 왜 그런 쓸데없는 소릴 해? 거 다 속이 허한 탓이다. 자, 이걸 먹구 마음을 안정해.

　강서방은 좀전에 들고 올라온 쌀주머니에서 콩가루 한줌을 쥐어 소년의 입에 댄다. 소년은 꼭 다문 입술을 실룩거리기만 한다.

　좀만에 소년은 그런대로 콩가루를 받아먹기 시작했으나 반 줌도 채 먹지 못하고 구역질을 연거푸 하더니 게워내기 시작했다. 방금 먹은 것이 다 나왔다. 그리고도 그냥 게웠다. 노란 액체가 얼마큼 나왔다. 금세 소년은 눈을 뒈쓰고 사지를 뻗었다. 금방 숨이 넘어가는 것만 같았다.

　강서방도 지금 소년은 죽는 것이거니 한다. 그리고 나도 이제 죽거니 한다. 그러나 강서방의 이런 생각 한가운데서 소리치는 게 있었다. 사람의 목숨이 이렇게 죽어서 된단 말이냐. 그건 무엇에 노한 부르짖음과도 같은 것이었다. 강서방의 거친 수염에 싸인 턱이 덜덜 떨린다.

　소년을 업었다. 그리고 산을 기어내리기 시작했다. 조금만 가파로운 데서도 굴렀다. 얼른 일어나지도 못했다. 이미 터져 피가 내뱄던 무릎에서는 새로 피가 흘렀다. 그러나 기어이 소년을 다시 업었다. 그러는 그의 가슴속으로부터 부르짖음 소리가 새어나왔다. 사람 살레라! 사람 살레라!

　물 있는 골짜기를 지났다. 이제는 무섭고 겁나는 게 없었다. 사람 살레라! 사람 살레라!

　강서방이 가는 방향에는 오늘 아침 개짖는 소리가 들려오던 인가가 있을 것이었다.

1951 사월

아 이 들

　　서울서 온 김형네 어린애 가운데 올해 다섯살잡이 사내애가 하나 있다. 문안에서만 살아온 애라 이번 부산 피난와서 처음 바다를 본다.

　　이 애가 언덕길에서 내려다보이는 바다를 보고, 저게 뭐냐고 하여, 아버지가 바다라고 했더니, 야 지붕 위에 바다가 있다아, 야 저기 산이 다 바다에 떠 있다아, 하고 매우 감탄스러워하더란다. 애 아버지되는 김형이 그때, 저 지붕 너머에는 바닷가가 있고, 거기에 바닷물이 있고 저기 뵈는 저것들이 바닷속에 솟아있는 섬이라는 말을 해도, 애놈은 좀처럼 자기의 느낌을 고치려는 눈치가 보이지 않더라는 것이다.

　　그러자 때마침 갈매기 한 마리가 물에 내려앉는 것을 보더니 애는 또, 야 저놈의 새가 옷 입은 채 미역을 감는다아, 해서 어른들을 웃겼다는 것이다. 아마 이때 이 애의 마음속에는 비오는 날은 말고라도 눈이 내리는 날같은 때 자꾸만 눈속을 나가 뛰놀고 싶은데 어버이들이 옷버리고 감기든다고 야단이어서 마음대로 못한 불만이 지금 갈매기가 제멋대로 물 위에 내리는 것을 보고 부러움으로 가득 찼을는지도 모를 일이었다.

　　부산진 사는 오형에게 올해 여섯살짜리 사내애가 하나 있다. 보매 얼굴이 둥글고 혈색이 좋은, 얼핏 보아 예닐곱살은 나 뵈는 건

강하고도 귀엽게 생긴 애다.

　이 애가 또 이만저만하게 재미있는 애가 아니다. 얼마 전에 집안 사람들의 아주 새 고무신을 내다 엿과 바꿔 먹은 애가 바로 이 애다. 이 애가 이번에 또하나 걸작을 연출했다.

　오형의 서재에는 오형이 동부전선에 종군했던 기념으로 얻어온 전리품 가운데 철모와 신호 권총 한 자루가 있었다. 하루는 이 애가 어른들 몰래 철모를 쓰고, 그 육중한 권총을 들고서 집 앞 경남 여중에 들어있는 부대로 갔다. 그리고는 거기 보초 앞으로 당당히 걸어가 권총을 들이대고, 손들어, 하고 고함을 쳤다. 아마 날마다 들어가 놀던 운동장에를 이 보초 때문에 들어갈 수 없음이 못마땅 했던 것이리라. 마침 보초섰던 미군이 또 그럴듯한 위인이었던 듯 싶어, 곧 메고 있던 총을 내려놓고 두 손을 번쩍 들었다는 것이다.

　불안에 허덕이고 먹고살기에 시달려 아침저녁 눈살만 찌푸리게 되는 어제오늘의 어른들의 세계 한옆에는 이렇듯 아직 사랑스러운 어린애들의 구김살없는 생활도 있기는 한 것이다.

1950 십이월

메리 크리스마스

　전차로 부산 시내를 떠나 서면까지 나왔을 때는 이미 세시가 가
까워있었다. 게서 대구행 트럭을 기다리다못해 우선 동래까지 간다
는 트럭에 올랐다. 나선 길이니 한 걸음이라도 대구 쪽으로 가 두
자는 것이었다.

　동래에서도 좀처럼 대구행 트럭은 붙잡을 수 없었다. 아마 오늘
은 시간이 늦어 그런가보다고 하는수없이 오늘밤은 예서 자고 내일
아침 일쩍이 나와보는 수밖에 없다고 단념하면서도 조금만 더 조금
만 더 하고 서있는데 마침 커버를 씌운 군용트럭 두 대가 지나가다
서기에 물어보니 서울까지 간다고 한다. 마침이라고, 사정을 말하
고 올라탔다.

　차 안은 자리가 넉넉했다. 속력도 대단했다. 그럭저럭 네시가 지
나 동래를 떠났건만, 해와 대면하며 울산을 지났다. 지붕 있는 차
라 추위도 덜했다. 그저 먼지만이 미처 빠지지 않고 차안에 자욱한
것이 안됐다. 수건으로 코와 입을 가렸다. 차안이 어두워지면서부
터는 눈마저 감기에 신경을 써야만 했다.

　경주를 지난다기에 눈을 뜨고 밖을 내다보니, 여기저기 전등불빛
도 엉성한 게 쓸쓸하기 한량없었다.

　누가 시계를 보면서, 이대로 가면 아홉시 안으로 대구에 가닿으리
라고 한다. 더우기 오늘 내일은 크리스마스 관계로 야간 통금 시간
도 열시로 연장됐으니 통금 시간 안에 집으로 들어갈 수 있겠다고들

좋아했다. 차에는 나 밖에도 대구서 내릴 사람이 서넛 되었다.

영천서 차가 멈추었다. 함께 오던 뒤차를 기다리는 것이라 한다. 이번 동란 이후 한때 치열한 전투가 벌어졌던 곳. 밤중이어서 어디가 어딘지는 분간할 수 없었다. 한길에 경비대가 피우는 장작불만이 유난히 곱게 어둠을 핥고 있었다.

오륙분 후에야 뒤차가 왔다. 운전수끼리 뭐라고들 하더니 여기서 저녁을 좀 먹고 가겠다고 한다. 점심도 못 먹고 떠났다는 것이다. 탔던 사람들도 운전수를 따라 길옆 주막으로 들어가 저녁요기들을 했다.

그렁저렁 사오십분은 족히 걸렸다. 그래도 대구까지 통행금지 시간 안으로 대일 수 있을 것이었다.

하양 와서 또 차가 멈추었다. 다시 운전대에서들 숙덕이더니, 이왕 대구 가서 머무를 바에는 잠자리를 구할는지 어떨는지 모를 데까지 가느니보다는 차라리 예서 잠시 눈을 붙이고 가자고 한다. 그대로 좇는 수밖에 없었다. 나와 다른 세 사람이 한패가 되어, 어느 작은 주막집을 찾아들어가, 이불 하나에 둘이는 바로, 둘이는 거꾸로 아랫도리만 들이밀고 자리에 누웠다.

출발은 새벽 네시로 되어있었다. 눈을 붙이는둥 마는둥 네시쯤들 일어나 트럭 세워둔 데로 갔다. 아주 냉랭한 꼭두새벽이었다.

단숨에 대구까지 달렸다. 정거장께라는 데에다 차를 세워 대구서 내릴 사람들이 내렸다. 아직 다섯시 전이었다.

내가 찾아가는 곳은 공평동이라는 데였다. 거기에 서울서 먼저 피난 내려보낸 아내와 애놈들이 와있는 것이다. 서울서의 약속은 부산서 만나기로 한 것인데 아내가 대구까지 와 본즉 모든 물가가 부산은 대구에 비겨 곱이나 된다는 바람에 생각한 끝에 예서 내렸다는 것이다. 이것을 나는 며칠 뒤에 기차로 부산까지 와서 그때 아내와 같은 트럭으로 내려온 둘쨋처남댁한테 전해 들었다.

초행길이라 정거장께서 같이 내린 일행에게 공평동이란 데를 물었으나 모두 모른다고 한다. 그러면서도 모두 저 갈 데만은 아는 듯, 뿔뿔이 아직 어두운 거리 모퉁이를 돌아 분주히 사라져버린다. 하는수없이 나는 역으로 가 역원이나 짐꾼에게 길을 물어보기로 했다.

역 쪽으로 들어서니 거기 어둑신한 전등불 밑, 역건물 담을 끼고 피난민들이 쭈욱 자리잡고 있는 것이 보였다. 이런 피난민의 진을 나는 부산진 역두에서도 수많이 보아온 것이었다. 한데서 드새는 거나 마찬가지인 이들의 잠자리를. 나 자신도 이런 피난민의 하나였다.

광장을 질러가려던 나는 주춤하고 걸음을 멈추었다. 그러는 나는 또 나도모르게, 야아 소리를 몸속으로부터 지르고 있었다.

무어 별난 것을 발견한 것은 아니었다. 단지 거기 광장 한가운데에 크리스마스트리가 꾸며져있는 것뿐이었다. 어제가 크리스마스이브요, 오늘이 크리스마스날이라는 걸 모르고 있었던 것도 아니었다. 그리고 여기의 크리스마스트리가 그처럼 찬란히 꾸며져있는 것도 아니었다. 그저 이 역전 광장 한가운데의 크리스마스트리를 발견하는 순간 나도모르게 야아 소리를 몸속으로부터 지르게 한 것은 너무나도 고요함 그것 때문이었는지 몰랐다.

이끌리듯이 그리로 가까이 걸어갔다. 그리고는 나무와 나무 밑에 소복이 덮여있는 솜눈이며 이 솜눈을 조용히 비춰주는 전등불빛을 바라다보는 내 심중에는 어느 황량한 벌판, 강추위로 땅은 얼고 바람이 휘몰아치는 벌판 한가운데 한 작은 촌락이 있어 소복이 눈은 덮이고 거기 잠든 듯 고요한 집집의 들창으로부터 새어나오는 말할 수없는 조용한 불빛…… 이런 정경이 떠오른 것이었다. 눈물겨웠다. 웬일인지 눈물겨웠다.

아마 금방 추위 속을 터덜터덜 흔들리며 온 탓인지도 몰랐다. 그보다는 서울서 부산까지 밤낮 닷새동안을 빈 가솔린 드럼통이 실린 화물차 지붕 꼭대기에 쪼그리고 앉아 비 섞인 눈을 맞아가면서 흔들리고 온 탓인지도 모른다. 그러고보니 이 흔들림이란 어제오늘에 비롯된 것이 아니고, 벌써 전에, 어쩌면 내 출생과 함께 있은 것인지도 모를 일이었다.

얼마 동안을 나는 그곳에 그러고 서있었는지 모른다. 그런데 별안간 나무 밑 뒤쪽에서 무엇이 움직이는 것같더니 거적대기를 들치고 부울쑥 검은 머리가 나타났다. 여인이었다. 땅바닥인 줄만 알고 있었는데 거적대기를 덮고 사람이 누워있었던 것이다. 필시 역 쪽에는 끼일 자리가 없어 여기에다 자리잡은 것이리라.

여인은 상반신을 채 바로 쳐들지도 않고 그냥 옆으로 기울이더니 귀를 땅으로 가져간다. 사뭇 조심성스럽게…… 이번에는 귀를 바꿔 기울인다. 오오, 그때에야 나는 모든 것을 알 수 있었다. 여인은 산모인 것이다. 그리고 옆에 뉘인 것이 바로 전에 그네가 낳았을 갓난애인 것이다. 사실 거기에는 해산 직후에 있을 법한 어떤 온기 낀 안개같은 기운이 아직 남아있는 듯도 했다.

여인은 좀만에 애의 숨결이라도 알아들은 듯 고개를 들더니 손을 내민다. 별나게 길어 뵈는 손이었다. 이 손으로 나무 밑에 펴놓은 솜눈을 긁어 모으는 것이다. 무엇을 하려는 것일까. 여인은 이렇게 손이 자라는 데까지의 것을 모으더니 애 뉘인 쪽 거적대기 속으로 그걸 밀어넣는다.

여인은 다음에는 거적대기를 빠져나와 좀더 먼 나무 밑의 솜눈을 긁어 모은다. 그러다가 여인은 생각난 듯이 나무 위에 얹힌 솜 눈을 집으러 허리를 펴며 이리로 고개를 돌리다 말고 깜짝 놀라는 눈치다. 못할 짓을 하다가 들킨 것처럼. 첫눈에도 갸름한 여인의 얼굴은 창백할대로 창백해져있었다. 얼핏 중년의 여인같기도 했지만 아주 젊은 여자같기도 했다.

갑자기 여인은 아랫도리부터 떨기 시작하더니 삽시간에 온몸을 와들와들 떤다. 양손에 모아 쥔 솜눈도 모로 비치는 전등불빛을 받아 젖빛같은 흰 빛깔을 드러낸 채 떨고 있었다.

그제야 나는 내가 왜 아직 여기 이러고 서있느냐 하는 생각이 들었다. 여기 서있다는 게 내 자신 무슨 잘못이나 저지르고 있는 것처럼 느껴졌다.

그곳을 떠나는 내 심중에는 이미 좀전의 그 고요함이 깃들어있지는 않았다. 그저 동트기 전의 냉랭한 추위만이 느껴질 뿐이었다. 그것은 여인이 자기 갓난애의 품에 넣어준 솜눈같은 것으로는 도저히 어쩌지 못할 추위였다.

나는 이 추위와 대항이라도 하듯이 중얼거렸다.

——메리 크리스마스!

1950 십이월

어둠속에 찍힌 판화

우선 이사가는 곳이 가까워서 다행이었다.

그만하면 방도 깨끗한 편이었다. 한간짜리 이 뜰아랫방이 먼젓번 호사댁 헛간보다도 작은 것이 좀 안됐다. 그러나 할수없는 일이다. 그리고 이 방에는 전등을 끌어들인 흔적이 없었다. 그것도 별수 없는 일이다. 헛간에서 살 때와 마찬가지로 해 있어 저녁을 해치우면 그만인 것이다.

가던 날로 우리는 어둡기 전에 저녁이라고 한술 끓여먹은 후 자리에 눕고 말았다.

아무리 잠을 청해도 잠이 오지 않는다. 밑으로 두 애는 벌써, 그리고 위로 두 애는 아까 낮에 못다 판 신문을 저녁 먹고 다시 안고 나가더니 좀전에야 돌아와 그들도 한구석에 구겨박혀 잠이 든 모양인데.

나는 어둠속에 눈을 떴다 감았다 하며 자꾸 무엇에 쫓기는 심사였다. 다른 것은 말고 요즘와서는 길거리에서 신문 파는 애들의 외치는 소리까지가 무서웠다. 저게 큰놈 동아가 아닌가, 저게 둘쨋놈 남아가 아닌가, 나도모르게 가슴이 철렁해지곤 하는 것이다. 그게 어두운 밤이면 더했다.

신발 끄는 소리가 미닫이 밖에 와 멎더니 안댁네가 그 나이에 비겨 퍽 애리애리한 목소리로, 주무시느냐고 한다. 바로 미닫이 안에 누웠던 아내도 잠들지 않고 있었던 듯 웃으며, 불도 없고 해서 일찍 누웠다고 하니 안댁네도 따라 웃으며, 누워계신데 미안하지만 바깥선생님 잠깐 안으로 들어오셨으면 좋겠다고 한다.

좀전에 이집 대문에 달린 종이 울린 것으로 보아 바깥 주인이 들어온 게 틀림없었다. 세 사람의 손이나 거처 이 방을 얻었을 뿐, 사실 우리는 이집 바깥주인과는 대면할 기회가 없었던 것이다. 아까 낮에 이사올 때만 해도 바깥주인은 밖에 나가고 없어 보지 못했던 것이었다. 인사겸 안 들어갈 수 없었다.

옷을 주섬주섬 껴입고 뜰로 내려서니 안방 미닫이 안에서 궁글은 남자의 목청이, 어서 들어오이소, 한다.

방 한가운데 주인사내가 소반을 앞에다 놓고 앉아있었다. 사십은 잘 됐을, 얼굴빛이 약간 검은 사내였다.

안댁네는 아랫목에 잠들어있는 애를 한쪽으로 밀며, 내려앉으시라고 한다.

인사가 끝나자마자 주인사내는 상위에 놓인 놋잔에다 막걸리를 그득히 부으며,

"서울서 오셨다믄서요? 욕보심더."

나는, 앞으로 신세를 져야겠다고 했다.

주인사내는 뭐 신세랄 게 있느냐고 하면서,

"저븐 육이오사변 직후에는 지금 형씨 들어있는 방에 김천서 온 젊은 내우가 들었지요. 그때 그 내우가 자꾸만 부산꺼정 피난간다는 걸 내가 말렸지요. 자고로 이 대구가 생긴 후로, 크고작고 간에 무신 난리건 예꺼정 들어와본 예가 없심더. 와 저기 저 대구 괴기 장사들이, 통대구 사이소, 통대구 사이소, 안 합디꺼. 그기 통대구 괴기 사라는 기 아이라, 모두 대구에 와 살락카는 기요. 그때 젊은 내우도 내 말 듣고 예서 무사히 있다가 머스마까지 하나 낳아가지고 갔지요. 요븐에도 대구꺼정은 아무일 없을낌니더."

여기서 주인사내는 내게 술 들기를 권하고 자기도 단숨에 술잔을 내더니 그걸 내게 건넨다. 주인사내는 꽤 전작이 있는 기색이었다.

나는 젖빛같은 막걸리가 흘러나오는 주전자 주둥이를 바라보며 지금 주인사내가 한, 통대구 사이소, 라는 말의 해석에서 언뜻 어려서 어른들한테 들은 얘기를 되살려본다. 평양은 배의 형국이 돼

서 가호가 오만인가 십만이 넘으면 짐이 고돼서 한번씩 기울어지고야 만다는 얘기와 서울은 또 화기를 낀 형국이라 궁궐을 지을 때마다 화재를 면하기 위해서 불을 집어먹는다는 해태를 만들어 세운다는 얘기.

"그라고 형씨, 보이소. 요븐에 이북으로 치밀고 올라갈 때만캐도 초산이란 데를 가 찌를 기 아이라, 저 무산이나 회령 쪽을 가 덮치야 하는 기라. 우리나라 땅은 토끼 모양으로 생깃다고는 해도 따지고 보믄 호랭이 모양인데 호랭이란 아가리도 무섭지만 젤 힘쓰는 데가 앞죽지 아인기요. 그 무산이나 회령 쪽이 가사 일러말하자믄 호랭이 앞죽지거등요. 이놈만 이펜이 덮치놓으믄 다음은 문제없심더. 백제 호랭이 아가리만 가서 설 찔러났시니 그기 될 일임니꺼."

주인사내는 여기서 또 내가 건넨 잔을 비우고 나서, 그렇지 않으냐는 듯이 이쪽을 넘겨다본다. 총이 세 보이는 검은 눈썹이 퍼뜩 치켜올려져있었다.

우리나라 지형을 호랑이로 본다든가 토끼 혹은 누에로 나타내는 것은 누구나 다 아는 사실로 그저 그렇지만, 그걸 어떤 전략적인 의미까지 붙여 이야기하는 데는, 물론 그게 한낱 취담에 지나지않는 허무맹랑한 이야기이긴 하나 그대로 노상 흥미없는 얘기도 아닌 것이었다. 그래 재미있다고 했더니 주인사내가 이번에는 말머리를 돌려,

"형씨, 곰이나 산때지 성미를 아심니꺼?"
하고는 이어서,

"곰이란 아주 미련키 짝이없는 짐승이지요. 사람을 볼라치믄 좋아서 앞죽지를 버쩍 들고 달라들거등요. 이때 바로(여기서 한 손은 총대를 받들고 한 손으로는 방아쇠를 잡아당기는 시늉을 하며) 앞가슴을 싸아 잡아야 하는 기요. 뒷죽지나 엉뎅이를 싸서는 백년 맞처봤자 소용없심더. 엉뎅이에다 총알 멫관씩 달고 댕기는 곰이 울매나 많다고."

본시 주인사내는 이야기하기를 좋아하는 것같았다. 초면인 나를 앞에다 놓고 그는 이어서 곰잡는 이야기를 이것저것 늘어놓는 것이었다. 그 대부분도 이미 다 아는 이야기긴 했으나.

곰이란 놈은 창날을 가슴에 가져다대기만 하면 사람의 손에서 창 빼앗을 정신에 그만 제 가슴 찔리우는 줄도 모르고 잡아당기다 죽고 만다. 그리고 곰 잘 지나다니는 길목에다 곰의 선 키가 닿을 듯 말 듯하게 닭 한 마리를 매달아놓고, 그옆에 커다란 돌을 하나 그보다 좀 나직이 매달아놓을라치면 곰이란 놈이 닭을 잡으려다 못잡고는 그게 옆의 돌이 방해해서 그런 줄만 알고 돌을 밀치는 것인데 밀려갔던 돌이 되돌아오며 다시 닭을 잡으려고 일어서는 곰의 골통을 칠 밖에, 그러면 또 밀치고, 밀치면 와 골통을 치고, 점점 더 약이 올라 힘껏 밀치다 나중에 그만 그 돌멩이에 골이 터져 죽는다. 일본서 온 사람의 말을 들으면 북해도선가는 이 곰이란 놈이 큰 고목나무 썩은 속에 들어가 곧잘 낮잠을 자는데, 눈 위의 발자국을 따라가서 낮잠 주무시느라 제멋대로 고목 밖으로 내민 발목 하나를 도끼로 냅다 찍을라치면 무슨 요량에선지 이놈은 다른 발 하나를 또 툭 내미는 것이어서 이렇게 해 네 발을 다 찍어내어 곰을 잡는다는 것이다.

그리고도 주인사내는 계속해서 여러가지 집승 잡는 이야기를 하는 것이었다. 그러고보니 그 가운데는 자기가 직접 사냥꾼이 아니고서는 할 수 없는 이야기도 많았다.

꿩불을 놓을 때에는 꿩이 땅에서 일자마자든가 또는 시간을 놓쳐 꿩이 이미 속력을 내어 날기 시작하든가 내리박히는 때는 쏘아맞히는 율이란 전혀 없다시피 하므로 그저 땅에서 날아나 어느 정도의 높이에 올라가서 한순간 몸을 가누느라고 날개가 무디어지는 찰나를 놓치지 말고 불을 놓아야 하고, 노루나 사슴을 쏠 때도 덮어놓고 좀 가까이 왔다고 불질을 할 게 아니라 그것들이 껑충이는 장단을 총부리로 잘 겨누어가지고 불을 놓아야 한다. 그리고 또한 포수란 침착해야지 까딱 잘못하다가는 사냥개까지 쏘아버리기 쉽다. 그런데 포수들이란 자기가 잡은 집승을 유달리 불려서 말하기를 잘하여 꿩 한두 마리 잡고도 네댓 마리 잡았노라고 말하기가 일쑤다. …

주인사내는 이런 이야기를 하는 동안, 바로 꿩을 쏘아 떨어드릴 그 찰나인 듯이 허공 한곳에다 총부리를 겨누고 쏘는 시늉도 하였고, 노루나 사슴들이 껑충이며 뛰는 장단을 맞추어 쏘는 시늉 등을

해보이는 것이었다. 그러는 그의 몸 하나하나의 움직임이 무엇에
열중해있는 사람의 그것이었다. 거기 따라 그의 검은 눈망울은 술
로 인한 것만 아닌 어떤 이상한 광채가 더해지는 것이었다.

잠시 주인사내가 말을 끊은 틈을 타 나는 그저 말대꾸나 하는 셈
으로,

"댁에서 요새두 사냥 나가십니까?"

했더니 주인사내가 갑자기 당황해하는 빛을 보이며,

"어대요,"

하고 고개까지 가로 흔든다.

하긴 내가 묻는 게 잘못이지 이 난리통에 사냥이 다 무엇이겠느
냐는 생각이 들었다.

그랬는데 주인사내의 눈치가 아무래도 이상스러워진 것이었다. 그
는 무슨 곁눈질이나 하듯 한옆에 앉아 바느질손을 놀리고 있는 아
내 쪽을 한번 살피고 나더니 목의 침을 삼켜넘기는 것이었다. 그리
고 좀전까지 무엇에 열중한 듯 광채나던 눈망울도 무슨 꿈속에서나
깨어난 사람처럼 흐려지는 것이었다. 나는 내가 무슨 못할 말을 한
것이나 아닌가 했다.

그러나 주인사내는 곧 생각난 듯이 주전자를 들어 술을 권하면서,
이거 공연히 혼자만 씨부려쌓아 미안하다고 한다. 술은 내 잔에도
채 차지 못하리만큼밖에 남아있지 않았다.

주인사내는 들었던 주전자를 그냥 아내편으로 내밀며 술을 더 받
아오라고 한다. 나는 그만 두시라고 했다.

무엇 고맛 술에 취한 것은 아니었다. 그리고 초면인 사람을 불러
들여다놓고 어이없을 만큼 혼자만 떠들어대는 이 주인사내와 더 오
래 자리를 같이하고 싶지 않을 만큼 불쾌한 생각이 든 것도 아니었
다. 실은 주인사내의 궁글은 목청을 통해 벌어지는 무엇에 열중한
듯한 이야기와, 이건 또 지금 마신 막걸리맛같이 텁텁하고도 구수
한 경상도 사투리가 노상 언짢지가 않은 것이었다. 그렇다고 좀전
에 주인사내가 별안간 나타낸 태도로 인해 이자리를 금방 떠나야
만 옳겠다는 생각이 든 것도 아니었다. 지금 주인사내가 자기 아내
더러 술 더 사오라는 태도가 그냥 자연스러움으로 보아 그건 내가

더 염려하지 않아도 좋을 것이었다. 그저 나는 술이 상당히 취해있는 주인사내에게 더 술을 하지 않게 하는 편이 좋을 것같은 생각이 들었던 것이다.

이삼일 뒤 주인사내와 나는 다시 술자리를 같이하게 되었다. 저녁때 주인사내가 또 나를 안방으로 불러들였던 것이다.
나도 술 한 되를 샀다. 이날 주인사내는 별로 사냥에 관한 이야기는 하지 않았으나 저번처럼 화제를 시종 도맡다시피 했다. 이렇게 둘이 술 두 되를 먹고 나서 그만 일어서려고 하니까 주인사내가 굳이 한잔만 더 하자고 붙드는 것이었다. 그럼 내가 한 되 더 사겠노라고 했더니, 그건 안된다고 하면서 아내를 재촉하는 것이다.
안댁네는 조금도 싫어하는 빛을 보이지 않고 주전자를 들고 일어섰다. 나더러는 곧 다녀올 테니 잠깐만 앉아계시라고 하면서. 이 안댁네가 방문께로 가다 말고 뒤를 돌아다본다. 거기에는 다섯살 난 이집 사내애가 조금 아까까지도 말똥말똥 앉아있었는데 어느새 졸고 있었다. 안댁네는 주전자를 놓고 부리나케 자리를 깔더니 애를 안아다 눕히고 나서야 다시 한번 나더러, 곧 다녀올 테니 잠깐만 앉아계시라고, 그 나이에 비겨 애리애리한 목소리로 말하고는 조용히 방문을 나섰다. 주인사내가 큰 소리로 아내에게 이왕이면 좀 멀지만 큰거리집 특주를 받아오라고 한다.
나는 이런 온화한 가정 분위기 속이면 술을 얼마든지 마셔도 좋다고 생각했다.
그런데 대문에 달린 종소리가 채 멎기도 전에 주인사내는 불쑥,
"형씨는 어린아가 넷이나 되지요? 참 복받았심더. 우리는 하나도 없심더."
내가 의아스러워 애가 누워있는 쪽을 바라보니, 주인사내는 곧 입가에 쓸쓸한 웃음을 어리우며,
"저 아 말임니꺼. 저 아는 우리가 논 아가 아님니더. 우리집사람이 지 성님한테서 얻어다 기르는 아지요. 내 동세는 아가 일곱이나 안 되겠소. 그중 여섯쩻놈을 하나 얻어왔지요. 두살인강 났을 맨데 저걸 얻어다놓고는 우리집사람이 우떻게 귀여워하는지요. 아마 지

가 논 아도 그렇기는 몬할까요.”
　주인사내는 잠시 말을 끊었다가,
“사실은 우리집사람이 아를 몬 밴 건 아닙니더,”
하더니 또 잠시 말을 끊었다가 다시 이었다.
　지금으로부터 육년 전 일이었다. 결혼한 지 십여년만에 처음으로
이집 안댁네는 임신을 하게 되었다. 부부의 기꺼움은 이를 데가 없
었다. 태중에 좋다는 약과 음식도 이것저것 많이 썼다. 그러던 중,
마침 주인사내가 포수라 한번 태중에 좋다는 노루나 사슴의 피를
먹여보리라는 생각이 들었다.
　이른 봄철이었다. 아내를 데리고 사냥을 떠났다. 본시 주인사내
는 대구에서도 이름난 포수였다. 사냥나간 다음날로 적잖이 큰 노
루 한 마리를 쏘아 잡았다. 그것도 뒷다리를 맞아 쉬 죽지 않았기
때문에 생피 먹기에는 더할나위없었다. 산까지 따라나선 아내는 곧
피를 먹기로 했다. 남편이 칼로 가슴을 찔러 참대통을 대주는대로
아내는 빨아삼켰다. 약이거니 생각해서 그런지 역하지 않을뿐더러
듣던 말대로 구수하기까지 한 것이었다. 그저 노루가 요동 못하게
끔, 몰이꾼들에게 짓눌려 가슴을 찔려가지고 그냥 애처로운 비명을
질러대는 것이 안되었으나 이것도 태아를 위한 것이거니 하니 괜찮
았다.
　피 먹기를 마치자 몰이꾼들이 노루를 떠메고 산밑 마을로 내려왔
다. 모두 노루고기로 술을 먹게 됐다고 뒤숭거렸다.
　한 사람이 노루의 배를 가르다가 소리를 질렀다. 새끼가 들어있
다, 고. 그리고는 모두 안주감 더 생겼다고 좋아라 떠들어댔다.
　이때 아내는 그집 방안에 앉아있었다. 물론 밖의 떠드는 소리가
일일이 들려왔다. 그러자 갑자기 구역질을 몇번 하고는 토하기 시
작했다. 피같은 것이 나왔다. 그런데 이 액체는 아까 먹은 핏빛보
다도 더 붉게 살아있었다. 분량도 먹은 양의 배나 되는 듯했다.
　그날밤이었다. 아내는 이상한 소리에 잠이 깨었다. 그것은 이세
상에서도 애절하기 짝이없는 짐승의 울음소리였다. 그게 바로 집
뒷산에서 들려오는 것이었다.
　아내는 무서워 옆의 남편을 흔들어 깨웠다. 남편은 잠시 귀를 기

울이고 있더니, 저게 오늘 낮에 잡은 노루의 수놈이 틀림없다고 하
면서, 총을 찾아들고 밖으로 나가는 것이었다. 아내는 허겁지겁 남
편의 뒤를 쫓아나가며, 그냥 놔두라고 소리를 지르고는 그자리에
쓰러지고 말았다. 밖은 이른봄 안개 머금은 초생달이 서산에 걸려
있었다.
　　그날밤으로 아내는 여섯달 된 애를 유산했다. 그 뒤로도 아내는
두 번이나 임신을 했으나 모두 다섯달 아니면 여섯달만에 유산해버
리곤 했다. 첫번 유산 이후 아내는 남편에게 이제부터는 사냥을 그
만두라고 졸랐다. 듣지 않으니까 나중에는 총과 함께 사냥에 관한
도구 일체를 어디엔가 없애버리고 말았다. 그뒤 아내는 자기 언니
의 애를 하나 얻어다 기르며 거기에다 모든걸 의탁하게끔 됐다.
　　"우리집사람은 아즉도 지 아 몬 놓는 걸 내가 사냥을 해싸서 그란
줄로 암니더."
　　나는 짐작할 수 있었다. 저번에 내가 요새도 사냥나가느냐고 했
을 때, 주인사내가 별안간 놀라는 빛으로 당황해한 것은 역시 이
때문이었다는 것을. 그리고 한창 이야기에 열중했을 때는 저도모르
게 총질하는 시늉까지 했던 것이 그만 내 말에 퍼뜩 정신이 들며,
자기가 지나쳤음을 깨달았음에 틀림없었다는 것을.
　　주인사내는 내 귀 가까이 입을 가져다대고,
　　"형씨한테 내 좋은 거 하나 비드릴까요?"
하고 속삭이듯 말하고는 후딱 밖으로 나가더니 무엇인가 들고 들어
왔다.
　　그것은 어른의 손바닥만한 네모진 남색 상자였다. 주인사내는 그
뚜껑을 열어 내 앞으로 내밀었다. 갸름한 여러가지 모양의 반들반
들 윤기가 도는 쇳조각이 정연하게 가득 들어차있었다. 얼핏 나는
그것이 무엇인지를 알 수가 없었다.
　　"이게 사냥 총알임니더. 울매나 이쁨니꺼."
　　사실 그것은 이뻤다. 주인사내는 고개를 뒤로 물리며 눈을 가느
스름히 뜨고 대견한 듯이 바라보더니,
　　"우리집사람이 다른 것은 모두 없애비릿지만 이것 하나만은 내게
서 몬 빼앗았지요. 내가 지모르게 여기저기 옮기가믄서 감차두거등

194

요. 그랬다가 이렇게 몰래 꺼내 보지요. 지는 지대로 저눔아가 있
으니 그만이고, 나는 또 이것이라도 꺼내 보는 재미에…… 이거나
마 없으믄 우떻게 이세상을 살아가겠소. 전에 한창 사냥을 댕길 때
는 모든 사업이 뜻대로 잘되드니만 이제는 모든 기 파이요. 자연
이렇게 밤이믄 술이나 묵고 집사람 모르기 이기나 꺼내 보는 기 내
낙임니더.”

여전히 몰래 속삭이는 어조였다. 그러나 어딘가 생기에 찬 어조
였다. 그의 눈도 좀 아까 자기네에게는 애가 없다던 때의 쓸쓸한 빛
대신에 어떤 유열이라고도 할 만한 빛으로 차있는 듯했다.

이런 주인사내는 이번에는 상자 속의 것을 하나하나 꺼내서 만져
보고는 제자리에 놓곤 하는 것이었다. 그것은 지극히 사랑하는 물
건을 애무하는 그런 모습이었다.

문득 나는 이 사내가 아내에게 새삼스레 먼 곳의 술을 받아오라고
한 것도 이것을 애무할 틈을 만들기 위함이나 아니었던가 싶었다.

주인사내가 계속해 상자 속 물건에의 애무를 그칠 줄 모를 즈음
대문의 종소리가 들려왔다. 그러자 주인사내는 누가 자기의 귀중한
보물을 빼앗기라도 하려는 것처럼 화닥 상자 뚜껑을 닫더니 품속으
로 찔러넣는 것이었다. 그리고는 들어서는 아내에게 아무렇지도 않
게, 어서 주전자를 여기다 올려놓으라고 하며, 풍로 위의 찌개냄비
를 내려놓으면서 나더러는 잠깐 소변을 보고 오겠노라고 하고 밖으
로 나갔다.

안댁네는 아랫목 애의 요 밑에 손을 넣어보고 이불자락을 여며주
고 나서 이쪽 풍로로 돌아앉아 숯불을 헤쳐놓고는 다소곳이 고개를
수그린 채 무엇을 주저하는 빛이더니,
“저, 내 나간 틈에 우리 바깥양반이 머라카지 않든가예?”
한다.

내가 미처 무어라 할지 몰라 하고 있는데 안주인은 그냥 다소곳
이 고개를 수그린 채 그러나 이번은 무엇 그리 서슴는 빛도 없이,
“미안함니더마는 내 나간 틈에 우리 바깥양반이 무얼 비지 않든가
예? 자기는 백제 내가 모르는 줄 알고 있구마는 나는 다 알고 있지
예. 전에 그 방에 들었든 븐한테도 그것을 꺼내 빈 걸 내 다 알고

있어예. 내 어디다 그걸 감차났는지도 다 알지만 눈감아주고 있지예. 그것 하나에다 맘을 붙이고 이리저리 감추고 어쩨쌓는 꼴이 안 대서…… 그래도 다시 사냥할 맘이 생길까바 겁이 나예.”

그러나 나는 웬일인지 이 여인이 아직 그 남색 상자의 은닉처를 찾아내지 못하고 있다는 생각이 드는 것이었다.

주인사내는 아직 돌아오지 않는다. 물론 나는 그가 변소에만 다녀오려 나가지 않은 것을 알고는 있었다.

그러자 내 머리에는 한 장의 그림이 떠올랐다. 그것은 한 사람의 중년사내가 조그만 상자 하나를 안고 그것을 감출 적당한 장소를 찾아 이리저리 어둠속을 헤매고 있는 한 장의 판화였다.

나는 이 판화 속 사내가 들어오기를 기다릴 것이 아니라 어서 뜰 아래 우리 방으로 돌아가고만 싶었다. 돌아가 이날 밤도 같은 어둠 속을 몇 장의 신문을 안고 헤매다 돌아온 우리 두 어린것의 이불자락이라도 여며주고만 싶었다.

1951 이월

곡 예 사

대구에서도 그랬는데 부산 와서도 변호사댁 신세를 지게 됐다.

서울서 먼저 가족들을 내려보내고 뒤떨어져 부산에 와 보니, 내 직속 가족들은 대구서 떨어졌다는 것이다. 대구가 부산보다 물가가 싸다는 것으로 해서. 크리스마스날 나는 대구로 올라갔다. 그때 아내와 애들이 들어있는 곳이, 화재로 인해 뼈와 거죽만 남은 재판소 옆, 모 변호사댁이었다. 굉장히 큰 저택이었다. 이 저택을 둘러싸고 있는 또 상당히 넓은 뜰 한구석에 끼어있는 헛간이 내 사랑하는 아내와 귀여운 자식들의 방이었다.

대구는 부산에 비해 무던히 차가웠다. 원래가 헛간인 데다 북향하여 출입구 하나밖에 없는 방이라, 볕이라곤 진종일 얼씬도 하지 않았다. 더 춥고 음산스러웠다. 애놈들은 날만 새면 손발이 얼면서도 밖으로만 나갔다. 그러나 우리는 다행으로 알았다. 피난민의 신세에 그래도 어느 분의 안면으로 이런 방이나마 얻어 들게 된 게 여간 고맙지가 않은 것이었다.

우리는 이 집에서 몇 가지 주의하지 않으면 안될 일이 있었다. 그 것은 이댁 변호사 장모되는 노파의 지시에 따라, 저녁에 어슬해지면 절대로 안뜰에 들어와 물을 길어가서는 안되고, 아침에도 자기네가 한 바가지라도 먼저 길은 뒤에야 물애 손을 대야 한다는 것, 그리고 여하한 빨래건 빨래 종류는 일절 금지라는 것이다. 안뜰에는 수도도 있고, 우물도 있었다. 아침만은 일없었다. 우리는 점심

을 뺀 두끼의 식생활인지라, 느지막하게 안댁에서 조반이 끝난 뒤
에 점심 겸 조반을 해 먹으면 그만이었으니까. 빨래도 그랬다. 한
목 모았다가 물을 길어내다 하면 그만인 것이었다. 그저 미처 물을
떠다 두지 못한 날같은 때, 밤중에 어른도 어른이지만 애들 가운데
누가 목이 마르다든가 할 것 같으면 그거 달래기에 가슴이 타야 하
는 게 안됐을 뿐이다. 그러나 사람이 하룻밤 물 몇 모금 못 먹었다
고 어떻게 되는 게 아니었다.

변소만 해도 이 노파가 안뜰 변소에는 들어와 더럽혀서 안된다고
따로 지시가 있어, 이미 아내의 손으로 이쪽 뜰 한구석 다복솔 뒤
에 거적닢 변소가 만들어져있었다. 대낮에 어른들이 들어가 쭈그리
고 앉기에는 좀 뭣했으나 그맛쯤은 하는 수 없었다.

두고보니 이댁 살림은 이 장모 노파의 손에서 우러나는 것같았다.
아내가 이댁 식모한테 들은 말에 의하면 이 노파는 소생이라고 현
재 변호사 부인인 딸 하나뿐으로, 이 딸이 이댁 변호사 부인이 되
자 따라 들어와 온갖 살림살이를 주무른다는 것이다. 애들 방도 따
로 있지만, 큰 온돌방 하나를 이 노파가 독차지하고 있어, 아침에
이 방부터 조반상을 본 뒤에야 비로소 다른 식구들이 아침을 먹는
다는 것이다.

이 노파의 취미는 같은 노파들끼리 오늘은 이집 내일은 저집 모
여서 골패를 노는 것과, 날을 받아가지고 절에 불공을 드리러 가는
일이라고 했다. 이 노파가 끈을 곱게 장식한 감장 조바위를 쓰고,
비단옷차림으로 외출하는 것을 한두 번 아니게 목격할 수 있었는데,
육순 가까운 나이라고는 볼 수 없을 정도로 맑은 맵시에 자세도 뜩
발랐다. 이댁에 드나드는 노파들도 다 비슷비슷한 차림차림에 인생
의 어두운 그늘이라곤 별로 깃들어보지 않은 얼굴빛이요 몸매들이
었다. 인생이란 하다못해 요맛 정도라도 안일하게 늙어가야 할 종
류의 것인지도 몰랐다.

한 열흘 남짓 지나서였다.

하루아침 일어나 보니, 우리 아홉살잡이 선아의 신발 한 짝이 온
데간데 없었다. 아무리 찾아봐도 없었다. 온 식구가 넓은 뜰을 편

답했다. 없었다. 누가 집어갔다면 많은 신발 가운데 하필 그애의 것만, 그것도 한 짝만 집어갈 리 만무했다. 결국 이댁 셰퍼드란 놈이 어디 멀리 물어다 팽개쳤으리라는 결론을 내리는 수밖에 없었다.

없는 돈이나 겨울철에 맨발로 두는 수 없어, 아내가 거리에 나가 신발을 사들고 돌아오더니 이런 말을 한다. 신발 한 짝 없어지는 건 흔히 자기 집에 앓는 식구가 있는 사람의 짓이라는 것이다. 앓는 사람의 나이와 같은 사람의 신발 한 짝을 가져다 어찌어찌 하면, 그 앓는 사람의 병이 신발 주인에게로 옮아간다는 것이다. 그러면서 아내는 이댁에 우리의 선아만한 애가 하나 며칠 전부터 무얼로 앓아누웠다는 말이 있었는데, 그래서 신발 한 짝이 없어진 거나 아닌지 모르겠다는 것이다. 불안스럽고 노엽고 슬프기까지 한 아내의 표정이었다.

나는 그럴 리가 없다고 했다. 그러면서도 나 역시 아내에게 못지 않게 불안스럽고도 무엇에 노여운 감정이 가슴속에 움직임을 어찌할 수 없었다. 그게 아무 근거없는 미신의 짓이라 하자, 그리고 아무리 보잘것없는 사람의 자식이라 하자, 자기네 애가 귀하면 남의 자식도 귀한 법이다. 더우기 우리의 선아는 네 애 중에 그중 약한 애다. 이렇게 피난까지 나와 병이라도 들리면 구완할 길이 그야말로 막연한 것이다.

남몰래 불안스러운 며칠이 지났다. 이댁 애가 나아서 일어났다는 말이 들렸다. 그리고도 우리 선아는 앓아눕지 않았다. 역시 그때 그 신발 한 짝은 이댁 셰퍼드란 놈이 물어다 팽개친 것임에 틀림없다. 그처럼 날을 받아 절에 가서 불공을 드리는 노파가 사는 이댁에서, 그같은 몰인정한 짓이야 꿈엔들 할까보냐.

그리고 이삼일 뒤의 일이었다.

밖에서 들어오니, 아내가 어둡고 추운 방에 혼자 앉았다가 대뜸 근심스런 어조로, 좀전에 이댁 노파가 나와 이 방을 비워달라더라고 한다. 이유는 이제 구공탄을 들이는데 이 방(실은 헛간)을 사용하여야겠단다는 것이다. 그러나 그날로 아내가 이댁 식모한테서 들은 말은 이와는 아주 다른 것이었다.

아까 낮에 예의 노파 한패가 몰려왔었는데, 그중 한 노파가 이쪽

뜰구석 다복솔 뒤에 감추인 거적닢을 발견했다는 것이다. 이런 때는 늙어서 눈 안 어둡는 것도 탈이었다. 그게 무엇인가 싶어 가까이 가 들여다보고는 홱 고개를 돌리며, 애 퉤 퉤! 대체 이런 데다 뒷간을 만들다니 될 말인가. 그달음으로 이댁 노파에게, 정원에다 그런 변소를 내다니 아우님도 환장을 했는기요? 여기서 주인 노파도 한바탕, 거지떼란 할 수 없다느니, 사람이 사람 모양만 했다고 사람이냐고 사람의 행실을 해야 사람이 아니냐느니, 자기네 집이 피난민 수용소가 아닌 바에 당장 내보내고 말아야겠다느니, 야단법석을 했다는 것이다. 그리고는 아내한테 나와 방을 비워줘야겠다는 영을 내린 것이었는데, 그래도 이 노파가 우리한테 나와서는 거기다 뒷간을 만들었으니 나가달라는 말은 못하고, 이제 구공탄을 들이게 됐으니 방을 비워줘야겠다고 한 것이었다. 실은 이 점이 이 노파로 하여금 자신이 말한 인간은 인간다운 행실을 해야 한다는 것을 몸소 실천해 뵈는 대목이 아닌가 한다. 왜냐하면, 노파 자신이 우리들에게 안뜰 변소를 사용치 못하게 하고, 거기다 거적닢을 치게끔 분부를 해놓았으니, 진드기 아닌 우리가 오줌똥 안 눌 수는 없고, 실로 면목이 없는 행실이나 거기 대소변을 보지 않을 수 없었다는 걸 잊지 않은 점에서. 그리고 한걸음 더 나아가 지금 우리가 들어있는 곳이 실은 사람이 살 방이 아니라, 구공탄이나 들일 헛간이라는 걸 밝혀준 점에서.

이쯤 되어, 변호사댁 헛간에서 쫓겨난 우리 초라하기 짝이없는 황순원 가족 부대는 대구 시내를 전전하기 수삼차, 드디어 삼월 하순께는 부산으로 흘러내려오게까지 되었다.

우리의 생각으로는 부산 와서 방을 장만하기까지는 처제가 있는 집에 당분간 신세를 질 예정이었다. 저번에 내가 부산까지 내려왔을 때 이 처제가 있는 방이 그중 여유가 있다는 걸 알고 있기 때문이었다.

이 집이 또 모 변호사댁이었다. 경남중학 뒤에 있었다. 역시 상당히 큰 화양식 저택으로 이댁 다다미 여섯장 방에 처제네가 들어있었다. 이 방은 반침이 없는 데다, 한옆에 낡은 반닫이 하나와 낡은 테이블 하나가 들여놓여있어, 다다미 넉장 반 푼수밖에 안 되는 방이었으나, 애 셋인 처제네 식구가 살고도 그닥 무리할 것 없이 우리 여섯 식구가 들어박힐 수 있을 것이었다.

그러나 부산에 와 보니, 이 방에는 이미 다른 가구가 하나 들어 있었다. 애 둘을 가진 부인네였다. 남편되는 이는 모 사단 법무관으로 일선에 가있다는 것이었다. 본시 이 가구에게는 따로이 방 하나를 제공하기로 되었던 것이, 그 방은 손님방으로 써야겠다고 해서 처제네 방으로 모인 것이었다. 같이 애들과 여인들뿐인 가구인데다(내 동서되는 사람은 이공과계의 기술자 양성 교육을 받으러 도미했다가 6·25 사변으로 해서 못 나오고 지금은 동경에 와 있는 것이다) 처제가 그 안면을 빌어 이댁 방을 얻게 된 분과, 바로 이 한방 부인네가 같은 법무계통의 분이라 도리어 서로 어렵지 않고 외롭지 않아 괜찮을 정도였다.

그런데 여기에 바람이 불어왔다. 주인댁에서 별안간 이 방을 비워달라는 것이었다. 이유는 이 방에 식모를 두어야겠다는 것. 그런데 묘한 것은 이댁에서 비워달란 그 날짜가 뒤에 알고 보니, 처제가 이 방을 얻을 때 그 안면을 빈 분이 다른 데로 인사이동이 있은 날짜 그날인 것이었다. 처제랑이 며칠 뒤에야 안, 이 인사이동을 법조계의 이름있는 이댁 변호사가 아직 공표도 있기 전에 알았다고 해서, 무어 그리 괴이한 일도 아무것도 아니다. 그저 문제는 바로 그날로 방을 비워달랬다는 사실인데, 이것은 그 날짜들이 우연히 합치된 것으로 보는 게 온당할 것 같다. 그만한 분이 처제가 안면을 빈 분의 인사이동으로 말미암은 앞으로의 자기 직업적인 이해타산만을 생각하여 조급하고도 노골적인 그런 행동으로 나왔다고는 볼 수 없는 까닭에. 우리가 부산 와 닿기 전에 처제가 있는 방에는 이런 말썽이 생겨있었다.

그러니 어쩌면 좋단 말인가. 그렇다고 우리가 여관을 찾아갈 수도 없는 형편인 것은 뻔한 노릇이었다. 생각다못해 우리는 분산해서 숙박하기로 결정을 했다. 나는 다다미 열 장 방에 세 가구(그 도합 식구가 무려 열아홉명)가 들어있는 부모가 계신 남포동으로 가 어떻게든지 끼어 자기로 하고, 큰애 둘은 한간방에 여섯 식구가 들어있는 외가집으로 보내고, 끝의 두 애와 아내는 하는수없이 그냥 처제네 방으로 갔다.

매일같이 아내한테서 직접 또는 이모네 집에 들렀다 오는 큰애들을 통해, 주인댁에서 방을 비워내라는 독촉이 심하다는 걸 들었다. 대구에서 듣기에는 부산에 왔던 피난민이 무척 빠졌다는 말이어서, 부산 오면 어떻게든지 방 하나쯤은 얻을 수 있으려니 했다. 와 보니 사실 사람은 내가 처음 이곳 들렀을 적보다 현저히 빠졌다. 그러나 방은 없었다. 아내와 나는 여기저기 꽤 여러 군데 다리를 놓아보았으나 모두 허사였다.

졸리다못해 한방 부인네가 먼저 범일동엔가 있다는 자기 시삼촌한테로 옮겨갔다. 그리고 이튿날 새벽, 이 변호사댁에서는 변이 일어난 것이었다.

아직 자리에서 일어나기도 전인데 벌컥 문이 열리더니, 거기 이댁 변호사영감이 나타난 것이었다. 무섭게 부릅뜬 눈이었다. 그리고 성난 음성으로 고함을 지르는 것이었다. 당신네들도 인간인기요? 오늘 아침으로 당장 나가소. 여관으로라도 나가소. 사람이란 염치가 있어야지 않소. 만일 오늘도 아니 나가면 법으로 해결짓겠소.

처제와 아내편에서도 가만 있을 수만 없었다. 무슨 일이 있어도 노상에로나 여관으로는 못 나가겠다고 했다. 이댁 큰딸 둘이 응원을 오고, 부인과 큰아들까지 출동했다. 서울 모 법과대학에 적을 두고 있다는 이댁 큰아들은 폭력 행위로까지 나오려는 것을 그래도 나이먹은 법률가가 법적으로 따져서 이래서는 안되겠다고 생각한 듯, 젊은 법률가를 떼어가지고 가더라는 것이다.

나는 남포동 예의 열아홉 식구가 들어있는 방 한구석에서 아내의 말을 잠자코 듣고 있었다. 변호사영감이 우리들더러 인간이 아니라는 건 벌써 대구서 그 노파한테 낙인을 찍힌 바니 별반 놀라운 사실이 아니다. 그가 또 법적으로 해결을 짓겠다는 것도, 그가 법률가라 응당 그럴 수 있는 일이다. 단지 여관으로라도 나가라는 데는 곤란하다. 여관에 들 수 있는 형편이라면 우리가 왜 이러고 있을 것인가. 다음에 염치가 없다는 대목도 그렇다. 피난민의 신세니 가다오다 염치없는 일도 있긴 하겠지만, 이댁에 대해서 그렇게 몰염치한 짓만 한 것같지는 않다. 그동안 처제가 있는 방에는 다다미 석장 새로 간 것까지 합하면 매달 이만원 가까울 정도의 금액을 내고 있은 셈이요, 어제만 해도 한방 부인네가 시삼촌한테로 옮겨간 뒤, 우리는 이댁 부인에게 우리가 가진 옷가지를 마저 돈으로 바꿔 가지고라도 보증금을 들여놓겠다는 말을 했던 것이다. 그때 부인의 대답은 자기네는 돈이 아쉬워서 그러는 게 아니고 그 방이 필요해서 그런다는 것이었다. 그 방을 식모를 줘야겠다는 것이다. 아내가 다시 그러면 그 식모가 들어와 잘 자리를 내어줄 터이니 같이 들어와 자게 해달라고 했다. 그렇게는 안된다는 것이다. 하는 수 없다. 방을 구하기까지 좀 참아달라는 수밖에 없었다. 식모 말이 났으니 말이지, 이 주인댁에서 식모 식모 하는 여인은 그네 자신이 처제와 아내에게 한 말에 의하면, 주인댁과 과히 멀지도 않은 친척으로 이번에 딸네 집에 왔다가 들러서 밀린 빨래도 해주고 바느질도 해주느라고 머물러있다는 것이며, 본래 이 집에는 식모라고 붙어있지를 못한다는 것과, 결국 식모노릇 하는 게 늙은 할머닌데 지금 잠깐 시골 작은아들네 집에 다니러 갔다는 것, 그리고 이 방만 해도 언젠가 왔을 때도 헛간 비슷이 늘 비어있더라는 것이다. 이댁 늙은 할머니가 식모노릇을 한다는 건 이미 몇달 같이 살아온 처제가 아는 일이었다. 하여튼 우리가 염치없다는 건 우리가 방을 속히 얻는 재주가 없다는 데서 오는 것뿐이었다.

아내는 눈물이 글썽한 슬픈 얼굴에, 그러나 무슨 비장한 결심이라도 한 듯이, 오늘 저녁부터는 우리 식구가 다 그리로 모이자고 한다. 이왕 일이 그렇게 된 바에는 방을 얻을 때까지 모여있자는 것이다. 문득 나는 그래서는 안되리라는 생각이 들었다.

그 법과대학생의 일이 떠올랐다. 여자한테 폭력을 가하려던 그가 나를 보고 가만있을 리 만무하다. 그 이십대의 청년을 사십 가까운 약골의 내가 어떻게 대항할 수 있으리요. 그러나 한편 아무리 못난 사내기로서니 그래도 한 집안의 가장으로서, 처자는 처자대로 그런 자리에 남겨둔 채 혼자 지레 겁을 집어먹고 앉았다는 것도 생각할

문제였다. 물론 아내가 한데 모이자는 것은 나더러 무어 그 청년의
폭력으로부터 보호를 구하는 것은 절대로 아닐 것이었다. 그런 것
을 생각했다면 도리어 나더러 모이자는 말도 내지 않았을 아내다.
그저 아내는 생각한 것이었다. 지금 내가 자고 있는 이곳이 나로
해서 늙은 부모가 거의 앉아 새우다시피 하시니 이왕 타협이 안 된
건 안 된대로 벌어질 일이 벌어지고 만 뒤라 방을 얻기까지 모여있
자는 것이다. 나는 저녁에 가기로 했다.

　그리고는 학교로 나갔다. 서울서 봉직하고 있던 학교가 며칠 전
부터 보수공원에서 격일 수업을 시작한 것이다. 이날이 그 수업날
의 하루였다. 먼저 부산 내려온 동료들한테 집 이야길 부탁해 보았
다. 점잖지 못한 일인 줄 알면서도 상급생 몇한테도 말해보았다. 오
후에는 차도 안 팔아주는 다방에 앉아 아는 친구를 붙들고 구차한
말을 해보았다.

　저녁때가 가까워서 부둣가로 나갔다. 거기 장사진을 이루고 있는
노천 목로주점에서 대폿술을 한잔 마시기 위해서였다. 술사발부터
비웠다. 보니, 방파제 너머 저쪽에 범선 두세 척이 가는지 오는지
떠있다. 야, 바다란 아무때 봐도 좋다. 가까운 눈앞에 갈매기란 놈
들이 껑충인다. 야, 멋들어졌다.

　그러나 실은 이 바다와 갈매기에게 마음이 젖어드는 심사는 아니
었다. 무슨 생선가시와도 같은 것이 내 가슴속 한구석에 걸려있는
것만 같았다. 그건 이제 내가 그 변호사댁엘 가야 한다는 것이었다.
따라서 그 법과대학생과 만나야 한다는 것이었다. 이 청년은 내가
한번도 본 일이 없으나, 변호사영감만은 이번 와서 낮에 한두 번 그
댁엘 드나들며, 정원에서 나무를 매만져주고 있는 걸 본 일이 있
다. 오십이 잘 지나 보이는데 아직 젊은이다운 윤기나는 검은 머리
를 갈라 붙인, 체구가 굵은 사내였다. 그 아들이 이 아버지를 닮았
으면 상당한 체구와 체력을 소유한 청년임에 틀림없다. 어쩐지 켕
기는 마음이었다.

　단숨에 또 술사발을 내었다. 나도 스물 안팎까지는 숱해 싸움을
해온 사람인 것이다. 내 얼굴에는 그 기념물이 수두룩하게 남아있
다. 코피도 수없이 흘려보았고 남의 코피도 적잖이 내주었다. 남의

이빨을 두 개나 꺾어놓고 내 머리 꼭대기에 뜸뜬 자리같은 흉터도 받아보았다. 사실말이지 한창때에는 하나 대 하나에는 누구한테 지지 않아왔다. 그게 서른이 지나면서부터 싸움이라면 극력 피해만 왔다. 그게 또 사십 가까운 오늘에는 싸움이라면 겁부터 앞서는 것이다.

술사발을 또 들이켰다. 그러나 상대편이 먼저 도전해오면 가만 움츠리고 앉았을 수만도 없지 않은가. 정당방위란 게 있다. 법학을 하는 자니 이 정당방위로 나가리라. 그래 도전해오면 받아주자. 한번 오래간만에 옛날 실력을 발휘해주리라. 싸움이란 체력만으로 되는 게 아니다. 여기서 나는 거나하니 취해오는 술기운을 빌어, 그 자가 이렇게 나오면 나는 이렇게, 그자가 저렇게 나오면 나는 또 저렇게 하고 이미 다 잊어버린 지난날의 싸움솜씨를 들추어가지고 얼마든지 상대편을 거꾸러뜨리는 장면을 떠올리며 혼자 흥분하는 것이었다. 그러면서 나는 주머니를 털기까지 황혼에 덮이는 부둣가를 떠날 줄을 몰랐다.

이날 밤은 아무일 없었다. 이튿날도 그 다음날도 아무일 없었다. 그동안 식모라던 여인이 고향으로 돌아가고 이댁 할머니가 시골서 돌아왔다. 파뿌리머리에 허리까지 굽은 아주 파파노인이었다. 이 할머니가 부엌동자며, 집안 치우기며, 심지어는 변소까지 맡아 소제를 하는 것이다.

한번은 처제와 아내가 소곤거리기에 무엇이냐고 했더니, 이댁 할머니가 저번 시골 내려가기 전에 몸이 편찮아 약을 지어다 쓴 일이 있는데 그 약값을 이번에 와 보니 아직 갚지 않고 있어, 할수없이 집안사람 몰래 간장 두 병을 퍼가지고 들어와 사라더라는 것이다. 나는 문득 이런 것도 법에 비추어 도둑질이 되는지, 그리고 그것을 샀으니 장물죄에 걸리는지 어떤지 모르겠다는 생각이 들었다.

내가 이리로 옮겨온 지 사흘째 되는 날 저녁, 아내와 나는 의논한 결과, 어쩌면 주인댁에서 타협을 받아줄는지도 모른다는 생각에서, 아내가 한 달 방세를 가지고 가서 다시 사정을 해보기로 했다. 그래, 가지고 갈 방세의 금액이 문제였는데, 이만원, 삼만원으로는 말이 통하지 않을 것같고, 사만원으로 할까 하다가, 에라 모르겠다 하고 오만원으로 결정을 했다. 방세 오만원씩을 물고 우리가 어떻게 살아가나 하는 생각도 들었으나, 들리는 말에 다다미 한 장에 만원씩이란 말도 있고, 정하고 있던 방세를 올릴 참으로 방을 비워달라는 수가 비일비재란 말이 있는 데다, 더우기 우리는 변호사영감의 말대로 법적으로 해결을 지어서 노상에나 여관으로 쫓겨나가는 날이면 큰일이라, 이런 방세나마 내고 타협을 얻은 후 마음놓고 나가 열심히 장사를 해 살아나갈 변통을 하는 게 나을 성싶었던 것이다. 그리고 사실 우리는 벌써 장사를 시작하고 있었다. 아내는 남은 옷가지를 갖고 국제시장으로 나가고, 큰애 둘은 서면에 가서 미군부대 장사를 시작한 것이다. 지금의 오만원도 아내의 장삿돈에서 떼낸 돈이었다.

안방에 들어갔다 좀만에 아내가 돌아왔다. 손에 돈이 들려있지 않다. 그러면 됐나보다 했다. 그러나 아내의 말은 그렇지가 않았다. 아무래도 이 방을 비워달란다는 것이다. 영감과 큰아들은 다다미 여덟장 방에서 자고, 큰 온돌방에는 작은아들과 부인이 각각 자고 있는데, 그러고는 좁아서 못견디겠다는 말은 못하겠던지, 장발한 딸들의 말이 할머니 코고는 소리에 도시 잠을 잘 수 없으니 기어코 그 방을 할머니 방으로 쓰게 내달라더라는 것이다. 여기서 아내는 또 우리가 어떻게든 할머니 주무실 자리를 넉넉히 내어올릴 테니 그렇게 하자고 해도, 그렇게는 못하겠다더라는 것이다. 그리고 부인이 한다는 말이, 자기네 딸 친구가 있어 방 하나만 구해주면 금손목시계를 프레젠트하겠다는 것도 못하고 있단다는 것이다. 나는 간이 서늘해옴을 느꼈다. 금손목시계라니 문제가 좀 큰 것이다. 그래, 가지고 갔던 돈은 어쨌느냐니까, 좌우간 딸들 책이라도 한권 사보라고 놓고 오긴 했다고 한다. 이 돈만 돌아오지 않으면, 하는 것이 희망이었다. 그러나 이튿날 이 돈은 도로 돌아오고 말았다.

그리고 그날 저녁이었다. 나는 학교 나가는 날은 학교로 해서, 그렇지 않은 날은 아침에 직접 남포동 부모가 계신 곳에 가 하루를 보낸다. 이곳 피난민들은 대개 담배장사를 하느라고 애들만 남기고 모두 나간다. 부모도 그 축의 하나였다. 나는 여기서 서면 간 내

큰애들이 돌아오길 기다려 국제시장엘 들러 애들 엄마를 만나가지고 집으로 돌아가는 게 한 일과였다. 그날도 그랬다.

우리가 저녁에 모여 들어가니, 방안에 말같은 처녀 둘이 와서 버티고 섰다. 이댁 딸들인 것이다. 누가 형이고 동생인 것도 구별 안되는, 좌우간 큰딸은 시내 모 여학교 졸업반이라는 것이고, 작은딸은 사학년이라는 처녀들이었다. 이들이 오늘 저녁엔 이 방에 와 자야겠다는 것이다. 나는 이 두 말같은 처녀 중의 누가 친구한테 방 하나만 구해주면 금손목시계를 프레젠트 받을 수 있는 아가씨일까 생각해보았다. 그러면서 나는 이 자리를 피해야 할 걸 느꼈다.

그러는데 이 말같은 두 처녀가 누구에게라없이, 이삼일내로 반드시 방을 내놓으라는 말과 함께, 나에게 시선을 한 번씩 던지고 나가버렸다. 그 시선들이 멸시에 찬 눈초리였든 어쨌든 그것은 벌써 아무래도 좋았다. 그저 이들의 전법이 그 효과에 있어서 내게는 이들의 오빠되는 청년이 내 따귀를 몇번 갈기는 것보다 더 컸다는 것만은 자인하지 않을 수 없었다.

그러지 않아도 아침이면 나가는 나는 이날은 어서 이곳을 나가고만 싶었다. 이날은 학교 가는 날이기도 했다.

풍경 달린 현관문을 열고 나서니, 응접실 앞 거기 꽃이 진 동백나무 이편에 변호사영감이 허리를 구부리고 서서 회양목인가를 매만져주고 있다. 첫눈에도 여간 그것들을 아끼고 사랑하는 태가 아니었다. 좋은 취미다. 인생이란 이렇듯 한 포기의 초목까지도 아끼고 사랑하면서 유유자적할 수 있는 생활을 해야 할 종류의 것인지도 모른다. 나는 무엇에 쫓기듯이 그곳을 빠져나왔다.

학교에서는 동료들에게 또 방 얘길 해보았다. 상급생에게도 점잖지 못한 소릴 해보았다. 학교가 파한 후에는 차도 안 팔아주는 다방에 앉아, 아는 친구를 붙들고 구차한 얘길 또 했다.

그리고는 남포동에 와서 장사 간 애들을 기다렸다. 어둑어둑해서야 애들은 왔다. 시장의 애엄마는 우리를 기다리다 못해 먼저 들어갔을 것같다. 곧장 가기로 했다. 남포동서 경남중학 뒤에까지 오는 동안, 아주 깜깜하게 어두웠다.

철판으로 된 대문을 밀어보니 안으로 잠겼다. 문틈으로 들여다보니 대문에서 마주뵈는 우리방이 새까맣다. 아마 애들 엄마는 아직 시장에서 우리를 기다리고 있는 것이고 애들 이모가 일찌감치 어린 것들을 재우느라고 불을 끄고 있는 것이리라. 아내를 기다렸다 같이 들어가기로 하고, 나는 애들을 데리고 애 엄마가 돌아오려면 으레 그곳을 거쳐야 하는 개천가로 나와 쭈그리고 앉았다.

둘쨋놈이 곁에 와 붙어앉는다. 큰놈도 와 앉는다. 좀처럼 아내가 돌아오지 않는다. 둘쨋놈 남아가 앉은 채 꼬박꼬박 존다. 이렇게 초저녁인데 꼬박꼬박 존다. 열두살짜리 어린 육체로써 자기 하는 일이 고된가보다. 나는 그만 검은 하수구 개천으로 고개를 돌리고 만다. 담배를 꺼내 문다. 성냥이 일어서지 않는다. 공중에서 검은 빗방울이 듣기 시작한다.

큰놈 동아가 혼자 일어나 집 쪽으로 간다. 좀만에 뛰어오면서, 어머니도 돌아오고 대문도 열었다고 한다. 큰놈이 문앞에 가 봤더니, 방안에서 어머니 말소리가 들려 불렀다는 것이다.

방에 들어가 알아보니, 전등은 고장인지 고의인지 저녁부터 안 들어온다는 것이다. 이댁 전등은 밤낮을 가리지 않고 들어오는 특수선으로, 물론 지금도 다른 방엔 모두 환하게 들어와있었다. 잠시 우리들은 어둠속에서 말이 없었다.

애들 이모가 혼잣말처럼 내일은 어느 다리밑으로라도 나가고 말아야겠다고 한다. 이모의 말이, 여지껏도 그래 왔지만 오늘은 이집에서 더 어린것들을 못살게 굴더라는 것이다. 이모네 일곱살짜리 큰놈과 우리의 여섯살짜리 끝놈이 어쩌다 노래를 부른다든가, 변소에라도 가려 복도로 나가면 시끄럽다고 꽥 소리를 지르는 건 말할 것도 없고, 자기네 일곱살짜리가 여봐란 듯이 보무당당히 복도를 행진하며, 전우의 시체를 넘고넘어를 할 때, 이쪽 애들이 따라만 해도 다시 고함소리가 연발되더라는 것이다. 그보다도 더 보기에 안된 것은 우리 선아가 역시 계집애는 달라, 동생애들이 주인한테 꾸지람 듣는 게 보기에 안된 듯, 조금만 애들이 소리를 내도 안타까위하는 모양이 차마 옆에서 볼 수 없더라는 것이다.

애들 이모가 어둠속에서 소리를 죽여가며 운다. 내 가슴속도 화끈 불이 붙는 걸 느낀다. 그건 대구서 선아의 고무신 한 짝을 잃었을 때에 느꼈던 분노와는 또 달랐다. 그러나 그들이 여하한 전술을 바꿔가지고 나오더라도 우리가 여기 있는 동안 참는 수밖에 없다. 그저 그 전술을 최대한 피할 도리를 강구하면서.

그래 우리가 생각해낸 것이 내일부터는 낮에 이 방을 진공상태로 해두자는 것이었다. 우리의 어린것들은 남포동에 가 있기로 하고, 이모네는 외가집에를 가 있다가 이모만이 먼저 와서 저녁 준비를 하기로 했다. 이러고 나서야 우리는 무슨 안심이나 얻은 듯이, 어둠 속에서 싸늘히 식은 밥덩이를 찾아 목구멍에 넘길 수가 있었다.

선아와 끝의놈 진아를 데리고 나는 남포동 부모가 계신 곳에 가 하루를 보냈다. 어젯저녁에는 빗방울이 듣더니, 오늘은 그래도 날이 개어서 됐다.

어둡기 전에 아내가 왔다. 그런데 어두워도 큰애와 둘째애가 오지 않는다. 진아가 졸린다고 하더니 엄마 품에 잠이 들었다.

아주 깜깜하게 어두운 뒤에야 두 애는 돌아왔다. 어제오늘은 전차 얻어타기가 힘들었다는 것이다. 두 애는 어미 아비와 조부모 앞에 흥겹게 품속에 넣어가지고 온 담배보루며 껌곽을 솜씨빠르게 꺼내어 놓는다. 나는 도리어 그 익숙한 손놀림이 슬퍼서 눈길을 돌리고 말았다.

잠든 진아는 내가 업고, 아내는 보퉁이를 이고 우리는 나섰다. 동아극장 앞 큰거리를 걸어 올라갔다. 큰놈 동아가 내 곁으로 다가서며, 물건 살 때 이렇게 말하면 잘 팔아준다고 하면서, 풀리즈 쎌 투미, 하고 영어 회화를 해보인다. 쎌 투미가 아니고 쎌 투 미라고 내가 고쳐준다. 동아는 국민학교 졸업반이다. 이제 학교엘 보내서 졸업을 시켜야 중학교엘 들어갈 수 있는 애다. 이 애가 껑충 뛰어서 영어 회화부터 배워오는 것이다. 이것을 이 애비는 또 정정까지 해줘야 하는 것이다.

둘쨋놈 남아가 또 한옆으로 다가오더니, 오늘 참 약은 자식 하나 봤다고 하며, 이런 이야길 지껄여댄다. 어떤 꼬마 하나가 붙잡히게 되니까 거기 논바닥에 번듯이 나가자빠지더라는 것이다. 물을 잡은 논이었다. 귀까지 잠기는 물속에 사지를 쭉 뻗고 나가넘어져 서는 눈을 까뒤집고 입을 막 히물거리더라는 것이다. 이 꼬마의 품 안에는 몇 센트의 군표가 들어있는 것이다. 꼬마의 이러는 모양을 저편에서 한참이나 내려다보다가 도리어 걱정되는 듯이 꼬마의 배 를 몇번 꾹꾹 눌러보는 것이었는데, 그래도 꼬마는 알은 체 않고 그 냥 눈을 까뒤집은 채 입을 자꾸 히물거리더라는 것이다. 지랄병이 라도 있는 앤 줄 안 것이리라. 저편에서 훌훌 가버리고 말더라는 것이다. 나는 내 옆에서 지껄여대는 우리의 이 남아도 몇 센트의 군표를 위해서는 지금의 꼬마처럼 그 지랄을 해야 할 걸 생각했다.

부성교에 이르러 우리는 오른편으로 꺾인다. 개천둑 길은 어둡다. 하늘에는 별이 총총한데 어둡다.

남아가 무슨 생각을 했는지, 우리 노래 불러요, 한다. 내가, 노래 는 무슨 노래, 하려는데 엄마 곁에 붙어서 가던 선아가, 노래라는 말에 기다리고나 있었던 듯 부르기 시작한다. 전우의 시체를 넘어 넘어…… 나는 이 선아가 변호사댁에서는 꾸지람이 무서워 어린 동 생에게 노래는커녕 소리 한번 못 내게 주의시키던 일을 생각하고, 노래를 그만두라는 말을 못한다. 남아, 동아도 따라 부른다.

이 노래가 끝나기가 바쁘게 남아가, 찌리링 찌리링 비켜나세요, 자전거가 나갑니다, 찌리리리링, 하며 자전거를 탄 시늉을 하고 어 둠속을 달린다. 어젯저녁에는 그렇게 졸던 애가 오늘은 웬일일까. 오늘 장사에 수지가 맞았다는 것인가. 저기 가는 저영감 꼬부랑영 감, 우물쭈물하다가는 큰일납니다. 이번에는 자전거가 이리로 달려 와 아빠 새를 돌아 나간다. 아빠되는 이 영감은 자전거에 치지 않기 위해 비켜나야만 했다.

등에서 진아가 잠을 깼다. 깨어나서는 누나가 다시 부르기 시작 한, 나비야 나비야 이리 날아 오너라를 같이 불러본다. 선아는 율 동까지 섞어가며 한다. 흡사 어둠속을 날아가는 나비와도 같이.

누나의 노래가 끝나자, 그제는 온전히 정신이 든 듯 진아가, 산 토끼 토끼야를 꺼낸다. 이놈은 또 토끼 뛰는 시늉을 하는 것이었는 데, 내 등에서는 맛이 안 나는지 어깨로 기어올라가 무등을 타고서 야단이다. 깡충깡충 뛰면서 어디로 가느냐, 산고개 고개를 나 혼자

210

넘어서 토실토실 밤토실 주워서 올 테야. 진아는 노래가 끝난 뒤에
도 그냥 토끼 뛰는 시늉을 한다.

나는 여섯살잡이 진아의 엉덩이 밑에서 중심을 잃지 않으려고 애
쓰면서, 생각한다. 토끼라고 하면 이 아빠도 엄마도 토끼띠다. 그
러나 이 아빠토끼는 깡충깡충 산고개를 넘어가 토실밤을 주워오기
는커녕 이렇게 어두운 개천둑에서 요맛 무게 요맛 움직임 밑에서도
비틀거리며 재주를 부리고 있는 것이다.

그러다가 문득 나는 곡예사라는 말을 떠올렸다. 오라, 지금 나는
진아를 어깨에 올려놓고 곡예를 하고 있는 것이다. 그러고보면 진
아도 내 어깨 위에서 곡예를 하고 있고, 선아는 나비의 곡예를 했
다. 남아는 자전거 곡예를 했다. 이 남아가 이제 몇 센트의 군표를
위해 그 꼬마와 같은 지랄을 해야 하는 것도 일종의 슬픈 곡예인
것이다. 그리고 동아의 풀리즈 쎌 투미도 그런 곡예요, 이들이 가
슴이나 잔등에서 또는 허리춤에서 담배보루며 껌곽을 재빨리 꺼내
고 넣는 것도 훌륭한 곡예의 하나인 것이다. 이렇게 해서 이들은
황순원곡예단의 어린 피에로요, 나는 이들의 단장인 것이다. 지금
우리의 무대는 이 부민동 개천둑이고.

피에로 동아가 쏘렌토를 부른다. 그래 마음대로들 너희의 재주를
피워보아라. 나는 너희가 이후에 오늘의 이 곡예를 돌이켜보고, 슬
퍼해할는지 웃음으로 돌려버릴는지 어쩔는지 그건 모른다. 따라서
너희도 이날의 너희 엄마 아빠가 너희들의 곡예를 보고 웃었는지
울었는지 어쨌는지를 몰라도 좋은 것이다. 그저 원컨대 나의 어린
피에로들이여, 너희가 이후에 각각 자기의 곡예단을 가지게 될 적
에는 모쪼록 너희들의 어린 피에로들과 더불어 이런 무대와 곡예를
되풀이하지 말기를 바란다. 이거 대단히 실례했습니다. 쓸데없는
어릿광대의 넋두리였습니다. 자, 그러면 피에로 동아군의 독창을
경청해 주십시오.

한 걸음 떨어져 오던 아내가 가까이 와 한 팔을 내 허리에 돌린
다. 이 단장 부인은 남편되는 단장의 곡예가 위태로워 보였던 모양
이다. 나는 염려 말라고 아내의 손을 꼭 잡아주었다. 그러는데 피
에로 동아의 노래가 마지막 대목 다 가서 뚝 그친다. 이미 우리는

그 변호사댁이 있는 골목에 다다른 것이었다.

그러면 여러본, 오늘밤 프로는 이것으로 끝막기로 하겠습니다. 준비가 없었던 탓으로 이렇게 초라한 곡예가 되어 부끄럽기 짝이없습니다. 내일을 기대해 주십시오. 우리 곡예단을 이처럼 사랑해주시는 데 대해서는 단을 대표해 감사의 뜻을 표해 마지않는 바입니다. 그러면 안녕히들 주무세요. 굿바이 !

1951 오월

골목 안 아이

아주 더러운 얼룩고양이새끼였다. 골목 밖 쓰레기통 옆에 웅크리고 있었다. 아이가 허리께를 쥐어드니, 꼭 고만한 솜뭉텡이를 드는 것같이 가뿐했다.

니야아아 하고, 무슨 먼 데서 들려오는 것같은 소리로 울었다. 할딱이는 맥박만이 아이의 손을 통해 똑똑히 만져졌다. 아이는 이 고양이새끼를 그냥 그자리에 내려놓지 못했다. 기르리라 마음먹는다.

몸을 씻어주었다. 아무리 씻어도 본시는 희었을 콧배기, 목덜미, 가슴패기, 사타구니, 그리고 네 다리가 그냥 거무칙칙한 잿빛대로다. 도무지 그밖의 까만 털과 또렷한 구별이 서지 않는다.

어머니가 부엌에서 나오다 이걸 보고,

"얘야, 뭘 그까짓걸 기른다구 야단이냐? 사람 먹을 양식두 아쉬운 판에…… 짐승 하나가 사람 한입 당한다."

그러나 아이는 크게 도리질을 하며,

"아냐, 나구 같이 먹구, 나구 같이 잘 테야."

어느새 고양이새끼는 끼니때마다 아이의 곁을 떠나지 않게 되었다. 밤에 잠자리에서, 아이는 곧잘 잠결에 이 고양이새끼의 몸을 어루만진다. 지난날 잠결에 어머니의 젖가슴을 어루만지는 심사다.

고양이새끼를 안고, 길 건너 앞집 아이한테 놀러간다.

끄나풀로 어르면 고걸 잡으려고 앞발을 들고 나불거리는 게 재미있다. 앞집 아이가 저희 어머니 손잡이거울을 갖다대면 거기 비추인 자기를 다른 고양이로 알고 등을 바짝 꼬부려올리고 싸우려는 시늉을 하는 것도 우습다. 앞집 아이가 꼬리에다 과자조각 같은 걸 매달면 고걸 물려고 언제까지나 뱅뱅 돌다가 제바람에 나가쓰러지는 것도 여간 볼 만하지가 않다.

앞집 아이가 밥을 내다준다. 고깃국물에 만 밥이다. 고깃점도 들어있다. 썩 잘 먹어댄다. 아마 아이 자기가 이 집에 놀러와서 얻어먹는 과자나 떡같은 게 맛이 있듯이, 고렇게 맛이 댕기는 모양이다.

고양이새끼가 세법 고양이꼴이 됐다. 터럭도 흰 부분과 검은 부분이 또렷이 제 빛깔로 돌아갔다. 윤까지 흘렀다.

한번은 앞집 아이네 집에 가 놀고 있는데, 건넌방 미닫이가 열리며 거기 얼마 전부터 앓아 누워있다는 앞집 아이의 할아버지가 부어 희멀건 얼굴만을 내밀고,
"애, 그 괭이새끼 우리 다우, 우리가 기를게,"
한다.
아이는, 이렇다 저렇단 말도 없이, 그냥 고양이새끼를 품에 안고는 그집을 뛰쳐나온다. 속으로는 안된다는 말을 수없이 되풀이하며. 그리고 이제부터는 이 아이네 집에 놀러오지 않으리라 마음먹는다.

고양이새끼가 온데간데 없어졌다. 부엌에도 나가있지 않다. 주인집 대청마루에도 들어가있지 않다. 뜰구석까지 샅샅이 찾아봐도 없다.
대문 밖으로 나왔다. 위아래 길가에도 뵈지 않는다. 큰일이다.
그러는데, 앞집 아이네 뜰에서, 돌아라 돌아라 팽이처럼 돌아라, 하는 앞집 아이의 말소리가 들려나오지 않는가.

214

큰 대문을 밀고 들어선다. 거기 고양이새끼가 한창 꼬리에 과자를 매달고 돌아가고 있다. 아이는 와락 달려들어 꼬리의 과자를 떼어 팽개치고는 고양이새끼를 껴안고 뛰쳐나온다.

그러나, 그뒤 고양이새끼는 자주 뵈지 않게 되곤 했다. 그럴 적마다 앞집 아이네 집에 가있곤 했다. 앞집 아이와 재미나게 놀고 있거나, 고깃국물에 만 밥을 맛있게 먹고 있곤 했다.

아이는 그때마다 고양이새끼를 안고 나오며 이후에 자기는 이 앞집에서 주는 어떤 과자건 음식이건 받아먹지 않으리라 마음먹는다.

"너두 이제부텀 그렇게 해, 응?"

고양이에게 타이른다.

용한 생각을 하나 해냈다. 개구리를 잡아다 구워먹이리라는 것이었다. 언젠가 앞집 아이와 함께 갔던 시가지를 벗어나서도 또 한참 걸어야 되는 논둑으로 가 개구리를 잡아왔다. 고양이새끼가 께는 맛있게 먹어준다. 기쁘다.

용한 생각을 또 하나 해냈다. 참새새끼를 구워먹이리라는 것이었다. 주인집 몰래 가까스로 뒷곁 처마로 올라가 봐두었던 참새새끼를 꺼내왔다. 고양이새끼가 더 맛있게 먹어준다. 아주 기쁘다.

내일쯤은 어디 참새새끼든지 개구리를 또 잡아와야겠다는 생각을 하다가 잠이 든 날 밤이었다. 꿈을 꾸었다.

논둑에 이르기 전에 무엇이 탁 뛰어오르며 종아리를 와 무는 게 있다. 보니, 개구리다. 그런데 한 마리가 아니다. 헤일 수 없이 많다. 그 많은 개구리가 막 뛰어오르며 물어뜯는다. 못 견디겠다. 달아난다. 그러는데 이번에는 머리며 목덜미를 와 쪼는 게 있다. 보니, 참새다. 수없이 많다. 그 많은 참새가 마구 몰려와 쪼아댄다. 못 견디겠다. 뛰지도 못한다. 사람 살려랏 소리를 지르려 해도 소리가 돼 나오지 않는다.

어머니가 흔들어 잠을 깨웠다. 고양이새끼가 가슴에 올라와 엎디어있었다. 아이는 저도모르게 고양이새끼를 밀어냈다.

다음날부터 아이는 앞집 아이네 집에 가있는 고양이새끼를 찾아오지 않는다.

　아무래도 한 가지 마음에 걸리는 게 있다. 기어코 어느날 아이는
앞집 아이에게,
　"저, 너, 밤에 꿈꾸지?"
하고 묻는다.
　"그래."
　"꿈에 돼지랑 소가 나와 물지 않디?"
　앞집 아이는 그게 무슨 소린지 통 알아듣지를 못하면서,
　"아아니."
　아이는 적이 안심되는 심사다.

　며칠 뒤의 일이었다. 저녁때였다.
　아이가 대문을 나서니 거기 앞집 아이가 있다가 이리로 다가오며,
　"오늘 우리 괭이 잡았다,"
한다.
　"잡다니?"
　"저, 우리 할아버지 계시잖니? 그 우리 할아버지　약에 쓰신다구
잡았다. 쪼꼬매두 살쪘드라. 그리구 괭이가죽은　겨울에 내 귀걸이
만들어주신다구 저기 널어 말린다."
　아이는 머릿속이 아찔함을 느낀다.
　앞집 아이는 자기가 한 말이 그렇듯 상대편을　놀래어주는 게 신
명이 나는 듯,
　"자, 우리 저기 괭이가죽 말리는 거 가 봐,"
하고 아이의 팔까지 이끈다.
　아이는 세게 그 손을 뿌리쳤다. 그리고는 내달리기 시작했다. 골
목 밖으로, 골목 밖으로.
　고양이새끼가 자꾸 뒤따라온다. 그건 요즈음의 살찐 고양이의 모
습이었다. 아이는 달리면서 눈을 꼭 감는다. 처음 주워왔을 때의 그
파리하고도 더러운 꼴을 한 고양이새끼의 모양이 떠오른다.
　그만 아이는 그 자리에 멈춰서며 두 손으로 귀까지 막는다. 처음

고양이새끼 발견했을 때의 니야아아 하는 울음소리가 들려오는 것
같았다.
　아이는 눈을 감고 귀를 막은 채 세게 머리를 몇번이고 흔들고는,
와아, 울음을 터뜨리고야 말았다.
1951 유월

무서운 웃음

소학 오륙학년 때 일입니다. 여름방학이 되어, 나는 시골 할아버지댁에 나가있었습니다.

그날도 동네 애들과 함께 앞개울에 미역감으러 갔다 돌아오는 길이었습니다. 무엇이 공중으로부터 내리꽂히는 게 있었습니다.

솔개였습니다.

좀전부터 우리들의 머리 위를 빙빙 돌고 있었습니다. 어디 풋병아리라도 채가려고 저러나? 살펴보니 닭 그림자라고는 하나도 없고, 저기 밭둑에 고양이 한 마리가 눈에 띄었습니다. 첫눈에도 고양이가 졸고 있는 것이 분명했습니다. 설마 솔개가 고양이야 안 채가겠지 했던 것인데, 그 솔개가 이 고양이를 향해 내리꽂힌 것이었습니다.

그러자 이상한 광경이 벌어졌습니다. 솔개의 발톱이 고양이에게 가닿았는가 하자 솔개가 그 큰 날개를 한 번 크게 펄럭이더니 잇달아 솔개는 이 날개를 그냥 펄럭대며 고양이와 함께 땅을 기어가는 것이었습니다. 고양이에게 물린 것입니다.

애들이 저놈의 괭이새끼 솔개를 물고 간다고, 고양이의 뒤를 쫓기 시작했습니다. 나도 엉겁결에 애들의 뒤를 따라 달리기 시작하며 어째서 솔개가 물렸는지 그 영문을 알 수가 없었습니다.

며칠 뒤의 일이었습니다.

할아버지네 집과 두어 집 격해 민턱영감네가 살고 있었습니다. 민턱영감이란, 이 중늙은이가 턱에 수염이 없고 밋밋한 데서 온 별명이었습니다. 들리는 말에는 수염뿐 아니라 다른 뵈지않는 곳에도 털이란 하나도 없다는 것이었습니다. 그래 이 민턱영감은 조상이 물려준 재물 덕분으로 여편네도 여럿 갈아보았으나 자식 하나 낳아보지 못한다는 것이었습니다.

이 민턱영감이 사냥을 아주 좋아했습니다. 세상 재미를 전부 이것에다 붙인 듯했습니다. 집에는 언제나 매 한 마리가 떠나지 않았습니다.

그날 나는 우연히 이 민턱영감네 집앞을 지나다 발걸음을 멈추고 말았습니다. 민턱영감이 대문 밖에서 이상하게 몸을 구부리고 자기네 집 안뜰을 들여다보고 있는 것이었습니다.

무슨 일일까. 호기심에 끌려 가까이 걸어갔습니다. 민턱영감이 손을 뒤로 돌려, 쉬 쉬 하는 듯한 손짓을 합니다. 고개는 그냥 안뜰로 준 채. 잠시라도 거기서 눈을 뗄 수 없다는 듯이.

무엇일까. 그러다가 나는 깜짝 놀랐습니다. 안방 바깥기둥과 안기둥 사이에 막대를 질러 만들어논 홰 위에 앉았는 매를 고양이란 놈이 노리고 기어올라가고 있지 않습니까. 그것도 매 있는 데까지 불과 몇 뼘 안 되는 가까운 거리까지. 그런 데다 매는 매대로 그것도 모르고 한 발을 가드라뜨린 채 졸고 있습니다.

저걸 어쩌나! 그런 걸 이 민턱영감은 무슨 장난이나처럼 이렇게 숨어 엿보고만 있다니! 어서 고양이를 쫓지 않고! 며칠 전에 솔개까지 잡아먹은 저놈의 검정고양이를 어서!

아마 내편에서 무슨 소리라도 지를 듯한 기색을 느꼈던지, 민턱영감은 다시 조심히 손을 뒤로 돌려 가만히 물러나있으라는 손짓을 하는 것이었습니다.

그리고 종시 일은 벌어지고야 말았습니다. 잠시 등을 세우고 틈새를 노리던 고양이가 아차할 새도 없이 달려든 것이었습니다. 그리고 고양이와 매 사이에는 극히 짧은 동안 싸움이 있은 듯이 생각됐습니다.

고양이가 홰에서 떨어졌습니다. 그러나 매를 물고 떨어진 것은 아니었습니다. 그때 나는 다시 한번 놀랄 밖에 없었습니다.

지금 바둥거리며 앞발로 마구 제 대강이를 잡아 뜯는 고양이의 눈에는 눈알이 없는 것이었습니다. 여기서도 분명하리만큼 떼꾼하게 들어간, 피가 듣는 그 눈이란! 소름이 끼쳐졌습니다.

그제야 민턱영감은 됐다는 듯이 나를 돌아다보았습니다. 그리고 웃었습니다. 그것은 무엇에 지극히 만족한 사람만이 지을 수 있는 사뭇 황홀한 웃음이었습니다. 그러나, 나는 이때처럼 이 수염도 아무것도 없는 민턱영감의 얼굴이 무섭게 보인 적은 없었습니다.

1949 사월

이 리 도

중학 이년에서 삼년에 걸친 한 일년 동안 나는 학교에서 돌아와서는 대개 그때 한반 동무로 이웃에 이사해온 만수라는 애네 집에서 살다시피 한 일이 있다. 이웃이었으니 필시 이 애도 우리집에 찾아왔을 것인데 지금 내 기억으로는 암만해도 내편에서만 그애네 집에 찾아간 것같은 생각이 든다. 어쩐 까닭일까.

만수는 어머니와 다만 둘이서 그리 크지 않은 집에서 살고 있었다. 당시 만수아버지는 평양에서도 손꼽히는 고무공장 사장으로 작은집을 얻어 딴살림을 차려놓고 큰집과는 영 발을 끊은 듯했다. 나는 이 만수아버지라는 이를 만수가 이웃에서 떠나기 직전, 그러니까 우리가 삼학년이 되던 해 늦봄, 만수어머니가 세상을 떠났을 때 장례 마당에서 한 번 보았을 뿐이다. 그것도 누가 만수아버지라고 일러줘서 안 것은 아니다. 마침 그날이 일요일인가여서 장례식에 가볼 수 있었던 나는 거기 모인 많지 않은 사람 가운데서 이 만수아버지를 알아낸 것이다. 베두건 쓴 얼굴 모습이 수질을 머리에 두른 만수의 얼굴 그대로였다. 양복 위에 베두루마기를 아주 말쑥히 입고 맑은 맵시에 이목이 수려한 청년같은 신사 만수아버지는 그대로 만수의 맏형님이래도 좋은 나이밖에 안 돼 보였다.

이 만수아버지에 비겨 만수어머니는 쪼글쪼글 아주 늙어 보였다. 아무리 봐도 내외라고 볼 수 없었다. 만수가 아들이래도 늦게 본 아들이래야 맞을 것 같았다. 그러나 만수는 그의 부모가 일찍 결혼

해서 곧 본 첫아들이자 이 만수 하나밖에는 더 애낳이를 해보지 못한 어머니와 아들 새였다.

게다가 만수어머니는 항상 어딘가 편찮아있었다. 궂은 식구가 없는 집안이라 옷매무새같은 것도 늘 정하게 하고 있는 편이었으나 언제나 병그늘이 얼굴에서 떠나지 않았다. 이제와 생각하니 철색 살갗으로 해 더 그래보였는지도 모르겠다. 그리고 그것은 또 결혼생활의 파탄이 가져온 그늘로 인해 더했던 것같다. 만수어머니가 서른여섯엔가 세상을 떠난 것도 이 결혼의 파탄이 가져온 정신적 타격 때문은 아니었을까.

그러나 내가 여기서 이야기하려고 하는 것은 이런 만수네 가정사가 아니다. 그저 이런 어머니와 아들만이 사는 집의, 그것도 아들이 차지하고 있는 한간방에서 핀 이야기를 하려는 것이다.

만수의 방은 꺾어 지은 이 집 한끝에 붙은 동향방이었다. 이것이 만수가 우리 동네로 이사온 이래, 그가 자기 외삼촌을 따라 대륙방면으로 떠나기까지 일년 남짓한 세월을 거의 매일같이 우리가 정들여온 방이다. 동향이라 아침에 학교 갈 적에 들를라치면 앞미닫이 가득히 햇볕을 받아 정신들게 환하곤 하던 것이 생각난다. 그러나 이 방이 둘이의 방으로 차지되기는 저녁 뒤의 일이었다.

우리는 함께 공부도 했다. 얘기도 했다. 만수는 그렇게 명랑한 편은 아니었으나 그렇다고 결코 우울한 편도 아니었다. 교실에서도 그랬다. 먼저 나서서 떠들고 까부는 축은 아니었으나 남과 같이 웃고 얘기하고 떠들곤 했다.

만수는 하모니카를 잘 불었다. 나도 그시절 하모니카를 좋아했기 때문에 둘이는 같이 불었다. 제대로 악보책을 놓고 부는 것이 아니었다. 만수도 나처럼 악보책 놓고 배운 하모니카가 아닌 듯 둘이는 닥치는대로 그야말로 닥치는대로 학교에서 배운 노래컨 거리에서 들은 유행가건 아는 노래면 마구 불어넘겼다.

누가 먼저 어떤 노래의 첫머리를 시작할라치면 다음 하나가 거기 따라 불었다. 숨이 차고 양볼이 아픈 줄도 모르고 그냥 불어댔다. 좀전에 분 곡을 몇번이고 되풀이도 했다. 이 아직 소년기를 완전히 벗어나지 못한, 한창의 두 소년은 마치 자기들의 정열이랄까, 정력을 이것으로나 소모시키려는 듯이 불고 또 불었다. 한간방이 떠나갈 만큼. 아마 그때 밖에서 보았으면 이 하모니카소리로 해서 그렇듯 고요하던 집 전체가 어떤 이상한 생기를 띠었을 것이다.

우리는 아주 지쳐서야 불기를 그만뒀다. 이것도 어느 한쪽이 그만 불자고 해서 그만두는 것이 아니라, 둘 중의 누가 불기를 그치면 다른 하나도 따라 입에서 하모니카를 떼는 것이었다.

그리고는 대개 손깍지 베개를 베고 드러눕는 것이었다. 한참은 누구도 말이 없었다. 그것은 여태까지의 떠들썩함에 비겨 너무나 갑작스럽고 지나친 고즈넉함이었다. 마침 이집 전체에 끌리어 우리들의 방이 바닷속 깊이로 자꾸만 가라앉아 들어가는 것만 같은…… 이런 때 우리들의 정적을 혹 만수어머니가 와서 깨쳐주기도 했다. 참외니 수박이니, 또는 사과니 밤이니 귤이니 하는 것을 들고 와서.

우리가 하모니카에 지치거나 공부나 잡담에 물려 손깍지 베개를 베고 드러누웠을 때는 곧잘 벽에 붙어있는 한 장의 바닷사진에로 눈이 가는 것이었다. 그것은 원색으로 된 꽤 큰 그림사진이었다.

파도가 약간 있을 뿐 크고 작은 흰 물머리가 깔려있는 망망한 바다에는 일견 아무것도 없었다. 단지 이 바다와 맞닿는 하늘에 솜반을 아무렇게나 뜯어 던져놓은 것같은 구름이 몇 조각 떠있었다. 그리고 이 구름에서 떨어져나온 듯한 것이 또 몇 점 떠있었다. 갈매기였다. 그리고는 아무것도 없었다.

그러나 실은 아무것도 없는 게 아니었다. 저어기 까마득히 머언 수평선 너머에 까만 점같은 게 하나 찍혀있었다. 사진의 흠집인 양. 그러나 그것은 사진의 흠집은 아니었다. 자세히 보면 이 점은 아련한 연기같은 것을 끌고까지 있는 것이다. 배였다. 수평선 너머로 가는 것인지 이리로 오는 것인지는 분간키 어려우나 배임에는 틀림없었다.

지금와서 생각하면 그것은 그림사진으로서도 그리 신통한 것이 못되는 것이었으나 그때의 우리에겐 어떤 꿈이라 할까 동경이라 할까 한, 그런 심정을 일으켜주기에 충분했다. 그리고 이런 심정은 그때 우리의 나이도 나이였으려니와 그보다도 만수가 늘 그리는 꿈으로 해 북돋우어졌던 것이 사실이었다.

만수는 장래 마도로스가 되겠노라고 했다. 그래가지고 세계를 두루 돌아다녀보겠다고 했다. 이럴 때의 만수의 눈은 벌써 이상한 빛을 띠우곤 했다. 나는 이 만수의 눈에서 이미 내가 그에게서 몇번이나 들은 항구의 이름을 외어보는 것이었다. 좀 가까이는, 샹하이, 홍콩, 싱가포르, 콜롬보, 봄베이…… 좀 멀리는, 아테네, 수에즈운하를 거쳐…… 아주 멀리는, 나폴리, 마르세이유, 런던, 함부르크, 케이프타운……

그래서 그랬는지 만수는 보트도 잘 저었다. 여름방학 때 흰 런닝셔츠바람으로 찾아와 나를 대동강으로 꾀어낸 것도 한두 번이 아니다.

옳다. 그가 우리집을 찾아온 것은 다른 때는 말고라도 이 일로도 한두 번이 아닌 것이다. 그런 걸 나는 그가 우리집에 찾아온 것이 한두 번이 아니란 것을 기억해낸 지금에도 그가 우리집에 온 일이 없고 내편에서만 그를 찾아간 것같이 느껴짐은 무슨 까닭일까. 그건 나도 모르겠다. 그저 내가 말할 수 있는 것은 만수와 나의 관계라 하면 그의 집 그것도 그의 한간방과 떼어놓고는 도저히 생각할 수 없다는 것뿐이다.

우리의 한간방. 거기에는 비록 길지는 않으나 우리들 한창의 소년만이 가질 수 있는 생활의 한 토막이 깃들어있었으니, 그것은 벽 위 사진의 저 망망한 수평선 너머 한 점 선박이 내뿜는 아련한 연기와 같은 꿈이요, 알수없는 소년기의 정력이랄가 정열의 연거푼 발산이요, 이 꿈과 정열과 정력이 한데 어울려 지껄여댄 수많은 얘기— 그 거의 전부가 사진속 바닷물결 새에 생겼다 스러지는 물거품 모양 이미 내 기억에서 사라진 지 오래인 얘기같은 것으로 수놓여져있었던 것이다.

그러나 지금도 그 방의 단 하나인 앞미닫이만 꼭 닫아놓고 꼼꼼히 그 안을 더듬으면 아직껏 거기에 남아있는 무엇을 좀더 호흡할 수도 있고 어루만질 수도 있을 것같은 그러한 한간방의 속만을 더듬으려는 건 아니다. 차라리 나는 우리들의 이 한간방 문이 좌우로 열려져 보다 넓고 새로운 세계, 그것은 벽 위에 붙은 바다의 넓이

와도 다른, 그리고 그즈음 학교에서 배운 무슨 세리학적 넓이나 새
로움도 아닌, 그러면서도 또 그 당시의 우리의 아련한 꿈과도 구별
되는 그런 세계로 통하게 한 이야기를 하려는 것이다. 그것은 우리
로 하여금 미닫이 하나만으로는 부족해 벽에다 새로 눈에 뵈지 않
는 크나큰 들창같은 것을 뚫어놓게 하고야 만 성질의 것이었다.

　우리의 한간방에서 그렇듯 넓은 세계로 통하게 한 것은 바로 만
수의 외삼촌되는 이였다. 지금까지 내 기억에 남은 이분의 인상으
로는 얼굴이 만수어머니와 같이 가무잡잡하던 것, 몸집은 보통이나
키가 작은 편이었던 것, 그 작은 눈이 때로 이상하게 빛나던 것, 그
러면서도 퍽은 친근감을 느끼게 하던 것 따위로, 이분의 내면생활
에 대해서는 이렇다 하게 아는 게 없다. 그저 오래전부터 만주랑
흥안령 땅에 가있었던 것과 그리고 한 곳에 머물러있지 않고 떠돌
아다니는 생활을 하는 것만은 만수의 얘기로 알고 있었으나, 무엇
때문에 이분이 그런 생활을 하고 있었는지는 도무지 알 길이 없다.
하기는 그때의 내 나이가 나이였으니까. 그리고 설혹 내가 그런 것
을 지각할 수 있는 나이와 기회가 있어 이분의 생활이란 걸 알고,
그것이 여태 기억에 그대로 남아있다손 치더라도 나는 여기다 그것
을 일일이 쓰려고는 들지 않을 것이다. 그것이 우리의 이야기와 크
게 관계가 없는 한.
　내가 우리의 한간방에서 이분을 처음 대한 것은 어느 추운 겨울
날 밤이었다. 처음이라고 하지만 나는 이분을 꼭 두 번, 그것도 둘
쨋번은 만수어머니의 장례 때 만수아버지 곁에 고개 숙이고 서있는
것을 본 것뿐이니 이 한간방에서 이분을 대한 것은 이것이 처음이
며 마지막인 셈이다.
　곧 이분은 우리를 상대로 여러가지 이야기를 해주었다.
　만주땅의 드릴한 마적 이야기며 불가사의한 중국 사람과 새에 관
한 이야기. 그리고 북만주 눈보라치는 밤에 승냥이의 울음소리, 마
굿간의 말이 추위에 발 옮겨짚느라고 언 땅에 내는 소리, 늦나그네
지나가는 썰매 방울소리를 들으며 저절로 처량해져 고향생각이 간
절하다가도 정작 이렇게 돌아오면 되레 그때의 일이 그리워진다는

이 리 도　227

만수외삼촌 자신의 이야기. 이런 만수외삼촌은 만수어머니의 장례를 치르자 만수를 데리고 다시 대륙으로 갔다. 그뒤에 만수가 그냥 대륙에 있는지 혹은 소원이던 마도로스가 되었는지는 몰라도

그런데 만수외삼촌이 한 여러가지 이야기 중에서도 우리로 하여금 우리들의 방문을 열고 벽에다 새로 큰 들창까지를 뚫어 보다 넓고 새로운 세계로 통하게 한 이야기는 홍안령 저쪽 이야기다.

자작나무숲이 들어선 구릉성의 산맥과 잇닿아 펼쳐진 무연한 초원. 거기 여러 십, 여러 백 마리씩 무리를 져 다니는 이리떼. 소들은 밤이면 이들 사나운 짐승의 습격을 방위하기 위해 자기네의 어린것을 가운데 두고 뻥 둘러 뿔을 밖으로 향하고 자고, 말들은 또 말들대로 자기네 어린것의 주위에 머리를 안으로 모으고 발을 밖으로 하고 자는 곳.

그속에서 몽고사람들은 소박하기 짝이없는 목가적인 생활(지금와서 보면 반드시 그린 생활만도 아닐 듯싶지만)을 영위하고 있다. 이 몽고사람들의 생김생김이 어딘가 우리나라 사람과 비슷하고, 말도 흡사한 데가 있다. 어머(어머니), 아바(아버지), 아가(아기), 메수(메주) 따위. (이 외에도 적잖은 예를 들었으나 다 잊어버렸다.)

언젠가 만수외삼촌이 어떤 곳(그땐 분명히 지명까지 들었으나 이것도 잊어버렸다. 왕야묘가 아니었는지?)에 갔을 때 일로, 여름철이라 낮에 낮잠이 들었다가 밖에서 왁자지껄 떠들어대는 바람에 눈을 뜨니 지금 한창 누구와 싸우는 듯한 언성 높인 말소리가 에누리없이 경상도 노파의 말투였다. 그래 생각하기를, 저 늙은이는 무슨 참지 못할 일이 있어서 이렇게 타국땅에 와서까지 큰소리로 싸움을 하는 것일까, 하고 고개를 내미니 그것은 경상도 노파도 아무도 아닌 바로 늙은 몽고 부인이었던 것이다. ……

이런 몽고땅 한 곳에 만수외삼촌이 최근 갔을 적의 일이었다. 주막이란 없는 곳이어서 마침 저녁때 당도한 거기 한 집을 찾아가 사정을 말하고 하룻밤 묵게 되었다. 그만큼 몽고사람은 인심이 후한 것이다.

우연히도 그 집엔 만수외삼촌 외에 객이 하나 더 있었다. 만수외

삼촌 낫세의 일본사람이었다.

인심이 후하고 친절한 집주인은 저녁에 두 사람에게 술까지 대접하는 것이었다. 그 몽고사람 특제의 양젖으로 만든 술과 양고기 안주. 집주인도 중국말을 통하고 일본인도 중국말을 알아, 셋은 술 순배가 돌아감에 따라 이런저런 세상이야기로 시간가는 줄을 몰랐다.

소기름 등잔불도 이미 밤이 깊음을 말하며 졸고 있을 때였다. 갑자기 빠오(몽고집) 문 밖에 있던 이집 개 두 마리가 한꺼번에 짖기 시작했다. 짖기 시작하더니 그칠 줄을 모르고 다급하게 짖어댔다. 주인이 문을 열고 무어라고 소리를 지르고 나서 조용히 두 나그네를 향해 말했다. 이리떼가 나타난 거라고.

그리고 주인은 그 몽고인 특유의 수염이 적은 검붉고 넓은 순진스런 얼굴에 어떤 미소까지 띠우며 개가 저렇게 몸을 피하면서 짖을 땐 이리같은 짐승이 나타났을 경우라고 했다. 낯선 사람을 봤을 때는 한곳만을 향해 짖어대고, 아는 사람이 오면 그저 한번 컹컹 짖고 만다는 말까지 했다.

주인의 지른 소리로 짖기를 멈추었던 개들이 아까보다 더 극성스럽게 짖어대기 시작했다. 이리떼가 더 가까이 나타났나보다.

이때 마주앉았던 일본인 객이 벌떡 일어났다. 어느새 그의 손에는 어디다 감춰가지고 있었는지 권총 한 자루가 쥐어져있었다.

주인이 약간 놀라는 빛으로 손을 들어 일본인 객의 앞을 막듯 했다. 일본인 객이 술로 해 붉어진 얼굴을 주인에게로 돌렸다. 왜 그러느냐는 듯, 내 이제 그놈의 이리를 보기좋게 쏘아잡을 테니 두고 보기나 하라는 듯.

주인은 들었던 손을 거두면서 조용한 말로, 정 쏘려거든 허공에다 한 방 쏘아서 쫓아버리고 말라고 했다. 이 말에 일본인 객도 제 고집을 세우지 않고 밖으로 총만을 내밀어 무턱대고 한 방 쏘고는 제자리로 돌아와 앉았다.

자연 짐승 이야기가 화제에 올랐다. 주인은 두 사람에게 말하는 것이었다. 이런 산속에서는 그게 날짐승이건 길짐승이건 심지어는 한 마리의 벌레까지라도 함부로 죽여서는 안된다는 것이 한 도덕처럼 돼있다는 것. 특히 외지에서 온 손님으로서 주의해야 할 점은 이리떼를 만났을 때 수중에 총을 가졌더라도 직접 쏘아서는 안된다는 것. 청 이리들이 성화를 먹이면 그저 한 방 허공에다 대고 총소리를 내는 정도로 쫓아버리는 게 상책이라는 것. 얼핏 직접 쏘아버리는 게 이리떼를 쫓는 가장 좋은 방법인 것같이 생각키 쉽지만 절대 그렇지 않다는 것. 물론 그것도 인가 근처라면 한두 마리 쏘아 넘어뜨린대도 무방하지만 만일 무인지경에서 섣불리 총질을 했다가는 봉변을 당한다는 것. 이리란 놈은 다른 짐승이 다 그렇듯이 화약 냄새를 몹시 싫어하고 겁내기도 하지만 한번 피를 본 뒤에는, 그것이 자기네의 피건 어떤 다른 것의 피건 한번 보고 냄새를 맡은 뒤에는 달아나기는커녕 되레 미친 듯이 달려든다는 걸 알아야 한다는 것. 여기서 주인은 얼마전 어디선가 있은 일이라고 하며 다음과 같은 이야기를 하는 것이었다.

국경선을 지키는 군인 셋이 술이 취해가지고 밤길을 가다 이리떼를 만났다. 추근추근하게 굴면 허공에다 대고 총 한 방썩을 쏘아가며 가까운 인가를 찾아들어가면 된다는 것을 알고 있었을 텐데 이들은 그만 술취한 김에 이리떼를 향해 불질을 하고 말았다. 이렇게 되면 결국 총알 다하는 것이 목숨의 마지막인 것이다. 다음날 아침 거기에는 세 자루의 총대와 함께 피묻은 옷조각들이 흐트러져있을 뿐이었다.

주인의 말이 여기까지 이르렀을 때 밖에서 또 이리라도 나타난 듯, 개들이 다시 몸을 피하며 짖어대기 시작했다. 그러자 주인의 밖을 향해 지른 소리와 일본인 객이 좀전처럼 권총을 빼들고 자리에서 일어선 것은 거의 동시였다. 이번엔 주인이 손을 내밀어 막지 않았다. 일본인 객이 일어섬은 좀전처럼 허공에 대고 한 방 쏘려는 것이려니 생각한 듯.

그러나 어두운 등잔불속에서도 이쪽으로 돌린 일본인 객의 갑작스런 흥분으로 해 핏기 걷힌 얼굴에는 좀 전과는 달리 분명히 무엇을 경멸하는 듯한 빛까지 떠올라있었다. 그리고 그는 말하는 것이었다. 거 다 변변치 못한 인간들이기에 한 놈도 아니고 세 놈씩이서 그것도 총을 가지고 잡혀먹히지 될 말이냐고, 자기는 군대에 있을 때에도 사격에 손꼽히는 명수였지만 이제 대일본제국 신민의 숨씨를 한번 뵈어줄 테니 자세히들 보라고. 일본인 객의 얼굴에는 벌써 어떤 말못할 살기마저 내돋쳐있었다.

그제서야 주인은 약간 놀란 빛으로 손을 내밀어 일본인 객의 앞을 막으며, 자 그러지 말고 앉아 술이나 한잔썩 더 하자고, 다른 한손으로는 새로 술을 따르는 것이었다. 그러나 일본인 객은 그 술일랑 있다가 이리떼를 격퇴시킨 뒤에 축배로 들자고 하고는 주인의 손을 피해 밖으로 나서고 말았다.

주인은 좀 당황한 듯하면서도 여전히 의젓한 말로 만수외삼촌에게, 정 저렇게 이리를 쏘아보아야 직성이 풀리겠으면 인가 근처기도 하니 한번 쏘아보게 내버려두자고 했다.

만수외삼촌은 귀를 기울였다. 이제 돌려올 총소리에. 그러나 총소리는 좀처럼 들려오지 않았다. 웬일일까? 주인도 귀를 기울이고 있는 눈치였다. 드디어 총소리가 들려왔다. 꽤 먼 데서. 뒤이어 애울음소리같은 짐승의 비명소리도.

주인이 벌떡 일어났다. 그러면서 중얼거렸다. 이거 큰일났다, 꽤 멀리 간 모양인걸. 어디에 이런 요소가 들어있었는가 싶은 표한한 빛을 얼굴에 떠올리며 그는 밖으로 뛰어나갔다.

만수외삼촌도 뒤따랐다. 밖은 그새 대륙 특유의 기후 변화로 부쩍 차진 공기가 얼굴에 와 부딪혀 술먹은 뒤의 머리를 정신들게 했다. 그러나 어둠속에 무엇이 무엇인지 분간할 수가 없었다. 하늘에는 별빛이 총총하건만.

주인이 무턱대고 소리를 질렀다. 어서 돌아오라고. 그리고 이어서 이상한 고함을 냅다 몇번 쳤다. 무슨 말인지 몰라도 이리떼가 되도록 속히 일본인 객 가까이 달려들지 못하게 하기 위한 고함인 것만은 짐작할 수 있었다.

또 총소리가 들렸다. 이번에는 주인이 총소리 난 데를 향해 빨리 돌아오라는 소리와 함께 예의 이상한 고함을 연거푸 지르며 그쪽으로 내달리기 시작했다. 만수외삼촌도 그 뒤를 따랐다.

다시 총소리가 몇방 재게 계속됐다. 그리고는 딱 그쳤다. 그러자 총소리 난 지점 주위에서 들리던 야릇한 비명소리에 섞여 그 지점을 향해 휘익 몰리는 바람소리같은 것이 들려왔다.

주인이 후딱 발을 멈추며 혼잣말로 중얼거렸다. 이거 다 틀렸다. 그리고 돌아서 만수외삼촌을 재촉하는 것이었다. 이렇게 되면 여기도 위험하니 어서 집으로 돌아가자고.

집으로 돌아오자 주인은, 그 객 미친사람이 아니었느냐고, 글쎄 일껏 일러줬는데 어쩌자고 그런 짓을 하느냐고 하면서, 다시 그 어수룩하고도 선량한 얼굴로 돌아온 눈에 눈물까지 띠우는 것이었다.

만수외삼촌은 너무 창졸간에 당하는 일이라 지금 일이 거짓말같이만 느껴졌다. 좀전까지 그렇게 당돌하게 앉아있던 사람이 이제는 이세상 사람이 아니라니 될 말인가. 그는 주인더러 총소리 나던 곳에 인가가 있지 않느냐고 했다. 일본인 객이 마지막 총알을 다 쏘고는 거기 어디 인가로 뛰어들어갔을 것만 같았다. 그러나 주인은 십리 안짝 이 근방에는 인가라곤 없다고 했다. 그냥 만수외삼촌은 인가가 없으면 없는대로 거기 나무라도 있어서 그리 올라가있을 것만 같은 것이었다.

좌우간 날이 밝기까지 기다리는 수밖에 없었다. 날만 새면 뛰쳐나가 보리라. 그 객이 어느 나라 사람이건, 무엇을 하러 이런 데로 왔던 자이건, 그리고 우연이라면 예서 더 우연한 일이 없을 하룻저녁 그것도 서너 시간밖에 더 안 되는 동안의 나그네 사이라고는 하지만, 그 사람이 살아있어주기만 바라는 마음이었다. 설사 그사람이 어떤 자만의 웃음을 띠우고 어떤 누구를 깔보는 태도를 하고서라도.

만수외삼촌은 진정 그래주기를 바랐다. 그러면서 날이 새기까지 앉아 기다리리라 마음먹었다. 그러나 며칠째의 피로에다 아까 먹은 술기운이 차차 되살아 올라왔다 사라지면서 저도모르게 쓰러져 잠이 들고 말았다.

만수외삼촌이 눈을 떴을 때에는 벌써 날이 환히 밝았을 때였다. 늦었구나 하고 일어나는데 집주인은 벌써부터 만수외삼촌이 잠깨기를 기다리고 있었던 듯이 눈앞에 무엇인가를 내뵈는 것이었다.

권총이었다. 묻지 않아도 어제 그 객이 가졌던 권총이었다. 정말 죽었구나 하는 실감이 그제야 만수외삼촌의 가슴에 와 안겨졌다.

주인은, 이것 하나가 떨어져있을 뿐 그 근처에는 머리칼 한오라기 헝겊 한조각 남겨져있지 않더라고 했다. 만수외삼촌은 순간 몸을 스치고 지나가는 전율과 함께 뒤이어 그 짐승을 향한 어떤 증오감과 분노를 금할 길이 없었다.

주인은 그냥 손바닥 위에 올려놓은 권총을 만수외삼촌 앞에 내민 채 자세히 보라고 했다. 권총에는 검붉은 피가 말라붙어 있었다.

주인은 다시 여기에 난 것이 무슨 자린지 아느냐고 했다. 눈여겨보니 거기에는 본시 그랬을 리 없는 자국이 세로가로 무수히 나있는 것이 아닌가. 마치 무슨 줄같은 것으로 함부로 긁어놓은 것같은 자국이.

주인은 만수외삼촌의 눈앞에서 권총을 한번 뒤집었다. 거기에도 같은 자국이 수없이 나있었다.

이게 뭐냐고, 만수외삼촌이 권총에서 눈을 들자 주인이 사뭇 침통한 어조로, 이게 바로 이리의 이빨자국이요, 했다. 등골이 오싹했다.

이리의 이빨자국? 음, 이게 바로 이리의 이빨자국이라?

다음은 주인의 설명을 듣지 않아도 좋았다.

이리도, 그러면 이리까지도?

1948 오월

모 자

예로부터 사람이란 의관을 정제해야 한다는 말이 있다. 그러나 의관의 의라 해도 옷이라고 누구나 다 아무 옷이나 입을 수 있었던 것은 아니었고, 관만 해도 쓰개라고 누구나 다 아무 쓰개나 쓸 수 있었던 것은 아니니, 검정갓은 양반만이 쓸 수 있었고, 상민들은 패랭이나 방갓따위밖에 더 못 쓰되 그것도 흰빛이 아니면 안된 시절이 있었다. 삼국시대같은 때는 노예란 머리에 쓰는 쓰개는 고사하고, 버선같은 것까지도 신어서는 안된 적이 있었다.

이런 의관제도가 없어진 오늘날에는 오늘날대로 제대로 의관을 정제하지 못하는 사람이 이 너른 세상에 수없이 있는 가운데, 진고개 동남상사 경리과에도 한 사람이 있었다. 장이라는 가난한 사원이.

이 장에게, 올해도 가을이 깊어 각색 겨울모자가 나온 지도 벌써 오래된 오늘, 뜻하지 않았던 실로 뜻하지 않았던 모자가 하나 생겼다.

오늘 새벽이었다. 그러지 않아도 부부간에 아침 잠이 없는 터지만 요새와서는 또 월동 걱정 때문에 더 일찍 눈이 뜨여지곤 했다. 이날도 어둑새벽에 부부가 같이 깨어 김장 걱정을 하던 끝에 아무래도 회사에서 가불을 하는 도리밖에 없으니 별러오기만 하는 사장댁을 하루속히 찾아보자는 결론이 지어졌다. 그리고 나서 아내는 아침을 끓이러 부엌으로 나간 것이었다.

조금 뒤 아내가 갑자기 샛문을 열어잡더니 다급한 목소리로, 어서 좀 나오라는 것이다. 그가 무슨 일인가고 부엌으로 나갔더니, 아내가 뒷부엌문을 가리킨다. 그 뒷부엌문은 얼마 전에 유리 한 개가 깨어져 거기다 신문지를 발라두었던 것인데, 그것이 세찬 바람에나 불리운 듯이 찢어져있다. 그가 미처 무슨 뜻인지 알아차리지 못하고 있으려니까 아내가 어젯저녁에도 멀쩡했는데 저렇게 찢어졌다고 하면서 걸었던 문고리까지 벗겨져있다는 것이다.

그는 그제야 가슴이 섬뜩함을 느꼈다. 어젯저녁에 성했던 문막이 종이가 찢어지고, 안으로 걸었던 문고리가 벗겨졌다면 정녕 누가 밖에서 종이를 찢고, 그리로 손을 넣어 연 게 틀림없었다. 그는 그래 무엇 없어진 건 없나 보라고 하니까 그때야 아내는 석유상자로 만든 궤짝속의 몇 안 되는 그릇을 세보고, 수저꽂이의 숟가락을 들여다보고 하더니, 없어진 건 없다고 한다.

뒷부엌문 밖으로 나가보았다. 어젯저녁에 내리던 찬비는 밤들면서 그친 듯 축축해진 땅 위에는 이렇다할 사람의 발자국같은 것은 찾아볼 수 없었다. 좌우 옆집 새에 꼭 끼어있는 이 한살림밖에 더 못하는 셋집은 본래는 북아현동 한가운데서 낡기는 했어도 꽤 큰 집이던 것이 뒤로 한길이 뚫리면서 대부분이 헐리고 지금 서있는 부분만이 남게 되는 무렵에 둘러막은 뒷담장이 있었다. 이 담장 위아래도 살펴보았으나 역시 이렇다할 흔적은 보이지 않았다.

앞으로 돌아와 봐도 역시 그랬다. 헌것들이긴 하나 신발도 다 그대로 있었다. 그는 아내에게 문에 발랐던 신문지가 찢어진 것은 아마 틈난 데로 고양이라도 들어왔던 거고, 문고리가 벗겨진 건 매일밤 거는 거라 어젯저녁에도 건 듯이 생각은 되지만 잊어버리고 안 걸었던 거라고, 도둑도 사람이지 무엇을 보고 우리집같은 데 들어올까부냐고 했더니, 아내도 어젯저녁 꼭 문고리를 걸었었다고 우길 수도 없는 듯, 그냥 부엌으로 들어갔다.

그도 방안으로 들어오는데, 언제 깨어있었는지 일곱살짜리 큰놈이 아랫목에서 이불을 쓴 채, 누구 왔어? 하고 두 눈만을 내민다. 애놈도 어미애비가 새벽부터 부엌이니 뒷울안이니 수군거리고 돌아다니는 게 아무래도 무슨 일이 있는 줄 아는 모양이었다.

그러는데 다시 아내의 여봇 소리와 함께 후닥닥 샛문이 열리면서,

겁에 질린 아내의 얼굴이 나타났다. 그리고 내미는 아내의 손에는 웬 양갓이 하나 들리어져있었다. 뒤이어 아내는 떨리기까지 하는 목소리로, 지금 막 숯을 가지러 굴뚝 모퉁이로 갔더니 이게 떨어져 있더라고 한다. 그는 저도모르게 샛문 쪽으로 다가가고 있었다. 마음속으로는 역시 누가 들어오기는 했었구나 하고 섬뜩해지면서.

모자는 땅에 닿았던 데가 축축히 흙이 묻었을 뿐, 아직 성한 것이었다. 하여튼 누가 들어왔다가 다시 담장이라도 넘다 떨어뜨리고 갔음에 틀림없다고 생각하고 있는데, 애놈이 어느새 자리에서 기어나와, 모자야? 하며 어머니 아버지가 새벽부터 수군거리고 야단한 게 이런 모자 하나를 가지고 그랬는가 하는 듯이 그의 손에서 모자를 빼앗더니, 아부지 써! 하면서 덥석 그의 머리에다 씌워주는 것이 아닌가. 그는 어이가 없어 픽 웃었으나, 손은 자기도 모르게 쓰지 못할 것을 쓰기나 한 것처럼 머리로 가 모자를 벗기고 있었다.

그러나 저녁에 회사에서 나와 비뿌린 뒤의 겨울을 재촉하는 바람을 받으며 돌아오는 길에서, 장은 문득 이런 때 모자라도 썼으면 한결 나을 텐데 하는 생각이 들자 오늘 아침 애놈이, 아부지 써! 하며 모자를 씌워주던 일이 생각났다.

참 애놈의 말대로 자기는 왜 모자에 묻은 흙이나 털어버리고 쓰고 나오지 않았을까. 좀 큰 듯하긴 하나 그런대로 쓸 수 있겠던데? 아내에게는 누가 뒷담장도 있고 해서 괜찮게 사는 줄 알고 들어왔다가 하도 살림이 말이 아닌 걸 보고 도리어 이런 모자를 하나 선사하고 간 게라는 우스갯말 한마디쯤 해주고. 내일부터라도 쓰고 나오리라. 아니 내일부터가 아니라 오늘 저녁부터 써야겠다. 오늘 저녁 사장댁에 갈 적부터라도…… 장은 가불건으로 오늘 저녁에는 꼭 사장댁을 찾을 결심을 한 것이었다. 그러니 웃사람을 찾을 때의 예의로라도 그 모자를 쓰고 가야지. …… 그러나저러나 오늘저녁 찾아가는 일이 성공돼야 할 텐데. 김장이란 자기네같이 어려운 살림살이에는 그대로 겨우내의 큰 양식이라는 건, 걸핏하면 김장을 걸러오는 자기네라 누구보다도 절실히 느끼고 있었다. 바로 지난해도 김장을 못해 곤경을 겪은 자기네다. 목돈만이 안 들어갈 뿐 돈은 돈대로 들고 반찬은 반찬대로 쪼들렸던 것이다. 올해는 무슨 일이 있더라도 해넣어야지.

집에 돌아오자 모자의 거처부터 살피니, 모자는 이미 흙이 깨끗이 털리어져 마치 이왕부터 그가 써오던 것을 오늘 아침 깜박 잊고 못 쓰고 나가기나 했던 것처럼 못에 걸려있었다.

저녁을 뜨는둥 마는둥 장은 모자를 내려쓰고 집을 나섰다. 뒤에서 아내는 이 모자를 쓰고 가서 찾아가는 일이 뜻대로 되기를 바라는 듯이 남편을 바라보고, 애놈은 애놈대로 아버지가 모자 쓴 것이 신기해 손뼉을 치며 소리를 지른다. 우리 아부지 모자 썼다아!

장은 절로 얼굴이 달아올랐다. 그는 한길로 나오기까지 몇번이고 모자에 손이 갔다. 폭 눌러봤다 올려봤다 하면서.

아무래도 지금 자기는 자기 아닌 다른 누가 걸어가고 있는 것만 같다. 그러는 그의 머리에 어떤 생각이 하나 떠오른다. 옛날에 어떤 사람이 밖에 나갔다 돌아오다 뒤가 마려워 감투를 벗어놓고 뒷간에 들어갔는데 그새에 그집 몇십년 묵은 쥐란 놈이 그 감투를 쓰고 주인과 똑같은 사람으로 변했다는 얘기가.

지금 장도 자기가 쓴 모자의 전 주인이었을 종류의 사람이나 된 것 같음을 느낀다. 그러면서 그는 저도모르게 저물어가는 거리 사이사이에 들여다보이는 골목 안 집집의 담장에로 눈이 갔다. 그러나 장서기는 도무지 그런 담장을 혼자의 힘으로 추어올라 넘을 수 있을 것같지가 않았다.

이때, 장선생 뭣을 정신없이 바라보우? 하고 그의 어깨를 툭 치는 사람이 있었다. 깜짝 놀라 고개를 돌리니 같은 사에 있는 자칭 탈모주의자 주씨가 실눈웃음을 웃고 있다. 장은 대번 이 눈이 술먹은 눈이라는 걸 안다. 그리고 이 눈앞에서 장은 무슨 나쁜 짓이나 하다 들킨 것처럼 가슴이 울렁거려진다. 장의 눈이 얼핏 저녁빛 속에 번쩍이는 주씨의 기름 바른 머리로 간다. 자기가 쓴 모자에 마음을 쓰면서.

—잘 차리구 어딜 가슈?

전에없이 모자까지 **쓴** 걸 두고 하는 말이리라.

—잠깐 요기까지……

얼김에 사장댁이 있는 방향을 턱으로 가리키고 말았다.

——그럼 댕겨오슈.

그냥 실눈웃음을 띤 채 돌아서 가는 주씨의 저만큼 앞에는 중절모를 약간 뒤로 젖혀 쓴 경리부장이 이쪽을 향해 역시 웃음을 띠고 서 있는 것이었다. 장은 끄떡 인사를 하는둥 마는둥 고개를 돌리고 걸음을 옮겼다. 그러는 그는 뒷덜미에 두 사내의 간지러운 시선과 웃음을 자꾸만 느끼지 않으면 안되었다.

저 두 사람이 지금 자기가 찾아가는 곳이 어디라는 것을 눈치채지나 않았을까? 그렇다면 자기를 어떻게 생각할까. 얌전한 줄 알았더니 밑구멍으로 호박씨 까는 녀석이라고 욕하겠지. 그러나 지금 자기가 사장에게 부탁할 일이란 결국은 경리부장에게까지 내려올 거고, 그러니 다 알려질 성질의 것이 아닌가.

그러나 이렇게도 생각할지 모르겠다. 이왕 떳떳한 일이거든 낮에 회사에서 말을 할 게지 하필 사택으로 찾을 건 뭐냐고. 하**지만** 이런 일이란 사택으로 조용히 찾는 게 예의가 아닌가. 선물은 **못** 들고 갈망정. ……**참** 뭐든 사들고 가는 게 인사가 아닐까. 술이라도 한 병? 아니, **그건** 필요없다. 술로 교제할 자리에는 꼭꼭 자기 계씨를 대신 내세울 만큼 사장은 독실한 크리스찬이니까. 과일이나 케익이 좋을 것이다. 단것이라면 무어나 좋아한다는 사장이니까. 그리고 애들도 있고 하니, 그러나 무어고무어고 돈이 있어야지.

그런데 좀전의 그들이 매일이다시피 술을 마시는 것만 보아도 경리부장은 말할 것도 없고, 주씨도 살림에는 궁하지 않은 눈치다. 말라깽이 노씨가 긴병으로 죽은 뒤, 그 훗자리로 들어온 이사람이 탈모주의자가 되어 모자는 안 쓰고 다니지만 한 주일이 멀다 하고 이발을 하는 머리가 늘 기름에 빛나고 있는 걸 봐도 살림 형편을 짐작할 수 있다. 이런 그들이니까 자기가 사장을 찾는 걸 눈치챘다 하더라도 그게 다른 무엇 때문이 아니고 궁한 청이나 하러 가는 터이고 보면 자기를 속으로 호박씨 까는 놈이라고 시비같은 건 안할 테지. 정말 그 말라깽이 노씨가 아직 살아있었다면 자기의 이런 심정을 잘 알아주련만……

문득 노씨가 언젠가 한 얘기가 생각**났다.** 어딘가 자기가 쓴 모자와 관련이 있는 듯한 얘기다. 노씨가 전에 월부로 구두 한 켤레를 산 것이었다. 최우량 복스로 된 구두였다. 그러나 자기는 한번도 그가 이 구두를 신고 다니는 것을 보지는 못했다. 아마 자기처럼 이렇게 웃사람 찾아갈 적에나 신었었는지. 그 구두를 노씨는 팔아 버리지 않으면 안되게 되었다. 물론 돈 때문이었다. 팔고 나서도 아침 저녁 오가는 길에 가지런히 놓여있는 이 구두를 보곤 했다. 구 두편에서도 정이 있는 듯 이쪽을 바라보는 것같았다. 이것이 노씨 가 남몰래 맛보는 즐거움의 하나였다. 그런 것이 어느날 이 구두가 뵈지 않게 되었다. 다른 사람에게 팔려간 것이다. 그 집에다 구두 를 팔 때보다 더 서운했다. 그리고는 구두가 어느 낯선 사람에게로 가서도 자기를 보고 싶어 찾고나 있는 듯한 생각이 들어, 길을 가 다가도 그 생각이 나면, 지나가는 사람들의 구두를 내려다보곤 했 다던 얘기.

이 노씨처럼 지금 자기가 쓴 모자의 주인도 자기의 모자를 찾고 있는 것은 아닐까. 이 모자 역시 자기 주인을 그리워하고. 그럴싸 라 해서 그런지 사람들이 자기 모자만 보는 것같다. 이때 이미 사 장의 사택이 있는 남산 밑 언덕에 이르러있었다.

그렇게 가파른 언덕길이 아닌데도 숨이 차다. 설마 자기가 그 말 라깽이 노씨처럼 긴병이 든 건 아니겠지. 그까짓 긴병같은 건 어찌 됐던 여태 공연한 생각 때문에 이제 사장을 찾아가 할 말의 연습을 한번 더 못해둔 게 안됐다. ……고단하실 텐데 이렇게 찾아와 죄송 합니다. 그러면 사장은, 천만에, 할 테지. 좀 조용히 말씀드릴 일 이 있어 왔습니다……

그러는데 대문까지 왔다. 별수없다. 그는 모자를 벗어든다. 그리 고 들어가 현관의 벨을 누른다. 하녀가 나왔다. 사장님 계시냐고 물 으니, 되레 제편에서 누구시냐고 묻는다. 회사에서 왔노라고 했다. 하녀가 안으로 들어가고, 좀 사이를 두어 사장의 부처님같은 얼굴 이 나타난다.

—어떻게 ?

—고단하실 텐데 이렇게 찾아와 죄송합니다.

—아니 천만에.

연습해둔 대로 들어맞는다.

——좀 조용히 말씀드릴 일이 있어 왔습니다.

——무슨 말인데?

이건 연습해두었던 것과 틀린다. 연습해둔 것은 사장이 자기보고 좀 들어오란 말로 돼있었다.

——아니 예서 좋습니다…… 아니 저 다름이 아니오라…… 부끄러운 말씀이지만 집에서 아직 김장 준비를 못했습죠. 누구에게나 그렇겠지만 더구나 저희같은 사람에겐 김장이란 겨우내 큰 양식이 아닙니까. 그래 꼭 해넣긴 해야겠구, 그렇다구 별 도리는 없구, 그래서 생각다 못해 미련한 생각에 어떻게 미리 좀 가불을 하두룩 해주실 수 없을까 해서…… 네, 네……

——아, 그렇소? 그 일이면 내일 사에 나가서 봅시다.

——네. 고맙습니다. 안녕히 계십시요.

대문을 나온 그는 절로 한숨이 나온다. 안도의 한숨이. ……그러나 들어오란 말도 없는데 자기는, 예서 좋습니다가 뭐야? 창피스럽게. ……아무랬건 왔던 일이 성공했으니 되잖았어? 그 부처님같은 입에서 꽤는 부드러운 음성이 나오더라. 하긴 위엄이 들어있기도 하고. 아무렴 사장쯤 되면 응당 위엄이 있어야지. 어쨌건 우리 사장님은 인정이 많은 분이야. ……그래 이렇게 대번 되는 일을 자기는 두고두고 버르기만 했단 말인가. ……좌우간 이젠 됐다! 살아났다!

이튿날 회사에 나간 장은 모자 인사를 받아야만 했다. 이건 그도 미리 예상했던 일이었다. 어젯저녁 두 사람한테나 들켰으니 무사할 리 없는 것이었다.

한 사원이 모자걸이로 가서 장의 모자를 벗긴다. 그리고 이리저리 돌려본다. 안도 들여다본다. 그리고는 정말 괜찮은 모잔데? 하는 표정으로 그것을 들고 이리로 온다. 다른 사원들도 돌려가며 본다. 모두 정말 괜찮은 모자라고 한마디씩 한다.

모자가 주씨한테 갔다. 역시 이리저리 돌려보고 부드럽게 모자의 살결을 쓰다듬어보고 하더니, 탈모주의자라도 이런 걸 볼 줄은 안

다는 듯이, 이게 바루 사장님 것과 같은 체코슬로바키아제로군, 그
래 이런 모잘 두구 좋은 데 갈 데만 쓰시는 모양이죠? 그러구보니
장선생두 뒤꿍꿍이가 있는 양반야, 하면서 실눈웃음을 띠우는 게
아닌가.

장은 태연하게 무슨 응답을 해야 한다고 생각하며 억지로 웃음을
지어보였으나, 천연스러울 리가 없었다. 멋적은 일이었다. 하기는
마음 한구석에서는 내가 오늘 이깟일을 가지고 속을 쓰고 있을 때
가 아니라고 하면서.

그런데 낮이 지나 퇴근시간이 되어도 사장에게서는 아무런 말이
없다. 혹시 경리부장보고 무슨 말이 있을는지도 모른다고 경리부장
이 사장실을 드나들 적마다 일손을 멈추고 눈을 드는 것이었으나
거기서도 이렇다할 눈치는 뵈지 않는 것이었다.

다음날도 한낮이 되도록 아무 소식이 없었다. 그는 점점 초조해
질 밖에 없었다. 되든 안 되든 무슨 말이 있을 텐데? 혹시 잊어버
린 거나 아닌가? 이러는 장은 눈언저리가 뿌득뿌득 무거워지며 이
마에 열까지 느껴지는 것이었다. 말라깽이 노씨처럼 자기가 긴병이
든 건 아닐 텐데.

그 다음날도 퇴근시간이 가까워오도록 사장에게서는 기별이 없었
다. 정녕 잊어버린 거다. 그렇다면 다시 생각나도록 해주는 수밖에
없다. 그는 사장이 퇴근할 시각을 가려서 변소에라도 가는 체 복도
로 나갔다.

이윽고 사장실 문이 열리고 사장이 나타났다. 그는 길을 비켜주
며 허리를 굽혔다. 그리고 허리를 펴는 그는 사장이 자기를 내려다
보면서 예의 그 부처님같은 미소를 짓고 있는 것을 볼 수 있었다.

됐다. 사장이 나를 보고 웃었다. 이 웃음은 다름아닌, 아차 잊었
었군, 하는 웃음임에 틀림없다. 그럼 내일이면 된다.

퇴근해 돌아오는 길에서도 그는, 내일이면 된다, 내일이면 된다,
하는 생각을 수없이 되뇌이는 것이었다. 그는 여지껏의 초조함과
함께 피로가 한꺼번에 풀린 듯 몸이 가벼웠다.

조선호텔 높고 긴 담장에 이르렀다. 거기에는 언제나처럼 소경거
지가 앉아 지나가는 사람이 있거나 없거나 줄창 굽실굽실 절을 하

242

며 동냥을 구하고 있었다. 무릎 한가운데다는 동냥바가지인 예의 낡은 중절모를 놓고.

장서기는 이 조선호텔 담장 옆으로 해서 회사에 오가는 관계로 아침저녁 이 소경거지를 보아온다. 지금도 이 앞을 지나는 그는 무심코 눈이 거지에게로 갔다. 그러자 문득 저것을, 저놈의 돈 든 모자를 움켜쥐고 달아났으면! 얼마가 되든간에! 자기 모자를 대신 놔두고라도 ……소경이라 따라도 못 오렸다?……

자기가 왜 이런 생각을 하는 걸까? 자기가 그런 종류의 사람의 모자를 쓰고 있어 이런가? 아니 이건 지금 자기가 쓰고 있는 모자의 전 주인이라 해도 감히 엄두도 못낼 무서운 생각이다! 그러면서 장은 자기가 사실 소경 거지의 돈을 움켜쥐고 달아나기나 하는 것처럼 가슴이 두근거려지고 다리가 떨렸다. 한참 동안은 내일이면 된다는 생각도 잊어버릴 만큼.

다음날도 역시 점심때가 지나고 퇴근시간이 되도록 아무런 소식이 없었다. 또 잊으셨구나. 분주한 양반이란 할수없다니까. 그럼 사장실로 찾아가보자. 아니 사장실로 찾아가느니보다는 다시 댁으로 찾는 것이 예의다.

그날 저녁, 그는 이른 저녁을 뜨는둥 마는둥 사장댁을 향해 집을 나섰다. 아내는 전날과 같은 눈으로 남편의 뒤를 바라보고, 애놈만은 이제는 모자보다도 밥먹기에 더 정신이 팔렸다.

첫겨울다운 꽤 추운 저녁이었다. ……이렇게 날은 부득부득 추워오구, 마늘 한 톨 준비해논 것두 없구, 그래서 염치를 무릅쓰구 또 찾아왔습니다. 그러면 사장은, 아차 내 정신 좀 봐라 깜박 잊었었군, 안됐소, 할 테지. 아닙니다, 바쁘시니 그러시겠죠, 제가 그저 제 사정만 사정이라구 이렇게 귀찮게 해드려 죄송한 말씀 뭐라고 여쭤야 좋을지 모르겠습니다. 그러면 사장은 응당, 천만에 내일은 무슨 일이 있더라두 잊지 않겠소, 하겠지. 네 감사합니다, 그럼 안녕히 계십시오.

내일, 내일이면 된다! 마지막으로 이런 말을 하면 어떨까. 바쁘신 중에 또 잊으실지 모르니 내일은 제가 사장님실루 찾아뵙는 것이 어떻겠습니까? 그러면 사장은, 아 거 좋은 생각이오, 그럼 그렇게 해주오, 할 테지. 내일, 내일이면 된다, 내일이면 된다!

남산 밑 사장 사택이 있는 언덕에 이르렀다. 오늘은 숨도 찬 줄 모르겠다. 대문에까지 왔다, 모자를 벗어든다. 현관의 벨을 누른다.

하녀가 나왔다. 사장 선생님 계시냐고 물으니, 요전처럼 또 누구냐고 되묻는다. 회사에서 왔노라고 한다. 하녀가 들어가고, 사이를 두어 사장의 부처님같은 얼굴이 나타난다.

──어떻게?

그리고 사장은 생각난 듯이,

──오라, 전번 그일루 왔군, 그건 좀 어렵겠소, 아다시피 요새 돈이 잘 돌지 않아서……

한다.

이런 말을 받을 말은 미리 생각해두지도 못했지만, 우선 눈앞이 아찔했다. 입만은 사장의 말끝에, 네 소리를 내고 있었지만.

──어떻게 다른 도리를 취해보우.

──네.

앞이 캄캄해지는 심사였다. 다른 도리를 취한다? 대체 내게 다른 도리를 취할 길이란 무엇인가? 기가 막혀서……

돌아서려는데 사장은 장이 들고 있는 모자를 내려다보며 미소를 짓는다. 그런 모자를 쓰고 다니는 형편에 뭘? 하는 듯. 장은 앞이 캄캄해지는 속에서도 사장의 이 미소가 어제 복도에서 본 미소와 같다고 느끼는데 사장이 별안간 미소를 거두며 방 쪽을 향해,

──게 요한이아범 있어?

하고 소리를 이른다.

행여나 누구를 불러서 자기네 사사로운 돈이라도 좀?

복도를 이리로 걸어나오는 소리가 들린다. 거기 따라 장의 가슴은 또 자꾸만 두근거렸다.

자줏빛 자켓을 입은 사내 하나가 나타났다. 역시 부처님같은 얼굴. 이 사람이 술로 교제할 자리에는 사장 대신으로 나선다는 동생 그 사람이로구나 하는데, 사내는 잠시 머뭇거리다 사장이 자기를 부른 뜻을 알아차린 듯 술기운으로 벌거우리해진 얼굴에 놀람과 기

뺨을 한꺼번에 떠올리며,

—오오, 모자!

하고 장 앞으로 다가와 쑥 손을 내밀어 모가를 빼앗아 들더니,

—이번만은 아주 잃었느니라 했드니…… 아니, 잃을 수야 있나, 내가 찾아가지 않으면 모자가 제발루 찾아오게 마련인걸…… 여기 써있는 주소 성명을 보구 오셨죠?

사내는 모자의 내대를 펴, 주소 성명이 씌어있는 테를 한번 살피고는 도로 접어넣으면서,

—놀라셨죠? 처음에 이 모잘 발견했을 땐 필시 도둑이 든 줄 알구 하하하…… 허지만 이 주소 성명이 들어있는 것을 보구서야 안심하셨겠지? 하하하, 미안헙니다. 지가 미처 찾아가질 못해서…… 실은 그날 굉장히 취해놔서요. 뉘집 담 너머루 이걸 던지긴 던졌는데, 당최 생각이 나야죠. 오늘두 던졌다구 짐작되는 집엘 몇 집 들려봐두 나서질 않아 이번에는 아주 잃이버렸느니라 했드니…… 그래 모잘 새루 하나 사왔드니…… 좌우간 잘됐습니다. ……전 술만 취하면 종종 이런 장난을 허죠. 참, 술 한잔 먹은 기분으루 이걸 남의 집 담 너머루 집어던지는 그 맛이란 괜찮습죠, 이렇게 휘익!

사내는 모자 테두리 한끝을 쥐고 왼편 배꼽노리께서부터 오른편 머리 위까지 휘익 멋지게 사선을 그어 보이고 나서,

—알겠습니까? 그러면 그 집에서 이 모잘 발견하는대루 이거 도둑이 들어왔었구나 허구 모두 마음들이 섬뜩해할 게 아니에요? 그게 또 재밌거든요. …… 그리구 나서 다음날 천천히 그집엘 찾아가거든요. 가서는 어젯밤 요 앞에서 술이 취해서 친구와 장난을 하다가 이 담으루 모잘 하나 넘겨보냈는데 못 보셨나요? 헐라치면, 예외없이 모잘 들구 나와, 이거 아닙니까 허지요. 물론 틀림없는 내 것이죠. 그래 그겁니다, 허면, 그때의 그집 사람들의 멍한 표정이란 볼 만허죠. 여지껏 자기네 집에 도둑이 들어왔었다구 겁을 먹구 있다가 일이 이렇게 되면 마음이 탁 풀리지 않겠어요? …… 안 그렇습니까? 좀 지나친 장난같이두 생각헐 사람이 있을지 몰라두, 보슈, 피차 손해보는 일 없이 재밌는 장난 아뇨? 허긴 장난이라구 해서 아무나 다 헐 수 있는 건 아니죠. 누가 봐두 이 사람이면 믿을

수 있다, 아마 엊저녁에는 약주가 과해서 그랬던 모양이다, 이렇게
쯤 인정받을 수 있는 사람이어야 말이지, 보매 꾀죄죄헌 위인같애
봐요, 되레 의심을 받지 않나? 이 사람이 증말 어젯저녁 자기네 집
담을 넘어왔다가 저러지 않나 허구서…… 선생께서두 그렇게 생각
허셨을 게요. 여기 적혀있는 주소 성명을 보구서 이리루 오시는 동
안에두 아마 속으룬 께림직허셨죠? 그렇죠? 그래 와 보신 결과
으떻습니까?…… 아 잠깐만, 바쁘시드래두 이왕 오신 김에 제 애
길 마저 들으세요. …… 그래 와 보신 결과 남의 집 담이나 기어넘
을 위인겉지는 않죠? 하하하, 그점 안심헙쇼, 절대루 안심헙쇼. …
그저 지가 댁으루 찾아갔어야 헐 걸 이렇게 가져다꺼지 주셔서……
그날 밤 흠뻑 취해서요. 그 김국장어른이 자꾸 권하는 스카치 바람
에 그만…… 한참 기분좋게 떠들구 나서 돌아오는 길에…… 아마 그
날 저녁 비가 오셨죠? 늦가을 비라구는 해두 부슬비가 돼서 더 기
분을 돋구드군요. 모잘 벗었죠. 달아오르는 이마에 비를 맞는 그 기
분이란! 아마 그때 그 기분으루 이렇게 이걸 집어던졌을 거예요.
(그러면서 사내는 다시 한번 모자 집어던지는 시늉을 했다.) 그것
이 다음날 도무지 어느 집에 던졌는지 생각이 나야 말이죠. 웬만큼
취해가지구는 그렇지 않었는데. 그날은 아마 술두 술이지만 빗기분
에, 그 달아오르는 이마를 식혀주는 빗기분에 더 취했던 모양이에
요. …… 오늘겉이 이 정도 취해가지구야 그럴 리 없거든요. ……참
선생댁이 북아현동…… 아니 왜그러십니까. 잠깐만……

　사내는 장의 뒤에다 대고 그냥 지껄여댔다.
　─잠깐만…… 아니 왜그러십니까, 왜 그렇게 비틀거리세요?……
오오라, 선생두 한잔 허셨군. …… 잘 알었습니다. 선생이 이 모잘
갖구 오신 것두…… 술먹는 사람끼린 이렇게 서루 통허는 법이거든
요. 모자에 있는 주소 성명을 보시구서 이게 필연쿠 술먹는 친구의
장난인 줄 알구 이렇게 가져다꺼지 주는 게 다…… 그러게 옛말 그
른 데 없죠. 과부 사정은 과부가 알어준다는……

1947 십일월

그

이날 밤, 겟세마네 동산에는 아직 달이 없었다.

나아왔나이다. 당신 앞에 나아왔나이다. 그 맵고 쓰라린 짐을 지러 나아와 엎디었나이다. 인자는 아나이다. 이 맵고 쓰라린 짐이 오늘에 비롯한 것이 아니옴을 인자는 아나이다. 이는 인자가 저 갈릴리 바닷가에 몸을 나타내었을 때에 예기되었던 짐이 아니겠나이까. 아니, 인자가 세상에 태어나면서 벌써 약속되었던 짐이 아니오니까. 아니, 그보다도 당신이 당신의 빛을 한 여인의 몸에 머물리었을 때에 이미 마련되었던 짐이 아니오니까. 그러나 살펴시옵소서. 지금 인자는 심히 괴롭나이다. 오늘이 있음이 심히 괴롭나이다. 인자에게 저주받은 무화과나무. 인자의 괴로움이 그대로 한 그루의 무화과나무를 말리어버렸던 것이 아니오니까. 이처럼 인자는 진작부터 오늘이 있음에 목마르고 괴로웠나이다. 아버지시어, 아버지시어, 오늘의 이 맵고 쓰라린 짐을 면할 길은 없겠나이까, 면할 길은 없겠나이까.

베드로 일행이 있는 데로 내려온다. 어느새 그들은 잠이 들어있다.

오늘밤만은 나를 위해 같이 기도를 올려줄 수는 없느냐. 너희를 예까지 데리고 온 것도 그 때문이 아니었더냐. 너희를 택함도 그때문이 아니었더냐. 그러나 그냥 두어라. 암만해도 이 괴로움은 나 혼자만이 져야 할 짐인 것같다.

　다시 나아왔나이다. 그 맵고 쓰라린 짐 지러 다시 나아와 엎디었나이다. 오늘밤 인자가 이렇듯 땅에 이마를 비비며 괴로워하지 않으면 안되는 것은 무엇 때문이오니까. 오오, 똑똑히 보이나이다. 그것은 눈이옵니다. 문둥병자의 썩어들어가는 육신이 아니오라 그 눈이옵니다. 앉은뱅이의 굽은 다리가 아니오라 그 눈이옵니다. 벙어리와 귀머거리의 막힌 입과 귀가 아니오라 그 눈이옵니다. 소경의 감긴 눈동자가 아니오라 그 눈이옵니다. 간음한 여인과 창기의 그 더럽혀진 육체가 아니오라 그 눈이옵니다. 오오, 막달라 마리아의 그 눈이옵니다, 눈이옵니다. 지금도 똑똑히 보이나이다. 그것은 바리새교인의 그 독사와 같은 간교가 아니오라 그 눈이옵니다. 세리의 그 밑빠진 독같은 탐욕이 아니오라 그 눈이옵니다. 제사장과 장로의 그 양껍질같은 허식이 아니오라 그 눈이옵니다, 눈이옵니다. 지금도 똑똑히 보이나이다. 그것은 인자가 가는 길 앞에 종려나뭇가지며 옷을 벗어 펴던 무리의 그 열광된 호산나 소리가 아니오라 그 눈이옵니다. 눈이옵니다. 지금도 똑똑히 보이나이다. 유다의 그 가눌 수 없는 갈등이 아니오라 그 눈이옵니다, 눈이옵니다. 이미 똑똑히 보이나이다. 이제 인자를 잡으려 올 무리의 그 무서운 검과 몽치가 아니오라 그 눈이옵니다, 눈이옵니다. 아버지시어, 아버지시어, 당신은 오늘밤 인자더러 그 눈들을 끊으라 하시나이까. 안 끊지는 못하겠나이까. 괴롭나이다. 심히 괴롭나이다. 이 괴로움 잠시 면할 길은 없겠나이까, 없겠나이까.

　베드로 일행이 있는 데로 다시 내려온다. 그냥들 잠이 들어있다.
　가련한 양들아, 좀들 일어나, 나를 위해 같이 기도를 올려줄 수는 없느냐. 실로 혼자서는 견디기 어렵고나. 그러나 그냥두어라. 오히려 택함을 받은 너희 중에 오늘밤 닭울기 전 세 번씩이나 나를 모른다고 할 자가 있느니라. 암만해도 이 괴로움 나 혼자만이 져야 할 짐인 것이다.

　또다시 나아왔나이다. 그 맵고 쓰라린 짐 지러 또다시 나아와 엎

248

디었나이다. 아버지시어, 진정 오늘밤으로 저들의 그 눈을 끊어야
만 하겠나이까. 오오, 살피시옵소서. 그 눈이란 인간만이 지닐 수
있는 슬픔 그것이 아니오니까. 실은 인자 자신이 그 눈속에 좀더 머
물러있고 싶었나이다. 아버지시어, 아버지시어, 굽어살피시옵소서.
진정 저들의 그 눈은 사랑스럽기까지 하나이다. 그러나 아버지시어,
이 모든 것이 당신의 뜻이오면, 어서 짐을 지워주소서. 해골의 고
장 골고다로 갈 시간이 되었나이다. 앞으로 인자는 당신과 더불어
저들의 그 눈을 멀리 내려다보는 도리밖에 없나이다.
　베드로 일행은 그냥 잠들이 들어있다.
　가련한 양들아, 시몬아, 요한아, 야곱아, 그만들 일어나거라, 때
가 이르렀다.
　그제서야 베드로 일행은 거기 돋아오르는 스무하룻께의 달빛속에
서있는 예수를 발견한다. 모로 비추인 예수의 얼굴이 핏물에 젖어
빛난다. 베드로가 가까이 가 손으로 훔치어낸다. 그러나 손에 훔치
운 것은 땀뿐이었다.

　검과 몽치를 든 무리가 다가왔다. 유다가 앞장을 섰다.
　오오, 길 잃은 양아, 어서 와서 내 마지막 입맞춤을 받으라.
　천천히 팔을 벌렸다. 달빛을 후광으로, 수굿이 한 옆으로 고개를
기울인, 그것은 무한히 고요한 자세였다.
　유다의 몸이 이끌리듯이 품에 들었다. 입술을 가져왔다. 그러나
거기에는 입술 대신 불꽃이 있었다. 순간, 유다는 비로소 처음으로
예수의 사랑을 맛본 듯함을 느꼈다.

1951 시월

책 끝에

〈솔메마을에 생긴 일〉 고향에 있은 사람들이다. 내 사랑하는 부류의 인간들.
　여기의 사건만은 내가 윤색을 했다.

〈목숨〉 주인공의 마지막 부르짖음 그것이, 다만 그 한 사람만의 부르짖음이 아닐 것이라는 느낌이, 나로 하여금 붓을 들게 하였다.
　장면 장면은 6·25동란 때　몸소 겪은 경험과 일선에서 돌아온 사람들의 말에 의한 바 많다.

〈아이들〉 나만큼 아이들 이야기를 쓴 사람도 드물 게다. 아이들 것을 쓸 때는 언제나 즐겁다.
　여기의 것은 여지껏의 이런 소품 중에서 가장 짧은 것의 하나. 이백자로 여섯장이 될까말까.

〈메리 크리스마스〉 피난 중, 한 여인이　기차 지붕 위에서 애를 낳았다. 눈 비 섞어 내리는 어슬막이었다. 산모나　곁에 있던 우리는 이 새로 태어난 생명에 대해서 어찌해주는 도리가 없었다.
　크리스마스날 새벽, 대구 역전에서　크리스마스트리를 대하자 나는 며칠 전 기차 지붕 위에서의 해산을, 이 크리스마스트리 밑에서나마 시키고 싶었다.
　이런 의미에서 나는 로맨티시스트다.

〈어둠속에 찍힌 판화〉 여기의 동란에 관한 이야기와 사냥이야기 대목은 우리가 세든 집 주인 사내가 막걸리 잔을 사이에 놓고 한 얘기 그대로다. 주인 사내는 본시 사냥꾼으로, 그 즈음은 엽총알 만드는 것으로 생업을 삼고 있었다. 그 집에는 애가 없었다.

그러나 내가 이 작품을 쓰게 된 것은, 이 주인 사내가 친구 포수와 함께 사냥 나갔다 노루 한 마리를 쏘아 온 뒤의 일이다. 아직 다 크지 못한 노루였다. 그 가냘픈 목과 가아는 다리가 무척 애처로웠다.

〈곡예사〉 이것을 쓰면서 나는 나 개인의 반감, 증오심, 분노 같은 것을 억제하기에 저으기 노력해야만 했다.

〈골목 안 아이〉 이것도 아이를 다룬 것.
나는 이상스리 고양이를 좋아하지 않는다. 그 눈알이 싫다. 애정이라곤 아예 깃들어 보이지 않는 듯한, 언제나 무엇을 노리고 있는 눈이다. 그래도 새끼만은 다르다. 강아지만은 못해도 그런대로 귀여운 데가 있다.

〈무서운 웃음〉 소학 이삼학년 때부터 나는 방학만 되면 시골 할아버지 댁에 나가는 것이 한 버릇처럼 돼있었다. 그 시절에 내가 보고 듣고 한, 이야기의 하나.

〈이리도〉 역시 내 소년 시절에 보고 듣고 느끼고 한, 얘기가 줄거리가 됐다. 그러나 여기에 나오는 만수나 만수 외삼촌은 그대로가 실재하는 인물은 아니다.
이 작품을 쓰면서 나는 오래간만에 지난날 소년 시절의 감미한 흥분에 젖어들어 보았다.

〈모자〉 어떤 친구에게 뜻하지 않은 모자 하나가 생겼다. 그것이 발견된 경위는 작품에 있는 대로다. 친구는 자못 불안한 빛으로 이 모자를 내게 내보였다. 그것은 아직 그리 낡지 않은 고급 소프트였다.

여기에 **나**는 나대로 장서기라는 인물을 빌어, 이 모자 이야기를 한번 전개시켜 보았다.

〈그〉 유월절 엿새 전으로부터 십자가에 못박히기까지의 예수를 그려보리라는 것은 일찍부터 내 생각해오던 바의 하나다. 그것이 여기서는 그의 마지막 기도 한 장면만으로 압축되었다.

1952년 봄

순　원

겨레의 기억
──황순원의 일면

유   종   호

⓵ 그리스 신화는 기억의 여신을 모든 예술의 어머니로 위해 주고 있다. 아홉이나 되는 뮤즈는 기억의 여신과 제우스 사이의 소생이다. 시도 음악도 기억의 자식들이다. 사람들이 즐기는 애기도 기억의 소생임은 물론이다. 한 민족의 서사시는 그 민족의 과거의 경험을 간직하고 있는 이를테면 겨레의 기억이었다. 우리나라의 소설, 특히 단편 문학의 성숙과 세련에 큰 몫을 기여한 황순원에 대한 적절한 定義의 하나는 그가 뛰어난 겨레의 기억의 전수자라는 것이다. 그의 단편에는 우리의 옛경험의 정수가 간결한 요약의 형태로 처처에 보석처럼 박혀 있다.

투박한 윤리적 해석이라고 속단할지 모르지만 모든 훌륭한 옛애기는 재미있으면서도 터놓고 혹은 은밀하게 어떤 유용성을 내포하고 있다. 그 유용성은 설교나 교훈일 수도 있고 실제적인 충고일 수도 있고 숫제 격언이나 속담으로 요약될 수 있는 것이기도 하다. 뿐만 아니라 인쇄술이 발달 보급되기 이전의 세계에 있어서 옛애기는 어린이들에게 주어지는 최초의 세계 해석이었다. 이 점 교과서에도 수록되어 있는 이 작가의 「산골아이」는 뜻깊은 본보기가 되어 준다.

눈이 내린 날 밤 도토리를 실에다 꿰어 눈 속에 묻었다 먹는 게 큰 군것질인 산골아이에게 있어 할머니가 들려 주는 옛이야기는 재미와 가르침이 미분화 상태로 맺어져 있는 전설이자 철학적 실제적 우화이기도 하다. 총명하고 글 잘하는 총각이 여우고개를 넘는데 꽃 같은 색시가 나타나 총각의 귀를 잡고 입을 맞춘다. 그러더니 물고 있던 알록달록한 구슬알을 총각 입 속에 넣어 주었다 빼었다 한다. 이것을 날마다 되풀이하는데 그러는 사이 총각은 나날이 수척해 간다. 수상히 여긴 훈장이 총각을 미행하여 이를 목격한 뒤 구슬알을 삼키라고 이른다. 몇 번만에 구슬을 삼키니 꽃 같은 색시는 간데 없고 큰 여우 한 마리가 죽어 넘어져 있었다.

꽃같이 아름다운 색시에 대한 잠재적 동경을 추겨 주면서 이 여우고개 전설은 매정한 誘惑者의 모티프를 보여 준다. 아름다운 여인에 홀려서 파멸하고 마는 많은 매정한 유혹자의 얘기와는 달리 다행스러운 결말로 끝맺고 있으나 이 전설이 시사하고 있는 것은 단순히 요사스러운 여성을 조심하라는 계고에서 끝나지 않는다. 그것은 겉보기와 실상이 다르게 마련이라는 현실 인식을 시사한다. 겉봄에 매혹적인 것이 파멸의 함정을 감춰두고 있다는 것을 말해 주는 이 전설은 그 결이나 짜임새에 있어서는 차이가 나지만 유형상으로는 듣기 좋은 노래가 파멸을 안고 있다는 오딧세이 속의 사이렌의 유혹과 비슷하다. 사이렌은 자기들의 달콤한 노래를 들으면 더욱 지혜로워진다고 말한다. 트로이 평원에서 그리스인과 트로이인이 싸움을 했다는 것도 알고 있고 앞으로 풍요한 땅 위에서 일어날 일도 알고 있기 때문이라는 것이다. 오딧세우스 일행이 귀를 틀어막거나 제 몸을 묶어둠으로써 위기를 모면하듯이 글방 총각은 구슬을 삼킴으로써 위기를 넘긴다.

이 옛애기를 들은 산골아이는 꿈속에서 글방 총각의 위기극복을 재연한다. 즉 전설은 그에게 실천적인 교육 효과를 발휘하는 것이다. 이어서 호랑이굴을 찾아가 어린이를 탈환해 오는 반수할아버지 얘기는 살아 남는 데 필요한 가치로서의 기운과 용기와 꾀의 필요성을 가르치는 전설이다. 범을 이겨냄으로써 반수할아버지는 비로소 어엿한 애기아버지로서의 가격을 얻게 된다고 할 수 있다. 짚세기를 팔러 장에 간 아버지가 생업에 얽매어 있는 동안 산골아이의 교육을 담당하고 있는 것은 마을의 기억의 전수자인 할머니인 것이다. 돌아오지 않는 아버지를 기다리다 잠이 든 산골아이는 아버지를 구하러 호랑이 굴을 찾아가는 꿈을 꾼다. 그것은 전설이나 옛얘기가 내포하고 있는 살아남기 위해 필요한 가치의 내면화 과정을 보여 준다. 이렇게 해서 모든 훌륭한 얘기가 그렇듯이 「산골아이」는 한편으로 얘기의 본질과 기능을 극명하고 간결하게 드러내 주고 있기도 하다. 그것은 얘기이면서 동시에 얘기의 설명인 것이다.

　작가 황순원의 특징이 되어 있는 간결하고 세련된 문체, 군더더기 없는 구성과 훈기 있는 여운 등은 우리의 전통적 산문 문학에선 낯선 요소들이다. 그럼에도 불구하고 그의 문학은 외래적인 것에서 아주 멀리 떨어져 우리 전통의 한복판에 서 있다는 느낌을 강력하게 촉발한다. 당연히 그래야 할, 그러나 많은 작가들이 소홀히해 온, 모국어의 세련에 대한 작가의 각별한 집착 때문이기도 하지만 근본적으로는 그가 우리의 옛얘기의 정통의 전수자이자 활용자라는 사실에서 똑바로 나온다고 생각된다. 기법상으로는 현대적 세련을 거쳤지만 옛얘기의 전승과 활용이라는 점에서는 토착적인 것의 주류에 자리잡고 있는 것이다. 그의 작품 곳곳에 모아 놓은 옛얘기의 실상을 알아 보면 이것은 분명해진다. 그는 우선 지칠 줄 모르는 얘기의 채집가요 익히 아는 얘기의 틀을 통해서 사람과 사람의 거동을 살피고 적는다. 그리고 그 얘기는 짤막한 전설에서 민간 요법이나 실용적 속담에 이르기까지 다양하다. 「목넘이마을의 개」나 「이리도」와 같은 이 책 속의 뛰어난 단편들이 중학 시절에 들은 얘기를 전하는 형태를 취하고 있는 것은 우연이 아니다.

　②　48년에 처음 나왔던 『목넘이마을의 개』는 8·15 이후에 씌어진 단편을 모은 것으로 당대 사회 현실의 반영이라는 점에서는 작가의 단편집 중 그 직접성이 가장 두드러진 책이다. 따라서 옛얘기와는 가장 먼 거리에 있는 단편들이다. 그러나 옛말이나 옛얘기는 여전히 적절하게 활용되어 있음을 알 수 있다. 가령 전재민의 집에 얽힌 얘기를 적고 있는 「두꺼비」를 살펴보기로 하자. 작품은 속담으

로 시작한다.

남 죽음 내 고뿔만 못하다, 이런 속담이 언뜻 지금 남대문 쪽을 향해 걸어가는 현세의 머리에 떠오르는 것이었다.

전재민들의 곤궁한 삶을 나타내는 데 옛말로 그것을 집약시키고 있지만 옛친구를 내세워 집 사는 연극을 시킨 뒤 세든 사람을 내쫓고 약속한 셋방은 내주지 않는 속임수를 쓴 친구는 두꺼비에 관한 옛말이나 옛얘기를 매개로 하여 형상화된다.

두꺼비같은 것, 두꺼비같은 것, 장마철에 떡돌 밑에서 기어나온 옴두꺼비같은 것…… 옴에는 사람이 죽지 않는다지? 옻에는 죽어도…… 요행 아내가 옻이 아니었든지, 달걀 흰자위가 효험 있었든지 나아서 다행이다. 그런데 이번 집일을 아내에게 무어라 말하노?…… 두꺼비같은 것, 옴두꺼비같은 것, 그 놈의 아가리로는 파리 대신 불고기와 소주와 마늘…… 참 그놈의 두꺼비 아가리에서 나오는 냄새란 속이 빈 사람에겐 영 견딜 수 없더군.

문득 어려서 어른들한테 들은 옛이야기의 한토막이 머릿속을 스치고 지나갔다. 두꺼비가 자기를 길러준 처녀를 위해, 처녀를 채가려 온 구렁이에게 훅훅 독기를 내뿜어 대들보같은 구렁이를 쿵 하고 천정에서 떨어뜨려 죽이고 자기도 기진해 죽었다. 두꺼비의 독기가 이만한 것이다. 지금 자기가 두꺼비 입김에 쫓기어 나온 것은 무리가 아니다. 겨우 다 죽어가는 실뱀 푼수밖에 못 되는 자기쯤은…… 그리고 병든 구렁이노파도.

두꺼비의 이미지는 이런 별명을 가졌던 옛친구뿐 아니라 성경을 손에 들고 점잖게 방 비워 주기를 독촉하는 김장로에게도 포개어진다. 그리하여 당대 현실 속의 야바위놀음에 세부의 진실을 제공해 주면서, 아울러 이 단편을 전통적 기억과 이어 주는 구실을 한다. 뿐만 아니라 등장 인물의 조형에 튼튼한 발판을 마련해 주기도 한다.

여기서 현세는 두갑이가 말한 찰거머리라는 말과 잡아뗄 적에는 딱 잡아떼야 한다는 말이 떠올랐으나 그보다도 이제는 더 서서 말할 기운조차 없어 그냥 걷기만 했다.

두꺼비·구렁이·찰거머리 등 동물의 이미지는 성격 조형에 크게 기여하면서 작중 현실이 의심할 바 없이 토착적 현실임을 강력하게 시사한다. 작중 인물은 또한 옛말을 의지할 수 있는 행동의 지표로 기대려 한다. 속담이나 격언이 삶의 전략으로 활용되는 실례를 목 도하게 되는 것이다.

자작농 집안이 일제말의 공출 정책과 뒤이은 투전으로 몰락되어 가는 과정을 악질 지주 민창호와 미소 정책을 쓰되 땅모으기엔 누구 못지않게 탐욕스러운 開明 지주 전필수와의 대조를 통해서 보여 주 고 있는 「집」에서는 투전꾼에 관한 이야기가 「두꺼비」에서와 똑같 은 기능을 맡은 채 활용되고 있다.

그 중에서도 송생원은, 전에 어떤 투전꾼은 생전 다시는 투전장을 안 쥐겠다고 엄지손가락을 끊어버렸으나 그 상차가 채 아물기도 전에 다시금 투전장을 쥐고 하는 소리가, 공연히 손가락만 짤라서 요긴할 때 쓰지도 못하고 아프기만 하다고 했다는 이야기를 하면서, 막동이아버지를 장하다 고 했다.

성난 황소(농민)들의 항의를 다룬 이색적인 소재의 「황소들」에서 는 오쟁이와 황소 얘기를 볼 수 있다. 주목할 만한 것은 이런 이야 기들이 세부의 차이는 있을망정 전국 어느 지역에서나 들을 수 있 는 민간 설화란 점이다.

오쟁이를 낳자, 오쟁이아버지는 그렇게 하면 애가 속히 큰다는, 씨앗 담아두는 오쟁이 속에 넣어 벽에다 매달았더니 갓난애가 어쩌나 기운차게 팔다리를 버둥거려대는지 그만 오쟁이가 못에서 벗겨져 떨어지고 말았는 데, 마침 거꾸로 떨어지지 않아 살아났지만 그때 되게 엉덩방아를 찧었 기 때문에 목과 허리가 내려앉은 것이 영 굳어져 커서도 저렇게 목이 밭 고 허리가 짧다는 것이다.

그때 바우는 어른들한데서 들은 황소만 데리고 다니면 아무런 험한 곳 도 무섭지 않다는 말을 생각하고, 지금 자기네가 데리고 가는 게 아직 송 아지지만 황송아지라는 데 얼마큼 마음을 놓아보려고 했다. 그러나 그것 도 동네 어른들이 몇년 전에 어디선가 사실 있은 일이라고 하면서 한 이 야기—— 어떤 총각애가 저녁때 소먹이러 나갔는데 얼마 후에 소만 혼자

뿔에다 피투성이를 해가지고 돌아온 것이다. 집안사람들은 필경 이놈의
소가 같이 갔던 애를 받아 죽인 거라고 한참 야단법석들을 하고 있는데
애가 돌아왔다. 받치기는커녕 손가락 하나 다친 데 없었다. 그 애의 말
이, 소를 먹이며 서있으려니까 별안간 소가 자기를 덮치기에 소한테 밟혀
죽는가보다 했다는 것이다. 그러나 정신을 차리고 보니까 어느틈에 왔는
지 호랑이 한 마리가 이리 번쩍 저리 번쩍 소잔등을 넘어다니며 어르고
있는 것이 아닌가. 그럴 적마다 소도 이리저리 몸을 피해 돌아가는데 자기
는 조금도 밟지를 않더라는 것이다. 그러다가 소가 어떻게 호랑이를 받아
죽였는지 소가 달아나기에 보니까 호랑이는 배가 터져 죽어있더라는 것
이다.

인용의 번잡을 피하기 위해 요점만 열거해 본다면 「담배 한 대
피울 동안」에는 사냥꾼의 범 얘기와 노예선 이야기가 들어 있고 「아
버지」에는 남강선생의 일화가 들어 있다. 8·15 직후 적산 양조장의
경영권을 에워싼 권력 투쟁을 다루고 있는 「술」에는 민간 설화는
아니나 매화나무에 얽힌 얘기가 적절히 활용되고 있다.
　주로 전란 이후에 씌어진 작품을 모은 『곡예사』 수록 작품인 「어
둠속에 찍힌 판화」에는 곰사냥과 꿩사냥 이야기가 세부의 진실을
위해 활용되어 있고 드물게 유머러스한 작품인 「모자」에는 집주인
의 감투를 쓰고 앉아 있었다는 늙은 쥐의 이야기가 회상되어 있다.
　옛말이나 옛이야기의 활용은 앞서도 말했듯이 작중 인물의 조형
이나 세부의 진실에 기여하면서 동시에 황순원의 작품을 우리의 옛
전통과 이어줌으로써 그에게 겨레의 기억의 전수자로서의 위치를
굳혀 주고 있다. 그의 단편은 이 점 이야기의 옛전통과 서구적 문
체 세련 및 낭비 없는 구성이 조화로운 균형을 이루고 있다. 그리
고 그의 옛이야기에 대한 강력한 집착은 뒷날 옛이야기를 재구성해
서 고전적 성취를 보인 『잃어버린 사람들』과 같은 수작을 낳게 하
였다.

　③ 뿌리뽑힌 삶의 가파로움을 보여 주면서 새끼 밴 짐승을 차마
죽이지 못하는 생명애의 외경을 주제로 한 「목넘이마을의 개」와
소년 시절의 회상을 통해서 피를 본 이리의 절망적인 집단적 광기

와 보복을 얘기하고 있는 일종의 액자단편인 「이리도」는 중학 시절에 들은 이야기의 전달이라는 것을 밝히고 있다는 점에서 공통된다. 이 두 편은 또한 동물을 다루고 있으면서도 기본적으로 사람의 이야기라는 성질과 높은 암시성을 공유하고 있기도 하다.

「이리도」는 그보다 훨씬 소박한 단편인 「산골아이」와 구조 및 상황을 같이하는 작품이다. 눈 속에 파묻어 두었던 도토리 먹기가 유일한 군것질인 가난한 산골아이 대신에 하모니카를 부는 도회지의 중학생이 나온다. 두 사람은 그러나 성숙을 기다리고 있는 처지라는 점에서 동일하다. 산골아이에게 세계 해석을 담은 옛이야기를 들려주는 것은 할머니요, 그녀의 이야기는 마을의 전설이거나 그리 멀지 않은 과거의 전해 오는 얘기에 의존하고 있다. 중학생에게 이야기를 들려 주는 것은 외지 경험이 많은 아저씨(친구의 외삼촌)요 또 그가 들려 주는 이야기는 실제 경험담인 것으로 되어 있다. 이러한 차이가 두 개의 독립된 단편의 독자성을 정당화해 주고 있지만 넓은 의미의 〈이니셰이션 스토리〉의 골격을 가지고 있다는 점에서 형태를 같이하고 있다.

사춘기로 들어선 꿈많은 두 소년은 이성을 알기 이전의 동년배에게 특유한 진한 우정을 나누고 있다. 그들은 바다그림이 붙여진 단간방에서 하모니카를 불며 그들의 꿈을 얘기한다. 그러나 그것은 닫혀진 단간방이다. 이 닫혀진 세계에 창을 마련하여 저 너머의 세계를 엿보게 하는 것은 만수외삼촌이다. 그는 근본적으로 〈경험〉의 사람이다. 그리하여 〈순수〉의 소년들에게 그 경험을 전달하는 것이다. 그리고 여기 나오는 이리는 넓게 해석하면 경험의 세계의 한 상징이라 할 수 있다. 곧이곧대로 좁게 읽을 때 이리의 보복은 일단 피를 보고 나서는 물불 가리지 않고 끝장을 보고야 마는 집단 폭력에의 물리칠 길 없는 지향과 그 끔찍함을 나타낸다. 어리수굿해 보이면서 인정 있는 몽고인과 성급한 오기의 일본 군인은 관용과 폭력에의 호소를 제가끔 대표한다고 볼 수 있다. 더 나아가 이리떼에게 흔적 없이 목숨을 잃고 마는 일본 군인에게서 군국주의의 말로를 보게 된다고 나서는 사람도 있을 수 있을 것이다. 그러나 중요한 것은 이리의 세계가 소년기의 〈꿈과 정열과 정력〉에 대해서 경험 세계의 사람이 가리켜 보여 주는 하나의 대답이라는 사실이다. 아득한 수평선과 갈매기의 순수는 경험의 세계 속에서 한갓 꿈이요 그리움으로 멈춰 서 있다. 수평선 너머에서 소년들을 기다리고 있는 것은 피비린내마저 풍기는 경험 세계인 것이다. 〈그런데 만수외삼촌이 한 여러가지 이야기 중에서도 우리로 하여금 우리들의 방문을 열고 벽에다 새로 큰 들창까지를 뚫어 보다 넓고 새로운 세계로 통하게 한 이야기는 흥안령 저쪽 이야기다〉란 지문은 이리 이야기가 아무렇게나 골라진 것이 아님을 말해 준다.

우리는 앞서 「산골아이」의 옛이야기가 모두 화해로운 결말로 끝난다는 것에 주목하였다. 그것은 살아 남기의 가치의 내면화에 기여하면서 아이에게 과도한 긴장을 면제시켜 준다. 「이리도」에서 경험의 세계는 한결 잔혹하고 끔찍하다. 그것은 이야기의 청중이 훨씬 숙성해 있다는 것과 연관될 것이다.

그렇지만 경험 세계의 실상이 어떻건 작가가 꾸준히 강조하고 있는 것은 생에 대한 외경과 생명의 존엄성이다. 「목넘이마을의 개」 「이리도」 「목숨」 「어둠속에 찍힌 판화」 「메리 크리스마스」 등이 모두 생명의 존엄성에 대한 감각을 중심으로 해서 회전하고 있다. 황순원 단편의 훈기가 이에서 말미암은 바 많다는 것은 두말할 것도 없다. 그의 작품에 어린이가 많이 등장하는 것도 호랑이나 이리 앞에 속절없이 무방비 상태로 남아있는 어린이가 그 무구함으로 말미암아 생명의 존엄성의 감각에 가장 적절하게 호소하기 때문이기도 하다.

④ 「아이들」 「메리 크리스마스」 「어둠속에 찍힌 판화」 「골목 안 아이」들이 잘 보여 주듯이 황순원 단편에는 신변의 경험담을 대폭적인 허구적 윤색 없이 담담하게 적고 있는 경우도 소홀치 않다. 잘못하면 운치없는 잡담으로 떨어질 위험성이 많은 소재를 조촐하게 완성시켜 놓는 데서 작가의 솜씨가 각별히 드러난다. 「曲藝師」는 이런 계열의 작품 가운데서 가장 감동적인 완벽한 단편이라 할 수 있다. 「곡예사」는 전쟁 때의 피난살이 그것도 남의 집 사는 것의 어려움을 다루고 있다. 대구에서 부산에 이르는 남의 집살이의 설

움은 허구적 윤색이 없기 때문에 더욱 강렬한 직접성을 성취해 놓은 듯이 보인다. 피난살이까지 갈 것 없이, 셋방살이만 해도 집주인의 專橫이란 아는 사람만이 아는 것이고 특히 그 전횡이 어린 아이에게 관계될 때 그 아픔과 노여움은 극치에 이른다. 등장 인물은 내레이터의 가족을 포함해서 스쳐 지나가듯이 나타날 뿐이지만 집주인네의 전횡으로 해서 또 전횡이 촉발하는 신산함과 노여움으로 해서 희유한 현실성과 박진감을 얻고 있다. 어둡고 을씨년스러운 이야기이지만 이 작품은 평화와 행복에 대한 간곡한 기원으로 해서 절망의 가락을 넘어서 있다.

피에로 동아가 쏘렌토를 부른다. 그래 마음대로들 너희의 재주를 피워 보아라. 나는 너희가 이후에 오늘의 이 곡예를 돌이켜보고, 슬퍼해할는지 웃음으로 돌려버릴는지 어쩔는지 그건 모른다. 따라서 너희도 이날의 너희 엄마 아빠가 너희들의 곡예를 보고 웃었는지 울었는지 어쨌는지를 몰라도 좋은 것이다. 그저 원컨대 나의 어린 피에로들이여, 너희가 이후에 각각 자기의 곡예단을 가지게 될 적에는 모쪼록 너희들의 어린 피에로들과 더불어 이런 무대와 곡예를 되풀이하지 말기를 바란다.

어린이에게 부치는 이러한 간곡한 희망은 같은 제목의 단편집 전체에 흐르고 있는 생명 존중이나 삶의 외경의 감각에서 똑바로 나오는 것이지만 황순원에 있어 어린이는 늘 희망의 가능성으로 나타난다. 그것은 어린이의 무구함이 남아있는 이상 세상은 희망을 버릴 수 없을 것이라는 것을 함축하는 듯이 보인다. 무구한 어린이와 절망의 거절은 삶의 외경에 대한 감각과 어울려 황순원의 문학 세계에서 늘 은은한 빛이 되어 주고 있다. 그것은 은은한 대로 어둠의 힘에 대한 줄기찬 거부의 동력이 되어 있다.

동란을 체험한 세대에게 있어 「곡예사」의 재독은 각별한 감회의 경험이 되어 준다. 感傷的인 것으로의 경사를 예방하기 위해 작가가 자조적인 희극적 대사의 한복판에 끼워 놓은 간곡한 희망은 지금도 실현되지 않은 희망사항으로 남아 있다. 우리는 아직껏 전쟁의 공포에서 헤어나지 못하고 있기 때문이다. 그러는 한 「곡예사」의 고달프고 노여운 이야기는 지나간 이야기도 남의 이야기도 아닌 우리 자신의 오늘의 이야기이다. 이 점 작품의 호소력은 각별한 바 있다.

끝으로 한 가지. 황순원의 작품에는 동물 이야기가 많이 나온다. 두꺼비·구렁이·황소·호랑이·이리·개·고양이·솔개·곰. 이 책 아닌 데서 제목만 골라 보아도 「돼지系」「닭祭」「사마귀」「기러기」「노새」「학」「소라」「나비」. 흡사 빈약하던 시절의 동물원을 한바퀴 둘러보고 팻말을 읽는 것 같은 느낌을 준다. 이 갖가지 동물들은 또 무엇인가 사람 세계에 대해서 함축하는 바가 있다. 「두꺼비」에서 우리는 작중 인물이 동물에 대한 전래적인 연상을 매개로 해서 다른 작중 인물을 정의하고 있다는 사실에 유의한 바가 있었다. 또 「목넘이마을의 개」나 「이리도」의 세계가 근본적으로는 사람 세계에 대한 조응이라는 것도 주목하였다. 이것도 기본적으로는 작가가 전통적인 이야기 세계를 흡수했다는 사실과 연관될 것이다. 우리 모두가 아다시피 전래의 신수 판단이나 운명 해독의 세계에서는 짐승과의 어낼러지를 통해서 개개인의 성격, 타인과의 어울림, 길흉 등이 판정되기 때문이다. 「이리도」「무서운 웃음」 등에서처럼 동물 세계는 끔찍한 싸움의 세계로 비쳐 있기도 하다. 그러나 사람 세계를 짐승 세계와의 연속성에서 파악하여 짐승 세계의 잔혹한 적자 생존, 약육 강식을 그대로 사람 세계의 표상으로 보는 혹종의 자연주의 세계를 닮고 있지 않다는 것은 분명한 것 같다. 작가의 생명 존중은 짐승 세계로 열려 있는 것이다. 그러나 성급한 판단은 삼가야겠다. 언젠가 은혜로운 시간이 주어지면, 황순원 작품에 있어서의 동물의 의미를 따로 떼어 생각해 볼 작정이다.

황순원 전집 2
목넘이 마을의 개/곡예사

초판 1쇄 발행 1981년 5월 15일
재판 1쇄 발행 1992년 4월 15일
재판 16쇄 발행 2025년 9월 26일

지은이 황순원
펴낸이 이광호
펴낸곳 ㈜문학과지성사
등록번호 제1993-000098호
주소 04034 서울 마포구 잔다리로7길 18(서교동 377-20)
전화 02) 338-7224
팩스 02) 323-4180(편집)   02) 338-7221(영업)
전자우편 moonji@moonji.com
홈페이지 www.moonji.com

ⓒ 황순원, 1992. Printed in Seoul, Korea

ISBN 89-320-0550-8 03810
ISBN 89-320-0105-7(세트)